Tessa Hennig
Verliebt über beide Räder

AF201808

TINTE
& 🖋
FEDER

Das Buch

Marlis gibt Yogakurse in einem Seniorenstift und hat seit ihrer Scheidung mit Männern nichts mehr am Hut. Ihre Enkelin Jana promoviert in Freiburg zum Thema »perfekte Beziehung« und ist gut vorbereitet auf ihren Traummann – theoretisch jedenfalls. Als Marlis' neuer Nachbar Jürgen zur Beerdigung seines Freundes an die Costa Blanca reisen will, beschließen Marlis und Jana, ihn zu begleiten. Jürgen ist auf Hilfe angewiesen, denn er sitzt im Rollstuhl.

Für Marlis und Jana ist die Reise eine willkommene Abwechslung von ihrem Alltag. Doch die erhofften Gratisferien entpuppen sich als reines Chaos: Jürgen scheint keineswegs der Eigentümer der Finca zu sein, wie er vorgegeben hatte. Er verstrickt sich in Ausreden und Widersprüche. Unterdessen gerät Jana an einen attraktiven Vollmacho, der ihre wissenschaftlichen Erkenntnisse über die Liebe total über den Haufen wirft. Warum sind sie wirklich an der Costa Blanca? Marlis will es unbedingt wissen und stößt auf ein brisantes Geheimnis, das ihr und Jürgens Leben, aber auch das von Jana für immer verändern wird …

Die Autorin

Tessa Hennig schrieb viele Jahre große TV-Unterhaltung, bevor sie sich dem Roman zuwandte. Sie erzählt Geschichten mit Herz und Humor, die an beliebten Urlaubsorten spielen. Dabei nimmt sie sich aus dem Leben gegriffener Themen an, die Jung und Alt gleichermaßen begeistern. Ihre Stoffe wurden bereits erfolgreich verfilmt und sind alle Bestseller.

In ihren historischen Romanen erzählt die Autorin als Tara Haigh spannende Liebesgeschichten an Sehnsuchtsorten, die mit viel Liebe zum Detail recherchiert sind und dabei Aspekte der Weltgeschichte aufgreifen, die weniger bekannt oder bisher kaum literarisch in Erscheinung getreten sind.

Homepage mit allen Werken: www.tessa-hennig.de
Twitter: https://twitter.com/tessa_hennig
Facebook: https://www.facebook.com/Hennig.Tessa/

TESSA HENNIG

Verliebt
über beide
Räder

ROMAN

Deutsche Erstveröffentlichung bei
Tinte & Feder, Amazon Media EU S.à r.l.
38, avenue John F. Kennedy, L-1855 Luxembourg
Mai 2024
Copyright © der deutschsprachigen Ausgabe 2024
By Tessa Hennig

Umschlaggestaltung: bürosüd⁰ München, www.buerosued.de
Umschlagmotiv: © B.illustrations © Yulistrator © Aluna1 © KID_A ©
Siberian Art / Shutterstock
1. Lektorat: Ute Köhler
2. Lektorat und Korrektorat: Media-Agentur Gaby Hoffmann, www.profi-
lektorat.com

Gedruckt durch:
Amazon Distribution GmbH, Amazonstraße 1, 04347 Leipzig /
Canon Deutschland Business Services GmbH, Ferdinand-Jühlke-Straße 7,
99095 Erfurt /
CPI books GmbH, Birkstraße 10, 25917 Leck

ISBN 978-2-49671-520-0
e-ISBN 978-2-49671-519-4

www.tinte-feder.de

Kapitel 1

Yogastunden in einem Seniorenheim mit betreutem Wohnen zu geben machte Spaß und verschaffte Marlis zudem das Gefühl, etwas Gutes zu tun. Das erfreute naturgemäß eine Yogi-Seele, denn wer Gutes tat, bekam es vom Universum hundertfach zurück – zumindest rein theoretisch und definitiv nicht monetärer Natur. Marlis war angesichts ihrer mageren Rente aus früheren Festanstellungen dankbar für den Job. So viel war in ihrem Vorleben als Verkäuferin in einem Warenhaus und seit ihrer Ausbildung zur Yogalehrerin vor gut zwanzig Jahren aus Teilzeitverträgen mit diversen Fitnessstudios nicht zusammengekommen. Sich als Selbstständige einen Raum im Gemeindezentrum oder sonst wo anzumieten, um mehr Kurse anzubieten, lohnte sich nicht, weil nach Abzug der Raummiete vom Honorar dann nicht mehr allzu viel übrig blieb. Zweimal Power-Yoga pro Woche im Freiburger Haus Sonnenschein, damit das dort ansässige Alteisen nicht rostete, peppte die Rente überlebenstauglich auf. Rein alterstechnisch gesehen hätte sie mit ihren achtundsechzig Jahren in dieser Mischung aus Seniorenstift und betreutem Wohnen ebenfalls Wurzeln schlagen können, doch dazu fühlte sie sich noch zu fit – im Gegensatz zu ihrer Gruppe im Alter von 70 plus, die vor einem halben Jahr, als sie diese Aufgabe übernommen hatte, nach der ersten Stunde auf allen vieren aus dem Raum gekrochen war – immerhin lebend, was eine der Teilnehmerinnen während ihrer *Schinderei* angezweifelt hatte. Unter Yoga hatte sich ihre mittlerweile auf fünfzehn Teilnehmer angewachsene Truppe nämlich etwas anderes vorgestellt. Entspannt im Schneidersitz auf der Matte zu hocken – sofern das die steifen Gelenke überhaupt noch hergaben –, und dabei ein bisschen atmen und meditieren. Das gab's bei Marlis nicht, weswegen sie sich gleich nach der ersten Stunde den Spitznamen »der General« eingehandelt hatte. Allerdings einer mit Vorbildfunktion, sprich, mit vorzeigbarer Figur und Konfektionsgröße ihrer Enkelin, einem noch in alle Richtungen dehnbaren Körper und nicht zu vergessen den flotten Kurzhaarschnitt – ungefärbt grau. Ihre *Uniform* war zudem stets modisch bunt. Das wirkte, denn ihr Auftreten entwickelte bei allen Teilnehmern den Ehrgeiz, sich in ihrer Stunde ebenfalls wieder auf Vordermann zu trimmen. Der Eitelkeit und nicht zuletzt der Gesundheit zuliebe. Dabei galt: »No pain, no gain!« Die Mittsiebzigerin Gerda war vor einem halben Jahr noch nicht einmal in den Hund gekommen. Von richtiger Atmung keine Spur. Gerda stand nun da wie eine Eins aus dem Lehrbuch. Die anderen hielten diese Position, die ideal für die Atmung und Stärkung des gesamten Körpers war, schon fünf Minuten durch, ohne zu stöhnen, wie Marlis voller Stolz feststellte, als sie ihren Blick durch den mit bunten Yogamatten gespickten Gemeinschaftsraum schweifen ließ. Musterschüler bis auf den Huber, den einzigen Mann in ihrer Gruppe, ein Neuzugang, der ihre Stunden dringend nötig hatte. Hohlkreuz und hängende Schultern beim Hund? Das ging ja gar nicht.

»Ich sagte, wir gehen in den Hund und nicht den Boden mit dem Bauch küssen«, ermahnte sie ihn, was dazu führte, dass er zusammenzuckte und zumindest versuchte, seinen Körper anzuspannen. Schweißgebadet. Ein bisschen Drill musste beim

General schon sein, wenngleich augenzwinkernd, wie alle aus der Gruppe wussten. Auch die Positionen der anderen kamen ins Wanken, weil sie Probleme hatten, nicht lauthals loszulachen. Selbst unterdrücktes Feixen führte zu einer falschen Körperhaltung. Von richtiger Atmung ganz zu schweigen.

»Becken bis zum Steißbein anspannen! So, als müssten Sie dringend Pipi und wollten es anhalten.«

»Ich muss aber nicht«, protestierte er und zog lediglich den Bauch ein. Da half nur eines: Hand anlegen. Marlis trat an den Siebzigjährigen mit Wohlstandsranzen, der bis vorhin noch knapp über dem Boden geschwebt hatte, heran und hob ihn an der Hüfte an.

»Die Schultern gerade und den Raum dazwischen nicht so sehr anspannen. Das Herz öffnen. Sich in die Atmung sinken lassen.«

»Hä?«

»Die Energie über die Hände aus dem Boden ziehen und mit dem Atem im Körper verteilen«, erinnerte sie ihn.

»Wie, ziehen? Ich sehe hier keine Steckdose«, ächzte er, was Gerdas Hund endgültig in sich zusammenfallen ließ.

Sie sank auf die Knie und prustete lautstark los. Ein kleiner Scherzkeks, dieser Huber. Das machte ihn Marlis allerdings sympathisch. Männer in seinem Alter strotzten in der Regel nicht vor Humor.

»In meiner Stunde wird nicht gelacht! Konzentration!« Marlis' Kommandoton wirkte. Das Lachen erstarb sofort. Gerdas Hund nahm blitzschnell wieder die vorbildliche Gestalt an.

»Hüfte oben lassen«, wies sie Huber an und nahm sich als Nächstes gleich seine Hände vor, die so aussahen, als würden sie sich in die Matte krallen, anstatt darauf regelrecht festzukleben, wie sie allen Anfängern sinnbildlich stets einbläute. Das sah gerade so aus, als hätte er Gicht.

»Alle zwanzig Punkte auf den Boden.«

»Zwanzig? Aber ich habe doch nur zwei Hände.«

Taub oder dement? Das hatte sie ihm doch auch schon erklärt. »Fingerkuppen und Fingerballen. An jeder Hand zehn Punkte. Sonst kriegen Sie ihr Karpaltunnelsyndrom nie los. Und Energie fließt dann auch keine.« Marlis kniete mittlerweile vor ihm und drückte sanft seine Hände auf die Matte.

»Können Sie es jetzt spüren? Die Energie?«

»Tut nur weh, gerade. Wobei …« Hubers Miene hellte sich urplötzlich auf. »Ja, ich spüre es …«, juchzte er nahezu euphorisch.

Das musste Autosuggestion sein, denn so, wie seine Arme und Beine bereits vor Anstrengung zitterten, um seinen Bauch von der Matte fernzuhalten, klang das nicht sehr glaubwürdig. Vielleicht sagte er es auch nur, damit sie seine Hände wieder los-ließ. Egal. Hauptsache, er prägte sich das jetzt ein. »Sehr gut«, lobte sie ihn. »Und nun begeben wir uns alle in die Kobra«, befahl sie der Truppe. Nahezu synchron glitten die Becken der Teilnehmerschaft auf die Matte und ihre Oberkörper nach oben. Ihre Köpfe ragten mit auf den Boden gestützten Unterarmen gen Himmel. Perfekt! Hubers Bauch hingegen verlor nun end-gültig den Kampf gegen die Gravitation und klatschte auf die Matte. Der arme Kerl! Aber die Schinderei war nur zu seinem Besten. Insofern sparte sie sich die Bemerkung, dass seine Kobra etwas von einer Python hatte, die eben fette Beute erlegt hatte. Danach noch in den Krieger, überlegte Marlis im Stillen. Ob das Hubers Knie wohl mitmachten? Im Anschluss daran gedachte sie, alle zu erlösen. Fünf Minuten Kind, schön entspannt mit nach vorne gestrecktem Oberkörper und auf den Knien ruhend tief ein- und ausatmen. Zum Ausklang der Stunde die Truppe noch auf den Rücken legen lassen und mit sanft schnurrender Schlange-Ka-Stimme in ferne Sphären schicken. Der perfekte Abschluss einer Yogastunde im Haus Sonnenschein.

»Der arme Karl. Habt ihr gesehen, wie fertig der war?«, fragte Elisabeth, die mit dreiundachtzig Jahren älteste Teilnehmerin ihres Kurses in die Runde, nachdem Karl Huber sich aus dem Raum geschleppt hatte.

Die Frage war rein rhetorischer Natur. Sein Zustand war auch Marlis nicht entgangen, ebenso wenig, dass Gerda ihm mitleidig nachgesehen hatte. Marlis hatte bereits befürchtet, er könnte sich aus der Ruheposition nicht mehr aus eigener Kraft erheben. Sich schnaubend und patschnass geschwitzt für die Yogastunde zu bedanken war jedoch ein untrügliches Zeichen dafür gewesen, dass es ihm gut ging und er es ohne Rollstuhl bis auf sein Zimmer schaffen würde.

»Ja, der Arme«, gab Gerda zurück, während sie genau wie ihre Freundin Elisabeth die Yogamatte aufklaubte und dann sorgsam zusammenrollte.

»Er will dir halt imponieren«, merkte Elisabeth erst an, nachdem alle anderen ebenfalls den Raum verlassen hatten.

Marlis spitzte die Ohren. Daher wehte also der Wind. Sie hatte sich bereits gewundert, warum ausgerechnet der Huber sich als bisher einziger Mann für ihre Yogastunde interessierte.

»Du hast ihn dazu ermutigt?«, wollte Marlis sich bei Gerda rückversichern.

Sie nickte betreten.

»Was doch die Liebe alles zu leisten vermag«, merkte Elisabeth an und feixte.

»Von Liebe zu sprechen ist ja noch ein bisschen zu früh«, wiegelte Gerda ab.

»Er ist noch nicht einmal zwei Wochen hier und du bekommst schon einen Blumenstrauß«, hielt Elisabeth dagegen.

So viel Romantik hätte Marlis dem Mann gar nicht zugetraut.

»Zum Geburtstag«, präzisierte Gerda, was nach einer Rechtfertigung klang.

»Der ist doch total in dich verschossen«, beharrte Elisabeth.

Gerda nickte betreten.

»Und du?« Marlis' Neugierde war geweckt. Sie kannte Gerda lange genug, um sich so eine direkte Frage herausnehmen zu können.

»Karl ist echt süß und aufmerksam. Er hat uns Theaterkarten besorgt, für ein klassisches Konzert kommende Woche. Und dann will er mich noch zum Essen ausführen. In ein sündhaft teures Restaurant. Und … ach …«

Die Art, wie Gerda es sagte, klang in Marlis' Ohren eher nach gedämpfter Freude. Dementsprechend fragend sah sie Gerda an. Auch Elisabeth wirkte etwas irritiert.

»Er ist schon sehr mollig«, kam dann kleinlaut aus Gerdas Mund.

Aha! Marlis wusste nun, warum er die Folter über sich ergehen ließ.

»Also, ich mag mollige Männer. Die sind doch so knuddelig«, meinte Elisabeth daraufhin.

»Den kriegen wir schon hin. Passend«, versprach Marlis augenzwinkernd, woraufhin sich Gerdas Anspannung etwas löste.

»Ich mag ihn ja wirklich sehr, aber es ist schon so lange her, dass ich mit einem Mann …«, gestand Gerda, die genau wie Marlis und Elisabeth eine Scheidung hinter sich hatte. Vermutlich war es dieser Umstand, der die drei miteinander freundschaftlich verband.

»Aber brauchst du denn eine feste Bindung?«, hakte Elisabeth nach, nachdem sie ihre Yogasachen in ihrer Tasche verstaut hatte.

»Das ist doch für euch ideal hier. Jeder hat sein eigenes Zimmer. Man kann sich sehen, ausgehen …« Marlis ließ ihren Gedanken freien Lauf.

»Ja, schon, aber … Ich denke manchmal an früher. Wie schön das doch war. Jedenfalls anfangs, bevor …«

Weiter sprach Gerda nicht, denn sowohl Marlis als auch Elisabeth hatten eine nahezu deckungsgleiche Geschichte.

Verlassen wegen einer Jüngeren, als ihre Männer in die Midlife-Crisis geraten waren. Da flippten ja nicht wenige Ü-Fünfziger aus und meinten, sich mit einer neuen Flamme verjüngen zu können. Marlis dachte zu ihrer Überraschung nun auch für einen Moment an das Früher, aber sogleich auch wieder an die Zeit, als ihr Mann sie verlassen hatte. Und wie hatte sie das seinerzeit verletzt. Das war auch der Grund dafür gewesen, dass sie ihren Job im Warenhaus gekündigt, sich dem Yoga verschrieben und mit achtundvierzig noch die Ausbildung absolviert hatte. Ein tiefer Atemzug reinigte sofort die verschmutzte Seele und spendete Kraft.

»Also, mir kommt kein Mann mehr ins Haus«, tönte Marlis fest entschlossen, nachdem sie sich gefangen hatte.

»Verrückt, dass man nach all den Jahren häufiger an die schönen Zeiten denkt. Mir fehlt das schon. Zusammen zu sein, ohne sich verabreden zu müssen. Den Alltag teilen, versteht ihr? Vor allem gemeinsam einzuschlafen, aneinandergeschmiegt. Das vermisse ich sehr«, sinnierte Gerda, die gerollte Yogamatte so in den Armen, als ob sie daran Halt finden würde.

»Das kannst du doch hier auch. Er kann ja bei dir schlafen«, schlug Elisabeth vor.

»In dem kleinen Bett? Mit seinem Bauch?«, wandte Gerda ein.

»Dann kauf dir halt ein neues größeres«, gab Elisabeth brottrocken zurück.

»Scien wir doch mal ehrlich. Sich in unserem Alter noch einen Mann aufhalsen? Sachen hinterhertragen? Betüdeln? An die Einnahme von Tabletten erinnern? Männerschnupfen ertragen?« Marlis' Gegenrede wirkte offenbar, weil Gerda ihren gerollten Ersatzmann aus Gummi nun endlich losließ und ihn in die Sporttasche steckte.

»Marlis hat recht«, konstatierte Elisabeth.

Gerda kommentierte das mit einem Seufzer, der aus dem hintersten Winkel ihrer Seele emporgekrochen zu sein schien.

»Na ja. Humor hat er ja. Und so, wie ich ihn geschunden habe … er ist bereit, Opfer zu bringen. Allein unter so vielen Frauen …«, gab Marlis dann doch anerkennend zu.

»Das sehe ich genauso.« Gerdas Miene hellte sich augenblicklich auf.

»Stimmt schon«, kommentierte Elisabeth.

Marlis gönnte es Gerda von Herzen. Letztlich hatte sie recht. Ständig abends allein zu sein, niemanden zu haben, mit dem man den Alltag teilen konnte, wie Gerda es so schön formuliert hatte, war alles andere als erstrebenswert. Marlis musste sich eingestehen, dass sie momentan keinen Grund hatte, sich zu beschweren, denn allein war sie nicht. Wenn jedoch Jana, ihre Enkelin, nicht bei ihr wohnen würde, wäre das Leben trostloser und leerer. Und so eine Leere ließ sich noch nicht einmal mit Yoga wegatmen.

Draußen schien die Sonne von einem strahlend blauen Himmel, was Jana besonders zu schaffen machte, weil es die Tage zuvor apriltypisch nonstop geregnet hatte. Sie hätte heute im *Homeoffice* an ihrer Doktorarbeit arbeiten können, also sprich mit Laptop in der freien Natur und am liebsten in ihrem Stammcafé auf dem Freiburger Schlossberg – und das nicht nur des phänomenalen Panoramablicks auf die Stadt wegen. Dort konnte man so schön Leute beobachten, vor allem verliebte junge Pärchen – Futter für ihre Doktorarbeit an der Albert-Ludwigs-Universität; insofern plagte sie nie ein schlechtes Gewissen, sich dort herumzutreiben. Heute war allerdings Sprechstunde an der Uni. Die ließ sich nicht auf dem Schlossberg abhalten. Sie war eigentlich dazu gedacht, Nachfragen des BWL-Nachwuchses zu den Klausuren zu beantworten oder Auskunft über die Studienangebote im Wahlpflichtfach Psychologie zu geben. Weder das eine noch das andere schien bei schönem Wetter irgendjemanden zu interessieren. In der vorlesungsfreien Zeit bis Mitte April herrschte an der Uni Unlust und Flaute. Allein im Büro – und das bereits seit einer halben Stunde – überlegte Jana für einen Moment, ihre To-do-Liste abzuarbeiten, um nicht Däumchen drehend für zwei Stunden in dieser grauen Parzelle herumzulungern, die aus einem Einbauschrank gefüllt mit Ordnern, einer mickrigen Yuccapalme und ihrem Schreibtisch bestand. Die neuen Klausuren vorbereiten? Multiple-Choice-Aufgaben leicht im Text verändern, am besten mit doppelter Verneinung versehen, damit die faulen Auswendiglerner wenigstens ein kleines bisschen zu denken hatten? Dazu bräuchte es lediglich einen Mausklick in den Klausurenordner und sie könnte loslegen. Keine Lust! Janas Blick schweifte hinüber zu einem bestimmt einen halben Meter hohen Bücherstapel, den sie sich aus der Unibibliothek für ihre Doktorarbeit besorgt hatte. Wahrscheinlich war die Hälfte davon wie üblich unbrauchbar. Warum hatte sie sich auch nur das Thema »Parameter idealer Partnerschaften vor dem Hintergrund eines Wandels der Geschlechterrollen und dessen Auswirkungen auf feste Beziehungen« ausgesucht? Klang ja auf den ersten Blick interessant, aber dazu gab es leider kaum Sekundärliteratur. Da war Field Research am Schlossberg und die damit verbundene Befragung von Paaren ertragreicher. Harte Arbeit, karger Lohn – jedenfalls für Jana, denn ihre Professorin Heide Ludke-Meisner profitierte davon. Sie kassierte Kohle von einem der größten deutschen Online-Partnerportale, was unweigerlich den Fokus bei der Promotion vorgab. Im Prinzip galt es herauszufinden, welche psychologischen Parameter darauf hindeuteten, dass zwei Menschen zueinander passten. Gemeinsame Ziele, Hobbys, Wertvorstellungen, Vorlieben – auch an der Bettkante, gesellschaftliche Stellung, der Freundeskreis, der Schul- oder Studienabschluss, Reisewünsche, Kinderwunsch, Interesse für Sport, Ernährungsgewohnheiten, Früh- oder Spätaufsteher.

Kurzum so ziemlich alles, was einen Menschen charakterisierte. Der Sponsor wollte diese Punkte natürlich tiefenpsychologisch anhand von gezielten Fragen aus der Seele eines Partnersuchenden herausgekitzelt und dann korrelationstechnisch statistisch ausgewertet haben. Das ergab alles irgendwo Sinn, doch viel lieber hätte Jana sich mit Themen wie Burn-out oder Angststörungen beschäftigt, zwei aus ihrer Sicht zeitgeistig wesentlich wichtigeren Themen. Zu dumm, dass der Numerus clausus ihr beim Psychologiestudium ein Bein gestellt hatte. Dann eben BWL mit einem kleinen Bonbon. Psycho als Wahlpflichtfach war mittlerweile aber ein Drops mit bitterem Nachgeschmack, an dem sie nun zu lutschen hatte. Allein schon über diese Parameter nachzudenken ermüdete Jana. Vielleicht hatte Oma ja recht. Alles Schwachsinn, weil die Liebe ihrer Lebenserfahrung nach sowieso hinfiel, wohin sie wollte, und Amor beim Zielen nicht immer eine Brille aufhatte. Das gerahmte Bild von Oma Marlis und ihrer Mutter stand neben dem Bildschirm auf dem Schreibtisch. Ein kleiner Reminder, wie sinnvoll ihre Arbeit war. Amor eine Brille aufzusetzen hätte Oma und Mama vor Männern bewahrt, die sie für eine Jüngere hatten sitzen lassen. Jana nahm das Foto an sich. Es war eine alte Aufnahme. Die beiden lachten darauf so unbeschwert. Mama sah mit ihren schulterlangen Haaren, den hohen Wangenknochen und ihrem eher zarten Körperbau aus wie Jana heute. Was sie wohl zu ihrer Doktorarbeit sagen würde, wenn sie noch am Leben wäre? Verdammter Skiunfall! Jana spürte eine schier lähmende Wehmut in sich aufsteigen und stellte das Bild zurück an seinen Platz. Klausurfragen umarbeiten!

Ihr Finger schwebte schon über der Maus, doch die Hand glitt wie ferngesteuert in ihre Handtasche und zog ihren E-Book-Reader heraus. Dort wartete »Stumme Begierde« darauf, weitergelesen zu werden. Im Prinzip so eine Mischung aus Krimi und Liebesgeschichte mit einem Hauch Erotik. Der knackige Kerl auf dem Cover, ein verwegen dreinschauender

Typ mit Dreitagebart, schwarzem Haar und blauen Augen, hatte sie letztlich zu dem Kauf bewegt. Er, James, Sohn eines amerikanischen Kunstmoguls, Ex-Marine und nun auf dem Robin-Hood-Trip, um gestohlene Kunstwerke auf nicht ganz legalem Weg aus dem Ausland zu beschaffen, damit sie zurück in die Hände der rechtmäßigen Eigentümer gelangen. Daher ständig in Gefahr. Sie, Ellen, eine Journalistin, die sich ihm an die Fersen heftet, dabei in Bolivien landet und sich dort in ihn verliebt – einen unsäglichen Macho, der nichts anbrennen lässt. Der Anti-Mann sozusagen. Aber was soll's? Jana konnte Realität und Fiktion ihrer Ansicht nach gut auseinanderhalten. Mit so einem Roman ließ sich auf angenehme Weise die Zeit totschlagen. Zudem ideale Bettlektüre, um das Hirn *parameterfrei* zu pusten. Im Nu war der E-Book-Reader wach und Jana auf Seite einhunderteinundzwanzig. Die Szene nach dem ersten Beischlaf, der ihr letzte Nacht wilde Träume beschert hatte. Es mit so einem Typen unter freiem Himmel zu treiben, das hatte was. Doch Gonzales und seine Männer, dem James ein frühes Werk von van Gogh gestohlen hatte, waren ihnen bereits auf den Fersen und bis auf die Zähne bewaffnet. Der Jeep im Eimer. Zu Fuß durch den Dschungel? Jana wollte nun wissen, ob sie es zum nächsten Dorf schafften. Die Rückenlehne etwas nach hinten stellen, entspannen und genau wie James und Ellen in ihrer Fantasie den Geräuschen des Regenwalds lauschen – noch in seinen Armen, seine vom Liebesspiel seidig glänzende Haut vor Augen. »Wir müssen aufbrechen. Jetzt«, sagte James.

Zu den Geräuschen von Affen und Vögeln gesellte sich etwas, was nicht in den Regenwald passte. Jemand klopfte an die Tür.

Jana zuckte förmlich zusammen und rückte die Stuhllehne gerade. Den Reader legte sie neben der Tastatur ab, bevor sie die Person vor der Tür hereinbat.

Eine junge Studentin, die Janas Erinnerung nach Kerstin hieß und wie ein Topmodel daherkam, trat ein. Enge Jeans, nur ein Top mit durchscheinender weißer Weste drüber, gut geschminkt und künstliche Fingernägel, die hellblau schimmerten. Kerstins Outfit würde ihr auch stehen, sagte Jana sich.

»Guten Morgen, Frau Werner. Ich möchte bloß mein Attest vorbeibringen und nachfragen, wann der nächste Klausurtermin ist.«

»Sie sind Kerstin …«

»Feldmeier.« Sie reichte ihr das Attest.

»Lassen Sie mich mal nachsehen.« Jana öffnete den Terminkalender. Hatte die Professorin nicht bereits einen Termin für die nächste Klausur festgesetzt? Hatte sie.

»Im Juni. Am fünfzehnten Juni.«

»Ich schreib mir das gleich auf. Darf ich?« Kerstin deutete auf den Kugelschreiber auf Janas Schreibtisch. Jana reichte ihn ihr.

Kerstin nahm ihn entgegen und stutzte, den Blick auf Janas E-Book-Reader gerichtet. Der zeigte im Ruhemodus das Cover des Buchs.

»›Stumme Begierde‹? Ich liebe diesen Roman«, schwärmte Kerstin.

Jana nickte betreten und fühlte sich gerade so, als hätte die Studentin einen Massagestab auf ihrem Schreibtisch entdeckt.

»James. In den könnte ich mich verlieben. Und wie Ellen es schafft, ihn für sich zu gewinnen. Also, ich glaube ja nicht, dass er ihr treu bleiben wird, auch wenn er ihr das beim Wasserfall versprochen hat«, brabbelte Kerstin vor sich hin.

»Wasserfall? So weit bin ich noch nicht.«

»Oh … Ja, der Wasserfall«, schmachtete Kerstin, was Janas Lust, diesen Roman so schnell wie möglich weiterzulesen, sprunghaft ansteigen ließ.

Kerstin notierte sich endlich den Klausurtermin.

»Das Buch hab ich gelesen, als ich mit diesem Magen-Darm-Infekt flachlag. Da hat man wenigstens mal Zeit«, erklärte sie.

Jana nickte verständnisvoll. Die Zeit hatte sie jetzt gleich hoffentlich auch. Nun geh schon, dachte sie sich im Stillen.

»Viel Spaß. Ich sage nur *Wasserfall* … Wobei die Szene in der Hütte auch nicht schlecht war.« Kerstin gab ihr den Kugelschreiber zurück.

»Schönen Tag noch.« Die Studentin verließ das Büro.

Jana starrte auf den E-Book-Reader und dachte nur noch an eines: Wasserfall.

Laut Heimleitung müsste das Honorar für den letzten Monat bereits auf ihrem Konto sein. Marlis fiel das ein, weil sie gerade über einem auf ihrem Küchentisch ausgebreiteten Stapel Rechnungen brütete und sich ausrechnete, wie viel nach Abzug der Stromrechnung, der Miete und des Hausgeldes noch übrig bleiben würde, um etwas in bar abzuheben. Nach Adam Riese müssten das hundertsiebenundvierzig Euro sein. Das reichte gerade mal für einen Wocheneinkauf an Lebensmitteln – beim Discounter. Mit den dreihundert, die ihre Enkelin jeden Monat von ihrem nicht gerade üppigen Gehalt für die Assistentenstelle an der Uni beisteuerte, weil sie bei ihr wohnte, kam sie so eben über die Runden. Ansonsten mussten ihre Sparbuchreserven vom Erbe ihrer Tochter herhalten. Das Hauptproblem war die Miete – jüngst wieder einmal erhöht. An sich bräuchten sie zu zweit gar keine so große Vierzimmerwohnung, doch ein Zimmer, das ehemalige elterliche Schlafzimmer mit eigenem Bad, war für Jana bestimmt, das andere, größere für den inzwischen ausgedünnten Kundenstamm für Yoga-Einzelstunden mit überwiegend therapeutischem Charakter. Bar auf die Hand, das verstand sich von selbst. Doch was, wenn Jana mit dem Studium fertig war und anfing zu arbeiten? Sie würde sich eine eigene Wohnung nehmen, in der Nähe, wie sie Marlis versichert hatte. Ob sie allerdings mit ihrer Ausbildung ausgerechnet in Freiburg eine Stelle finden konnte, stand in den Sternen.

Abrupter Lärm von unten riss Marlis aus ihren Gedanken. Was war das? Stemmgeräusche? Das hörte sich gerade so an, als würde gleich ein Loch im Boden ihres Parkettbodens klaffen. Wahrscheinlich waren das die neuen Mieter der Parterrewohnung. Den Umzugswagen hatte sie heute Morgen beim Verlassen des Hauses bereits gesehen. Die würden jetzt doch nicht damit anfangen, die ganze Wohnung vom Schneider, der vor zwei Wochen ausgezogen war, zu renovieren? So wie seine Behausung beim letzten Mal ausgesehen hatte, als sie für ihn während seines Urlaubs die Blumen gegossen hatte, wäre eine Kernsanierung nicht auszuschließen. Wochenlang Lärm. Das vertrug sich nicht mit therapeutischem Yoga. Marlis schob diesen beunruhigenden Gedanken trotz des Gehämmers auf Metall, das in diesem hellhörigen Haus sicher bis hinauf in den vierten Stock drang, beiseite, schnappte sich ihre Handtasche und verließ die Wohnung. Der Schlüssel steckte noch nicht im Schloss, als es erneut rumste. Marlis erschrak und eilte dann die Treppe hinunter. Von Mittagsruhe hatten die wohl noch nix gehört, dachte sie sich. Im Parterre lugte sie durch die offen stehende Tür in die Wohnung. Ein etwa vierzigjähriger Handwerker in weiß eingestaubtem Overall kam ihr aus dem gleich neben der Eingangstür befindlichen Bad mit einer abmontierten Kloschüssel entgegen.

»Guten Tag. An sich ist jetzt Mittagsruhe«, gab sie ihm unmissverständlich zu verstehen, ohne es aber nach einer Beschwerde klingen zu lassen.

»Ich weiß, aber es muss schnell gehen. Der Mieter ist ja schon eingezogen.«

»Und dann fangen Sie erst heute damit an, das Bad zu sanieren?«

»Wir bauen nur ein höheres Klo ein, 'nen Sitz für die Dusche und eine Halterung. Sind gleich fertig«, versicherte er ihr.

Marlis nickte versöhnlich und erspähte im Bad ein nagelneues hohes Klo. Diese Art kannte sie vom Pflegeheim. Der Mieter, der hier einzog, war offenbar auch nicht mehr der Jüngste.

Marlis öffnete dem Handwerker die Tür, hielt sie ihm auf und folgte ihm auf die Straße. Wenigstens blieb ihnen im Haus junges Gemüse erspart, das Lärm machte und nachts abfeierte, beruhigte sie sich, während sie die Straße überquerte, um zur Bank gelangen, die nur gut fünfzig Meter entfernt von ihrem Haus lag. Wenn jemand genervt vor der Tür stand, war der kleine Raum mit den beiden Automaten bestimmt wieder rammelvoll. Zwei Automaten statt Personal, das sich die Bank allem Anschein nach nicht mehr leisten konnte. Übrig geblieben war ein Raum in der Größe eines Katzenklos. Wenigstens tat sich dort jetzt was. Eine junge Frau mit Einkaufstüte in der Hand kam heraus und der Herr im Anzug, der bis eben immer wieder durch die Glasscheibe in den Innenraum gespäht hatte, trat ein. Als Marlis die Glastür zur Sparkasse erreichte, sah sie ihn bereits am Automaten stehen. Daneben mühte sich ein Rollstuhlfahrer ab, an sein Geld zu kommen. Sein Rollstuhl nahm so viel Platz neben der Tür ein, dass sie geduldig wartete, bis der Herr im Anzug herauskam. Sie ging dann hinein und begab sich gleich zum frei gewordenen Geldautomaten. Den Mann im Rollstuhl neben sich schätzte sie auf um die sechzig, aber auch nur, weil sein gebräunter Hals faltig und seine aus dem kurzärmligen Hawaiihemd herausragenden Oberarme bis zu den Händen mit dem alterstypischen Allerlei auf der Haut gezeichnet waren. Ansonsten eine überraschend sportliche Erscheinung. Solche Bizepse hatte man in dem Alter normalerweise nicht mehr. Er stemmte sich mit dem linken Arm auf der Lehne nach oben, um das viel zu hohe Display des Automaten lesen zu können. Die Sonne schien zudem in einem ungünstigen Winkel darauf. Mit seiner rechten Hand erreichte er gerade mal die Tastatur. Auf Sitzhöhe konnte er die eingefrästen Zahlen auf den

Metallknöpfen sicher nicht erkennen. Dass die meisten Banken keine Automaten, die etwas niedriger lagen, für Rollstuhlfahrer hatten, erschloss sich ihr nicht. Darüber hatte Marlis sich allerdings bisher noch gar keine Gedanken gemacht.

»Mistkasten, elendiger«, fluchte er.

»Kann ich Ihnen vielleicht behilflich sein?«, bot sie ihm an, weil ihr der Mann leidtat.

Er drehte sich daraufhin zu ihr um und musterte sie mit verstörtem Blick. So ein hübsches Gesicht. Grau meliertes Haar, blaue Augen. Mit seinem weit aufgeknöpften Hemd kam er Marlis wie ein in die Jahre geratener Sonnyboy vor. Die Schnute, die er zog, passte irgendwie nicht zu diesem attraktiven Mann.

»Wobei wollen Sie mir helfen? Etwa beim Eintippen der Geheimzahl?«, schnauzte er sie an.

Angenehme hotlinetaugliche tiefe Stimme, unangenehmer Tonfall.

»Dann eben nicht«, gab sie ebenso pampig zurück, holte ihre Geldkarte aus dem Geldbeutel und schob sie in den Schlitz des Automaten, dessen Display nun abfragte, was sie wollte. Aus den Augenwinkeln bekam sie dennoch mit, wie sich der Mann erneut streckte, um etwas auf seinem Display zu erkennen. Anscheinend vergeblich, weil er mit der flachen Hand auf die Tastatur schlug. Marlis zuckte zusammen und sah ihn vorwurfsvoll an.

»Sorry. Der verfluchte Automat spuckt meine Rente nicht aus. Meine Karte steckt da drin und kommt nicht mehr raus«, rechtfertigte er sich.

Rente? Dann hatte er sich für sein Alter aber wirklich gut gehalten. »Lassen Sie mich mal sehen.«

Daraufhin rollte er zurück.

Warum weder Geld noch seine Karte herauskamen, erschloss sich Marlis im Sonnenlicht auch erst, nachdem sie sich die Lesebrille aufgesetzt und den Bildschirm mit ihrer Hand abgedunkelt hatte.

»Das Konto ist überzogen. Die Karte kommt sicher raus, wenn Sie auf ›Abbrechen‹ drücken. Da oben rechts. Soll ich das für Sie machen?«

Er nickte.

Der Automat gab die Karte daraufhin frei. Marlis zog sie heraus und reichte sie ihm.

Der Rollstuhlfahrer nahm sie resigniert entgegen und steckte sie in die Geldbörse, die noch aufgeklappt auf seinem Schoß lag.

»So ein Mist! Ich hab Handwerker im Haus. Denen muss man doch Trinkgeld geben«, murrte er.

»Wie viel brauchen Sie denn?«

»Ich hab noch ein anderes Konto bei ’ner Bank mit Schalter«, gab er zurück.

Kein Danke, kein freundliches Wort. Na so was! Marlis nickte nur und begab sich zurück zu ihrem Automaten, der ihre Karte mangels Eingabe bereits ausgespuckt hatte. Dass er sich nun abmühte, die Tür aufzukriegen, und sich das seitliche Gestell seines Rollstuhls bei dem Versuch zunächst verkantete, registrierte sie. Aber noch einmal Hilfe anbieten? Im Leben nicht.

»Drecksbank«, schimpfte er, rangierte sich mitsamt seinem Rollstuhl dann aber doch hinaus.

Marlis sah ihm kopfschüttelnd nach. So ein sturer Bock. Misanthropische Tendenzen, doch letztlich konnte sie ihm das angesichts seiner Lebenssituation nicht verübeln.

Nichtstun machte anscheinend auch hungrig. Jana knurrte der Magen. Die letzten Schritte bis zur Haustür nahm sie im Stechschritt. Wobei sie einräumen musste, dass sie zumeist gelesen hatte, und zwar bis zum Wasserfall. Erotisches Kopfkino pur, prickelnd und appetitanregend – allerdings anderer Natur als Gelüste auf Omas Mittagessen, das, wenn sie um kurz nach eins von der Uni nach Hause kam, stets pünktlich auf dem Tisch stand. Noch bevor sie die Tür aufschloss, konnte Jana riechen, was es heute gab. Scharfer Geruch von Ingwer zog ihr in die Nase. Irgendeine leckere Asia-Pfanne wartete auf sie. Omas, aber auch ihr Lieblingsgericht. Und wie immer lief um die Zeit die Glotze in der Küche. Oma sah nur fern, wenn sie kochte. Nachrichten, Reiseberichte aus fremden Ländern und Dokus zum Thema Gesundheit. Heute war es ein Reisebericht. Jana hatte vom Flur aus sofort einen tropischen Palmenstrand mit türkisfarbenem Wasser im Blick.

»Na, wie war's heut an der Uni? Wie viele waren denn da?«, erkundigte sich Marlis, als Jana die Küche betrat.

»Eine.«

»Wenigstens hattest du dann Zeit für deine Doktorarbeit«, erwiderte Oma vom Herd aus.

Jana ließ das unkommentiert. Sie nickte lediglich betreten, was Oma sicherlich nicht mitbekam, weil sie gedankenverloren im Wok herumrührte und auf die an der Wand hängende Glotze starrte. Ein Reisekanal machte Werbung für günstige Pauschalreisen in die Dominikanische Republik. Dom Rep – ein Reizthema, weil sich ihr Vater mit einer exotischen, von dort stammenden Schönheit vor sechs Jahren und somit einem Jahr vor Mutters tödlichem Skiunfall in karibische Gefilde verdrückt hatte.

»An so einem Strand würde ich auch mal gern liegen.« Oma war genau wie sie mangels finanzieller Möglichkeiten seit Mutters Tod nicht mehr im Urlaub gewesen. Kein Wunder, dass sie sich solche Sendungen reinzog.

»Aber nicht in der Dom Rep«, erwiderte Jana, während sie zum Küchenschrank ging, um die Teller und das Besteck zu holen.

»Hast ja recht. Ob er mit dieser Dahiana wohl noch zusammen wäre, wenn deine Mutter noch am Leben und er nicht am Gelbfieber gestorben wäre?«

»Mir egal. Warum beschäftigt dich das?«

Marlis griff nach der Fernbedienung und schaltete den Fernseher aus, bevor sie ihr antwortete. »Ach, manchmal frage ich mich, ob ich den Trip deines Großvaters nicht auch einfach hätte aussitzen sollen.«

»Und warum fragst du dich das ausgerechnet jetzt?«, wollte Jana wissen, während sie den Tisch deckte.

»Eine Frau aus dem Kurs hat kürzlich darüber gesprochen. Ihr Mann kam nach kurzer Zeit zu Kreuze gekrochen und alles war wieder gut. Na ja, bei Gerda und Elisabeth hat das nicht geklappt.« Marlis nahm die Pfanne vom Herd und trug sie zum Esstisch, an dem Jana mittlerweile Platz genommen hatte. Dort setzte sie sie auf einer Wärmeplatte ab.

»Wie war das damals eigentlich? Hast du dich in ihn oder er sich in dich verliebt?« Jana ertappte sich dabei, in den Recherchemodus für ihre Doktorarbeit zu verfallen. Diese Frage hatte sie auch anderen bereits gestellt.

Oma stand regungslos am Tisch. Ihre Stirn legte sich in Runzeln.

»Hmmm … Er sich in mich.«

»Keine Liebe auf den ersten Blick?«

»Kam erst mit der Zeit. Er sah nicht schlecht aus, aber, na ja, es war wohl sein Bemühen um mich. Er war fleißig, hatte einen guten Job in der Bank und wollte Kinder. Ich dachte, er sei der ideale Mann fürs Leben.«

Das klang wie ein Teil aus Janas Checkliste für die Partneragentur. Was Oma sagte, überraschte Jana. So impulsiv und emotional wie ihre Großmutter sonst war, hätte Jana geschworen, dass sie sich seinerzeit von Hormonen hatte überwältigen lassen. Anscheinend waren auch wohlüberlegte

Bindungen nicht haltbarer als Hals-über-Kopf-Ehen. Das wäre auch eine statistische Korrelationsanalyse wert, überlegte Jana sich.

Ihre Großmutter setzte sich zu ihr und begann, die dampfenden Reisnudeln mit Gemüse auf die beiden Teller zu schaufeln. In dem Moment dröhnte die Bohrmaschine von unten erneut.

Marlis zuckte zusammen. »Der neue Mieter lässt sein Bad umbauen«, berichtete sie.

»Und so, wie der aussieht, nimmt der wahrscheinlich an den Paralympics teil.«

»Du hast ihn schon gesehen?«, wunderte sich Oma.

»Heute Morgen, als ich aus dem Haus bin. Der hat vielleicht Oberarme. Könnte modeln, na ja, wenn der Rollstuhl nicht wäre.«

Oma erstarrte.

»Trug der so ein buntes Hemd mit Palmenmuster?«

Jana nickte. »Habt ihr euch schon bekannt gemacht?«

»Nein. Aber der war heute Morgen vor mir am Geldautomaten. Kein sehr freundlicher Zeitgenosse.«

»Mich hat er auch nicht gegrüßt«, fiel Jana ein.

»Was soll's! Besser als eine WG. Dann haben wir wenigstens unsere Ruhe, so hellhörig wie dieses Haus ist. Und nun wird gegessen!«

»Muss schlimm sein, wenn man an einen Rollstuhl gefesselt ist«, sinnierte Jana laut. Sie hatte auch seine Beine wahrgenommen, die im Gegensatz zu seinem Oberkörper sehr dünn waren.

»Ich glaube, der kommt schon zurecht«, meinte Oma.

»Wir könnten ihm ja Hilfe anbieten. Beim Einkaufen oder wenn er irgendetwas braucht.«

»Hilfe? Glaub mir, der will nicht, dass ihm jemand hilft.«

So grimmig wie Oma gerade dreinsah, musste die Begegnung beim Geldautomaten wohl alles andere als erfreulich gewesen sein. Also gut, dann eben keine Hilfe.

Kapitel 2

Ohne regelmäßiges Yogatraining wäre Marlis nicht in der Lage gewesen, die gefühlt tonnenschwere Wäschewanne in den Trockenraum im Keller zu schleppen. Es zog nicht einmal in den Armen. Das Kreuz gab keinen Mucks von sich. Wenn Jana das tat, stöhnte sie und gab vor, danach Gummi in den Armen zu haben. Wenigstens trainierte Jana ihr Hirn.

Marlis wusste, beim Tragen von so sperrigen Dingen kam es auch auf die richtige Technik an: Wanne am Ende der Treppe vor der Kellertür auf ihr erhobenes linkes Knie stützen, dabei an die Wand gelehnt das Gleichgewicht halten, um zielsicher den Griff der Brandschutztür zu erreichen und sich dann mit vollem Körpereinsatz dagegen zu schmeißen. Im kleinen Gang dahinter, der zur Tiefgarage führte, gab es noch zwei weitere dieser sperrigen Ungetüme. Eine führte in den Trockenraum, die andere in den Fahrradkeller. Die Wanne wanderte erneut aufs Knie, der Türgriff lag in der Hand. Marlis schmiss sich dagegen. Nur ging das Ding diesmal noch nicht einmal eine Handbreit auf. Es rumste stattdessen. Gleich noch mal. Dann hörte Marlis den Aufschrei aus einer männlichen Kehle. Sie stellte die Wanne ab und öffnete die inzwischen nachgiebige

Tür, hinter der sich der Miesepeter vom Geldautomaten mit schmerzverzerrtem Gesicht die Hand hielt.

Er erstarrte und sah sie ungläubig an. »Reicht es Ihnen noch nicht, dass ich im Rollstuhl sitze?«, blaffte er sie an.

»Tut mir wirklich leid. Die Türen sind so sperrig. Ich … Tut es sehr weh?«

»Ja.« Er schüttelte die rechte Hand und massierte sie dann mit der anderen. »Das Teil geht auch von innen kaum auf«, beschwerte er sich dann.

»Wie machen Sie das eigentlich mit der Tür? Ohne wegzurollen? Von der Seite? Von vorne kommen Sie ja nicht einmal an den Türgriff. Das ist hier ja noch schlimmer als dieser viel zu hoch gelegene Bankautomat.«

Marlis' Nachfrage schien ihn zu verblüffen. »Seitlich. Geht ja nicht anders. Und vorher die Bremse rein.«

Erst jetzt bemerkte sie, dass sein Wäschekorb bei ihrer brachialen Aktion zu Boden gegangen war. Sie klaubte zwei Handtücher auf und legte sie gefaltet zurück in den Korb.

»Ich kann ihn für Sie hochbringen«, bot sie an.

»Es reicht, wenn Sie ihn mir auf den Schoß stellen. Aber vorsichtig. Mehr nach vorne bei den Knien. Dann hält er besser«, wies er sie an.

Marlis tat wie geheißen. Höchste Zeit, sich wenigstens vorzustellen. Das gehörte sich schließlich so. Sie reichte ihm die Hand.

»Marlis Werner. Ich wohne über Ihnen.«

Er erweckte den Eindruck, als müsste er das erst noch verdauen. Dann reichte er auch ihr die Hand.

»Jürgen Renner. Eigentlich müsste ich ›Roller‹ heißen«, sagte er.

Marlis sah ihn entgeistert an, unsicher, wie sie seine Bemerkung verstehen und darauf reagieren sollte.

»Das war ein Witz«, erklärte er mit nach oben verdrehten Augen.

Marlis nickte nicht ganz überzeugt.

»Sie haben es wohl nicht so mit Humor.«

»Doch«, wandte sie ein.

»Oh«, kam süffisant zurück.

»Ich konnte nicht einschätzen, wie Sie …«

»Wenn das jetzt jemand gesagt hätte, der sich das Bein verstaucht hat, vorübergehend auf Krücken daherkommt und sich als ›Krücke‹ vorgestellt hätte, hätten Sie dann wenigstens geschmunzelt?«

Marlis zuckte mit den Schultern, auch wenn sie sich eingestehen musste, dass sie in diesem Fall vermutlich bedenkenlos gefeixt hätte.

»Sehen Sie. Sobald man in so einem Ding sitzt, fasst einen jeder mit Glacéhandschuhen an. Das nervt.«

Marlis nickte einsichtig. »Wenn Sie etwas brauchen …«, sagte sie hastig.

»Ich komm schon allein klar.«

»Sieht man von diesen Brandschutztüren einmal ab.«

»Oh. Sie haben ja doch Humor.«

»Sehen Sie?«

»Sie machen Yoga?«, kam dann unvermittelt. »Ich hab's auf dem Türschild gesehen.«

»Könnte Ihnen guttun. Atemtechnik. Stärkung der Muskulatur.«

Er fing daraufhin an, lauthals und grimmig loszulachen. »Das nenne ich wirklich Humor. Ich und Yoga? Glauben Sie mir, ich krieg beim Hund meinen Arsch sicher nicht hoch.« Er schüttelte sich vor Lachen. »So die Wasser-zu-Wein-Nummer und Blinde sehend machen? Ein paarmal ›ommm, ommm, ommm‹ und schon fährt wieder Leben in meine Treterchen?«, fuhr er fort.

»Ich hatte einmal eine Frau in Ihrer Situation«, begann Marlis, die sich daran erinnerte, dass diese dadurch ihre Atmung hatte verbessern können.

»Was wissen Sie schon über meine Situation?« Sein Lachen erstarb.

Marlis fiel nichts ein, was sie darauf erwidern sollte. Auf alle Fälle war es eine klare Ansage beziehungsweise Absage. Dann eben kein Yoga.

»Haben Sie etwas dagegen, wenn ich Ihnen die Tür aufhalte?«

Er schüttelte den Kopf. Marlis tat es und hängte die Tür zum Treppenhaus gleich ein. Auf diese Weise hatte sie es nachher auch leichter. Renner rollte daraufhin zum Aufzug.

»Danke«, sagte er zu Marlis' Überraschung.

Sie ging zurück in den Gang, nahm ihren Wäschekorb mit Schwung auf und stellte ihn erneut auf einem Knie ab, um die Tür zum Waschraum mit Wucht zu öffnen.

»Gute Technik«, bemerkte er schmunzelnd, bevor die Aufzugtür aufging und er in der Kabine verschwand.

Marlis schaute ihm für einem Moment nach. Doch kein so übler Kerl. An dem, was er über den Umgang mit behinderten Menschen sagte, war was dran.

Es strengte an, zwei Stunden lang mit dem Leuchtstift am Schreibtisch ihres Zimmers zu Hause irgendwelche relevanten Passagen aus soziologischen Studien zum Thema Beziehungen zu markieren. Heute hatte Jana sich Werke zur Rollenverteilung hinsichtlich partnerschaftlicher Zufriedenheit besorgt und unentwegt darüber nachgedacht, ob man von »Rollen« sprechen konnte. Sich zu geben, wie man war, hatte doch nichts mit dem Spielen einer Rolle zu tun. Dennoch existierten diese Schubladen, ob im Bett oder über die Bettkante hinaus. Vor allem das Rollenverhalten des Mannes schien sich in den letzten Jahren drastisch verändert zu haben. Unterm Strich, und das konnte sie natürlich nicht so in ihrer Doktorarbeit schreiben, schienen aus den Männern Frauenversteher geworden zu sein. Doch wollten Frauen überhaupt verstanden werden? Durchleuchtet? Einen Mann, der zu allem Ja und Amen sagte, mit dem man über die gleichen Themen reden konnte wie mit einer guten Freundin? Wie langweilig! Aber ob das der Sponsor hören wollte? Das zweite Fachbuch knüpfte daran an. Dabei ging es um die Qualität von Beziehungen gemessen am Grad partnerschaftlicher Interaktion. Oma würde dazu sagen, dass man umso glücklicher war, je mehr man gemeinsam unternahm. Die Verwissenschaftlichung von so etwas Banalem aus der Familiensoziologie gehörte zu jenen Dingen, bei denen es Jana widerstrebte, sie auf Papier zu bringen. Alle kognitions- und emotionspsychologischen Modelle waren nun gelb markiert und bereit, in ihre Arbeit einzufließen. Wie ermüdend, dabei drehte es sich doch lediglich darum, dass mal der eine und mal der andere nachgab – aus Liebe zum und Respekt vor dem anderen. Hatten Leute, die sich mit so etwas beschäftigten, denn selbst jemals eine glückliche Beziehung erlebt?

Jana seufzte und klappte die Bücher zu. Genug markiert für heute. In dem Moment meldete sich ihr Handy. Den Signalton kannte sie. Sie hatte Philipp den Ton eines quakenden Froschs zugeordnet, obwohl er in den Augen der meisten Studentinnen wohl eher ein Traumprinz war, den man noch nicht einmal zu küssen brauchte, damit er sich in dieser Eigenschaft voll entfaltete. Ein Foto von ihm könnte sie rein theoretisch als Beispiel für den perfekten Mann ihrer Doktorarbeit beifügen. Den Quakton hatte er sich dennoch verdient, weil er nervte und nicht lockerließ, sie unentwegt anzubaggern. Auch noch auf die nette Art. Das machte es ja so schwierig, ihm so viele Körbe zu geben, dass er sie wahrscheinlich kaum noch tragen konnte. Was wollte der denn schon wieder?

> Heut um acht Grillen bei Jonas. Hast Du Lust? Seine
> Eltern sind im Urlaub. Sturmfrei. Zehn bis zwölf Leute
> von der Uni. Sag Ja, komm schon ... P.

Natürlich hatte sie Lust, bei Jonas' Grillparty aufzuschlagen. In dieser romantischen Gartenlaube zu essen und dann später bei einem Drink unter der riesigen Trauerweide zusammenzusitzen, deren herunterhängende Äste bis zum Boden reichten und einen natürlichen Raum schufen, den innen nur Kerzenlicht beleuchtete. Das war hopelessly romantic. Das Problem war nur: Philipp wäre dabei. Es funkte einfach nicht. Jahrgangsbester, Turbo-Promotion in künstlicher Intelligenz am IT-Lehrstuhl, Wirtschaftspsycho nebenbei und sponsored by Deutschlands größter Unternehmensberatung, die ihm aus der Hand fraß. Ass beim Tennis, passionierter Paraglider, in den Semesterferien mit Rucksack um die halbe Welt, Flirten mit einem Walhai in ägyptischen Gewässern. An sich also alles wow. Einfühlsam, guter Zuhörer, intelligent, attraktiv.

Was stimmte nicht mit ihr, fragte sie sich. Hingehen? Nein. Aber wenn sie nicht hinginge, dann würde das sein Feuer vermutlich noch viel höher lodern lassen. Vielleicht glaubte er, dass sie nur *hard to get* spielte. Das zog Männer bekanntlich an. Nein. Besser Korb Nummer elf geben, oder war es schon die Nummer zwölf?

> Die Doktorarbeit ... hab heut 'nen Schub und gute
> Literatur gefunden. Kann nicht, sorry!

Jana löschte das gleich wieder. Das nahm er ihr sicher nicht ab. Variante zwei war zwar gelogen, aber weil er Oma nicht persönlich kannte, durchaus glaubwürdig.

Oma fühlt sich heut nicht wohl. Möchte sie nicht allein lassen. Sorry!

Okay. Raus damit. Prompt kam gleich ein **Schade** begleitet von einem Kussmund zurück. Kapierte er es immer noch nicht? Anscheinend beschäftigte er sich deshalb mit künstlicher Intelligenz, weil es ihm an der sozialen fehlte. Jana atmete trotzdem auf. Für heute Abend hatte sie ihn von der Backe. Sie lehnte sich zurück und horchte erneut in sich hinein, warum es einfach nicht funken wollte. Alle Parameter standen doch auf Grün – die Quintessenz ihrer Doktorarbeit. Sex? Es war vermutlich die Unmöglichkeit, sich auch nur vorzustellen, ihn zu küssen, die sie davon abhielt, sich auf seine Flirts einzulassen. Zu glatt, der Typ. Keine Ecken und Kanten. Zu soft. Das genaue Gegenteil von James aus diesem besseren Groschenroman. Was für eine bittere Erkenntnis für jemanden, der letztlich Typen wie Philipp auf akademischem Niveau propagierte. Wann hatte sie eigentlich das letzte Mal, versuchte sie, sich zu erinnern. Mit Marco? Nach der Disco? Ging zwei Monate, dann hatten doch wieder jene Parameter gegriffen, Oberhand über die Hormone gewonnen. In dem Moment vernahm sie leise, merkwürdige Geräusche. Gestöhne, das immer lauter und spitzer wurde. Keine zwei Atemzüge später stand Oma in der Tür.

»Hörst du das auch?«, fragte sie prompt und bedeutete Jana, ihr in die Küche zu folgen. Bei der Spüle lag die Geräuschbrücke zur darunterliegenden Wohnung. Oma beugte sich schon darüber. Jana tat es ihr gleich und lauschte. Kein Zweifel. Was von unten an ihr Ohr drang, klang wie eine Orgie.

Jana tauschte mit ihrer Großmutter bedeutsame Blicke.

»Meinst du, er hat jemanden kommen lassen?«, sagte Oma verstört.

»Aber er sitzt doch im Rollstuhl. Soweit ich weiß, geht südlich der Hüfte dann nix mehr«, gab Jana zu bedenken.

»Weiß man's? Ich hab erst kürzlich gelesen, dass die Krankenkasse so was bezahlt.«

»Wie bitte?« Jana hörte davon heute zum ersten Mal und beugte sich gleich weiter vor. Ihr schulterlanges Haar hing schon halb in der noch nassen Spüle.

»Gib's mir«, hörte sie eine weibliche Stimme japsen.

Das klang nicht nach live. »Oma. Der schaut 'nen Porno.«

Marlis zog Jana daraufhin von der Spüle weg, um sich selbst zu vergewissern.

»Vielleicht sollten wir ihm bei Gelegenheit sagen, wie hellhörig die Wohnungen sind. Vorausgesetzt, es gibt so eine Gelegenheit. Wenn er nicht mal grüßt«, stellte Jana fest. Sie schnappte sich das Küchentuch, um sich damit die Haarspitzen zu frottieren.

Oma hatte dank ihres Kurzhaarschnittes nicht das Problem.

»Wir haben uns heute unterhalten. Vor dem Trockenraum unten im Keller.«

»Über was?«, fragte Jana verblüfft nach.

»Er glaubt, dass man Menschen wie ihn mit Samthandschuhen anfasst. Ich habe das so verstanden, dass man nicht weiß, wie man sich verhalten soll. Er heißt nämlich ›Renner‹ und meinte, dass er eigentlich ›Roller‹ heißen müsste.«

Jana prustete los, auch, weil ihre Oma so verdattert dreinschaute.

»Selbstironie. Der ist cool, der Junge«, urteilte Jana, nachdem sie sich gefangen hatte.

Oma hingegen starrte erneut entgeistert auf die Geräuschquelle, aus der unvermindert Gekeuche, Gestöhne und schmutzige Worte hervorquollen. »Wie lang er wohl schon im Rollstuhl sitzt?«

»Vielleicht hatte er einen Unfall«, sinnierte Jana laut.

»Am liebsten würde ich ihn darauf ansprechen und fragen. Er ist ja schließlich unser Nachbar«, sprudelte es aus Oma heraus.

»Dann tu's doch. Wer weiß, am Ende lädt er dich ein, mit ihm gemeinsam Pornos zu gucken.« Jana kringelte sich, noch bevor sie den Satz zu Ende gesprochen hatte. Dafür erntete sie einen von Omas berüchtigten Rippenstübern. Oma feixte dann ebenfalls.

Marlis hatte am Vorabend nicht damit gerechnet, kein Auge zuzutun. Normalerweise schlief sie wie ein Murmeltier. Noch nicht einmal die Blase meldete sich nächtens. Um halb vier Uhr morgens nach einem Traum wach zu liegen und darüber nachzugrübeln, warum sie so einen Mist geträumt hatte, kannte sie an sich nicht. Der Traum geisterte ihr noch immer durch den Kopf. Jürgen Renner hatte darin nicht mehr im Rollstuhl gesessen, hatte sie im Waschraum verliebt angesehen und ihr dabei geholfen, die Wäsche auf die Leine zu bekommen. Als alles hing, hatte er sie auch noch geküsst. Ewig lange, zwischen den Bettlaken. So etwas Irres abzuschütteln dauerte eine Weile. Selbst Jana war bereits beim Frühstück aufgefallen, dass sie heute Morgen etwas neben der Spur gewesen war. Kaffee beim Einfüllen verschüttet, zwei statt drei Zuckerwürfel in der Tasse versenkt und den Toast gleich zwei Mal getoastet – das kam sonst nie vor. Kein Wort über den Traum zu Jana. Wie peinlich wäre das denn gewesen? Anscheinend hatte Jana ihr geglaubt, dass sie am Vorabend zu viel gegessen hatte und deshalb die halbe Nacht wach gewesen war. In diesem Modus war an sinnvolle Konversation am Frühstückstisch nicht zu denken. Gottlob war Jana ein Morgenmuffel. Es genügten in der Regel Nachfragen, ob sie noch etwas zu sich nehmen wollte. Marlis war ja schon froh, wenn ihre Enkeltochter überhaupt etwas zum

Kaffee aß, bevor sie gehetzt und meist noch nicht einmal mit trocken geföhnten Haaren aus der Wohnung stürmte.

So auch heute. Das gab Marlis Zeit, um sich zu fangen und den verstörenden Traum gänzlich abzuschütteln. Beim Abwasch lauschte sie trotzdem noch einmal ins Waschbecken hinein. Funkstille. Vermutlich schlief er noch tiefenentspannt nach dem gestrigen Pornokonsum. Quatsch! Das ging doch gar nicht. Selbst diese Frage beschäftigte sie noch so lange, bis sie sich geduscht und angezogen hatte. Die zweite Tasse Kaffee durfte vor dem Einkauf nicht fehlen. Doch dazu kam es nicht mehr.

Es klingelte an der Tür. Die Post konnte es um die Zeit wohl kaum sein. Die kam erst gegen zehn. Marlis linste durch den Türspion und fand Jürgen Renner vor sich beziehungsweise unter sich im Sichtfeld. Sofort war der Traum wieder präsent. Marlis tippte darauf, dass er vielleicht Hilfe brauchte, um die schweren Brandschutztüren im Keller aufzubekommen. Erst einmal tief Luft holen. Das wirkte sich beruhigend auf den eben erneut in die Höhe geschnellten Puls aus.

»Guten Morgen, Herr Renner.«

»Morgen.«

Marlis sah ihn nur fragend an.

»Ich kriege meinen Koffer nicht allein in den Wagen, und bevor ich jemanden auf der Straße anquatsche …« Es war ihm sichtlich unangenehm, so wie er herumdruckste.

»Sie wollen verreisen?«

Renner nickte.

»Aber Sie sind doch gerade erst eingezogen«, entfuhr es ihr.

»Na und? Was geht Sie das an?«, entgegnete er so pampig, dass sie ihm am liebsten nahegelegt hätte, jemanden von der Straße um Hilfe zu bitten, doch im Kern hatte er ja recht. Es ging sie gar nichts an.

»Nach Spanien«, erklärte er dann in versöhnlicherem Tonfall.

Es klang fast nach »Tut mir leid«. Marlis blickte ihn irritiert an. Spanien? Sie nickte, schnappte sich ihre Schlüssel vom Schuhschrank und verließ die Wohnung, nachdem er etwas zurückgerollt war. Er drückte bereits den Aufzugknopf nach unten, als Marlis ihren Kampf gegen die Neugier verlor.

»So weit? Mit dem Auto?« Sie bemühte sich, es beiläufig zu äußern, was nicht gelang.

Er nickte nur.

»An die Costa Blanca«, sagte er dann doch zu ihrer Überraschung.

»Bis nach Andalusien mit dem Auto?«, wunderte Marlis sich.

Er verdrehte die Augen. Marlis konnte sich keinen Reim darauf machen.

»Ich nehme die Treppe«, sagte sie, woraufhin er per Knopfdruck die Aufzugtür schloss.

Marlis eilte hinunter und konnte es kaum erwarten, bis die Aufzugtür aufging.

»Andalusien. Da reden wir von der Costa del Sol. Die Costa Blanca liegt jedoch zwischen Alicante und Valencia«, klärte er sie sogleich auf.

Ein riesiger Reisekoffer stand bereits vor seiner Wohnungstür. Dass er den nicht allein in den Kofferraum bekam, war klar.

»Aber da sind Sie ja bestimmt tagelang unterwegs. Wäre es nicht einfacher zu fliegen?«

»Und dann? Ich kenne keinen Autoverleih, der Autos mit Handgas und oben angebrachtem Bremshebel anbietet. Behindis kriegen sowieso keinen Leihwagen. Und ich möchte mobil sein.«

Marlis leuchtete das ein. Daran hatte sie gar nicht gedacht.

»Er ist sehr schwer. Schaffen Sie das?«, wollte er wissen.

Marlis nickte zuversichtlich und ging erst einmal zur Tür, um sie ihm zu öffnen.

»Nach Ihnen«, sagte sie fast ein wenig pikiert.

Er fuhr hinaus und wendete den Rollstuhl gleich wieder. Anscheinend wollte er beobachten, ob sie den Koffer tatsächlich ohne Ächzen hinaustragen konnte. Sie schaffte es, trotz gefühlter dreißig Kilo.

»Respekt«, kommentierte er.

»Wo steht Ihr Wagen?«

Renner nickte in Richtung eines blauen Kombis, der unweit des Eingangs geparkt war. Per Knopfdruck fing das Vehikel an zu blinken. Der Kofferraum war nun sicher entsperrt. Nur den Hebel, um ihn zu öffnen, fand sie nicht.

»Lassen Sie mich mal.« Bei Renner bewegte sich die Klappe willig. Marlis schob den Koffer hinein und setzte dazu an, ihn zu schließen. Renner griff flink an eine Gurtrolle und zog ihn selbst zu.

»Und der Rollstuhl?«, erkundigte sich Marlis. Kam der etwa auf den Rücksitz?

»Ich muss doch irgendwie zum Fahrersitz gelangen, oder soll ich mich dort hinbeamen?«

Marlis schüttelte betreten den Kopf.

»Kommen Sie. Ich zeig's Ihnen.« Renner fuhr zur Fahrerseite und öffnete die Tür. Dort klappte er ein seitlich angebrachtes Brett heraus, die Armlehne seines Rollstuhls hinunter und hievte sich dann vom Rollstuhl auf die Verlängerung des Fahrzeugsitzes. Marlies staunte nicht schlecht, als sich per Knopfdruck am Armaturenbrett die seitliche Wagentür zur Seite schob. Er rupfte das Sitzkissen aus dem Rollstuhl und legte es auf den Beifahrersitz. Als Nächstes klappte er die Fußstützen zur Seite und danach den Rollstuhl zusammen. Per weiterem Knopfdruck schob sich eine Art kleiner Kran, der anstelle des Rücksitzes angebracht war, heraus. Kaum stand der zusammengeklappte Rollstuhl in Position, griffen zwei Klammerarme nach der Lehne und zogen ihn nach oben gekippt hinein. Die Tür schloss sich daraufhin von selbst. Renner rutschte zu guter Letzt auf den Fahrersitz.

»Sie sehen. Geht doch.«

»Und wie geben Sie Gas und was ist mit den Bremsen?« Marlis wollte es nun genau wissen.

Renner deutete auf einen Steuerknüppel. Seine Hand lag flink darauf.

»Nach vorne: bremsen, nach hinten: fliegen. Noch weitere Fragen?«

Marlis schüttelte den Kopf. Ihre Zweifel, dass Renner es bis nach Spanien schaffen würde, hatte er eben zerstreut.

»Ich weiß nicht, wie lange ich bleibe. Falls der Briefkasten mit Werbung überquillt: Könnten Sie die rausziehen und einfach wegwerfen?«

Sie nickte. »Dann wünsche ich mal eine gute Fahrt«, sagte sie.

Überraschenderweise reichte er ihr die Hand. »Danke.«

Es kam Marlis' Empfinden nach von Herzen. Auch dass er ihr direkt in die Augen sah, war neu. Sein Händedruck fühlte sich fast so an wie seine Berührungen im Traum. Nun fahr schon, rief sie ihm in Gedanken zu, bevor sie noch weiche Knie bekam!

Im Nu war die Tür zu. Ihr Traum verlor sich endgültig an der nächsten Straßenecke, an der er rechts in Richtung Schnellstraße abbog.

Omas Kaffee konnte zwar Tote wecken, doch ohne die allmorgendliche Fahrradtour zur Uni, Janas zeitmangelbedingte einzige sportliche Betätigung, wäre ihr Kreislauf in einer Grauzone zwischen Leben und Tod. Sie genoss die tägliche Fahrt, auch wenn die Fahrradwege im Berufsverkehr überfüllt waren und um die

Zeit die Luft von den Autos verpestet war. Hier in Freiburg fuhr so gut wie jeder mit dem Drahtesel durch die Stadt – im Sommer wie im Winter. Die Studenten sowieso, da gratis. Das Geld ging ja für die Bude drauf. Dementsprechend überfüllt waren die Fahrradständer außerhalb der Semesterferien. Es sah dann vor der Uni aus wie auf einem Marktplatz für Gebrauchträder. Obwohl die Vorlesungen erst wieder Mitte April begannen, waren die ersten Lernwütigen bereits aus den Ferien eingetrudelt. Ihre Drahtesel standen dort teilweise ineinander verkeilt und mit schweren Ketten gegen Diebstahl gesichert. Nichts war so begehrt wie ein Topfahrrad oder eines mit Elektromotor, was sich nur die betuchtere Studentenschaft leisten konnte. Kerstin gehörte dazu. Sie kettete gerade ihr Luxusgefährt an die Stange des Halteverbotsschilds, an dem bereits weitere dieser Juwelen hingen. Ihre Finanzkraft erkannte man ja schon an den Klamotten, auch, wie oft sie es sich leisten konnte, zum Friseur zu gehen. Wahrscheinlich hatte sie sich für die Klausur krankschreiben lassen. Wer keinen blassen Schimmer von Statistik hatte und in den Übungen stoisch mit seinem Handy herumspielte, der war in diesem Fach natürlich nicht fit. Ein Psychologiestudium ohne Statistikschein konnte sie sich abschminken.

Jana suchte sich ein freies Plätzchen gegenüber, denn morgendlicher Small Talk lag ihr nicht.

Kerstin entdeckte sie dennoch und behielt Jana im Visier, bis sie den Bereich der Low-Budget-Räder, halb verrostete Gammelteile, erreicht hatte. Jana kettete ihres an einem noch freien Winkel der Fahrradständer an.

»Guten Morgen, Frau Werner.«

»Morgen.« Jana vermied es nicht aus Unhöflichkeit, sich zu ihr umzudrehen, vielmehr kämpfte sie noch mit der Kette.

»Schade, dass Sie gestern nicht kommen konnten«, zwitscherte Kerstin aus heiterem Himmel.

Gestern? Was war denn gestern? Dementsprechend verwirrt blickte Jana drein, nachdem sie ihren Drahtesel endlich gesichert hatte.

»Die Grillfeier.« Kerstin half Janas Gedächtnis auf die Sprünge.

Damit konnte ja nur die Grillfeier gemeint sein, zu der Philipp sie eingeladen hatte.

»Woher wissen Sie, dass ich eingeladen war?«

Kerstin schmunzelte süffisant. Spätestens jetzt war Janas Kreislauf voll da.

»Von Philipp. Er hing richtig durch.«

»Meinetwegen?«

»Ich glaube, er hat sich mächtig verliebt.«

Jana erhob sich und holte erst einmal tief Luft. Das war nicht das übliche Gespräch zwischen einer Tutorin und einer Studentin.

»Und woran machen Sie das dingfest?«, sagte Jana geradeheraus.

»Er hat mich abblitzen lassen und dann nur noch von Ihnen gesprochen – als wäre ich seine Psychiaterin.«

Janas Puls fing an zu rasen. »Über mich?«

»Und über sich. Er wollte wissen, was er falsch macht, ob ich ihn für attraktiv befände. Hatte drei Gläser Wein intus, mindestens, aber ich bin mir trotzdem ziemlich blöd vorgekommen. Was soll man darauf schon sagen?«

Jana nickte.

»Und Sie?« Kerstin warf ihr einen auffordernden Blick zu.

Ganz schön frech, diese Nachfrage. Jana lag auf der Zunge, dass Kerstin das überhaupt nichts anging, doch das Gespräch bewegte sich sowieso schon außerhalb des üblichen Rahmens. »Sie können ihn gerne haben«, sagte Jana.

Erst sah Kerstin sie etwas verwundert an, doch dann löste sich ein hoffnungsfrohes Lächeln. Kein Zweifel. Die war scharf auf ihn. Moment. Kerstin stand offenbar auf Romanhelden wie diesen James. Wieso fand sie Philipp dann attraktiv? Das war doch gar nicht ihr Beuteschema.

»Was gefällt Ihnen denn an ihm?« Jana wollte es nun genau wissen.

»Er sieht gut aus, ist intelligent, einfühlsam, und wenn er lächelt …«

»Dann bekommen Sie weiche Knie«, vollendete Jana den Satz.

Kerstin nickte und zuckte mit den Schultern. »Tja, ich geh dann mal in die Statistik-Lerngruppe.«

»Eine ausgezeichnete Idee«, konnte Jana sich nicht verkneifen, woraufhin Kerstins Lächeln verschwand.

Sie nickte ihr höflich zum Abschied zu und steuerte Richtung Eingang.

Jana schaute ihr nachdenklich hinterher. Was stimmte nicht mit ihr? Kerstin war ja nicht die Erste, die Philipp Avancen machte. Dieser Umstand bestätigte Jana, dass es sich bei ihm um ein begehrenswertes Exemplar handelte. Das brachte sie ins Grübeln, mit dem Ergebnis, ihr Innenleben als komplett unstimmig zu beurteilen. Auf der einen Seite die These vertreten – darauf steuerte ihre Doktorarbeit ja zu –, dass sprühende Funken nur ablenkten, um den wahren Partner fürs Leben zu finden. Auf der anderen Seite einen Traummann vor der Nase zu haben und nichts für ihn zu empfinden außer Sympathie. Das passte nicht wirklich zusammen. Zwei Mal war sie mit Philipp im Kino gewesen, einmal auf einer Unifeier. Anfangs, vor Monaten, als das Thema ihrer Dissertation noch nicht klar formuliert gewesen war, hatte sie gedacht, das große Los gezogen zu haben. Das Selbstexperiment war nachweislich misslungen. Hatte die Recherche sie etwa blind für große Gefühle gemacht? Denkbar. Waren es Bindungsängste, weil die Ehen ihrer Mutter und Großmutter krachend gescheitert waren? Oma schien eine

Vernunftehe eingegangen zu sein. Bei Mama war das nicht anders gewesen, wie sie ebenfalls von ihrer Großmutter wusste.

Jana fühlte sich gerade reif für die Couch beim Seelenklempner. Auf ihrem Weg zum Eingang scannte sie jeden Winkel ihres Gehirns auf der Suche nach einer plausibleren Erklärung. Philipp hatte ihr nach ihrem zweiten Kinobesuch gestanden, dass er davon träumen würde, eines Tages eine Familie zu haben. Heirat in Weiß. Die volle romantische Nummer. Das musste es wohl gewesen sein. Eine ganz normale Reaktion des Unterbewusstseins, denn Jana fühlte sich noch viel zu jung für den Traualtar und die Aufgaben einer Mutter. Daher hatte sie kein Interesse an Männern fürs Leben. Sie atmete regelrecht auf, dass ihr das eben eingefallen war. Der Gedanke beruhigte, weil er sich stimmig anfühlte. Hoffentlich kreuzte heute niemand in der Sprechstunde auf. Jana interessierte sich nämlich brennend dafür, ob James und Ellen am Ende zusammenblieben.

Kapitel 3

Frau Stehle gehörte zu Marlis' Stammkundschaft. Einundsiebzig, einen Bandscheibenvorfall vor drei Jahren hinter sich, aber dank regelmäßiger therapeutischer Yogastunden wieder schmerzfrei. Den Knöchel hatte sie sich vor zwei Wochen verstaucht. Die richtige Haltung und eine Stärkung der Muskulatur konnten auch in diesem Fall wahre Wunder bewirken. Statt der üblichen vierzig Euro pro Privatstunde gab sie ihr jedes Mal einen Fuffi. So auch heute. Dafür kredenzte Marlis ihr eine Tasse grünen Tee und ein Gespräch über Gott und die Welt, was Frau Stehle auch in der Seele guttat, weil sie seit dem Tod ihres Mannes allein lebte. Sah man von wenigen verbliebenen Freundinnen und Small Talk an der Kasse des Supermarkts einmal ab, hatte sie kaum noch Ansprache.

»Eine richtig schöne Stunde heute«, frohlockte Frau Stehle, als sie an der Tür in ihren Blazer schlüpfte.

»Ich begleite Sie nach unten«, bot Marlis sicherheitshalber an, nicht, dass die ältere Dame noch einmal ausrutschte wie auf der Treppe bei ihr zu Hause. So ganz stabil war der Knöchel noch nicht.

Marlis schnappte sich den Wohnungsschlüssel und verließ mit ihrer Patientin die Wohnung. Sie ging vor, Frau Stehle immer im Blick, doch sie meisterte die Treppe ohne Probleme.

»Ich habe auch keine Angst mehr vor so schmalen Treppen«, gab ihr Frau Stehle zu verstehen.

Ebenfalls eine Sache, an der man mit Yoga arbeiten konnte. Frau Stehle hatte ihre Mitte wohl wiedergefunden. Marlis öffnete ihr die Haustür und hielt sie ihr auf.

»Bis nächste Woche. Ich weiß nur noch nicht genau, wann. Mein Sohn kommt zu Besuch«, verabschiedete sich Frau Stehle.

»Rufen Sie mich einfach an«, erwiderte Marlis.

Frau Stehle nickte und ging. Marlis sah ihr noch für einen Moment nach und war schon dabei, die Haustür zu schließen, als ein Taxi unmittelbar vor dem Haus hielt. Nanu! Auf dem Beifahrersitz saß doch Renner. Marlis musste gleich zwei Mal hingucken. Wo war denn sein Wagen? Wieso saß er in einem Taxi?

Noch bevor ihm der Taxifahrer, ein junger, kräftiger Mann, die Beifahrertür öffnete, hatte Renner sie durch das geöffnete Fenster bereits erspäht.

»Fragen Sie besser nicht«, rief er ihr zu.

Der Taxifahrer zog inzwischen Renners Rollstuhl aus dem Kofferraum, dann seinen Koffer, den er vor der Haustür abstellte.

»Der Wagen ist Schrott«, erklärte Renner von sich aus.

Marlis starrte ihn ungläubig an.

»Können Sie mit anpacken?«, forderte der Taxifahrer sie auf.

»Geht schon. Stellen Sie den Rollstuhl einfach neben die Tür.« Es schien Renners Eigenart zu sein, jede helfende Hand zunächst zurückzuweisen.

Marlis eilte dennoch zu Hilfe, denn im Gegensatz zu Renners Fahrzeug lag der Sitz des Taxis wesentlich tiefer. Aus eigener Kraft kam Renner nie im Leben auf seinen Rollstuhl.

Der Taxifahrer packte ihn unter den Armen und versuchte, ihn hochzuhieven. Allein und mit ungeübter Hand ein nahezu aussichtsloses Unterfangen.

Marlis' Gespür für den Körper kam ihr zugute. »Weiter unten greifen«, wies sie den Taxifahrer an, schob sich zwischen die Beifahrertür und Renner und legte nun selbst auf Brusthöhe Hand an. Der Taxifahrer umklammerte Renners Hüfte. Das war höchste Zeit, denn Renner saß nur noch auf einer halben Pobacke auf dem Fahrersitz. Seine Hände rangen um Halt am Rahmen des Fahrzeugs. Er hing wie ein angeschlagener Boxer in den Seilen.

»Jetzt zugleich!«

Es klappte. Renners Po landete punktgenau auf dem Sitz seines Rollstuhls. Er atmete auf.

»Ihre Quittung.« Der Taxifahrer kramte sie vom Ablagefach neben seinem Fahrersitz hervor und reichte sie Renner. Marlis warf ungewollt einen Blick darauf, was Renner nicht entging. Hundertfünfundachtzig Euro.

»Alles Gute«, wünschte ihm der Taxifahrer, umrundete sein Fahrzeug und stieg ein.

»Abschleppen war ja umsonst, aber von der Spezialwerkstatt hierher …«, erklärte Renner sich.

»Was ist denn passiert?«, erkundigte sich Marlis, als das Taxi losfuhr.

»War in Gedanken. Rechts vor links übersehen. Bang! Kotflügel. Motorhaube. Motor. Alles im Arsch. Der Kombi ist aber auch zu schnell gefahren.«

»Gott sei Dank ist Ihnen nichts passiert. Sie müssen einen Schutzengel haben.«

»Einmal hat er ja nicht auf mich aufgepasst.« Renner deutete auf seine Beine.

»Ein Verkehrsunfall?«

»Mit fünfundzwanzig. Beim Surfen in Spanien. War meine Leidenschaft.«

»Wollten Sie deshalb hin?« Marlis kam dies als Erstes in den Sinn. Vielleicht der Melancholie wegen. In älteren Jahren, das wusste sie von sich selbst, tendierte man dazu, sich an die glorreichen Jahre der Jugend zu erinnern.

In Renner schien es zu arbeiten. Es dauerte eine Weile, bis er ihr antwortete. »Ich wollte zur Beerdigung eines Freundes.«

»Das tut mir leid. Ist er erst kürzlich verstorben?« Dies würde seine plötzliche Aufbruchsstimmung erklären. Sie hatte sich bereits gefragt, warum jemand einen Tag nach dem Einzug nach Spanien fuhr. Da räumte man doch erst einmal die ganzen Umzugskisten aus.

»Weiß ich nicht«, gab er gedankenverloren zurück.

»Aber dass er tot ist, wissen Sie?«, entgegnete Marlis, weil es ihr absurd vorkam, was er eben gesagt hatte.

»Ja!«

Das war wieder der Renner, den sie kannte. Pampig im Unterton, doch da schlug er urplötzlich die Hände vors Gesicht.

»Wie komme ich da jetzt nur hin? Kann ich doch alles vergessen. Fliegen und dann mit dem Taxi nach Dénia? Kurzfristig kostet der Flug nach Valencia oder Alicante bestimmt ein Vermögen. Das Taxi sowieso. Der Zug? Zwei Tage unterwegs und nicht direkt. Und das im Rollstuhl? Es gibt auch keine direkte Verbindung nach Dénia von Alicante aus. Und nach der Umsteigerei, wie komme ich dann weiter?«

Der Mann wirkte verzweifelt. »Dénia?« Marlis hatte noch nie davon gehört.

»Liegt zwischen Alicante und Valencia an der Costa Blanca.«

»Jetzt kommen Sie erst einmal rein.«

Renner nickte.

Marlis sperrte die Haustür auf, hängte die Tür ein, damit er problemlos reinkam, und schleppte den Koffer vor seine Tür. Als er seinen Wohnungsschlüssel aus seiner Hosentasche kramte, wirkte er wie ein Häuflein Elend.

»Und wenn Sie doch den Flieger nehmen? Kennen Sie denn dort niemanden, der Sie abholen könnte?«

»Schon zu lange her«, erwiderte er resigniert.

»Vielleicht jemand aus der Nachbarschaft oder der Familie des Verstorbenen?« Sie an seiner Stelle würde nicht so schnell aufgeben.

»Nachbarschaft? Ich weiß ja nicht einmal, wer aktuell neben meinem Haus wohnt.« Renner erweckte den Eindruck, als wäre ihm das ungewollt rausgerutscht.

»Sie haben ein Haus in Spanien?«

Er nickte fast beiläufig.

»Wann waren Sie denn das letzte Mal dort?«

»Ich möchte allein sein«, gab er ihr zu verstehen und sperrte seine Wohnungstür auf.

»Und der Koffer?«

»Das schaff ich schon.«

Marlis nickte. Mitanzusehen, wie er sich abmühte, den schweren Koffer Stück für Stück hinter sich herzuziehen, war herzerweichend, aber er wollte es ja so.

Auf dem Rückweg von der Uni nach Hause wäre Jana um ein Haar mit einem Kurierfahrer auf dem Fahrradweg kollidiert. Das kam davon, wenn man seine Gedanken in die Abgründe der menschlichen Psyche lenkte und sich selbst für völlig irre hielt. James und Ellen hatten sich tatsächlich fürs Leben gefunden. Und wie sie diesem Moment während der Sprechstunde, in der nur ein einziger Student mit einer Nachfrage zu ihren Korrekturen aufgetaucht war, entgegengefiebert hatte. Bis zum Ende war Ellen sich nicht sicher gewesen, ob sie sich auf James einlassen sollte, hatte gezweifelt, ob er überhaupt in der Lage war, ihr treu zu sein und ein normales Leben zu führen. Seinem Heiratsantrag, weil er noch nie zuvor eine Frau so sehr begehrt und geliebt habe, hatte Ellen nicht widerstehen können. Dumme Kuh! Spätestens in einem Jahr waren die doch geschieden. Ein Ex-Marine, Sohn eines reichen Schnösels und Womanizer, wie er im Buche stand, folgte früher oder später, wenn der Alltag bei den beiden einkehrte, seinem Jagdinstinkt – Ergebnis ihrer Studien und nackte Lebenserfahrung. Ihre Kommilitoninnen konnten Lieder davon singen. Und so einen Mist las sie!

Das allein war es aber noch nicht gewesen, um nahezu in Trance nach Hause zu radeln. Ihr Unterbewusstes schien mittlerweile süchtig nach Romance dieser Art zu sein. Nicht auszuschließen, dass sie heute von diesem James träumte. Eben. Das ist alles nur zum Träumen gedacht, sagte sie sich. Die Realität sah anders aus. Die hieß Philipp. Der arme Kerl. Am Ende tat sie ihm unrecht. Es fühlte sich so an wie eine Zwickmühle. Typen wie James – geil. Typen wie Philipp ungeil, weil zu glatt, jedoch beziehungstauglich, aber irgendwann hauten die ja auch ab. Wenn sie sowieso alle abhauten, dann war »geil« doch die bessere Option, oder? Letztlich um keine Erkenntnis reicher fuhr Jana das Fahrrad in die Tiefgarage, wo sie es im Fahrradkeller abstellte. Kaum im Treppenhaus, also raus aus dem handysignalschluckenden Bunker und wieder online, quakte der Frosch. Der hatte ihr gerade noch gefehlt.

Hi Jana, hab dich gestern vermisst. Was will ich machen? Denke ständig an dich. Philipp

Jana stand wie angewurzelt vor dem Aufzug, entschied sich dann aber für das Treppenhaus. Zwei Stockwerke weiter oben und vor Omas Wohnungstür war der gestiegene Adrenalinspiegel einigermaßen abgebaut. Wieder Herr ihrer Sinne erteilte Jana sich ein Leseverbot für die Fortsetzungsromane »Stille Sehnsucht« und »Stille Hoffnung«. Sie hatte keinen Bock mehr, weder auf geile noch auf ungeile Männer. Sie sollte jetzt endlich ihre Doktorarbeit schreiben. Punkt. Mit diesen Gedanken sperrte sie die Wohnungstür auf und trat ein.

Oma um die Mittagszeit nicht am Herd vorzufinden, überraschte Jana. Die Glotze war auch aus und der gewohnte Duft eines Mittagsmenüs des Hotels Oma fehlte. Sie saß stattdessen vor ihrem Laptop, die Lesebrille auf der Nase. Probleme mit der Steuer? Irgendetwas Dringliches? So eine angespannte Miene kannte sie an ihrer Großmutter gar nicht. Nebenkostenabrechnung?

»Hallo, Oma.«

»Jana«, kam ungewöhnlich kurz angebunden zurück, ohne ihren Blick von ihrem Laptop abzuwenden.

Jana stellte ihre Tasche ab und ging zu ihr, um einen Blick auf den Bildschirm zu erhaschen. Costa Blanca? Gestern war es noch die Dom Rep gewesen.

»Urlaub in Spanien? Schaust du nach Angeboten?«

»Ach wo! Der neue Mieter, Herr Renner, muss nach Spanien.«

»Suchst du ihm günstige Hotels heraus?« Jana konnte sich keinen anderen Reim auf die Aktion ihrer Großmutter machen.

»Er wollte zur Beerdigung seines Freundes fahren. Mit seinem behindertengerecht umgebauten Auto. Und dann ist ihm jemand reingebrettert. Sein Fahrzeug ist Schrott.«

»Und?« Was wollte Oma ihr damit sagen?

»Wie soll er denn da jetzt hinkommen? Leihwagen für Menschen wie ihn gibt's nicht. Er kennt auch niemanden, der ihn abholen könnte, was ich gar nicht verstehe, weil er doch dort ein Haus hat.«

»Er hat ein Haus an der Costa Blanca?«

Marlis nickte.

»Und mit dem Flieger? Mit der Bahn? Und dann Taxi?«

»Zu teuer. Außerdem will er mobil sein, und mit der Bahn? Im Rollstuhl zwei Tage unterwegs und umsteigen?«

Nun war es Jana, die nickte.

»Ich habe mir schon überlegt, ob ich ihn fahre«, sagte Oma so, als wäre es das Selbstverständlichste der Welt.

»Du? Die lange Strecke? Und nachtblind bist du ja auch noch.«

»Ein Stopp in Frankreich. Zwei mal acht Stunden.« Omas Planung schien ja schon ziemlich konkret zu sein, aber sie war Janas Ansicht nach völlig irre.

»Du bist doch schon letztes Jahr bei unserem Ausflug nach München nachts fast gegen die Leitplanke gefahren. Wenn ich nicht dabei gewesen wäre, wärst du schon da oben bei Mama im Himmel.«

»Nachts, aber tagsüber sehe ich noch ganz gut. Es kommt ja eh keiner in deine Sprechstunden. Da kann doch mal eine ausfallen, oder?«

»Was? Ich soll mitfahren?«

»Er hat ein Haus. Er lässt uns sicher als Gegenleistung dort wohnen. Schau dir mal die Strände dort unten an. Kilometerlang. Um die Zeit ist es schon schön warm. Die Orangenbäume blühen. Es gibt viel zu sehen. Wir waren so lange nicht mehr im Urlaub. Ich kann mich gar nicht mehr erinnern, wann ich das letzte Mal das Meer gesehen habe – außer in der Glotze.«

Marlis deutete auf die Fotos auf dem Bildschirm. Traumhaft blühende Landschaften, Pinien- und Zedernwälder, weiße

Sandstrände grenzten an tiefblaues Meer, ein türkisfarbener Binnensee, faszinierende, schroffe Steilküsten und jede Menge Kultur: protzige Festungen, alte Herrenhäuser und sogar ein Palast der Borgias. Wow!

»Aber ich weiß ja. Blöde Idee. Ging mir nur vorhin durch den Kopf, weil er mir so leidgetan hat. Er würde solch ein Angebot sowieso nicht akzeptieren«, meinte Oma dann doch eher resigniert.

In Janas Kopf fing es an zu rattern. Kostenloser Urlaub. Strand, Sonne, Meer, Sightseeing und Philipp von der Backe, ohne lügen zu müssen, schließlich konnte sie ihre Großmutter die lange Strecke unmöglich allein fahren lassen. Pause von der Doktorarbeit. Nicht mehr an Männervarianten denken, sondern sich dem Zauber dieses Küstenabschnitts hingeben. Rein technisch möglich, weil die Vorlesungen erst Mitte April begannen.

»Du kannst ihn ja mal fragen. Ich meine … das mit dem Urlaub. Würde mir grad auch guttun. Ist doch bestimmt nur für 'ne Woche, oder?«

»Und meine Kurse?«, wandte Marlis ein.

»Wenn ich ein oder zwei Sprechstunden absage, kannst du deine Kurse doch auch mal für die paar Tage sausen lassen.«

Ihre Großmutter schien in sich zu gehen.

»Also, ich wäre dabei«, signalisierte Jana ihr.

»Er ist schwerbehindert. Vergiss das nicht. Mein Auto ist nicht dafür ausgelegt.«

»Es hat Sitze und der Kofferraum ist sicher groß genug für seinen Rollstuhl«, versuchte Jana, ihrer Großmutter zu verklickern.

»Wir kennen ihn doch gar nicht.« Omas Einwand empfand Jana als halbherzig, also beschloss sie, gleich noch ein paar Kohlen nachzulegen.

»Aber wie soll er sonst nach Spanien zu dieser Beerdigung kommen? Wir tun ihm was Gutes und uns auch. Das ist eine echte Win-win-Situation.«

Für einen Moment starrte Oma auf die Fotogalerie vor ihr. Erst angespannt und mit Sorgenfalten auf der Stirn, die sich aber mit jedem Mausklick auf eine der traumhaft schönen Locations entspannten. Sie fand ihr Lächeln wieder. Ob der Renner das überhaupt wollte, stand allerdings in den Sternen.

Sie musste verrückt sein! Marlis kam dieser Gedanke nach jeder zweiten Treppenstufe, die sie hinunter ins Erdgeschoss nahm. Ihre Überlegungen gipfelten in dem Eingeständnis, dass es nicht nur ein Akt der Nächstenliebe war, der sie darauf gebracht hatte, Jürgen Renner anzubieten, ihn nach Spanien zu kutschieren. Sicher tat er ihr leid. Die besonderen Umstände, dass es ihm nun unmöglich war, ohne fremde Hilfe einer Beerdigung beizuwohnen, spielten auch eine Rolle. Urlaub in Spanien für lau? Auch das, aber der ureigenste Impuls war ein anderer. Marlis kam nicht umhin, sich einzugestehen, dass sie ihn spontan irgendwie mochte, gerade weil er so ruppig war – genau wie sein Humor. Er meisterte trotz seiner Behinderung das Leben. Auch das beeindruckte sie. Als sie vor seiner Wohnungstür stand und der Finger bereits über dem Klingelknopf schwebte, gesellte sich noch ein weiterer Grund hinzu. Zweifelsohne war er ein attraktiver Mann. Diese schönen ausdrucksstarken Augen. Seine sonore Stimme. Marlis holte tief Luft, um den Anflug eines Hauchs von Verliebtheit abzuschütteln. Der Mann war schwerbehindert, und das Letzte, was er gebrauchen konnte, war eine Yogatante, die ihn für attraktiv hielt. Hilfe hingegen schon. Der zittrige Finger fand nun endlich sein Ziel. Sie musste zwei Mal klingeln, bis sich etwas hinter der Tür regte und er sie öffnete. Er wirkte nach wie vor niedergeschlagen, doch zu Marlis' großer Überraschung rang er sich ein Lächeln ab.

»Ich möchte mit Ihnen über die Fahrt nach Spanien sprechen«, brachte Marlis hervor.

Nun sah Renner sie so an, als würde eine Zeugin Jehovas vor ihm stehen – mehr als nur irritiert.

»Inwiefern?«, fragte er sachte nach.

Von weiter oben aus dem Treppenhaus vernahm sie eine Wohnungstür, die ins Schloss fiel. Marlis spähte demonstrativ nach oben. So etwas besprach man nicht zwischen Tür und Angel.

»Darf ich reinkommen?«

Eine Zeugin Jehovas in die Wohnung lassen, die sich dann anwanzte? Genau das las Marlis in seinem Gesichtsausdruck. Er nickte trotzdem.

»Aber schauen Sie sich nicht um. Ich bin noch nicht zum Auspacken gekommen.«

Marlis hätte schon die Augen schließen müssen, um das Chaos zu übersehen. Ein Wunder, dass zwischen den Kistenstapeln noch genug Platz war, um mit seinem Rollstuhl ins Wohnzimmer zu gelangen. Klamotten lagen verteilt auf der Couch. Darauf würde er sich wahrscheinlich eh nicht setzen, überlegte Marlis. Lediglich der Fernseher und ein kleines Tischchen, auf dem eine Obstschale und zwei Fernbedienungen lagen, erweckten den Anschein, als würde hier drin tatsächlich schon jemand leben.

»Das dauert noch«, merkte er an.

»Wenn Sie möchten, ich könnte …«

»Müssen Sie nicht. Ich komme wirklich klar.«

Seine Bemerkung kaufte Marlis den Schneid ab, gleich auf ihr Anliegen zu sprechen zu kommen. Wenn sie ihm schon nicht einmal beim Kistenauspacken helfen durfte, dann war an eine Fahrt an die Costa Blanca nicht zu denken.

Erst als sie sich in die Mitte seines Wohnzimmers vorgearbeitet hatten, drehte er den Rollstuhl um. »Es geht also um Spanien?«

Marlis machte die Frage dermaßen nervös, dass sie wie üblich in solchen Situationen anfing, die Arme vor dem Körper zu verschränken, um seitlich, sodass es niemand sah, an ihrer Bluse herumzuzupfen. Ein gedachtes »Ommm« half. Ein tiefer Atemzug hauchte ihr genug Mut ein, um endlich auf den Punkt zu kommen.

»Sie wollen doch auf diese Beerdigung«, fing sie an.

Renner musterte sie argwöhnisch, nickte schließlich aber doch.

»Ich war schon lange nicht mehr in Spanien und da kam mir ganz spontan der Gedanke …«

»Sie wollen mich begleiten?« Eine lange Leitung hatte Renner nicht.

Marlis nickte verunsichert. Renner stierte sie ungläubig an, was Marlis gleich wieder dazu veranlasste, an ihrer Bluse zu zupfen.

»Hmmm«, grummelte er.

»War ja nur so eine Idee.« Marlis fürchtete, sich eben lächerlich gemacht zu haben.

»Nun ja … Aber das ist eine verdammt lange Strecke. Trauen Sie sich das überhaupt zu?«

Das klang in Marlis' Ohren wie ein »Ja«. Der Bluse blieben weitere Knitter erspart. »Ich fahre gerne und der Kofferraum meines Kombis ist groß genug, um Ihren Rollstuhl unterzubringen. Außerdem gäbe es noch die Möglichkeit, uns während der Fahrt abzuwechseln.«

»Abwechseln?« Renner sah sie entgeistert an.

»Meine Enkelin. Jana. Sie hätte auch nichts gegen eine Auszeit. Jana hat in der vorlesungsfreien Zeit an der Uni nicht allzu viel zu tun und … Sie haben Sie einmal im Treppenhaus gesehen. Jana wohnt bei mir und studiert Psychologie, eigentlich ja Wirtschaft, aber sie promoviert gerade im Nebenfach.« Marlis erzählte das nur, um irgendetwas zu sagen. Wahrscheinlich interessierte ihn Letzteres gar nicht. Zur Sache tat es auch nichts.

Renner rührte sich nicht.

»Sie hat auch Fahrerfahrung.«

»Sie promoviert aber nicht über Schwerbehinderte?«, hakte er misstrauisch nach.

Marlis' Anspannung löste sich. Seine Frage amüsierte sie, während sie den Kopf schüttelte.

»Worüber dann?«

»Letztlich darüber, den Partner fürs Leben zu finden.« Das war Marlis' Meinung nach die Kurzform.

»Darüber kann man promovieren? Aha. Nun. Also, sehen Sie … Ich weiß gar nicht, ob ich Ihr Angebot annehmen kann. Für den Sprit und Hotelkosten käme ich natürlich auf. Nur die ganzen Umstände …«

»Aber Sie haben doch ein Haus. Für uns wäre das wie Urlaub.« Mit bezahlter Anreise, überlegte Marlis. Anscheinend hatte er auf seinem Konto bei der anderen Bank noch genügend Knete, sonst hätte er ihr das wohl kaum vorgeschlagen.

Renner stutzte.

»Ich weiß noch nicht einmal, ob man aktuell darin wohnen kann. Strom. Wasser …«

»Sehen wir ja dann«, sagte Marlis.

»Wann wollen Sie fahren?«

Bingo. Renner hatte angebissen. »Morgen früh, um acht? Ich bringe den Wagen noch in die Werkstatt. Die sollen die alte Kiste durchchecken.«

»Ist was mit dem Wagen?«

»Der hat bestimmt schon fünfzehn Jahre auf dem Buckel. Ein alter Audi. Den hat noch mein Mann gekauft. Der ist viel zu groß für die Stadt, aber ideal für längere Fahrten.«

»Ein Andenken an Ihren verstorbenen Mann?«

»Andenken? Wohl kaum.«

»Geschieden?«

»Verlassen und drei Jahre später den Löffel abgegeben. Zu viel von den blauen Pillen. Sie verstehen?«

»Die gab's zu meiner Zeit noch nicht und jetzt brauch ich sie auch nicht mehr«, sagte er schmunzelnd.

Sein Lächeln war bezaubernd. Es steckte Marlis aber momentan nicht an, weil sie augenblicklich die Geräusche aus der Spüle im Ohr hatte.

»Dann bis morgen um acht. Vor dem Haus. Schaffen Sie das?« Das war Marlis' Ansicht nach einfacher, als ihn hinunter zur Tiefgarage zu zitieren.

Er nickte und setzte bereits dazu an, sie zur Tür hinauszugeleiten.

»Ich finde schon allein raus«, sagte sie. Als sie die Wohnungstür erreichte, konnte sie kaum glauben, dass sie morgen mit Jana und einem Mann im Rollstuhl nach Spanien fahren würde. Es fühlte sich gut an. Als sie die Tür hinter sich zuzog, löste sich ein befreites Lächeln.

Omas Reisefieber war ansteckend. Ihren Kurs im Seniorenstift und ihre Einzeltermine zu Hause hatte sie bereits problemlos telefonisch absagen können. Gleich vor dem gestrigen Abendbrot hatte Oma das Internet erneut komplett nach Sehenswürdigkeiten an der Costa Blanca abgegrast, war jedem Link gefolgt und hatte bis in die Nacht noch damit angefangen, Spanisch für Anfänger zu lernen. Ein Crashkurs, um im Supermarkt und in Restaurants guten Willen zu zeigen. Angeblich würden dort aber die meisten Spanier im Tourismusgewerbe Englisch oder sogar Deutsch sprechen. Gleich nachdem sie Jana vom Ergebnis ihrer Unterredung mit Herrn Renner berichtet hatte, waren sämtliche Unterlagen zu ihrer Doktorarbeit in einer Schublade ihres Schreibtisches verschwunden, die Bücher ins Regal gewandert. Und welche Wonne, Philipp ausnahmsweise einmal ohne schlechtes Gewissen absagen zu können und ihm klarzumachen, dass sie für mindestens eine Woche wohl schlecht zu erreichen sei. Allerdings hatte wieder einmal die arme zerbrechliche Oma herhalten müssen, die einen Freund nach Spanien begleiten musste. Sei's drum.

Viel Spaß in Spanien. Ich beneide Dich. Das deutete darauf hin, dass er es geschluckt hatte.

Noch bevor sie ihren bereits am Vorabend gepackten Koffer verschloss, quakte es zu Janas Überraschung dann doch noch einmal.

Gute Fahrt und komm heil zurück.

Sie beantwortete es mit einem nach oben gerichteten Daumen.

»Bist du fertig? In zehn Minuten geht's los. Musst du noch mal ins Bad?«, hörte sie Oma rufen.

»Ich komme.« Jana schleifte ihren Koffer in den Flur, wo ihre Großmutter bereits mit ihrem kleinen Köfferchen Spalier stand. Der von Jana sah nach einem dreiwöchigen Urlaub aus.

»Du hast ja deinen halben Kleiderschrank dabei. Wenn der mal noch ins Auto passt«, beschwerte Oma sich.

»Ich kann ja nicht jeden Tag mit den gleichen Jeans rumlaufen.« Costa Blanca! Dort residierten doch die Reichen und Schönen.

»Also, fünf Stunden schaff ich mindestens. Ich merk es dann immer im Kreuz«, verkündete Oma. Sie wirkte etwas angespannt.

»Keine Sorge. Wir wechseln uns ab.«

Oma nickte daraufhin gedankenverloren.

»Ferien! Oma! Ferien!« Janas Urlaubsstimmung prallte gegen eine Wand.

»Hoffentlich kann er in dem Wagen gut sitzen. Und kommt rein und raus. Die Sitze sind ja tiefer als bei seinem Fahrzeug.«

»Aus dem Taxi habt ihr ihn doch auch rausbekommen.« Zumindest hatte ihre Großmutter sich am Vortag damit gebrüstet.

»Er muss bestimmt häufig aufs Klo«, gab die statt einer Antwort zu bedenken.

»Wir packen das.«

Oma sah so aus, als hätte sie plötzlich ganz schön Respekt vor der Aufgabe. Sie öffnete dennoch endlich die Wohnungstür und schritt mit ihrem Koffer hinaus auf den Gang. Jana folgte ihr und schloss hinter sich ab.

»Er wartet schon draußen vor dem Wagen«, merkte Marlis an. Sie hatte den alten Audi bereits am Abend aus der Tiefgarage geholt, als ein vor dem Haus parkendes Fahrzeug weggefahren war.

Jana ging mit ihrem Koffer vor und öffnete ihrer Großmutter die Haustür.

Renner nahm sie draußen gleich in Empfang. »Guten Morgen. Sie müssen Jana sein.«

Es ging ja doch, eine Nachbarin zu begrüßen. Jana erwiderte den Gruß, genau wie ihre Oma.

»Am besten, wir verstauen erst einmal das Gepäck«, schlug sie vor.

Renner nickte.

Oma taxierte besorgt den Rollstuhl.

»Ich kenn das Automodell. Wenn wir einen Sitz umklappen, passen hinten drei Koffer und der Rollstuhl locker rein«, beruhigte er sie.

Gesagt, getan. Jana legte ihren hinein – ganz nach links. Der ihrer Großmutter passte noch drauf. Renner hatte neben einem mittelgroßen Koffer außerdem eine große Tüte dabei.

»Die auch?«, wollte Jana wissen.

Er nickte und reichte sie ihr. Ganz schön schwer, diese Plastiktüte. Prompt riss ein Henkel ab. Verschweißte Pakete, auf denen Senioren abgebildet waren, purzelten heraus. Jana hob eines auf, um es wieder in die Tüte zu stopfen.

»Pampers für Große. Wir müssten sonst zu oft anhalten«, erklärte er schulterzuckend.

Die witzige Bemerkung verfehlte bei Jana ihre Wirkung, weil sie ihm anmerkte, wie unangenehm es ihm war, sie mit dem Päckchen Senioreneinlagen in der Hand herumhantieren zu sehen.

Jana tauschte Blicke mit ihrer Großmutter. Sie wirkte erleichtert. Also doch keine allzu häufigen Stopps. Jana schenkte ihm ein unverbindliches Lächeln. Jetzt bloß kein falsches Wort oder eine falsche Reaktion. In dem Moment machte Jana sich bewusst, dass es ihr im Umgang mit Menschen wie ihm an Erfahrung mangelte.

Marlis öffnete die Beifahrertür und danach die zur Rückbank.

»Wo möchten Sie sitzen? Vorn oder hinten?«

Renner begutachtete die Sitzgelegenheiten.

»Hinten.«

»Na, dann wollen wir mal. Jana!« Oma hatte sie bereits heute Morgen beim Frühstück instruiert, wo sie anzupacken hatte. Renner klappte die Armlehne zur Seite und zog sich mit seinen kräftigen Armen am Autodach etwas hoch.

»Mit etwas Schwung kann ich mich vielleicht reinfallen lassen.«

»Lieber nicht.« Marlis packte ihn unter den Armen, Jana wie verabredet an der Hüfte, um ihn hineinzubugsieren.

»Hast du ihn?«, vergewisserte sich Jana.

Schweiß trat nicht nur auf Renners Stirn. Oma war zwar topfit, aber der Mann wog bestimmt siebzig bis achtzig Kilo.

Oma nickte zuversichtlich.

Renner krallte sich wie ein Bergsteiger am oberen Rahmen des Wagens fest. Marlis stöhnte vor Anstrengung.

»Auf drei.«

Jana schob seine Hüfte auf den Sitz. Renner ruderte mit den Armen und fand Halt an der Rückenlehne des Beifahrersitzes. Geschafft. Allerdings spürte Jana einen Stich im Rücken. Ungewohnte Bewegung.

»Bin schon mal komfortabler gereist«, stellte Renner fest, der immer noch damit kämpfte, die bequemste Position zu finden und seine Beine zu verstauen.

»Von einer Reise erster Klasse war nicht die Rede«, erinnerte ihn Oma augenzwinkernd.

Er ächzte, gab einen abfälligen Laut von sich, schmunzelte dann aber doch.

Marlis faltete sorgfältig den Rollstuhl und verstaute ihn im Kofferraum. Anschließend stieg sie auf der Fahrerseite ein.

»Bequem so? Ich habe oben noch ein Sitzkissen aus Memoschaum«, bot Marlis ihm an, als sie am Steuer saß.

»Alles gut.«

Jana stieg daraufhin auch ein. Die Anspannung ihrer Großmutter war kaum zu übersehen. Sie rückte den Spiegel zurecht, spielte an der Einstellung ihrer Rückenlehne herum und testete das Navi.

»Ich heiße Jürgen. Wollen wir uns nicht duzen? Ist 'ne lange Fahrt.«

»Jana.«

»Marlis.«

Das wäre dann auch geklärt, sagte Jana sich. Auf in den Urlaub! Hoffentlich verkraftete ihr Rücken es, wenn sie ihn noch ein paar Mal ein- und ausladen mussten, so wie er gerade schmerzte.

Kapitel 4

Sechzehn Stunden ohne Pausen, also zwei mal acht reine Fahrtzeit und locker eher neun bis zehn, rechnete man Pipi- und Essenspausen mit ein – schneller kam man mit dem Auto nicht an die Costa Blanca. Über die Schweiz hätte es Marlis' Recherchen nach sogar länger gedauert und die Vignette war teurer als die Autobahngebühr des französischen Abschnitts, den sie sich in diesem Fall erspart hätten. In Mühlhausen über die Grenze und dann in westlicher Richtung nach Lyon, von wo aus die Strecke kerzengerade Richtung Süden führen würde. Doch so weit war es noch lange nicht. Fahren in Frankreich strengte an – trotz eines Tempolimits und somit ohne Raser, die einem in deutschen Landen oft an der Stoßstange klebten und mit der Lichthupe scheuchten. Den Stress verursachten Marlis unentwegt wechselnde und somit irreführende Beschilderungen mit Geschwindigkeitsbegrenzungen. Google zeigte grundsätzlich andere Werte an. Baustelle hier, Baustelle da und die Krönung war eine ganze Armada von Blitzern. Dann sich lieber auf einer deutschen Autobahn scheuchen lassen. Dazu kam noch Janas Anspannung – dank ihrer Blitzer-App, die gefühlt alle zehn Minuten vor einer Radarfalle oder einem fest installierten Blitzer warnte und dabei infernalisch laute Signaltöne von sich gab. Marlis war jedes Mal, wenn die losgelegt hatte, zusammengezuckt und hatte Jana noch vor Dijon angewiesen, dieses Ding endlich auszustellen, weil die App anscheinend Gespenster sah oder mit Daten aus den Achtzigern gefüttert war.

Janas Warnungen, ein Countdown der Meter bis zur nächsten Gefahrenstelle, waren fast noch nervtötender gewesen: »Oma, Blitzer in gut einem Kilometer.« Dann: »Oma, in fünfhundert Metern. Achtzig.« Totaler Stress! Und das behinderte auch die Konversation. Marlis hatte sich vorgenommen, die Fahrtzeit zu nutzen, um sich, damit meinte sie in erster Linie Jürgen, ein wenig besser kennenzulernen, obwohl er sich zu Beginn ihrer Fragestunde eher bedeckt gehalten hatte. Auf Nachfrage kein Wort über den verstorbenen Freund, weswegen sie schließlich nach Spanien unterwegs waren. Anscheinend belastete ihn das zu sehr. Wie es zu seinem Surfunfall gekommen war, hätte sie ebenfalls interessiert, doch Marlis hatte es für besser gehalten, diesen Punkt nicht auch noch anzusprechen. Janas Nachfragen hingegen hatte er sofort aufgegriffen. Aus dem wortkargen Griesgram war ein kleines Labertäschchen geworden, das aus seinem beruflichen Vorleben plauderte, sofern die weibliche Stimme der Navigations-App nicht dazwischenplapperte. Das Radio lief auch noch leise im Hintergrund. Zusammen mit den Fahrgeräuschen, die ihr alter Audi verursachte, eine Tortur für die Ohren. Marlis hatte sich schon gedacht, dass er nach seinem Unfall, über dessen Umstände er sich auch gegenüber Jana ausschwieg, seine Surfschule geschlossen und eine berufliche Tätigkeit ausgeübt hatte, die keine allzu große Mobilität erforderte. Erst in der Buchhaltung eines Sportgeschäfts, was zumindest artverwandt zu seinem Hobby und kompatibel zu seiner Lehre als Einzelhandelskaufmann gewesen war. Allerdings nur für kurze Zeit, weil jeder buchhalterisch erfasste Verkauf eines Surfbretts in ihm Wunden aufgerissen hatte. Da war ihm nicht mehr viel übrig geblieben, als Ende der Achtziger bis in die Neunziger in einem behindertenfreundlich eingerichteten Callcenter für Computer-Hardware zu arbeiten. Das war wohl eher eine Stelle gewesen, die besetzt wurde, um sich anpöbeln zu lassen. PCs hatten damals nun einmal eine Menge Macken, und die wenigsten – Marlis nahm sich da nicht aus – waren damit zurechtgekommen. Viele hatten ihren Frust allzu gerne bei der Hotline abreagiert. Bis zur Rente war Jürgen danach im Homeoffice für eine Versicherung tätig gewesen, um den Leuten alles Mögliche anzudrehen. Der Verkauf von Versicherungspolicen schien nach seinen Worten eine anstrengende Psychonummer zu sein, was Jana natürlich gleich auf den Plan gerufen hatte, weiter nachzuhaken, vor allem, weil es dabei erstaunlicherweise um die Liebe ging.

»Aber wie hast du das gemacht? Am Telefon?«, wollte Jana wissen.

Marlis interessierte es auch, wie man jemandem telefonisch das Gefühl geben konnte, geliebt zu werden, um dann eine Versicherungspolice zu verkaufen.

»Auf den anderen eingehen. Die meisten machen den Fehler, gleich zur Sache zu kommen. Noch schlimmer ist die Phrasendrescherei von wegen ›günstiges Angebot‹ oder ›einmalige Gelegenheit‹. Oder Aufhänger wie zum Beispiel, dass man nur mal nachfragen wollte, ob der Kunde von einem neuen Gesetz weiß oder sich bereits Gedanken zur Rentenvorsorge gemacht hat. Sterbeversicherungen kann man mit der Masche überhaupt nicht verkaufen. Wer will schon einen Anruf von einem Vertreter des Sensenmanns kriegen? Nein, das geht ganz anders. Kurz vorstellen und dann, je nachdem wie der Angerufene klingt, persönlich werden.«

»Wie, persönlich? Sobald ein Versicherungsfuzzi anruft, leg ich gleich auf«, wandte Marlis ein.

»Wenn ich zum Beispiel eine Frau mit einer tollen Stimme in der Leitung habe, dann mache ich ihr ein Kompliment. Dass sie wie eine bekannte Schauspielerin klingt. Eine ältere Dame, na, die klingt dann halt wie meine Großmutter. Dann tu ich so, als hätte es mich eben vom Hocker gehauen. Und sofort hat man eine ganz andere Ebene. In dem Fall erwähne ich eher beiläufig, um was es geht, dass meine Oma jetzt gut lebt, zum Beispiel mit der Zusatzrente.«

»Und wenn ein Mann dran ist?«, hakte Jana nach.

»Kommt darauf an, wie der drauf ist. Es ist aber generell schwieriger bei Männern. Fußball ist eine sichere Bank. Ruf ich einen aus Dortmund an, wird erstmal über die Borussia gequatscht.«

»Was hat das damit zu tun, geliebt zu werden?«

Janas Frage erschien Marlis berechtigt.

»Aufmerksamkeit, als Mensch wahrgenommen werden. Zuhören, auf Probleme eingehen. Lieber mal eine Viertelstunde quatschen, als zwanzig Mal einen Klick in der Leitung hören«, erklärte Jürgen.

»Also, so einfach stelle ich mir das nicht vor«, meinte Jana nachdenklich.

Zu mehr kam es nicht, weil Jana das Radio plötzlich lauter drehte. Sie war ABBA-Fan. Ihre letzte Single »Don't Shut Me Down« beschallte nun den Wagen. Als die Band ihn veröffentlicht hatte, war er in Dauerschleife bei ihnen zu Hause gelaufen.

»Du magst ABBA?«, ertönte es von den hinteren billigen Plätzen.

»Und wie«, gestand Jana ein.

»Ich hab geheult, als die neue Single rauskam«, rief Jürgen nach vorn.

Marlis vergewisserte sich gleich im Rückspiegel, ob seine Augen nun auch wie die von Jana leuchteten. Ein Mannsbild wie er und ABBA? Das kam ihr komisch vor.

Die beiden hörten das Lied anscheinend mit Wonne. Jana sang mit. Jürgen wippte zum Takt der Musik. Der Song kam zum Ende, dann folgte Rap. Jana wusste, dass Marlis nichts damit anfangen konnte, und drehte die Musik wieder auf Backgroundbeschallung.

»Die haben doch den Eurovision Song Contest gewonnen. Wann war das?«, überlegte Jürgen.

»1974«, antwortete Jana wie aus der Pistole geschossen.

Was ABBA betraf, war ihre Enkeltochter ein wandelndes Lexikon.

»Und ›Dancing Queen‹. Wie genial!«, schwärmte Jürgen.

»Ist auch einer meiner Lieblingstitel.«

Marlis hatte Jürgen im Rückspiegel im Blick. Während Jana noch in einer Wolke aus Glückshormonen vor sich hin schmachtete, wirkte er irgendwie abgeklärt.

»Siehst du, und jetzt hätte ich dich so weit, dir eine Versicherung anzudrehen. Zumindest würdest du mir zuhören und nicht auflegen«, sagte er, was Janas ABBA-Manie sofort abwürgte.

»Du magst ABBA gar nicht?«

Jana wirkte so vor den Kopf gestoßen, dass Marlis bereits fürchtete, sie würde gleich losheulen.

»Doch, aber ich bin kein Fan. Ist mir zu weichgespült und letztlich zu depri. Der Gewinner, der sich alles unter den Nagel reißt, der letzte Sommer einer großen Liebe, einer von uns muss gehen. Bla, bla, bla. Dann doch lieber ’ne handfeste Rocknummer. Aber gut sind sie. Da kann man nichts sagen.«

Jana nickte konsterniert und auch in Marlis’ Hirn ratterte es. Der konnte Menschen ja ganz schön manipulieren! Faustdick hatte er es hinter den Ohren. Wurde man so, wenn man südlich der Hüfte Räder statt funktionierender Füße hatte? Dann musste das Hirn wohl mehr Aufgaben übernehmen und den unbewegten Beweger spielen. Nun saß er wieder entspannt auf dem Rücksitz, als könnte er kein Wässerchen trüben. Ihre

Blicke begegneten sich. Er lächelte ihre Bedenken mit diesen unwiderstehlichen Grübchen hinweg.

Mit Frankreich ging's offenbar den Bach runter. Jana hatte noch nie im Leben einen so vollgemüllten und heruntergekommenen Rastplatz gesehen; doch was war ihnen anderes übrig geblieben, als für eine Pinkelpause die Autobahn an der nächsten Ausfahrt zu verlassen? Oma hätte sich auch eine von diesen Senioren-Pampers anziehen sollen. Nach gut vierstündiger Fahrt war sie aller auf Abzocke lauernden Radarkontrollen zum Trotz mit Vollgas zum nächsten Rastplatz gebrettert, auch, weil der letzte vierzig Kilometer hinter ihnen gelegen und gesperrt gewesen war. Die Blase drückte anscheinend ordentlich. Dank Jürgens Schwerbehindertenausweis stand der Wagen nun in Poleposition zum Restaurant und den Toiletten. Oma war gerade am Aussteigen, als Jürgen einen Schlüssel aus seiner Herrentasche hervorkramte und ihn ihr hinhielt.

»Die sind EU-weit genormt. Meistens sind die Klos für Schwerbehinderte sauber.«

»Danke.« Oma schnappte ihn sich und spurtete los.

»Und du? Musst du nicht?«, erkundigte sich Jana.

»Nachher, wenn ihr wieder da seid.«

Jana nickte und überlegte, ob sie auf ihre Großmutter zwecks Schlüssel warten oder es doch auf einer der normalen Toiletten versuchen sollte. So dringend musste sie noch nicht, also warten.

»Wie bist du denn auf das Thema deiner Dissertation gekommen? Ist ja eher ungewöhnlich«, fing Jürgen an.

»Wegen dem Sponsor. Eine der größten deutschen Partneragenturen. Die lassen sich solche Studien einiges kosten. Konfliktmanagement wäre das zweite Thema gewesen, aber Konflikte gibt's im Leben schon genug. Da muss ich mich nicht auch noch mit denen anderer Leute herumschlagen.«

»Eine kluge Wahl, aber ich überlege mir gerade, was in einem vorgeht, wenn man sich in jungen Jahren so intensiv mit der Partnerwahl beschäftigt. Ich habe mir früher in deinem Alter gar keine Gedanken darüber gemacht. Einfach leben und schauen, was passiert. Oder kannst du privat von beruflich trennen?«

Jana war perplex. Gute Frage und auf den Punkt. Sie hatte sie sich selbst noch nie gestellt. War sie deshalb in Sachen Philipp derart hin- und hergerissen? Zu analytisch? Einfach leben, das hätte auch James aus dem Roman zu Ellen sagen können.

»Fällt mir schwer«, gab Jana unverhohlen zu.

»Bist du mit jemandem zusammen? Ich meine, fest? Ist bestimmt eine Herausforderung, eine Expertin in Sachen Partnerschaft zur Freundin zu haben.«

Jana schluckte. Wahrscheinlich hatte er auch diesbezüglich recht. Diese verdammte Doktorarbeit. Konfliktmanagement wäre wohl doch die bessere Wahl gewesen, denn mit ihrem Thema hatte sie sich einen inneren Konflikt eingehandelt.

»Sorry, geht mich ja nichts an«, lenkte Jürgen ein.

Jetzt war es auch schon egal. Jana nahm kurzerhand ihr Handy von der Halterung am Armaturenbrett und öffnete dann die Foto-Timeline ihrer App. Flink waren Aufnahmen von Philipp zur Hand. Sie hielt sie ihm in Sichtweite hin.

»Ist er das? Wow! Der sieht ja richtig gut aus. Scheint ein intelligentes Bürschchen zu sein. Wache Augen.«

»Ist er auch.«

»Das klang aber jetzt nicht wirklich begeistert.«

»Hat in künstlicher Intelligenz promoviert.«

»Dem laufen sie doch bestimmt scharenweise hinterher.«

»Er eher mir.«

»Was stimmt mit ihm nicht?«

»Langweiler. Zu perfekt, aber möglicherweise rede ich mir das ja auch nur ein.«

Jürgen betrachtete noch immer die drei Aufnahmen von Philipp, die auf einer Unifeier vor einem Jahr entstanden waren.

»Vor dem Unfall … Das scheint inzwischen eine Ewigkeit her zu sein. Ich hab nie darüber nachgedacht, mich zu binden. Wie gesagt, einfach probieren. Und bei der Frau, bei der ich glaubte, dass so ziemlich alles passt – Fehlanzeige. Na ja, mit einem ab der Hüfte abwärts Gelähmten wollte sie dann nichts mehr zu tun haben. Ich hab's ihr nicht nachgetragen. Was ich damit sagen will: Man steckt nie drin. Dieser Kerl da. Wer weiß, vielleicht ist der irgendwann nicht mehr langweilig. Und ein anderer … also, ich sag immer, mitnehmen an Glück, was geht, auch wenn's manchmal viel zu kurz ist. Die Liebe lässt sich nicht berechnen. Trial-and-Error-Methode nennt sich das doch, glaube ich, in der Wissenschaft.«

Jana war platt. Er hatte recht – mit jedem Wort. Urplötzlich weiteten sich seine Augen. Jana folgte seinem Blick und traute ihren dann auch nicht mehr. Oma hinkte ihnen entgegen.

»Hast du dir wehgetan?«, rief Jana besorgt, als Marlis sie erreichte.

»Die Frau da drüben hat mich angekeift. Von wegen Klo für Schwerbehinderte. Daneben stand ein Flic.«

Jürgen lachte.

Jana sah die Polizeistreife wegfahren. »Mir egal. Her mit dem Schlüssel.« Jürgens Worte hallten nach und drückten Jana nun nicht nur aufs Gemüt, sondern mittlerweile auch noch auf die Blase.

Marlis konnte nur allzu gut verstehen, warum Jürgen es vorzog, draußen zu essen. Ihm war es bereits unangenehm gewesen, dabei beobachtet zu werden, wie sie ihn mit Janas Hilfe aus dem Wagen gehievt hatte. Blicke von Schaulustigen blieben bei so einer Aktion nicht aus. Drinnen war es zudem laut und überfüllt. Wie sollte einem da das Essen schmecken? Marlis bereute, daheim keine Stullen vorbereitet zu haben. Jana hatte sie am Tag der Abfahrt dummerweise daran erinnert, dass Frankreich bekannt für die gute Küche sei und sie unterwegs sicher nicht verhungern würden. Das galt allerdings nicht an Rastplätzen. Fast-Food-Restaurant links, belegte Baguettes an der Theke rechts. Dort stand sie jetzt in der Schlange.

Jürgen und Jana warteten draußen, um den einzigen freien Platz unter einem Sonnenschirm nicht auch noch gegen die anstürmenden Horden aus gleich zwei Reisebussen zu verlieren.

»Irgendetwas Gesundes. Mit Ballaststoffen«, hatte es seitens Jürgen geheißen. Auch noch Sonderwünsche. Wahrscheinlich konnte jemand, der im Rollstuhl saß, dann mangels Bewegung besser aufs Klo. Also schied der linke Teil des Restaurants mit der Fast-Food-Pampe schon einmal aus. Marlis' Französischkenntnisse reichten, um nach Vollkornbaguette zu fragen. In der Auslage lag nur noch Weißbrot. Darum tanzten bereits die Fliegen. Körnerbrot gab es. Dessen war Marlis sich sicher, weil einer der Gäste an den kleinen Bistrotischen noch ein halbes in der Hand hielt. Dass es aus war, hätte ihr die Verkäuferin, eine sympathische Dame mittleren Alters, nicht sagen müssen. Das sah man. Da half nur noch eines. Ihr die Story vom Pferd zu erzählen, sprich von einem Ehemann, der schwerbehindert und allergisch auf normales Baguette war. »Handicapé«, »Allergie« und »mon mari« wirkten. Die Frau plärrte daraufhin irgendetwas durch die Durchreiche in die Küche. Drei frische mit Sesam- und Sonnenblumenkernen gespickte sowie mit Salat und Putenbrust belegte Vollkornbaguettes gehörten eine Viertelstunde später ihr. Dafür hatte es sich gelohnt zu warten. Von dem Fuffi, den Jürgen ihr spendabel in die Hand gedrückt hatte, war lediglich noch ein Zwanziger übrig geblieben. Mit dem in der einen und der Tüte mit den Fressalien in der anderen Hand schlenderte sie hinüber zu den beiden.

»Baguette fromage jambon?«, mutmaßte Jürgen. Was anderes gab es ja meist nicht.

Marlis schüttelte verheißungsvoll den Kopf.

»Dreißig Euro. Die spinnen ja«, sagte er, als sie ihm das Wechselgeld reichte. »Hast du Kaviar gekauft?«

»Mitnichten.« Marlis öffnete stolz die Papiertüte und kredenzte die leckeren Körnerbaguettes.

»Die sehen ja sogar frisch aus«, staunte Jürgen.

»Also, ich habe vorhin keine mit Körnern in der Auslage gesehen«, wunderte Jana sich.

»Da waren auch keine drin. Ich habe der Dame am Tresen Beine gemacht. Sie sind frisch zubereitet. Hat etwas gedauert, aber ich dachte, wegen der Ballaststoffe …«

Jürgen war sichtlich gerührt. Er musste sich gar nicht bedanken. Sein Lächeln genügte.

Jana und Marlis fingen an, mit Appetit zu essen. Nur Jürgen schien plötzlich der Appetit vergangen zu sein. Er starrte in Gedanken auf das Baguette in seiner Hand.

»Na, was ist? Jetzt hol ich dir schon etwas, was du magst. Soll ich dir etwas anderes besorgen?«, fragte Marlis, denn Jürgens Blick wirkte seltsam verklärt.

»Nein, ich bin es nur nicht mehr gewohnt, dass jemand so aufmerksam ist und … Ja, sieht total lecker aus.«

Er biss endlich hinein.

Jana breitete die Tüte auf dem Tisch aus, um fleckige Stellen zu überdecken. Erst dann legte sie das Baguette nach dem ersten Bissen ab. Marlis behielt ihres gleich in der Hand. Die Ketchupspritzer auf der Tischplatte vor ihr ignorierte sie geflissentlich.

»So ein Siff hier«, kommentierte Jana.

»Die Sonne scheint. Wir haben etwas Leckeres zu essen. Wir können andere Menschen beobachten – schaut mal die Bäume da drüben. Platanen. Die stehen überall in Frankreich.

Auch in den Städten. Ich mag die Musterung der Borke. Kein anderer Baum hat so einen vielfarbigen Stamm.«

Marlis folgte seinem Blick zu drei Platanen, die am Ende des Restaurantgebäudes standen. Die waren ihr vorher gar nicht aufgefallen. Ihre Borken wirkten wie ein von Mutter Natur geschaffenes Mosaik – ein wahres Kunstwerk. Marlis konnte ihren Blick nun nicht mehr davon abwenden. Jürgen gehörte zweifelsohne zu dem Typus Mensch, der ein Auge für die kleinen, schönen Dinge des Lebens hatte und sich daran erfreuen konnte. Das Glas schien für ihn trotz aller Widrigkeiten, mit denen er zu kämpfen hatte, immer wieder halb voll zu sein. Vermutlich lernte man das, wenn man die großen Freuden des Lebens nicht mehr hatte. Eine Eigenschaft, die sie in jüngeren Jahren gepflegt hatte. Das waren Momente perfekter Zufriedenheit und Dankbarkeit gewesen, der Ruhe und inneren Ausgeglichenheit – fast wie bei der Meditation. Im Alltag ging diese Fähigkeit sehr schnell verloren.

Laute Popmusik riss Marlis aus ihren Gedanken. Ein Jeep mit Anhänger, auf dem zwei Surfbretter angebracht waren, hielt in unmittelbarer Nähe auf dem Parkplatz. Zwei Sonnyboys in kurzen Hosen und bedruckten bunten T-Shirts, die Marlis auf knapp über zwanzig schätzte, stiegen aus. Zuletzt ein dritter, nachdem er den Motor des Jeeps abgestellt hatte und somit auch die Musik. War das nicht »Surfin' USA« von den Beach Boys gewesen?

Jürgen hatte die Jungs ebenfalls entdeckt. Er vergaß sogar das Kauen und würgte den Bissen förmlich herunter. Vermutlich erinnerten die drei ihn an die Zeit, als er selbst in ihrem Alter gewesen war. Sie verschwanden im Restaurantgebäude. Sein Blick war starr auf die Surfbretter gerichtet. Das Baguette hielt er regungslos in der Hand. Auch Jana war das aufgefallen, denn sie tauschte einen bedeutungsvollen Blick mit Marlis.

»War 'ne schöne Zeit«, sagte Jürgen wohl mehr zu sich.

Marlis hielt es nun für den richtigen Zeitpunkt, ihn auf seinen Unfall anzusprechen. Vielleicht tat es ihm gut und riss ihn aus der Melancholie.

»Wie ist es denn passiert?«, fragte sie geradeheraus.

Jürgen reagierte zunächst gar nicht darauf, doch dann drehte er sich zu ihnen um.

»Hoher Wellengang. Ich war zu leichtsinnig. Ich dachte immer, die Wellen seien meine Freunde. Eine war wohl mein Feind. Sie hat mich gegen ein Riff geschleudert. Ich hab das Bewusstsein verloren. War ein Spielball für die Wellen. Es war nicht gleich jemand da, der mich hätte rausziehen können. Und dann ist's passiert. Eine der Wellen hat mich so unglücklich auf das Gestein geworfen, dass …« Jürgen konnte nicht mehr weitersprechen.

»Ein schlimmes Unglück«, meinte Jana sichtlich ergriffen.

Jürgen nickte nachdenklich. Marlis beobachtete, dass er mit den Kiefern malmte. Er schien mit seinem Schicksal noch immer zu hadern. Der melancholisch verklärte Schleier, der sich vorhin über seine Augen gelegt hatte, war verschwunden. Er kniff sie zusammen und wirkte nicht nur aufgewühlt, sondern extrem angespannt. Am besten ließ sie ihn nun allein mit sich und seinen Gedanken. Jede weitere Frage würde ihn nur noch mehr belasten.

Mit Einbruch der Dämmerung bereute Marlis, ihrer Enkeltochter beim letzten Stopp angeboten zu haben, noch ein bisschen weiterzufahren. Der Kaffee an einem Rastplatz in der Nähe von Valence hatte sie übermütig gemacht. Die Sehkraft in die Ferne ließ bereits etwas nach, was nicht nur am schwächer werdenden Licht, sondern auch an der Übermüdung der Augen lag. Jana war unterdessen dabei, ein Hotel für die Nacht zu suchen, aber möglichst ein barrierefreies. Das tat sie nun bereits seit einer Viertelstunde und das war auch der Grund, warum sie nicht schon längst am Steuer saß. Fahren und gleichzeitig auf Unterkunftssuche mit ihrem Tablet herumzuhantieren, vertrug sich nicht besonders gut.

»Ist immer noch nichts Passendes dabei?«, wollte auch Jürgen wissen.

»In Nîmes sieht es schlecht aus. Entweder sauteuer, wir reden von über zweihundert pro Nacht, oder nicht barrierefrei. Sechzig Kilometer weiter gibt's was Günstigeres, aber die Unterkünfte liegen mitten in der Pampa.«

»Noch sechzig Kilometer?«, wandte Marlis entsetzt ein.

»Mir tun die Schultern weh«, jammerte Jürgen.

»Außerhalb von Nîmes gäbe es noch einige Unterkünfte ganz in der Nähe der Autobahn. Da müssten wir nicht noch ewig herumkurven.«

Janas Worte in Gottes Ohr, ansonsten landeten sie mangels Sicht im Straßengraben.

»Barrierefrei?«, warf Jürgen ein.

»Keine Info. Aber wir wären in geschätzt 'ner Viertelstunde dort.«

Das klang wie Musik in Marlis' Ohren.

»Wenigstens Zimmer im Erdgeschoss?«, bohrte Jürgen weiter.

»Kann ich eingeben«, erwiderte Jana.

»Aber was bringt das? Erdgeschoss? Die meisten mehrstöckigen Unterkünfte haben doch einen Lift«, gab Marlis zu bedenken.

»Wenn der Rollstuhl da reinpasst. Einmal bin ich stecken geblieben. Wenn ein Zimmer mit größerem Bad frei ist, dann im Erdgeschoss«, führte Jürgen aus.

»Aber was nützt dir ein großes Badezimmer, wenn daneben keine Halterung angebracht ist. Irgendwie musst du ja aufs Klo kommen«, überlegte Marlis laut.

»Dann lass ich mir Flügel wachsen. Nein. Mal im Ernst. Einmal hab ich es in einem Hotel geschafft, mich am Waschbecken abzustützen und mich dann auf die Schüssel zu hangeln. Weil es gleich neben dem Klo und recht niedrig war. Wenn mehr Platz ist, kann ich auch draufrutschen.«

Marlis nahm es zur Kenntnis und hoffte, dass Jana fündig würde.

»Und Duschen?«, fragte Jana nach.

»Die müsste begehbar sein, eine Halterung und einen Sitz haben. Katzenwäsche. Mehr geht dann halt nicht.«

Marlis machte sich in dem Moment klar, wie schwierig es sein musste, in seiner Situation zu verreisen.

»Bingo. Nîmes, gleich bei der Ausfahrt. Komfortzimmer im EG. Und kostet nur neunzig Euro die Nacht«, jubilierte Jana.

»Neunzig? Für so ein Ding an der Autobahn?«, wunderte Marlis sich.

»Saftig«, befand auch Jürgen.

»Komfortzimmer. Das ist dann bestimmt groß genug.«

Janas Gedankengang schien stimmig zu sein.

»Einbuchen«, kam nun von Jürgen.

Jana tippte emsig auf ihrem Tablet herum.

»Und dann schön essen gehen. Ihr seid natürlich eingeladen.«

»Hauptsache, wir sind bald da. Ich seh die Buchstaben der Schilder nicht mehr so ganz scharf«, erinnerte Marlis sie, während sie ihre Augen bereits zusammenkniff, um noch etwas mehr Sehschärfe aus den Augäpfeln zu pressen.

Jana wusste, dass sie sich auf ihre Hotel-App verlassen konnte. Die Unterkunft lag ganz in der Nähe der Autobahnausfahrt am Ende einer Palmenallee und war eingebettet in eine kleine Parkanlage. Man hörte den Autobahnverkehr dort nicht. Wo es einen Behindertenparkplatz gab, hatte man bestimmt ein offenes Ohr für ihren Passagier im Rollstuhl – und ein passendes Zimmer. Das mit dem Einparken war für Oma allerdings nicht so einfach gewesen. Sie hätte im Halbdunkel der spärlichen Außenbeleuchtung beim Versuch, in die Parklücke zu fahren, um ein Haar die Hecke der hoteleigenen Parkbucht ramponiert. Den Touristenbus, der quer neben der Einfahrt stand, hatte sie gottlob verschont, aber auch nur dank Janas Instruktionen, etwas weiter von links auf die freie Parklücke mit der hellblau gekennzeichneten Fläche zuzusteuern.

»Wir sind da«, jubilierte Oma und wischte sich erst einmal den Schweiß von der Stirn.

»Und lebend angekommen.« Jürgens Kommentar war allzu verständlich, denn Oma hatte die weißen Ausfahrtmarkierungen wohl nicht mehr so gut im Blick gehabt und zunächst den Seitenstreifen dafür gehalten.

Jana stieg als Erste aus, öffnete die hintere Fahrzeugtür und gleich noch den Kofferraum, um Jürgens Rollstuhl herauszuholen und bereit für den Umstieg zu machen – mittlerweile routiniert. Sie wusste, an welchem Hebel sie zu ziehen hatte, um die Seite wegzuklappen, sodass Jürgen vom Autositz bei entsprechender Hilfestellung mit seinem Wertesten auf das Polster seines Rollstuhls rutschen konnte. Oma war ebenfalls zur Stelle. Jürgen verzichtete mittlerweile darauf, sich nahezu panisch am Rahmen des Fahrzeugs festzukrallen, und ließ sich brav auf sein Gefährt verfrachten. Das strengte ziemlich an – nach wie vor.

»Schön hier. Sogar sehr schön«, merkte Jürgen an, der seinen Blick auf eine vor dem Hotel geschmackvoll eingerichtete Loungeecke richtete.

»Ich hol die Koffer. Geht doch schon mal rein«, bot Jana an.

»Ich brauch keinen Koffer für die eine Nacht. Nur das Necessaire«, sagte Marlis.

»Ich auch nicht. Meines ist ganz oben. Und frische Unterwäsche. Ach ja, und zwei Einlagen aus der Tüte«, wies Jürgen Jana an, die sich daraufhin die Sachen aus dem Gepäck angelte. Sie selbst nahm auch lediglich Unterwäsche und ein frisches T-Shirt neben ihrem Kulturbeutel aus ihrem Koffer. Ab an die Rezeption.

Eine freundliche junge Asiatin mit Pagenschnitt saß hinter einer Glasscheibe und schenkte ihnen ein einnehmendes Lächeln.

»Wir haben reserviert. Auf Werner. Zwei Zimmer. Komfortzimmer«, erklärte Jana auf Französisch.

»Werner. Ah … oui.«

»Sie sind doch im Erdgeschoss?«, vergewisserte sich Jana.

Die Frau nickte.

»Ein Zimmer für Rollstuhlfahrer haben Sie nicht mehr? Online habe ich keine gesehen, aber draußen war noch ein Behindertenparkplatz frei.«

»Tut mir leid. Wir haben hier heute eine Reisegruppe zu Gast. Die Zimmer sind belegt«, ließ die Dame sie auf Französisch wissen.

Oma tauschte sogleich einen besorgten Blick mit ihr. Jürgen sah auch nicht gerade begeistert aus.

»105 und 106. Die Zimmer sind gleich da vorne rechts. Die Touristenabgabe ist beim Auschecken zu bezahlen. Frühstück gibt es von sieben Uhr dreißig bis zehn Uhr und der Zettel mit dem Wi-Fi-Code liegt auf der Anrichte neben dem Fernseher auf dem Zimmer.« Mit diesen Worten reichte sie ihr zwei scheckkartengroße Schlüssel mit Magnetstreifen. Alles klar!

Jana ging voran. Durch ihren Kopf geisterten nur noch drei Dinge: Duschen, Essen, Bett!

Nach nur wenigen Schritten erreichten sie die 105. Die Tür zur 106 lag unmittelbar daneben. Der ganze Flur war gespickt mit Zimmertüren, die ebenfalls ziemlich nahe beieinander lagen.

Komfortzimmer? Vielleicht waren die im Eingangsbereich verjüngt und wurden nach hinten größer. Nach dem Klacken des Schlosses und nachdem die Tür offen war, platzte diese Gedankenblase. Wie um alles in der Welt sollte Jürgen in diesem Loch klarkommen? Bis zur Bettkante gelangte er, aber mit dem Rollstuhl seitlich heranzufahren, damit er sich auf das Bett setzen konnte, erschien Jana auf den ersten Blick nahezu unmöglich.

»Das ist ja ein Hamsterkäfig«, kommentierte Oma zu Recht.

Jürgen starrte wortlos in das Zimmer. Dass er das Gleiche dachte, konnte Jana ihm ansehen.

»Vielleicht ist die 106 ja größer«, sagte Jana kleinlaut und begann, sich schuldig zu fühlen. Sie hatte das Hotel schließlich ausgesucht.

»Wird schon gehen«, brummte Jürgen. »Lasst mich mal schauen.«

Jana und Marlis traten zur Seite. Er fuhr bis zum Bett und wieder zurück. Dann knipste er das Licht im Bad an.

»Na ja, das Waschbecken ist schon mal neben dem Klo«, sagte Jana bemüht optimistisch. Jürgen könnte sich ihrer Einschätzung nach darauf stützen, sofern es sein Gewicht aushielt. Sie fragte sich in dem Moment allerdings, wie sie selbst auf diesem Ding sitzen sollte. Die Kloschüssel war ja keine fünf Zentimeter von der Wand entfernt.

»Wird schwierig. Mit dem Rollstuhl komm ich nicht so ran, dass ich mich draufhangeln kann«, stellte Jürgen fest.

Das Gestell des Rollstuhls würde entweder am Handtuchhalter oder an der Kloschüssel anstoßen.

»Hier komm ich nie im Leben allein rauf.«

Jürgens Fazit baute Jana nicht gerade auf.

»Soll ich an der Rezeption noch mal nachfragen? Um Hilfe bitten? Vielleicht haben die einen kräftigen Pagen. Ein Mann?«

Es war eine Sache, ihn ins Auto zu hieven und ihm wieder herauszuhelfen, aber eine andere, ihn auch noch einen guten Meter zu tragen, vor allem, wenn er die Hosen unten hatte. Jana traten Schweißperlen auf die Stirn.

»Das schaffen wir schon.« Oma gab sich zuversichtlich.

»Ich müsste jetzt auch.« Jürgen deutete auf die Toilette.

Jana schluckte.

»Ihr müsstet mich nur raufsetzen.«

Jana nickte tapfer.

»Na, dann wollen wir mal.« Oma legte ihre Sachen auf das Regal neben dem Eingang und schloss erst einmal die Zimmertür. Jürgen fuhr rückwärts bis zum Bett, andernfalls passten sie nicht alle drei in den Eingangsbereich.

Oma trat vor, während er sich die Hose aufknöpfte und sich dann im Rollstuhl an den Lehnen nach oben stemmte, sodass sie seine Jeans herunterbekam.

»Erst einmal nur die Jeans«, beschwerte er sich. Um ein Haar hätte Oma ihn ganz nackig gemacht, was kein Wunder war, denn die Seniorenwindel unter der Unterhose nahm so viel Platz ein, dass sie an seinen Jeans recht kräftig ziehen musste.

»Erst mal?«, fragte Jana verunsichert nach.

»Wenn ich auf der Schüssel hocke, krieg ich die Einlage und Unterhose nicht mehr runter. Aber bitte nur hinten frei machen. Vorne rum komm ich klar. Die Binde hat einen Klettverschluss«, erklärte Jürgen.

Jana schluckte, nahm sich aber vor, das alles tapfer durchzustehen.

»Die Unterhose – hinten«, erinnerte er ihre Großmutter und stemmte sich gleich erneut an seinen beiden Armlehnen wie ein Turner am Barren nach oben.

Oma fackelte nicht lange und legte seinen Po frei. Jürgen zog den Bund der Unterhose vorne gleich etwas mehr nach oben.

Nachdem Jana und Marlis sich aus Platzgründen gegen die Wand gepresst hatten, fuhr Jürgen nur noch vorne mit der Unterhose bekleidet zurück zum Eingang, direkt neben das Bad.

»Und jetzt rückwärts einparken«, forderte Jürgen sie auf. Es gelang.

»Na, komm schon«, animierte Oma sie und betrat dann selbst das Bad.

Jana folgte ihr und tänzelte mit dem Rücken zur Wand an die rechte Seite des Rollstuhls. Oma stand mittlerweile auf der anderen, eingepfercht zwischen Waschbecken und dem Rollstuhl. Ein Wunder, dass sie überhaupt alle drei in diesen Raum passten.

»Auf drei.« Das bekannte Ritual, nur dass sich diesmal kein Rollstuhl oder Autositz in unmittelbarer Nähe befand. Jana wusste, dass Jürgen schwer war, doch so ein kleiner Ruck mit Schwung war nichts im Vergleich zur gegenwärtigen Aktion.

»Nicht loslassen.« Jürgens Beine schleiften bereits verdreht wie die einer Marionette auf dem Fliesenboden.

»Mir brechen gleich die Arme ab«, jammerte Jana.

»Und jetzt schnell rauf auf den Topf«, wies Oma sie an.

»Höher. Ihr brecht mir noch die Beine.«

Er bekam offensichtlich Panik. Das mobilisierte nicht nur Janas Kräfte.

Oma öffnete mit dem Fuß den Klodeckel. Jürgen entglitt ihr fast.

»Daran hättest du auch früher denken können«, moserte Jana. Ihre Arme fühlten sich bereits an wie Gummi. Sie fragte sich, wie sie nachher mit Messer und Gabel essen sollte.

»Runterlassen. Aber langsam«, forderte er.

»Mein Kreuz.« Jana spürte am Ende der Wirbelsäule einen Messerstich.

»Jetzt jammer nicht. Wir haben's ja gleich.«

Geschafft. Er saß mit halb heruntergelassener Unterhose auf dem Topf.

»Danke. Ihr könnt mich nun allein lassen. Mindestens eine Viertelstunde. Ich klopf gegen die Wand, wenn ich fertig bin.«

Jana nickte betreten.

»Wir sind nebenan«, versicherte Oma ihm und nahm sich wie Jana ihren Kulturbeutel nebst Unterwäsche vom Regal. Bevor sie gingen, reichten sie ihm noch seinen – den Beutel mit den Einlagen ebenso.

»Ich muss. Jetzt raus hier«, grummelte Jürgen.

Marlis war als Erstes vor der Tür. Jana schloss sie hinter sich.

»Und das Ganze noch retour«, fluchte Jana leise.

»Ganz schön gut gebaut, der Mann«, sagte Oma ebenfalls im Flüsterton.

»Das fällt dir jetzt erst auf. Die Muckis.«

»Das meine ich nicht.« Jana dämmerte, worauf ihre Großmutter hinauswollte. Die Unterhose hatte sie ihm ja um ein Haar ganz runtergezogen.

»Du hast doch nicht etwa doch hingesehen?«

Oma lächelte nur verwegen.

»Oma!«

»Ich hab ihm schon nix abgeschaut.«

Jana feixte und sperrte mit zittrigen Händen die Tür zu ihrem Zimmer auf. Essen gehen? Hing da nicht so ein Schild für einen Pizzalieferservice an der Wand? Pizza konnte man auch ohne Besteck essen.

Kapitel 5

Wie schnell man sich doch an die Rolle als Pflegekraft gewöhnte. Marlis erschien einmal Klo und retour inzwischen als völlig normal. Auch Jana hatte heute Morgen im Gegensatz zum Vorabend keinen Mucks mehr von sich gegeben. Sie fügte sich heroisch in ihr Schicksal, bis zum Ziel eine Hälfte des *Krans* zu sein. So ein Jammerlappen. Ein bisschen Muskeltraining tat ihr gut. Sie hatte ja nicht einmal mehr die Pizzastücke ruhig halten können. Vom Leuchtstiftschwingen und Tippen bekam man nun mal keine Muckis. Jürgens Gewicht zu stemmen erforderte hingegen welche. Ihm schien es auch nicht mehr unangenehm zu sein, sich von einer Dame in seinem Alter und Jana helfen zu lassen. Beim Frühstück im Loungebereich des Hotels hatte Urlaubsstimmung geherrscht, obwohl sie Marlis' Wunsch entsprechend bereits um sechs Uhr morgens aus den Federn gekrochen waren. Sie hatte zudem den Eindruck, dass Jürgen nur im Hier und Jetzt lebte und die Reise in vollen Zügen genoss, was kein Wunder war, denn seit seinem Unfall war er auf eigene Faust seinen Angaben nach nur noch in der näheren Umgebung unterwegs gewesen. Touren mit Menschen in seiner Situation hätte sie an seiner Stelle auch nicht gemacht. Marlis konnte sich nur allzu gut vorstellen, dass man sich dann noch ausgegrenzter und erst recht als Sonderling fühlte. Daran änderten auch spezielle komfortable Busse und Unterkünfte für Rollstuhlfahrer nichts. Am Leben teilhaben. Um das ging es ihm, wie sie seinen Erzählungen bei Café au Lait und frischen Croissants entnommen hatte. Keine gelegentlich melancholischen oder gar traurigen Blicke mehr aus stumpfen Augen. Jemand musste den Lichtschalter in seinen Augenhöhlen angeknipst haben, so wie er beim Frühstück gestrahlt hatte. Das lag sicher auch daran, dass Jana sich auf dem Weg zum Frühstücksbuffet die touristischen Broschüren vom Rezeptionstisch geschnappt hatte. An sich hatte Marlis vorgehabt, sich möglichst schnell von dannen zu machen, um nicht bei Dunkelheit an der Costa Blanca anzukommen. Denkste! Eine der Broschüren war dafür verantwortlich, dass sie nach gut dreistündiger Fahrt nun in Figueres gleich hinter der französisch-spanischen Grenze gelandet waren und nach einem Parkplatz in der Innenstadt Ausschau hielten. Es gab keine mehr für Menschen ohne den blauen Schein. Und die für Schwerbehinderte waren Jürgens Erfahrung nach meist in unmittelbarer Nähe einer Sehenswürdigkeit. Was für ein Luxus, so nah an das Theater-Museum von Dalí – Jürgens sehnlichster Wunsch – heranzukommen, während andere irgendwo außerhalb der Innenstadt parken mussten. Weil es tatsächlich genügend freie blaue Flächen gab und somit kein Grund zur Eile bestand, hatte Marlis es sich nicht nehmen lassen, durch die Gässchen zu kurven. Eine kleine Stadtrundfahrt vorbei an prächtigen Gebäuden spanischer Aristokratie, kleinen Stadtpalästen mit Arkadengängen, typisch spanischen Holzbalkonen und meterdickem Mauerwerk. Am besten gefiel ihr ein Haus mit ausladendem großem Erker, der mit schmiedeeisernen Ornamenten versehen und grün gekachelt war. Ein Kunstwerk für sich. Dagegen wirkte das Dalí-Museum wie eine moderne rote Festung mit riesigen Eiern ganz oben auf den Mauern. Dazwischen standen schlanke weiße gesichtslose

Statuen mit feinen Gliedmaßen, die Marlis an Außerirdische erinnerten und den Besuchern zuzuwinken schienen.

Der pompöse Eingang lag auf der anderen Seite an einem kleinen Platz, dessen Mitte ein Brunnen mit eigenwilligen Elementen zierte. Eine antik wirkende Büste auf einem Baumstamm? Darauf gesetzt eine Säule und das Ganze von einem dieser gesichtslosen Eierköpfe umarmt. Das war ein Vorgeschmack auf das Innenleben.

»Wow!« Janas Ausruf erscholl bereits zum dritten Mal, nachdem Jürgen für sie drei Karten gelöst hatte und sie den kreisförmigen Innenhof, der wie eine Arena auf Marlis wirkte, erreicht hatten. Dort stand in der Mitte ein auf einen Pfahl aufgesetztes Segelschiff, von dem sich blaue Tropfen zu lösen schienen. Der Rumpf des Seglers ruhte zudem auf dem Kopf einer Skulptur. In den Mauernischen standen wieder diese Außerirdischen, was dem Ganzen einen noch skurrileren Touch verlieh. Über dem Hauptgebäude spannte sich eine riesige Glaskugel. Dementsprechend lichtdurchflutet war der Innenraum.

»Genie oder Wahnsinn«, merkte Jürgen während ihres Rundgangs an.

Marlis konnte dem nur zustimmen. Sie wusste gar nicht, wo sie zuerst hinsehen sollte. Hier eine antike Büste, Statuen oder Installationen mit sakralem Touch dort. Und all das stets vermischt mit modernen Elementen oder entfremdeten Gegenständen quer durch alle möglichen Stilepochen. Das galt auch für Dalís Malerei. Mal fast schon realistische Gemälde, mal auf Leinwand gebrachte Albträume oder Abstraktes, dessen Sinn sich auch Jana und Jürgen nicht auf Anhieb erschloss. Die Deckenmalerei stammte ebenfalls aus der Hand dieses begnadeten Künstlers. In einem Raum schienen riesige Fußsohlen aus der Decke zu ragen. Was für eine geniale optische Täuschung. Dalís skurriles Werk da oben zu bewundern, forderte allerdings seinen Tribut: einen steifen Nacken. Jana fasste sich mit

Leidensmiene an ihre Schultern. Auch Jürgen stöhnte und rieb sich den Hals. Marlis' helfende Hände waren sofort zur Stelle. Mal kurz reinkneifen und massieren würde ihm sicher guttun.

»Hast du das gelernt?«, wollte er wissen, während sie ihn fachmännisch an den Problemstellen durchknetete.

»Ich habe genug Kundschaft mit Nacken-, Rücken- und Schulterproblemen«, gab sie ihm zu verstehen. Er genoss mit geschlossenen Augen die kleine Massage zwischendurch.

»Machst du das bei mir dann auch, Oma?«, bettelte Jana.

»Du bist noch jung. Roll deinen Kopf entspannt von links nach rechts und alles ist wieder gut.«

Jana tat so, als würde sie schmollen. Marlis kannte sie aber besser. Die spielte das nur.

»Am Hals und an den Ohren auch«, verlangte Jürgen.

»An den Ohren?«

»Meine erogene Zone«, sagte er augenzwinkernd.

Marlis' Hände wanderten daraufhin zurück auf seine Schultern.

»Nicht aufhören«, protestierte er.

»Nichts da. Ich will noch den Rest der Ausstellung sehen und nicht um Mitternacht am Ziel ankommen.«

Jürgen seufzte und setzte sich wieder in Bewegung. Er fuhr in den nächsten Raum, zu dem das Motto Körperwelten passen würde. Am besten gefiel Marlis dort der auf dem Boden liegende riesige Kussmund, wie ihn Jana nannte.

»Da wächst ja ein Ohr aus der Nase und eine Nase aus dem Ohr«, stellte Jana beim Betrachten einer in der Tat äußerst seltsamen Bildhauerei fest.

Überhaupt schien Dalí einen Hang zu deformierten Gestalten zu haben. Brüste und Bauch aus Schubladen? Diese Skulptur, eine menschliche Kommode, hatte es Jürgen besonders angetan.

»Da kommt man sich gar nicht mehr behindert vor«, witzelte er.

Dalís Werke kennenzulernen hieß, das Leben in seiner vollen Bandbreite zu erleben. Heiteres und Düsteres, Lebendiges und Morbides lagen so dicht beieinander. Er hatte sogar seinen eigenen Tod inszeniert – ein efeuumranktes Bett, über dem ein Hahn aus Metallgeflecht schwebte und auf dessen Kopfkissen ein knöcherner Tierschädel gebettet lag. Irgendwo da unten lag Dalí auch begraben. Jürgen konnte sich dieser Installation kaum entziehen. Eben noch heiter, verklärte sich nun sein Blick.

»Ziemlich bedrückend, finde ich«, kommentierte Jana das Kunstwerk.

»Muss doch schön sein, hier für immer einzuschlafen. Einfach so und ganz entspannt. Und wenn man selbst seinen Tod so inszenieren kann …«

Marlis musterte Jürgen kritisch. »Das Leben ist viel zu schön, um darüber nachzudenken, seinen Tod zu inszenieren.«

»Du hast ja auch noch zwei gesunde Beine.«

»Und du zwei schnelle Räder«, gab sie zurück.

Jürgen sah sie verdutzt an. Dann löste sich ein Lächeln.

»Und darauf schieben wir dich jetzt schnell hinaus. Lächelnd gefällst du mir nämlich besser.«

»Oh. Ich gefalle dir?«

Jana feixte und warf Marlis einen vielsagenden Blick zu, den Jürgen gottlob, da in Hüfthöhe und schon wieder das nächste Gemälde im Visier, nicht mitbekam.

Ab und zu musste man sich etwas gönnen. Jürgens spontane Idee, einen Stopp in diesem Museum einzulegen, hatte Marlis gutgetan und ihr zugleich klargemacht, dass sie sich seit Jahren selbst kasteit hatte. Yoga war eine tolle Sache, aber man konnte sich das Leben auch schön meditieren. Raus in die Welt. Was Neues sehen. Das belebte die Seele doch viel mehr, als nur noch auf einer Matte zu hocken, um sich sämtlichen Frust der Welt aus den Rippen zu hauchen. Traumhaft schöne Landschaften an sich vorbeiziehen zu sehen. Was konnte erquickender sein? Mal einen Städtetrip nach Barcelona unternehmen? Es gab schließlich auch günstige Busfahrten, die ihre finanziellen Reserven nicht allzu sehr belasten würden. Warum hatte sie daran bisher noch nie gedacht? Die Millionenmetropole von der Schnellstraße aus so einladend vor sich zu sehen, machte Laune. Das danach Folgende auf der Strecke gen Süden eher nicht. Karg traf es wohl am ehesten. Mit Nadelbäumen gespicktes Gestein und Sträucher, die bestimmt schon länger auf anhaltende Regenfälle warteten. Valencia war Jürgens Ansicht nach auch einen Besuch wert, allein schon, um den Heiligen Gral zu sehen, der für Besucher der Kathedrale zugänglich sei. Die Liste der möglichen Reisen wurde während der Weiterfahrt immer länger. Nun wusste Marlis auch, dass die Paella aus der Gegend von Valencia stammte. Albufera Valenciana nannte sich der seichte riesige Binnensee, der gleich, nachdem sie an Valencia vorbeigefahren waren, in ihrem Blickfeld lag. In den dortigen Restaurants würde es heute noch die beste Paella der Welt geben, erläuterte Jürgen. Als ob er das beurteilen könnte, doch laut Reiseführer, den Jana auf ihrem Tablet konsultierte, war das tatsächlich so.

Jürgen kannte die Gegend offenkundig aus dem Effeff. Angeblich war die Costa Blanca eine der reichsten Regionen Spaniens. Heute, weil der Tourismus in den Sommermonaten blühte, dank kilometerweiter Sandstrände, die sich von Valencia bis nach Dénia erstreckten. Früher habe der Rosinenhandel die Gegend zu einer Perle Spaniens gemacht, bis Anfang des letzten Jahrhunderts die Reblaus den gesamten Moscatelanbau zunichtegemacht habe.

Wenige Kilometer vor dem Ziel wurde es schlagartig grüner. Orangen-, Zitronen- und Avocadoplantagen erstreckten sich vom hügeligen Hinterland bis hinunter zur Schnellstraße. Marlis machte die Fenster auf, denn der betörende Duft von Orangenblüten lag in der Luft.

Für Zitrusfrüchte war dies Jürgens Ansicht nach die ideale Anbaugegend, aber auch perfekt, um ganzjährig hier zu leben. Beides liege am milden Mikroklima mit ausreichend Regenfällen in Herbst und Winter sowie kühlenden Winden im Hochsommer. Nie sei es zu kalt und nur selten zu heiß.

Marlis beeindruckten die weißen Riesenvillen auf den Hügeln des Hinterlands. Die Gegend schien auch heute noch nicht gerade zu den ärmsten Spaniens zu gehören. Rechts malerische Berglandschaften. Links entlang der Schnellstraße das azurblaue Meer im warmen Licht der inzwischen tief stehenden Sonne. Marlis hielt bereits nach der Ausfahrt Ondara Ausschau.

»Shopping«, tirilierte Jana, der just an der Ausfahrt ein riesiges Einkaufszentrum als Erstes ins Auge gesprungen war. Sie war offenbar bereits in Urlaubsstimmung.

»Und jetzt. Wohin?« Marlis sah einen Kreisel mit gleich drei Abfahrten auf sich zuschießen.

»Wenn ich das wüsste.« Anscheinend war die Straßenführung hier anders als noch vor Jahren.

»Rechts«, wies Jürgen sie dann doch an.

»Welches davon?«

»Ganz rechts.«

Marlis stieg in die Bremse und fuhr ab, um keine hundert Meter weiter gleich im nächsten Kreisel zu landen.

»Gib mal ›Beniarbeig‹ ein«, verlangte er von Jana.

»Wie?«

Jürgen buchstabierte es ihr, während Marlis stoisch im Kreisverkehr verblieb.

»An der dritten Ausfahrt rechts.« Frau Google Maps erlöste Marlis, bevor ihr schwindelig wurde.

»Wie lange warst du denn nicht mehr hier?«, wandte sie sich an Jürgen.

»Lange«, gab er kurz angebunden zurück.

Wie Marlis im Rückspiegel erkennen konnte, klebte er an der Fensterscheibe, als ob er die Gegend erst einmal erkunden müsste.

Nach nur wenigen Fahrminuten landeinwärts erreichten sie ein Dorf, das im Zentrum rund um einen Dorfplatz wirkte, als wäre die Zeit stehen geblieben. Am liebsten hätte Marlis dort gehalten, um in einem Café ganz in der Nähe der Kirche nach der schlauchenden Autofahrt einen Drink zu sich zu nehmen. Andererseits wollte sie endlich ankommen. Sie behielt ihren Wunsch daher für sich.

Nach dem Dorf dünnten sich die Häuser aus. Eine schöne ländliche Gegend mit schnuckeligen Steinhäusern, kleinen Gärten und viel Landwirtschaft tat sich vor ihnen auf.

»Da vorn. Bei der großen Pinie geht's links rein.«

Aha! Der alte große Baum hatte bestimmt schon mehr Jahre als Jürgen auf dem Buckel. An den erinnerte er sich. Komisch. Wie konnte man ein Haus an der Costa Blanca haben und sich jahrelang nicht darum kümmern? Vermutlich hatte er jemanden, der danach sah. Eine Agentur oder Serviceunternehmung vielleicht?

An der engen Straße, die den Eindruck erweckte, als wäre sie jahrelang nicht geteert worden, standen lediglich Orangen- und Avocadobäume. Erst am Ende der nächsten Kurve tauchten in der Ferne auf den Hügeln verstreute Häuser auf. Es gab aber noch zwei Gebäude, die ihr gleich nach der grünen Wand aus Avocadogewächsen ins Auge sprangen.

»Wir sind da«, sagte Jürgen, allerdings mit überraschender Sachlichkeit.

Marlis bog von der Landstraße in den Feldweg ab, auf den er deutete.

»Welches von beiden ist es?«, hakte sie nach. Eines der beiden Häuser war weiß verputzt und schien neueren Datums zu sein. Zwei Palmen ragten hinter einer blühenden Oleanderhecke heraus, die die beiden Grundstücke offenbar voneinander abgrenzte. Das andere lag direkt in ihrem Blickfeld und machte einen wesentlich älteren Eindruck. Es war ein Steinhaus, wie man sie früher hier gebaut hatte. Unterschiedlich große Steinbrocken in hellen Farbtönen hielten ein Schieferdach, dessen Schindeln aber recht neu aussahen. Eine riesige Pinie spendete dem Haus Schatten. Zwei Zypressen und eine hochgewachsene Dattelpalme flankierten es auf der linken Seite. Am besten gefiel Marlis ein Olivenbaum, der mitten auf einer Wiese stand, die zur Oleanderhecke führte. Ein Pool lag unmittelbar vor der Terrasse. Hier konnte man es aushalten.

»Das Haus rechts.«

Marlis' Herz schlug gleich höher. Ihm gehörte tatsächlich dieses schnuckelige Steinhaus.

»Wow!« Jana kriegte sich gar nicht mehr ein.

Marlis erreichte eine steingepflasterte Auffahrt, die direkt vor das Haus führte. Dafür, dass sich niemand darum kümmerte, schaute das Ganze aber sehr gepflegt aus. An den Palmen befand sich nicht ein verdorrter Wedel. Der Rasen war gemäht und wies keine vertrockneten Stellen auf.

Jana stieg aus, nachdem Marlis den Motor abgestellt hatte, und holte den Rollstuhl aus dem Kofferraum. Kranzeit. Normalerweise öffnete Jürgen bereits die Wagentür. Marlis musste das nun für ihn übernehmen. Er saß regungslos da und starrte auf das Haus.

»Wie sich das hier alles verändert hat«, sagte er wohl mehr zu sich.

»Hat sich der Nachbar um das Haus gekümmert? Der in dem weißen Haus?«

Jürgen gab keinen Mucks von sich.

»Das ist ja alles recht gut in Schuss hier«, munterte Marlis ihn auf.

»Ja …«

»Aber es ist doch dein Haus.« In Marlis keimten diesbezüglich plötzlich Zweifel auf.

Jürgen nickte apathisch.

»Wohnt da jetzt vielleicht jemand anders drin?« Denkbar war, dass eine Agentur es vermietete. »Da kann ja jeder rein. Kein Zaun. Kein Tor.« Auch das fiel Marlis nun auf.

»Ist hier so üblich. War schon immer so«, erwiderte er knapp.

Jana war bereits mit dem Rollstuhl zur Stelle.

»Bereit, wenn du es bist«, sagte sie zu ihm.

Marlis hatte beim Kranspielen das Gefühl, dass Jürgen plötzlich mehr wog. Wie ein schlaffer Sack ließ er sich auf sein Gefährt bugsieren.

»Hast du eine Firma beauftragt, die das alles hier in Schuss hält?«, bohrte Marlis erneut.

»Ja«, antwortete Jürgen barsch. Er wirkte noch immer geistig abwesend. Marlis konnte sich seinen Zustand nur damit erklären, dass er jahrelang nicht mehr hier gewesen war und die Eindrücke erst einmal verarbeiten musste.

»Was verlangen die denn pro Monat?«, interessierte Jana.

»Müsste ich nachschauen.«

Marlis und Jana tauschten verwunderte Blicke.

In Jürgen fuhr plötzlich wieder Leben. Er angelte sich seine Herrentasche vom Sitz und fuhr dann zur Terrasse. Weiter kam er nicht, denn barrierefrei war das Haus nicht. Dies deutete darauf hin, dass er das Haus wohl gekauft hatte, als er noch nicht an einen Rollstuhl gefesselt gewesen war. Aber das war doch schon so viele Jahre her. Marlis wurde aus all dem nicht mehr schlau.

»Wieso hast du dir denn hier nicht eine Rampe hinbauen lassen?«, fragte sie für den Fall, dass sie sich in ihrer Annahme täuschte.

»Ich wusste nicht, ob ich jemals wiederkomme.« Was Jürgen sagte, deutete darauf hin, dass der Unfall nach dem Erwerb dieses Hauses passiert sein musste. Einen anderen Grund, weshalb damals im Raum gestanden hatte, nicht mehr an die Costa Blanca zurückzukehren, konnte Marlis sich momentan nicht denken.

»Kriegen wir dich rückwärts die zwei Stufen hoch?« Janas Frage riss Marlis aus ihren Gedanken.

Jürgen nickte.

Marlis und Jana traten in Aktion. Kaum mit den Rädern oben auf der Terrasse fuhr er zur Tür und betrachtete das Schloss. Marlis traute ihren Augen nicht, als er einen Dietrich aus seiner Tasche zog.

»Du hast keinen Schlüssel?«

»Woher denn? Es weiß ja niemand, dass ich komme.«

Es klang überzeugend. Das ganze Drumherum irritierte Marlis dennoch. Wieso standen Liegen am Pool? Die waren blitzblank. Die weißen Gartenmöbel aus Kunststoff sahen aus wie neu. Ihre Bespannung war fleckenfrei. Das hatte nicht nur den Geschmack von »in Schuss halten«, sondern, als ob hier tatsächlich jemand wohnen würde.

Marlis und Jana folgten ihm in die große Wohnküche, die sicher nicht in den Siebzigern eingebaut worden war, sondern in modernem Design daherkam, in Hochglanz und sehr edel. Auch hier war alles picobello sauber, ebenso der danebenliegende Raum, das Wohnzimmer. Bequeme Couch. Riesen Flatscreen mit Soundbar. So etwas hatte es doch in den Achtzigern, als er das Haus wohl erworben haben musste, ihrer Erinnerung nach noch gar nicht gegeben. Marlis setzte ihre Hausbesichtigung fort. Eine Essecke. Eine Vitrine, die mit

Geschirr und Weingläsern gefüllt war. Und die waren nicht angestaubt. Das Gleiche galt für die zwei Schlafzimmer mit Einbauschränken und wuchtigen Hotelbetten dahinter. Bäder tipptopp. Irgendwie wirkte das alles aber sehr steril. Das waren unkaputtbare moderne Möbel. Nichts Persönliches im Haus, weder Bücherregale noch Accessoires. Jürgen schien all das genau wie sie zu erkunden.

Jana probierte gleich mal das Bett in einem der Schlafzimmer aus und streckte alle viere von sich.

»Tolle Matratze. Super bequem«, freute sie sich.

»Du zahlst jeden Monat Geld für das Haus und nutzt es nicht?«

Jürgen war diese Frage sichtlich unangenehm. Er beantwortete sie zögerlich. »Es kommen Leute … Gäste …«

»Verstehe. Du vermietest es an Touristen.« Marlis sah sich in ihrer Annahme bestätigt.

Jürgen nickte betreten. Was machte der für ein Theater? War es ihm etwa unangenehm? Er war doch bestimmt nicht der Einzige, der eine Immobilie im Ausland an Touristen vermietete.

»Darf ich hierbleiben? In diesem Zimmer?«, fragte Jana.

»Oben ist noch ein Schlafzimmer. Ein größeres und mit Balkon«, erwiderte Jürgen. Immerhin an das schien er sich zu erinnern.

»Ich würde mich jetzt gern erst einmal frisch machen«, schlug Marlis vor.

»Sollten wir nicht noch was einkaufen? Soweit ich aus dem Reiseführer weiß, haben die Supermärkte bis um halb zehn abends geöffnet. Es ist ja erst Viertel vor acht«, schlug Jana mit Blick auf ihre Armbanduhr vor.

»Noch mal zurück nach Ondara fahren? Zu diesem Einkaufszentrum? Vielleicht ist was Essbares in der Küche. Ich schau gleich mal nach«, erwiderte Marlis, denn nach der langen Fahrt hatte sie keine Lust mehr darauf, irgendwo herumzukurven. So wie das Haus ausgestattet war, rechnete sie damit, etwas Brauchbares in den Schränken vorzufinden.

Jürgen und Jana folgten ihr in die Küche und sahen sich um. In den Hängeschränken wurde Marlis fündig. Dosen mit Tomatensoße und Nudeln. Gleich drei Chipstüten und Knabberzeug. Die Kühlschranktür lehnte an einem der herausstehenden Gemüsefächer, wie man das so machte, wenn er eine Zeit lang nicht in Betrieb war. Dafür war der Schrank daneben gut gefüllt mit Wasserflaschen. Verhungern und Verdursten würden sie schon mal nicht.

Jürgen fuhr zurück zur Terrasse und schien dort Löcher in die Luft zu starren, wie Marlis durch das Küchenfenster über der Spüle beobachten konnte.

»Also ich wäre jedes Jahr hier, wenn ich so ein Haus hätte«, murmelte Jana.

»Du sitzt ja auch nicht im Rollstuhl«, rief Marlis ihr und auch sich selbst ins Bewusstsein. Eine andere Erklärung dafür fiel ihr momentan nicht ein.

Verkehrte Welt. Marlis war die ganze Strecke gefahren und wer musste sich erst einmal hinlegen? Jürgen! Angeblich war er erschöpft und von den durchgesessenen Sitzen des alten Audis verspannt. Für Letzteres hatte Marlis allerdings Verständnis. Gottlob blieben ihnen weitere Kranfahrten in diesem Haus erspart. Jürgen kam im Bad allein zurecht. Jana beabsichtigte ebenfalls, sich ein wenig auszuruhen und später aus den Konserven etwas Essbares zu zaubern. Marlis hingegen dachte überhaupt nicht daran, sich hinzulegen, obwohl sie auch müde war. Es gab viel zu viel zu erkunden, solange es noch einigermaßen hell draußen war. Das fing ja bereits mit dem zauberhaften Garten hinter dem Haus an, in dem drei Zitrusbäume blühten. An den grünen Hügeln, die ins bergige Hinterland wuchsen, konnte sie sich kaum sattsehen. Zwei kleine Dörfchen in der Ferne wirkten wie weiße Farbtupfer in der Landschaft. Und wie frisch die Luft hier war, richtig würzig, was sicher an den vielen Nadelbäumen lag, deren Duft der Wind von den Bergen zu ihnen blies. Die Sonne war gerade dabei, hinter einem der Hügel zu verschwinden, und tauchte die Landschaft in schier magisches Zwielicht. Das alles war doch viel belebender, als sich in ein ungelüftetes Zimmer zu legen.

Als sie nach ihrem Rundgang die Terrasse erreichte, stach ihr der Pool ins Auge. Noch eine Runde schwimmen? Einen Badeanzug hatte sie dabei. Ob es in dem Schrank neben der begehbaren Dusche wohl auch Badetücher gab? Marlis wagte einen Blick hinein und wurde fündig. Aber jetzt um die Zeit noch in den Pool gehen? Sie steckte ihren Zeigefinger hinein und befand das Wasser für zu frisch, zumal mehr Wind aufkam und die Sonne sich verabschiedet hatte. Das Badetuch war riesig und die Wiese vor der Oleanderhecke recht einladend. Nicht für ein Nickerchen, sondern zum Energietanken. Yoga-Time unter einem purpurfarbenen Himmel. Marlis breitete das Badetuch auf der Wiese gleich neben dem alten Olivenbaum aus. Wie friedlich dieser Platz doch war. Von Olivenbäumen ging eine ganz eigene Magie aus. Ein Sinnbild für Ruhe. Marlis ließ sich im Schneidersitz auf dem ausgebreiteten Badetuch nieder und legte ihre Hände in den Schoß. Sie schloss die Augen und nahm tiefe Atemzüge. Wie belebend und vitalisierend das war. Und jetzt etwas für den Rücken tun. Das ewige Sitzen im Wagen würde sie mit dem Hund in den Griff kriegen. Kobra, atmen, dehnen, Krieger – ideal für die Schultern. Nach nur zehn Minuten fühlte sie sich wieder im Gleichgewicht und frisch. Standfest wie ein Flamingo auf einem Bein stehen zu können und dabei ruhig zu atmen, war ein untrügliches Zeichen dafür. Zurück in den Schneidersitz und chanten, wie sie es immer nach ihren Übungen machte. »Ommm.« Der melodische Ton ihrer Stimme durchdrang auf wohltuende Weise jede Zelle ihres Körpers. Ein Labsal für den Parasympathikus, der beruhigend auf das vegetative Nervensystem einwirkte und nicht zu Unrecht auch den Namen Erholungsnerv trug. Nur noch den Olivenbaum im Blick, genoss sie die abendliche Stille. Sie setzte eben zu einem weiteren Ommm an, als sie eines aus einer anderen Kehle vernahm. Und gleich noch eines. Es klang tiefer und sonorer und kam definitiv vom Nachbargrundstück. Die Neugier bezwang die innere Ruhe. Marlis sprang auf und begab sich zur Oleanderhecke. Sie dünnte sich zur Einfahrt hin aus. Marlis fand eine Lücke zwischen den Blättern und entdeckte auf der anderen Seite einen Mann mit nacktem Oberkörper und in Leinenhose. Sie schätzte ihn auf ihr Alter. Trainiert, sehnig, muskulös gebaut. So sah jemand aus, der sich fit hielt. Und schon posaunte er noch ein Ommm über die Hecke. Es klang wie ein Balzruf. Na, was der konnte, das konnte sie auch. Und wie er da zusammenzuckte, doch er fing sich schnell, als er sie entdeckte, und grinste.

»Hola, I am Herbert. You are into Yoga?«, fragte er freiheraus.

Marlis nickte.

»Wanna come over for a drink?«

Ein Engländer? Sein Akzent klang aber nicht typisch englisch.

»Deutsch? English? Français?«, wollte er neugierig wissen.

»Deutsch. Und Sie?«

»Ich bin aus Hamburg, lebe aber schon seit zehn Jahren hier.«

Ein Drink? Warum nicht? Die anderen schliefen bestimmt noch. Marlis ging um die Hecke herum und lief einem Mann mit strahlend blauen Augen entgegen. Seine Sommersprossen passten zum Klischee eines Nordlichts, nur dass er ziemlich gebräunt war.

»Marlis«, stellte sie sich vor und reichte ihm die Hand.

»Sie machen schon lange Yoga?«, wollte Herbert wissen.

»Ich habe eine Ausbildung und gebe Kurse. Und Sie?«

»Seit fünfzehn Jahren. Hält mich fit. Die hiesigen Spanier haben es nicht so mit Yoga. Die gehen lieber ins Krafttraining. Also mache ich es allein.«

»Sie leben allein hier?«

»Mein Mann ist vor fünf Jahren verstorben. Eigentlich wollten wir hier zusammen alt werden. Eigentlich … Und Sie? Machen Sie Urlaub? Wie lange bleiben Sie?«

»Das weiß ich noch nicht.« Dies schien Herbert zu erstaunen.

»Haben Sie nicht fest gebucht? Oder sind Sie Freunde der Breitners?«

»Der Breitners?«

»Na, Ihr Vermieter, oder haben Sie über eines der Urlaubsportale gebucht? Aber da müsste doch der Name der Vermieter drinstehen.«

»Das Haus gehört wem?«

»Der Familie Breitner. Sascha Breitner. Er hat es von seinem Vater geerbt.«

»Aha!«

Herbert musterte sie irritiert.

»Der Name ›Renner‹ sagt Ihnen nichts? Er hat uns eingeladen.«

Herbert verfiel in nachdenkliches Schweigen, schüttelte dann aber den Kopf.

»Vielleicht ein Freund der Breitners?«, mutmaßte er. Sein Gedanke war naheliegend, doch entsprach sicher nicht der Wahrheit. Er schien selbst nicht so recht daran zu glauben.

»Aber haben die Breitners überhaupt Freunde?«, fuhr er stirnrunzelnd fort.

»Wieso, sind die so übel?«, hakte Marlis nach.

»Sascha ist ein eiskalter Geschäftsmann. Er hat erst kürzlich einen größeren Pool mit Gegenstromanlage und bunter Beleuchtung einbauen lassen, um noch mehr Geld rauszuziehen. Der Baulärm war höllisch. Im Sommer macht der pro Tag locker dreihundert Mäuse. Er selbst kümmert sich aber gar nicht darum. Hat eine Servicefirma an der Hand, die sauber macht und nach dem Rechten sieht. Ab und zu schaut sein Sohn vorbei. Und wer ruft Handwerker, wenn ein Schlauch von der Bewässerung platzt? Der blöde Nachbar. Man dankt es ihm noch nicht einmal.«

Herbert war offenbar nicht besonders gut auf die Breitners zu sprechen.

»Oma? Wo steckst du?« Janas Stimme drang von drüben an Marlis' Ohr. »Essen ist gleich fertig.«

Anscheinend hatte sie sich tatsächlich nur kurz hingelegt. »Meine Enkelin«, erklärte Marlis sich. »Ich komme gleich. Bin beim Nachbarn«, rief sie dann über die Hecke, und einen Moment später: »Haben wir genug für vier Personen?«

»Locker. Bringst du jemanden mit?«, erklang es von der anderen Seite des Buschwerks.

»Haben Sie Lust, mit uns zu essen? Allein schon, um herauszufinden, wem dieses Haus nun wirklich gehört.« Marlis brannte darauf, sich darüber Klarheit zu verschaffen.

Herberts Stirn legte sich in Runzeln.

»Aber es gibt nur Nudeln mit Tomatensoße aus der Dose. Etwas anderes haben wir in den Schränken nicht gefunden«, gestand Marlis schnell, um zu verhindern, dass er sich Hoffnungen auf ein Festmahl machte.

»Ich könnte Parmesan beisteuern. Und wie wäre es mit frischen Tomaten mit Ziegenkäse? Ich habe mir mittags zu viel gemacht.«

»Klingt verlockend.«

»Ich bin ja mal gespannt«, bemerkte Herbert lächelnd.

Marlis erging es nicht anders. Sie erinnerte sich noch allzu gut an Jürgens Tricks als Versicherungsvertreter, die er während der Fahrt zu Musik von ABBA an Jana eindrucksvoll demonstriert hatte. Das Gesamtbild mit dem Dietrich als Sahnehäubchen ließ nur einen Schluss zu: Er hatte sie belogen. Am Ende kriegten sie noch Ärger mit der Polizei. Jürgen hatte sie und Jana zu Komplizen eines Einbruchs gemacht. Einfach unfassbar!

»In zehn Minuten?«

Marlis nickte und freute sich jetzt schon auf Jürgens dummes Gesicht.

Einfach so den Nachbarn einzuladen, nur weil er auch ein Yogi war, hielt Jana für ziemlich abgefahren. Schließlich waren sie selbst auf Einladung hier, überlegte sie sich, als sie die dampfenden Nudeln aus dem Topf ins Sieb gab, um sie dann an der Spüle mit kaltem Wasser abzuschrecken. Hoffentlich hatte Jürgen nichts dagegen, wobei Jana nicht davon ausging. Jetzt, wo er wieder in seinem Haus war, war es schließlich sinnvoll, den Nachbarn kennenzulernen.

»Ist er nett?«, fragte Jana, als ihre Großmutter zu ihr in die Küche sah.

»Sogar sehr nett. Und er hat Interessantes zu berichten.«

»Interessantes?«

»Lass dich überraschen«, deutete ihre Großmutter mit einem für sie ungewöhnlich fiesen Grinsen an.

»Nun sag schon«, bedrängte Jana sie.

»Wir müssen Jürgen aufwecken. Herbert kommt ja gleich«, erwiderte sie nur und bedeutete Jana, ihr zu folgen. Jana drehte den Wasserhahn ab und folgte ihr ins Schlafzimmer.

»Jürgen ...« Oma rüttelte ihn etwas unsanft. Endlich schlug er die Augen auf.

»Essen ist fertig«, sagte Jana.

Er nickte schlaftrunken und richtete sich auf.

»Soll ich dir in den Rollstuhl helfen?«, bot Oma an.

»Das schaff ich schon allein.«

»Sicher, dass du allein rauskommst?«

Oma machte sich zu viele Gedanken. Das Bett war hoch und daheim in seiner Wohnung musste er ja auch irgendwie aufstehen.

»Herbert, unser Nachbar, bringt Tomatensalat mit Ziegenkäse mit. Ich hoffe, es ist dir recht, dass ich ihn zum Essen eingeladen habe.«

Jürgen glotzte Oma fassungslos an.

»Früher oder später müsstet ihr euch doch sowieso kennenlernen. Stell dir vor, er macht auch Yoga.«

»Yoga?«, wiederholte er konsterniert.

Jana dachte in dem Moment, dass dies wohl das Interessante sein musste, wovon Herbert ihnen gleich erzählen würde.

»Hallo. Ist jemand da?« Jana vernahm eine männliche Stimme von draußen.

»Herbert«, brabbelte Jürgen vor sich hin, setzte sich auf und rutschte danach auf den Sitz seines Rollstuhls, der mit heruntergeklappter Lehne bereits neben seinem Bett stand.

»Musst du noch ins Bad?«, wollte Oma wissen.

Jürgen schüttelte den Kopf.

»Wir kommen«, rief Oma in den Gang hinaus, eilte zur Terrassentür und bat ihren Überraschungsgast herein.

»Du kommst klar?«, vergewisserte Jana sich bei Jürgen. Der nickte.

Daraufhin gesellte Jana sich zu Herbert und ihrer Großmutter. Der hochgewachsene Mann war Jana auf Anhieb sympathisch.

»Meine Enkelin Jana«, stellte Marlis sie vor.

»Sehr erfreut«, grüßte Herbert.

»Das sieht aber lecker aus.« Jana lief das Wasser im Mund zusammen. Besser als die Nudeln, die nun vermutlich im Sieb bereits zusammenpappten.

Jürgen kam aus seinem Zimmer. Herbert musterte den Mann im Rollstuhl.

»Sie müssen Herr Renner sein«, mutmaßte er.

Jürgen nickte und lächelte betreten.

Herbert reichte Marlis die Salatschüssel, die sie auf dem Esstisch abstellte. Jana hatte den Eindruck, dass Jürgen und Herbert nichts miteinander anzufangen wussten. Sie starrten sich nur an. Oma brachte auch keinen Ton heraus.

»Ich hol gleich mal Teller«, sagte Jana schwungvoll, um das ungute Schweigen zu brechen. Sie ging dann in die Küche.

»Sind Sie ein Freund der Breitners?«, vernahm Jana von der Küche aus. Der Breitners? Komische Frage. Sie holte vier Teller aus dem Schrank und stellte sie auf ein Tablett, außerdem noch vier Gabeln aus der Schublade neben dem Herd.

»Sozusagen«, hörte sie Jürgen vage antworten.

»Verstehe«, kam von ihrem Gast.

Janas Neugier war geweckt. Sie eilte mit dem beladenen Tablett zurück ins Wohnzimmer. Die deutlich fühlbare Anspannung der Anwesenden irritierte sie nach wie vor.

»Wer sind denn die Breitners?«, fragte sie ganz unbedarft in die Runde.

»Ihnen gehört das Haus«, erklärte Oma. Dabei hatte sie Jürgen im Blick, dem die Farbe aus dem Gesicht wich.

Aha! Das war also die Überraschung, die Oma vorhin so ein fieses Grinsen ins Gesicht gezaubert hatte. O mein Gott, sie waren doch nicht etwa illegal hier eingedrungen? »Aber es ist doch dein Haus, oder?«, hakte Jana dementsprechend verunsichert nach.

»Kennst du jemanden, der sein eigenes Haus mit einem Dietrich aufsperrt? Außer Jürgen, meine ich?«, gab Oma zu bedenken.

»Oh«, kommentierte Herbert.

Das hatte Jana verdrängt. Beinahe wurde ihr schlecht. Wie die anderen starrte sie Jürgen nun fassungslos an.

»Ich hab den Schlüssel nicht rechtzeitig bekommen«, rechtfertigte er sich.

»Aber der liegt doch immer hinter dem roten Blumentopf in der Ecke«, mischte sich Herbert ein.

»Uns hast du erzählt, es wüsste niemand, dass du kommst«, hielt Oma ihm vor. Jana erinnerte sich auch daran, dass er das gesagt hatte.

»Nun ... Ich ...«

»Was geht hier vor?« Oma schlüpfte in die Rolle eines Generalstaatsanwalts. Wenn sie die Stimme so erhob, war mit ihr nicht gut Kirschen essen.

»Von dem Blumentopf weiß ich nichts«, behauptete Jürgen.

»Hat man Ihnen das denn nicht mitgeteilt?«, fragte Herbert.

Jürgen schüttelte den Kopf.

»Na ja. Die Breitners haben momentan ja viel um die Ohren. Saschas Vater ist letzten Monat gestorben«, sagte Herbert.

»Das wird es wohl sein«, erwiderte Jürgen und ließ seinen Blick über die Anwesenden schweifen.

Jana glaubte ihm kein Wort. In was waren sie da nur reingeraten? Oma musterte ihn ebenfalls mit Misstrauen. Lediglich Herbert schenkte ihm ein unbedarftes Lächeln.

»Vielleicht sollten wir bei den Breitners anrufen und Bescheid geben?«, schlug Jana allein schon deshalb vor, um Jürgens Reaktion darauf zu erfahren. Er fror ein.

»Ja, eine gute Idee. Sie haben doch sicher die Nummer, Herbert?« Oma blieb ebenfalls am Ball.

»Sicher.«

»Besser nicht. Es gibt da einiges vorher zu klären«, sagte Jürgen in die Runde.

»Allerdings!«, befand nun auch Jana. Männer! Nichts als Schwierigkeiten mit Männern – selbst wenn sie im Rollstuhl saßen. »Was machen wir hier, oder vielmehr, was machst du hier, wenn es das Haus der Breitners ist?«

»Ich … ich bin der rechtmäßige Erbe und nicht der Sohn Sascha Breitner. Ich weiß es schon länger, aber ich habe das Erbe noch nicht angetreten«, eröffnete er ihnen.

Daraufhin setzte Schweigen ein. Was sollte man auch darauf erwidern? Bei Oma hielt es aber nicht lange an.

»Und das verrätst du uns erst jetzt? Ich dachte, du willst zur Beerdigung deines Freundes fahren?«

»Saschas Vater liegt schon unter der Erde«, erklärte Herbert.

»Na ja, so indirekt stimmt das ja auch. Ich wollte mir Gewissheit verschaffen.« Jürgens Antwort fand Jana äußerst merkwürdig.

»Darüber, dass er tot ist?«, fuhr Oma ihn an.

Jürgen ging nicht darauf ein, und so langsam kam sich Jana vor, als säße sie in einer absurden Theatervorstellung.

»Und mir die Story vom Pferd erzählen. Wir wohnen also illegal in einem Haus, das einer Familie Breitner gehört. Na bravo!« Oma regte sich zu Recht auf.

Noch, dachte Jana, denn wenn die Erbschaftsgeschichte stimmte und Jürgen sie annahm …

»Ich wollte allein fahren. Mir ein Hotel nehmen. Schon vergessen? Hätte ich mich nur nicht verplappert mit dem Haus in Spanien.«

»Was soll das nun wieder heißen? Und von wegen Hotel nehmen? Wer hätte dich denn dann aufs Klo gehievt?« Oma fing an zu köcheln.

»Urlaub im Ferienhaus in Spanien für lau. War das etwa nicht der Hauptgrund, weshalb ihr mitgefahren seid?« Jetzt wurde Jürgen auch noch pampig.

»Also, das ist ja wohl …«, echauffierte sich Oma.

»Stimmt natürlich. Das war tatsächlich mit ein Grund, aber sie wollte dir echt helfen«, stellte Jana klar, woraufhin Jürgen reumütig nickte. Omas vorwurfsvollen Blick ertrug Jana tapfer. Sie wusste genau, dass sein Ferienhaus sehr wohl das Zünglein an der Waage gewesen war.

Herbert war die Streiterei sichtlich unangenehm.

»Bitte verständigen Sie die Breitners vorerst nicht. Um diese Zeit kommen doch sowieso keine Gäste. Wir stören ja niemanden.« Jürgen saß wie ein Straßenbettler in seinem Rollstuhl.

Herbert schien sich dies eine Weile durch den Kopf gehen zu lassen. Er nickte, wenngleich zögerlich.

»Entschuldigt mich. Die ganze Aufregung. Ich kann jetzt nichts essen und möchte allein sein«, verkündete Jürgen, wendete seinen Rollstuhl und fuhr zurück auf sein Zimmer.

Jana und Marlis sahen sich fragend an.

»Vielleicht ist der heutige Abend nicht die beste Gelegenheit, um auf gute Nachbarschaft anzustoßen«, meinte Herbert, nachdem Jürgen sich auf sein Zimmer verzogen hatte.

»Mir ist der Appetit auch vergangen.« Selbst der leckere Salat machte Jana jetzt nicht mehr an.

»Wir sehen uns morgen. Bestimmt klärt sich alles rasch«, versprach Herbert und reichte zunächst Oma die Hand, dann auch Jana.

»Ommm«, gab er an der Tür augenzwinkernd von sich, was zumindest Oma wieder etwas aufheiterte. Ob ein bisschen Yoga das Problem, in ein fremdes Haus eingebrochen zu sein, lösen konnte, zweifelte Jana allerdings stark an.

Kapitel 6

Jürgen hatte sich zu Marlis' Überraschung tatsächlich aufs Ohr gehauen, ohne noch etwas zu sich zu nehmen – genau wie Jana. Nur Marlis hatte am Vorabend von Herberts leckerem Salat gekostet und sogar noch etwas von Janas pappigen Nudeln mit Tomatensoße in sich hineingewürgt, bevor sie ins Reich der Träume abgetaucht war. Es waren vielmehr Albträume von der spanischen Polizei vor der Tür gewesen, die sie hatten abführen wollen.

Einmal kurz nach sechs wach, war an Einschlafen nicht mehr zu denken. Was sollte Jürgens Geheimnistuerei? Und wo gab es denn so was? Ein Erbe, von dem er seinen Worten nach schon *länger* wusste, nicht anzutreten und dann urplötzlich nach Spanien zu fahren? Von wem hatte er überhaupt das Haus geerbt? Dieser Breitner war Herberts Worten nach doch erst seit letztem Monat unter der Erde. Wusste Jürgen etwa seit längerer Zeit von Breitners Letztem Willen zu seinen Gunsten? Sein Tod könnte Jürgen in diesem Fall dazu veranlasst haben, nach Spanien zu fahren. Alles nur Spekulation. Hier war etwas oberfaul. Und ihnen dann den Bären aufzubinden, zur Beerdigung seines Freundes fahren zu wollen, anstatt eine noch ungeklärte Erbschaft zu klären? Hatte Jürgen sie denn noch alle? Fragen über Fragen, die Marlis sich während des Duschens stellte. Wenn sie ihr Gehör nicht täuschte, musste Jürgen auch bereits auf den Rädern sein. Dem Gerumpel aus dem zweiten Bad neben seinem Zimmer nach zu urteilen, hatte er es vorhin selbst auf die Schüssel geschafft. Die Spülung ging auch.

Marlis trocknete sich nach der Dusche ab und schlüpfte in ihr luftiges, geblümtes Sommerkleid. Nun rumpelte es erneut. Doch diesmal von draußen. Marlis verließ das Bad, um gleich nachzusehen. Jürgen hatte es tatsächlich über die beiden breiten Stufen allein hinbekommen, das Haus zu verlassen. Sie sah den Rollstuhl gerade noch kurz vor dem Pool nach links über einen Schotterweg nach hinten in den Garten verschwinden. Er musste doch gehört haben, dass sie schon wach war. Kein morgendlicher Gruß? Auch das fand Marlis merkwürdig. Ihre Neugier war geweckt. Plante er etwa eine morgendliche Spazierfahrt ins Hinterland? Gab es dort überhaupt einen Weg? Sie konnte sich nicht daran erinnern, einen entdeckt zu haben.

Als Marlis den Garten erreichte, sah sie Jürgen auf einen von vertrocknetem Efeu umwucherten und recht verrosteten Pavillon zurollen. Er sah verwunschen aus. Marlis fragte sich, ob er noch zum ansonsten sehr gepflegten Grundstück gehörte. Gleich dahinter begann nämlich die Pampa. Dort wuchsen Sträucher, die nicht so aussahen, als ob sie regelmäßig Wasser bekämen, und Zypressen, aus denen braun verfärbte Zweige herausragten.

Jürgen riss vertrocknete Efeuranken zur Seite und kämpfte sich hinein. Der Pavillon schien ihn zu verschlingen. Wollte er allein sein? Eine morgendliche Begegnung vermeiden, weil sie ihn am Vorabend bloßgestellt hatten? Marlis kam es fast so vor. Für einen Moment überlegte sie, wieder zurück zum Haus zu gehen, doch dann gab sie sich einen Ruck. Janas offene Worte bezüglich der Gründe, weshalb sie beide mitgefahren waren, hingen ihr nach. Den Urlaub hier verbringen wollte sie genau wie ihre Enkeltochter. Obwohl Jürgen ihre Schritte auf den letzten Metern des Schotterwegs vernehmen musste, gab er keinen Mucks von sich.

Marlis trat vor und lugte durch das abgebrochene Geäst. Täuschte sie sich, oder schluchzte er? Marlis brach es fast das Herz, ihn so zu sehen. Hatten sie ihn gestern Abend so verletzt? Zu sehr angegangen?

Er richtete sich auf. Marlis duckte sich, doch die Bewegung hatte er wohl mitbekommen.

»Marlis?«, rief er mit beschlagener Stimme.

Sie zwängte sich nun auch durch die Lücke hinein.

»Alles in Ordnung?«, erkundigte sie sich besorgt.

Er nickte und wischte sich die Augen trocken.

»Was machst du hier?«, erlaubte sich Marlis die Frage.

»Erinnerungen … Nichts weiter …«

Marlis schaute sich um. Eine halbrunde moosbewachsene Steinbank schmiegte sich an die runden Eisengitter. In der Mitte des Pavillons stand ein Springbrunnen, über dem ein kleiner Engel mit einem abgebrochenen Flügel thronte.

»Muss mal schön hier gewesen sein. Ich kann gar nicht verstehen, dass sich niemand darum gekümmert hat«, meinte sie.

»Ich auch nicht«, erwiderte er.

Marlis setzte sich auf die Steinbank.

»Ich habe das Erbe noch nicht angetreten, weil ich erst für mich klären muss, ob ich das überhaupt will. Die Frage liegt dir doch sicher auf der Zunge.«

»Ich würde mich auch erst informieren. Wer weiß, vielleicht liegen Schulden auf dem Haus.« Etwas anderes konnte Marlis sich gerade nicht denken.

»Schulden … Ja, so könnte man es nennen.«

»Was meinst du damit?«

»Vergiss es einfach.«

Er hatte gut reden. Erst ködern und dann am ausgestreckten Arm verhungern lassen.

»Hat der alte Breitner es dir vermacht? Wem hat denn das Haus früher gehört?« Das waren ja keine schlimmen Fragen, sagte Marlis sich.

Jürgens Blick wurde augenblicklich starr und richtete sich auf den Engel mit dem gebrochenen Flügel. In Gedanken schien er ganz weit weg zu sein. Ihre Frage blieb unbeantwortet.

»Und wie willst du das nun machen, das mit dem Klären?«, wagte Marlis zu äußern, als sie das Gefühl hatte, ihn wieder ansprechen zu können.

»Erst mal hier ankommen. Die Ämter haben sonntags sowieso geschlossen. Es ist inzwischen alles anders als früher. Das Haus ist schön hergerichtet, aber es hat seinen Charme verloren.«

»Hast du hier mal gewohnt?«

Jürgens Blick trübte sich erneut ein. Also lieber nicht weiter in diese Richtung nachhaken. »Soll ich besser wieder gehen?«

Jürgen nahm einen tiefen Atemzug und schüttelte dann den Kopf. »Ich möchte zurück zum Haus. Die Treppe komm ich zwar runter, aber rauf …«

Marlis nickte und stand auf. »Was hast du heute vor außer Ankommen?«

»Wir müssen einkaufen, einige Läden haben sonntags auf, und wir könnten die Gegend erkunden.«

Das klang vielversprechend. Der letzte Hauch von Trübsal und Tristesse in seinem Blick verflüchtigte sich, als sie ihm eine Gasse durch die Efeuranken schuf. Die Sonne schien. Also doch erst einmal Urlaub!

Wenn Oma ihr, nachdem Jana aufgestanden war, auf dem Sprung zwischen Tür und Angel nicht versichert hätte, dass sie Jürgen auch allein aus dem Wagen in seinen Rollstuhl bugsieren könnte, wäre Jana nie auf den verwegenen Gedanken gekommen, sich abzuseilen und die beiden allein zum Einkaufen fahren zu lassen. Sie hatte Lust auf einen Spaziergang. Das nächste Dorf, durch das sie auf dem Herweg am Vortag gefahren waren, durfte Janas Einschätzung nach höchstens eine halbe Stunde zu Fuß entfernt sein. Chillen am Pool konnte warten. Lieber die morgendliche Frische nutzen, um sich die Gegend anzusehen und auf andere Gedanken zu kommen, zumal sich der Frosch bereits frühmorgens erneut gemeldet hatte und wissen wollte, wie es ihr hier gefiel. Schön, aber stressig, hatte sie ihm per Messenger geantwortet. Das war noch nicht einmal gelogen.

Bevor die beiden losgefahren waren, hatte Jana sich davon überzeugt, dass Jürgen mit Omas Hilfe auf dem Beifahrersitz Platz nehmen konnte. Das ging, weil der höhenverstellbar war. Den Türschnapper hatten sie so eingestellt, dass die Haustür offen blieb – sicherheitshalber, falls Jana früher zurückkäme. Zeit für ihren Spaziergang.

Den Weg zum Dorf kannte sie, doch um dort hinzugelangen, musste Jana nicht an der Straße entlangwandern. Querfeldein durch die Natur zu spazieren machte mehr Spaß. Allein schon wegen der himmlischen Ruhe, sah man vom Gesang der Zikaden einmal ab. So klang Urlaub.

Die Abkürzungen über Feldwege führten durch Olivenhaine und entlang einer blühenden Orangenplantage, deren Bäume jedoch bereits reife Früchte trugen. Sie hingen über den Zaun. Jana konnte nicht widerstehen. Mundraub war hier angesichts dieser Fülle sicherlich nicht strafbar. Und wie intensiv die Schale duftete. Zweites Frühstück. Mehr als ranzige Margarine und ein wenig Honig auf steinhartem, aber immerhin nicht verschimmeltem Toast, dazu Instantkaffee hatte es in der Küche nicht gegeben. Die Hoffnung auf einen guten Cortado largo im Dorfcafé, an dem sie gestern vorbeigefahren waren, beschleunigte ihre Schritte. Diesen Kaffee trank hier jeder. Das war, wie sie von einer Klassenfahrt an die Costa Brava noch wusste, ein mit Milch gestreckter Espresso – und total lecker.

Nachdem der Weg entlang der Orangenplantage sie just in eine der Nebenstraßen des Dorfes geführt hatte, ging sie die kleinen Gässchen geradeaus, bis sie auf eine breitere Straße stieß. Dort waren die ersten Passanten in Sicht. Jana mochte die einfachen zwei-, manchmal auch dreistöckigen schmalen Häuser mit ihren schmiedeeisernen Balkonen. Einige verfügten über kleine Gärten, in denen Hibisken, Bougainvilleen und Oleandersträuche um die Wette blühten. Mit jedem Meter, den sie sich weiter ins Zentrum begab, wurden die Gebäude stattlicher, größer und deren Fassaden verspielter. Der Glockenturm der Dorfkirche war bereits in Sicht und an der nächsten Biegung lag das Ziel ihrer Begierde: das schnuckelige Café mit Außenbereich. Ein Tisch unter einem der fünf Sonnenschirme war sogar noch frei. Von dort aus bot sich ein herrlicher Blick auf den Dorfplatz, auf dem sich Kinder tummelten, die Ball spielten. Die älteren Bewohner saßen auf Bänken im Schatten dreier ausladender Palmen. Die perfekte Dorfidylle und sicher ein idealer Ort für die älteren Herrschaften, um sich zu treffen. Junge Leute gab es hier anscheinend nicht. Demzufolge auch keine übermäßig interessierten Blicke der Männerwelt schätzungsweise weit jenseits der sechzig, als sie sich an den freien Tisch setzte. Klar, die jungen Leute wanderten auch hier aus den Dörfern ab.

»Un cortado largo por favor.« Jana gab ihre Bestellung bei einem älteren Ober in schwarzer Hose und weißem Hemd auf. In dem Moment schoss ein schnittiges Porsche-Cabrio ums Eck. Dass diese Porschefahrer immer so einen Lärm machen mussten. Der Fuß auf dem Gaspedal sorgte mit durchgedrückter Kupplung für lautes Röhren des Motors – vermutlich nur, um auf sich aufmerksam zu machen. Sogar noch unmittelbar vor dem Café. Der junge Fahrer passte zu seinem Fahrzeug. Jana schätzte ihn auf Anfang zwanzig. Der fuhr sicher den Porsche von Papa – nun in Schrittgeschwindigkeit. Typus Aufschneider. Allerdings sah er sehr gut aus. Bestimmt ein rassiger Spanier mit dunklem Haar, modisch geschnitten, die Seiten kurz, dichtes Deckhaar darüber. Markante männliche Gesichtszüge und große, ausdrucksstarke Augen – die sie fixierten, nachdem er demonstrativ seine Sonnenbrille nach oben ins Haar gesteckt hatte. Dann spendierte ihr der Macker noch ein Perlweißlächeln, bevor er wieder aufs Gaspedal trat und röhrend auf ein Gebäude am anderen Ende des Platzes zuschoss, nur um kurz davor eine Vollbremsung hinzulegen. Gott im Himmel! Was war das denn für eine Nummer?

Der Ober servierte ihr den Cortado. Jana hatte trotzdem den Typen im Blick. Was tat er dort? Erst jetzt bemerkte sie, dass er seinen Wagen unmittelbar vor der lokalen Polizeistation einparkte. Das totale Halteverbotsschild störte ihn anscheinend nicht. Er stieg aus, nicht ohne noch einmal eindeutig zu ihr herüberzusehen, und verschwand dann im Gebäude. James II. Der fuhr im Roman doch auch so ein Teil, allerdings einen schwarzen. Jana feixte, denn James war ein Ex-Marine, dieses Früchtchen jedoch höchstens ein Papasöhnchen. Jana holte tief Luft und widmete sich ihrem heiß ersehnten Getränk. Warum die Dinger in Spanien immer in henkellosen Gläsern serviert wurden, damit man sich die Finger daran verbrannte, erschloss sich ihr nach wie vor nicht. Also ganz oben am Rand anfassen und dann vorsichtig daran nippen. Wie lecker. Es dauerte dennoch gute fünf Minuten, bis sie überhaupt den ersten kräftigen Schluck davon nehmen konnte. Das gab ihr Zeit, um den Gesprächen am Nachbartisch zu lauschen. Jana verstand nur wenig – trotz vier Semester Spanisch an der Uni. Das lag zum einen daran, dass sie so schnell sprachen und sich unentwegt ins Wort fielen. Einer der älteren Männer beklagte sich über die geringen Preise, die er für seine Orangen bekam. Im Supermarkt würden sie hundert Prozent Gewinn draufschlagen. Die anderen Männer verstand sie gar nicht, weil sie sich vermutlich auf Valencianisch, einer Abwandlung des Katalanischen, unterhielten. Es klang sehr schön, da weicher als Kastilisch, also dem Spanisch, das man gemeinhin in der Schule lernte.

Brumm-brumm? Jana linste hinüber zur Polizeistation. Bei seiner Fahrweise hatte der Angeber sicher ein saftiges Knöllchen bekommen oder sich sonst irgendwelche Schwierigkeiten mit der Polizei eingehandelt, dachte Jana.

Der Typ fuhr um den Platz herum, aber anstatt sich stadtauswärts zu trollen, steuerte er doch glatt direkt auf einen freien Parkplatz zu, der keine fünf Meter vom Café entfernt war. Er hatte sie im Visier, als er ausstieg. O nein! Ihr Puls ging augenblicklich hoch, nicht nur vom starken Cortado befeuert. Er schnellte gar in ungesunde Bereiche, als er schnurstracks zum Café ging und sich umsah. Bad luck, Junge, denn es war kein Tisch mehr frei. Jana wandte demonstrativ ihren Blick ab. Aus den Augenwinkeln bekam sie trotzdem mit, dass er sich mit dem Ober unterhielt. Tiefe Stimme. Hätte sie gar nicht vermutet. Dass nichts mehr frei war, konnte man doch sehen. Wieso fragte er dennoch nach? Und warum sprach der Ober von einer »Alemana« und dass er sie doch fragen könne, ob er sich an ihren Tisch setzen dürfe? Jana brach der Schweiß aus, denn nun stand er vor ihr mit seinem weit aufgeknöpften Hemd, aus dem ihr gebräunte Haut mit Brustbehaarung, die bis zum Bauchnabel reichte, ins Auge sprang.

»Darf ich mich zu dir setzen? Ich möchte nur ein Gläschen Weißwein trinken.«

James II sprach Deutsch? Er duzte sie auch noch. Gut, das war bei Gleichaltrigen nicht so tragisch. Außerdem waren sie in Spanien. Da war das gang und gäbe. Sein süßes Lächeln rechtfertigte es sowieso. Jana starrte ihn für einen Moment stumm an, und das nicht nur, weil er sie so charmant überrumpelte. Was musste sie auch so bescheuerte Romane lesen, warf sie sich vor. Sie brachte keinen Ton heraus und bedeutete ihm nur, gegenüber Platz zu nehmen. Dummerweise war der Stuhl mit dem größten Abstand einer, dem der Sonnenschirm keinen Schatten spendete. Klar, dass er sich nun den neben ihr schnappte. Er rief dem Ober gleich seine Bestellung entgegen, bevor er zu ihr herübersah.

Zahlen und gehen! Nein. Sitzen bleiben! Jana kämpfte mit sich.

»Machst du Ferien hier?«, fragte er. Die Anmache nahm erwartungsgemäß ihren Lauf.

»Ja.«

»Wie gefällt dir die Gegend?«

»So viel habe ich noch nicht gesehen.«

»Eben erst angekommen?«

Jana nickte.

»Und dann bist du ausgerechnet hier? In diesem Dorf? Die meisten machen Urlaub am Strand.«

»Ist doch schön hier, oder?« Jana vermied es, den Rest ihres Cortados auszutrinken, weil sie merkte, dass ihre Hand bereits etwas zittrig war.

»Ich liebe diese Gegend. Action am Strand. In Dénia ist viel los. Man kann gut essen gehen und in nur fünf Minuten ist man in den Bergen. Dort hat man seine Ruhe. Und wenn man mehr Kultur will, Valencia und Alicante sind ja nicht so weit weg.«

»Arbeitest du hier?« Nun war Janas Neugier geweckt. Ein normales Gespräch zu führen, kopfgesteuert, würde sicher ihren gestiegenen Puls nebst Hormonspiegel in grüne Bereiche senken.

»Semesterferien.«

»Was studierst du?«

»Englisch und Sport in München.« Sport erklärte, warum nicht nur seine Oberarme so trainiert waren. »Und du?«

»Ich promoviere in Psychologie.« Daraufhin bekam er große Augen. Er nickte anerkennend.

»Das ging vorhin aber schnell da drin.« Jana wies in Richtung des Polizeigebäudes. »Ärger mit der Polizei?« Jana versuchte, das Thema zu wechseln, um zu vermeiden, dass er nach dem Thema ihrer Arbeit fragte. Nichts wäre ihr momentan peinlicher. »Ein Knöllchen bezahlt? Einspruch dagegen eingelegt?«, mutmaßte sie.

Er lachte. »Wie kommst du denn darauf?«

»So, wie du mit dem Teil um die Ecke geschossen bist?«

Er lachte erneut. »Strafzettel bezahlt man hier online oder in der Zentrale der Verkehrspolizei. Der TÜV war abgelaufen. Man kriegt hier kaum Termine. Ich musste nachweisen, dass der Wagen wieder TÜV hat. Die waren so nett, eine Kopie des Prüfberichts an die Verkehrspolizei weiterzuleiten. Aber es stimmt schon, mit so einem Wagen fährt man nicht langsam. Kennst du den Film ›Top Gun‹ mit Tom Cruise?«

Jana kannte ihn. Doofer Flugzeugactionfilm, schon älter. War kürzlich auf Kabel gelaufen. Sie hatte ihn sich nur angesehen, weil sie Tom in jungen Jahren so attraktiv fand. Sie nickte.

»I feel the need for speed. Manchmal habe ich Bock drauf«, erklärte er grinsend.

Angeblich hatte Tom Cruise diesen Satz zum Drehbuch beigetragen. Die Doku über seine Karriere war nach dem Film gelaufen. Dämlicher Satz! Jana seufzte gelangweilt, was ihn amüsierte.

»Ich heiße Leon, und du?«

»Jana.«

Der Ober tanzte mit einem Achtel Weißwein mit Eiswürfeln im Glas an.

»Otro para la señora«, bestellte Leon. Der Ober nickte und eilte nach drinnen.

Jana schaute ihr Gegenüber verdutzt an.

»Du trinkst doch einen mit? Er ist leicht.«

Sie nickte überrumpelt, zumal sie in dem Moment Lust darauf bekommen hatte, als der Ober den Wein auf den Tisch gestellt hatte.

»Schön erfrischend«, frohlockte er, wartete aber damit, daran zu nippen, bis der Ober auch ihr ein Glas serviert hatte.

»Auf was stoßen wir an?«, fragte er.

»Auf die schöne Gegend.«

Die Gläser erklangen.

»Hast du schon was vor? Kann ich dich irgendwohin mitnehmen? Dénia ist nicht weit. Ich könnte dir die Gegend zeigen.«

In Janas Kopf fing es an zu rattern. Anmache auch noch mit Wein. Mit dem Typen rumkurven – mit need for speed? Cool wär's ja schon. Urlaub! Ja, im Urlaub konnte man mal eine Ausnahme machen und sich auf so einen klitzekleinen Flirt einlassen, sagte sie sich und nickte, bewusst zögerlich und schulterzuckend. Nicht, dass er meinte, er könnte mit seiner forschen Art bei ihr punkten. Er strahlte, allerdings war es kein Siegerlächeln wie erwartet. Es schien von Herzen zu kommen, was Jana mehr als nur irritierte.

Der Einkauf konnte warten, weil der Supermarkt bis acht geöffnet war und die Lebensmittel schließlich im Auto verderben würden. »Ankommen«, hatte es geheißen. Das galt Marlis' Ansicht nach auch für sie, vor allem nach der langen Fahrerei. In die Stadt fahren? An einem Sonntag, wenn die meisten Läden – mit Ausnahme der großen Supermarktketten – geschlossen waren? Keine gute Idee. Dann doch lieber mit dem Wagen ein wenig die umliegenden Dörfer und Siedlungen erkunden. Laut Jürgen hatte sich in der ländlichen Gegend weiter im Landesinneren in all den Jahren seiner Abwesenheit gar nicht so viel verändert – sah man von einigen renovierten Fassaden und eher schmucklosen Neubauten aus Beton ab, die sich zwischen den alten Steinhäusern eingenistet hatten. Querfeldein und abseits der Landstraßen auf Wegen zu cruisen, die stellenweise nicht breit genug für zwei größere Pkws waren, machte sowieso nur an einem Sonntag Spaß. Vorbei an alten Bauernhöfen und im Herzen von Mutter Natur.

Einen Riurau wollte Jürgen ihr unbedingt zeigen. Das war ein längliches, beidseitig mit offenen Arkadenbögen versehenes Steingebäude, in dem man früher Rosinen gelagert hatte, um die in der Sonne getrockneten Moscateltrauben vor Regen zu schützen. Auf eines dieser Gebäude trafen sie in einem Dorf namens Jesús Pobre, was so viel wie »Armer Jesus« hieß. Arm war das Dorf nicht. Sonntags war Markttag. Die Stände warteten mit allem auf, was die hiesige Landwirtschaft zu bieten hatte. Ein Stand schmiegte sich im zur Markthalle zweckentfremdeten Riurau an den anderen. Feigen- und Dattelkuchen mit Kaffee und eine Einkaufstüte voll mit frischen Früchten hatte Marlis sich gegönnt. Auf diese Weise ließ es sich gut »ankommen«.

Sie fuhren weiter zur Küste – auf Marlis' Wunsch hin, denn sie konnte es gar nicht erwarten, das Meer zu sehen. Der Weg dorthin erwies sich eher als ernüchternd. Beton löste Stein endgültig ab. Moderne mehrstöckige Gebäude boten nun mal mehr Platz für unzählige Ferienwohnungen, die sich an der Küstenstraße aneinanderreihten. An jeder Seitenstraße, an der sie vorbeikamen, war das Meer zu sehen. Marlis' Sehnsucht nach einem Strandspaziergang war ins Unermessliche gestiegen, seitdem sie an einem Dorf namens Els Poblets, was so viel hieß wie »Die Leute«, gen Norden vorbeigefahren waren. Angeblich seien dort die Strände am schönsten. Im Gegensatz zur Küste weiter südlich weder steil noch felsig, sondern mit kilometerlangen weißen und nie überlaufenen Stränden gesegnet.

Jürgen hatte nicht zu viel versprochen. Hinter mit allerlei Gräsern und blühenden Sträuchern gesprenkelten Dünen lag der Traum in Weiß. So schnell war Marlis noch nie aus ihrem Wagen gestiegen. Ihm rauszuhelfen – eine Kleinigkeit. Das Schöne an diesem Plätzchen war, dass es sich neben einem Strandrestaurant befand, das wohl zu einem Campingplatz gehörte, und ein rollstuhltauglicher Steg fast bis hinunter ans Meer führte.

»Ich kann auch im Restaurant auf dich warten. Ich komm mit dem Ding eh nicht bis ganz ans Wasser«, sagte Jürgen, nachdem sie die Wagentür geschlossen hatte.

»Quatsch. Du kommst mit.« Marlis duldete keine Widerrede und schob ihn kurzerhand auf dem beplankten Weg den kleinen Dünenhügel hinauf. Eine kluge Entscheidung, denn auch wenn sie ihn nicht bis zur sanften Brandung bringen konnte, so kam er wenigstens in den Genuss des kühlen Windes, der hier kräftiger blies und herrlich erfrischte.

»Hier waren wir früher oft. Zum Schwimmen und Chillen«, erzählte er.

»Nicht zum Surfen?«

»Windsurfen geht weiter draußen. Das Wasser ist hier zu seicht. Da läufst du erst ewig weit rein und gescheite Wellen gibt's hier auch keine. Wellenreiten kannst du hier sowieso vergessen.«

Das stimmte. Marlis erspähte nur wenige Schwimmer ziemlich weit draußen. Alle anderen wateten durch das Meer.

»Ist es nicht herrlich hier?«, juchzte Marlis, als sie das Ende des Stegs erreicht hatten. Ihre gute Stimmung fand bei ihm offenbar keinen Widerhall. Er starrte mit Leidensmiene aufs Meer hinaus.

»Geh ruhig. Ich kann ja hier auf dich warten«, murmelte er.

»Alles klar?«, fragte Marlis nach.

»Es sind so viele Erinnerungen an eine schöne Zeit«, erklärte er.

Erst in diesem Moment bemerkte Marlis, was er in der Ferne im Blick hatte. Es waren zwei Windsurfer, die an der Küste entlangzogen.

»Ich hätte damals wohl auch besser hier auf dem Brett stehen sollen«, meinte er betrübt.

»Wo ist der Unfall passiert?«

»Hinter Jávea. In der Nähe vom Cabo de la Nao. Steilküste. Hohe Wellen, enge Buchten. Windsurfen war uns irgendwann zu langweilig. Wir wollten auf den Wellen reiten. Falscher Ort, falsche Zeit.«

Marlis sah ihm an, wie sehr er litt, und griff, ohne großartig darüber nachzudenken, nach seiner Hand. Sie spürte, dass er Halt daran fand. Ein schönes Gefühl. Und das nicht nur, weil sie sich eigentlich immer gut fühlte, wenn sie jemandem in irgendeiner Form helfen oder beistehen konnte. Es war die Berührung seiner Hand, kräftig, obwohl keine Pranke. Er hatte sehr schöne Hände. In seinem Blick lag Dankbarkeit, aber noch ein bisschen mehr. Kribbelte es bei ihm etwa auch? Eine gewisse Irritation huschte über seine Augen. Wenigstens war die Leidensmiene weg – jedenfalls für einen kurzen Moment. Denn ihnen kam ein Paar etwa in ihrem Alter mit vom feinen weißen Sand panierten Füßen entgegen. Die beiden hielten sich ebenfalls an den Händen. Sie blieben kurz stehen und sahen hinaus aufs Meer. Ganz spontan küsste der Mann seine Frau. War es das, was ihn nun erneut in eine Wolke aus Tristesse hüllte?

»Die beiden sind beneidenswert glücklich.«

Was Jürgen sagte, bestätigte ihre Annahme.

»Sieht ganz danach aus.«

»Mir ist so viel im Leben entgangen. Wobei, damals vor dem Unfall … es gab nur das Meer und Fun. Ich hab nix Festes gesucht. Und dann, Jahre danach … Ich fing an, andere darum zu beneiden«, gestand er. Er löste sich von ihrer Hand und wischte sich den Schweiß von der Stirn. Dann fand er wieder Halt an der Lehne seines Rollstuhls.

»Du bist doch immer noch ein attraktiver Mann. Damals … Ich meine, hat sich denn nach dem Unfall nie wieder etwas ergeben?« Marlis plapperte aus, was sie dachte, obwohl ihn die Frage sicherlich nicht aufmuntern würde.

»Wer will schon jemanden haben wie mich?«

Er verfiel in Schweigen und beobachtete genau wie Marlis die beiden älteren, offenbar immer noch durch ein inniges Band der Liebe verbundenen Herrschaften, die gemächlich ihren Spaziergang entlang der Brandung fortsetzten. Auch Marlis beneidete die beiden, wie sie sich eingestehen musste.

»Und du? Du warst doch sicher mit jemandem zusammen.« Marlis nickte.

»Du wirkst immer so glücklich und ausgeglichen«, stellte Jürgen fest.

Marlis nahm es als Kompliment, wofür sie sich mit einem Lächeln bedankte. »Du hättest mich nach der Scheidung sehen sollen. Ein Häufchen Elend.«

»Was ist passiert?«

»Er hat mich für eine Jüngere verlassen. Kennt man doch. Mit fünfzig noch mal Gas geben«, sagte sie bitter.

»Jemanden wie dich verlässt man doch nicht.« Jürgen sah sie direkt an.

Marlis wusste gar nicht, was sie darauf erwidern sollte, so gerührt war sie.

»Und wie hast du es geschafft, wieder glücklich zu sein?«

»Ich hab's in mir selbst gesucht – das Glück.«

»Und offenbar gefunden. Yoga?«

»Mit dem kann man auch nicht alle Probleme lösen«, bekannte Marlis offen. »Ich habe gelernt, für den Moment zu leben. Nach Möglichkeit jeden schönen Moment zu genießen«, fügte sie hinzu.

Jürgen nickte nachdenklich.

»Auf was wartest du noch? Jetzt geh schon ins Wasser. Vorhin im Auto die ganze Zeit rumnölen und jetzt mit mir hier festwachsen. Ab in die Fluten!«

Marlis musste unwillkürlich lachen. Seine Worte waren ihr Befehl. Und wie in jungen Jahren lief sie im Eiltempo auf die Brandung zu, zog ihr Kleid ein wenig nach oben und genoss das erfrischend kühle Spiel der Wellen an ihren Füßen und Waden. Den Moment genießen. Mehr Glück ging doch sowieso nicht.

An der Seite von Leon geriet man ganz schön in Schwitzen. Und das hatte gleich mehrere Gründe. »Die Gegend zeigen« hatte sich angefühlt wie eine Verfolgungsjagd in »Mission Impossible« oder in einem James Bond, obwohl niemand hinter ihnen her war. Leon hatte sich offensichtlich vorgenommen, ihr so viel wie möglich von seiner Heimat zu präsentieren. Auf Serpentinenstraßen, die es hier im Hinterland reichlich gab, trieb Jana es das Adrenalin schon aus den Ohren. Stop-and-go, vielmehr »brumm, brumm«, wann immer sie an einem sehenswerten Halt mit Ausblick vorbeigekommen waren. Und davon gab es viele, vor allem in den Bergtälern, an deren grüne Hügel sich kleine Dörfer schmiegten, oder einsame Villen, die man eigentlich schon als Anwesen bezeichnen konnte. Wilde Talsenken, die Höhlen miteinander verbanden – über tausend Steintreppen aus der Antike erreichbar, die vom Talboden sogar bis zum Gipfel eines Berges reichten. Blühende Sträucher, die Hügelketten wie ein Aquarellgemälde bunt tupften – weiteres Futter für die Kamera ihres Handys. Bei jedem Stopp fütterte er sie mit Infos über die Gegend. Leon erweckte den Eindruck, dass er seine Heimat liebte. Er wusste mehr darüber als sie über Freiburg nebst Umland. Studierte er nicht Sport und Englisch?

Ohne das zu wissen, hätte Jana auf Botanik oder Geografie getippt. Leon schien ein Naturfreak zu sein. Er kannte die Bezeichnungen jedes noch so exotischen Strauchs, wann er wuchs, wie er blühte und vor allem wann. Dass er hier normalerweise mit seinem Mountainbike unterwegs war, glaubte sie ihm aufs Wort. Klettern über diese steil nach oben ragende Felswand? Sei doch alles kein Problem und ideal, um seine Grenzen kennenzulernen, Ängste zu kontrollieren. Ängste? Wer so schnell bergab raste, der sah dem nahenden Tod mit einem lachenden Auge ins Gesicht.

Jana genoss es trotzdem, ihre Haare im Fahrtwind flattern zu lassen, vorbei an anscheinend immergrünen Landstrichen und unzähligen Villen, die darauf verstreut waren – eingebettet in Blumengärten und flankiert von Nadelbäumen, vor allem Pinien und Zypressen. Konkurrenz für die Toskana, sagte sie sich, als sie die Landstraße nach Altea in Richtung Teulada entlangfuhren. Dazu noch traumhaft schöne Badebuchten, an deren Ufern sich Restaurants und Strandbuden tummelten. Am liebsten hätte sie Leon darum gebeten, dort einmal runterzufahren, hatte den Gedanken aber sogleich verworfen, weil sie sowieso keine Badesachen dabeihatte und ihm zutrauen würde, sich ohne alles in die Fluten zu stürzen. Was für ein anregender Gedanke. Prickelnd. Jana hatte sich in dem Moment aber klargemacht, dass sie nicht Ellen war. Die wäre mit ihm nackt baden gegangen, am besten noch an den Wasserfällen, die es auch hier in der Bergwelt in der Nähe von Alicante geben sollte. Der kühle Fahrtwind kam gerade recht, um die innere Hitze in den Griff zu kriegen. Geniale Loungemusik donnerte aus Lautsprecherboxen, mit der er sicher einige Anwohner, durch deren Dörfer er schoss, in ihrer Sonntagsruhe störte. Und wie angenehm war es, sich an seiner Seite einfach den Eindrücken hinzugeben – ohne ihr ein Ohr abzuquatschen, wie es der Typus Philipp getan hätte. Mal kurz die Musik runterzudrehen, um sie auf eine uralte Hacienda oder eine besonders schöne Hausfassade aufmerksam zu machen, reichte doch vollkommen. Zumindest im Urlaub, fand Jana.

Als sie den Ortsrand von Jávea erreichten, laut Leon eine der teuersten Gegenden hier an der Costa Blanca, stellte er die Musik ab. Normale Konversation war wieder möglich, auch weil sie durch eine Tempo-30-Zone fuhren und der Porsche nun nur noch wie ein Kätzchen schnurrte.

»Mir wäre es hier zu eng, zu viele Menschen, zu viele Staus«, sagte er, als sie in einer der schmalen Gassen in einem standen.

Hier war sein Porsche gänzlich fehl am Platz. Fahrräder übrigens auch, dachte Jana, denn wohin sie auch sah, ging es bergauf oder bergab.

»Wieso wollen dann alle hierher?«, erkundigte sie sich.

»Die schnuckelige Altstadt. Alle Läden sind fußläufig erreichbar.« Was er sagte, stimmte. Prachtbauten und viele kleine Läden gruppierten sich um eine Kirche mit hohem Glockenturm. Dort parkte er auch glatt seinen Wagen im Halteverbot. Eine »Multa«, Strafzettel auf Spanisch, war ihm somit sicher.

»Jetzt ist Siesta, auch bei der Polizei«, erklärte er ihr nach ihrem Fingerzeig auf das Schild mit den roten Querbalken durch die Mitte.

»Hast du Hunger? Also, ich schon. Lass uns zum Markt spazieren.« Leon deutete in Richtung einer engen Gasse, die gespickt mit Ständen war.

Der Duft von einem Kohlegrill zog Jana in die Nase und erzeugte sofort eine Pfütze im Mund. Sie nickte. Konnte er Gedanken lesen oder stand ihr die Gier nach diesen Hähnchenspießen, die in einem kleinen Schälchen mit Mandelsoße und Brot serviert wurden, bereits ins Gesicht geschrieben? Es waren lediglich ein paar Schritte bis zu diesem Stand.

»Ich nehm einen, und du?«, fragte er.

»Gern.«

Schon zückte er sein Handy, um zu bezahlen. Jana kam gar nicht mehr dazu, ihres hervorzukramen. Sie nahm den Hähnchenspieß ohne schlechtes Gewissen, jedoch mit einer Danksagung entgegen, ebenso eine kleine Cerveza, die er ihr vom Tresen holte, nachdem er sich rückversichert hatte, dass sie auch ein Bier wollte.

»Total lecker«, schwärmte Jana nach dem ersten Bissen.

»Ich sollte wieder öfters an Sonntagen herkommen.« Auch Leon aß mit Genuss.

»Was machst du denn eigentlich den ganzen Tag so während der Ferien? Ich meine, wenn du nicht mit dem Wagen herumfährst.«

»Strand, Surfen, Abhängen, wenn mich mein Vater nicht gerade einspannt.«

»Zu was denn?«

»Er vermietet Ferienwohnungen und hat keine Zeit, sich um alles zu kümmern.«

»Was macht er hauptberuflich?«

»Er baut Orangen an. Das wirft aber in den letzten Jahren viel weniger ab als früher.«

»Ein Orangenbaron also«, witzelte Jana.

»Baron?«

»Wer sich so einen Porsche leisten kann?«

»Arm ist er nicht. Das stimmt schon.«

»Hola, Leon.«

Jana wurde nun auch auf eine Gruppe von drei Jungs und zwei junger Schönheiten etwa in ihrem Alter aufmerksam.

»Miguel.«

So erfreut, wie Leon ihn begrüßte, schienen die beiden gute Kumpels zu sein. Auch die Küsschen auf die Wangen und herzliche Umarmungen, die er den Leuten in Miguels Begleitung zukommen ließ, deuteten darauf hin. Nur bei einer der jungen Frauen wirkte er etwas verkrampft. Eine rassige spanische Schönheit, die wusste, wie sie kleidungstechnisch ihre Reize ausspielen konnte: kurzer Rock, der ihre langen Beine betonte, vom äußerst großzügigen Ausschnitt ganz zu schweigen. Sie hätte eigentlich auch gleich auf das Top verzichten können. Nur ein Küsschen statt zwei? Und wieso musterte sie Jana mit Argusaugen? Jana verstand lediglich die Hälfte des Stakkato-Talks. Dass er sich hier auch einmal wieder blicken ließe und wo er sich herumtreibe, so viel konnte sie der Unterhaltung entnehmen. Nachdem nun mittlerweile alle Augenpaare der Truppe auf ihr ruhten, blieb Leon nichts mehr anderes übrig, als auch sie vorzustellen.

»Das ist Jana. Sie macht hier Ferien.«

»Encantada«, kam von Miguel, ein freundliches »Hola« von den Jungs und einer der beiden jungen Frauen. Jana schüttelte brav die Hände der Anwesenden. Die mit den Argusaugen hingegen bot sie ihr nicht an, was Jana irritierte.

»Kommst du morgen mit nach Ibiza? Fiesta am Strand. Jorge kriegt die Jacht von seinem Vater«, köderte Miguel ihn.

Jana hätte felsenfest damit gerechnet, dass er sofort zusagte. Das war doch bestimmt sein Ding. Stattdessen linste er kurz zu ihr. Jana erwartete schon die Frage, ob sie Lust hätte mitzukommen.

Er schüttelte betreten den Kopf.

»Hey, qué pasa?«

Das war die Frage, was mit ihm los sei.

»Ich glaube, er hat momentan etwas Besseres zu tun«, sagte die spanische Schönheitskönigin etwas schnippisch.

Leon und sie tauschten daraufhin Blicke, die Jana als nicht besonders freundlich einstufte. Seine Kumpane lachten. Einer klopfte ihm mit Seitenblick zu Jana auf die Schulter. Alles klar. Jana war für die Truppe nun seine neue Flamme. Allein schon um diesem angefressenen Blick von Señorita Argusauge zu begegnen, setzte Jana ein fröhliches Lächeln auf, woraufhin die Spanierin sich abwandte und sich bei einem der Jungs einhängte.

»Ich melde mich bei euch«, versprach Leon.

Schulterklopfen. Flüchtige Wangenküsschen für die beiden jungen Frauen. Sie zogen ab.

Leon zuckte nur mit den Achseln, als sie weg waren.

»Wieso willst du denn nicht mit nach Ibiza?«

Sieh mal einer an! Der Knabe wirkte verlegen. Jana amüsierte das. Ihr wissendes Lächeln schien ihn gleich noch mehr zu verunsichern.

»Ich weiß ja nicht, was du die Tage noch so vorhast«, erklärte er mit der sanften Stimme eines schnurrenden Katers, der darauf wartete, gestreichelt zu werden.

»Ich weiß es auch noch nicht«, gab sie zurück.

Er nickte.

»Hast du noch Zeit?« Das klang schon ganz anders als im Café.

»Klar.«

»Ich zeig dir Dénia, wenn du magst.«

Jana blickte auf die Uhr ihres Handys und erschrak. Schon vier. Oma machte sich bestimmt Sorgen. Jana entschloss sich dazu, ihr wenigstens per Textnachricht Bescheid zu geben.

Bin noch unterwegs in Dénia, tippte sie schnell in den Messenger ein.

»Jemand, der auf dich wartet?«

»Ich muss meinem Mann doch Bescheid geben«, antwortete sie, ohne dabei rot zu werden. Und wie ihm da das Gesicht entgleiste. Jana kringelte sich.

»Meine Oma«, klärte sie ihn auf.

Südländer schafften es anscheinend nicht, ihr Innenleben zu verbergen. Leon atmete erleichtert auf.

Kapitel 7

Die Einkäufe, Gemüse, Hähnchenbrust und Salat sowie das leckere Eis hätten ohne Herberts Hilfe im Haus nicht überlebt. Er wusste, wo die Sicherungen waren, um den Kühlschrank in Betrieb zu setzen. Auch die Klimaanlage lief mittlerweile auf Hochtouren. Das Haus hatte sich schon am Morgen auf der Ostseite ziemlich aufgeheizt. Nun war die andere Seite dran. Die großen Fenster wirkten wie ein Brennglas. Draußen hingegen herrschten laut Thermometer angenehme vierundzwanzig Grad – allerdings im Schatten. Das Wasser in ihrem Pool war nur etwas kühler, doch Herbert hatte ihnen davon abgeraten, den zu benutzen. Den Menschen, der sich um den Pool kümmerte, habe er schon seit Wochen nicht mehr gesehen, und sofern keine Gäste hier wären, liefe seines Wissens die automatische Reinigung nur auf Sparflamme, um zumindest zu verhindern, dass aus dem Pool ein algenverseuchtes Biotop für Mückenlarven wurde. Die Einladung, in seinem zu schwimmen, nahm Marlis daher gerne an. Ihr war nach ihrer kleinen Rundfahrt durch die Gegend und dem danach folgenden Ausflug nach Benidorm, einer direkt am Meer gelegenen und mit Hochhäusern gespickten Touristenhochburg, die nicht umsonst den Beinamen »New York Spaniens« trug, nach etwas Ruhe. Auf ihren Wunsch hatten sie den Ballermann der Engländer, die die Saufmeile am Strand belagerten, gesehen und abgehakt. Schwimmen und dann in der Sonne dösen. Danach war ihr jetzt.

Herberts Salzwasserpool war keimfrei, türkis gefliest und leuchtete in der kräftigen Nachmittagssonne karibikblau. Schade, dass Jana nicht hier war. Bin noch unterwegs in Dénia, hatte sie ihr per Messenger geschrieben.

»Wollen Sie wirklich nicht mit rein?«, Herbert gab einfach nicht auf, Jürgen zum Schwimmen zu animieren. Er selbst hatte sich bereits seine Badehose angezogen und sah darin dank regelmäßigem Yoga sehr attraktiv aus. Wie schade, dass er sich nur für Männer interessierte, überlegte Marlis im Stillen. Sie selbst watete in ihrem geblümten Badeanzug bereits knietief durchs Wasser.

»Ich bin zu kaputt«, rief Jürgen ihm von seinem schattigen Platz auf einer der Liegen unter einem ausladenden Sonnenschirm neben dem Pool zu. So ganz nahm Marlis ihm das nicht ab, denn die Strandpromenade in Benidorm, die sie einmal auf und ab gelaufen beziehungsweise gefahren waren, hatte ihn sicher nicht ermüdet. Er war schneller gerollt, als sie ihm hatte hinterhertrotten können. Und die paar Steigungen zurück zum Parkplatz zwei Straßen dahinter konnten ihn auch nicht dermaßen erschöpft haben.

»Nun komm schon. Es ist herrlich«, rief Marlis ihm zu.

»Mag sein«, grummelte er.

»Es würde dir guttun. Du kannst doch sicher schwimmen, oder?«

»Natürlich kann ich das. Fische haben ja auch keine Beine.«

»Na also«, mischte sich Herbert mit ein.

»Ich will nicht.«

»Warum nicht?«

»Der Pool ist nicht tief. Nur eins sechzig«, machte Herbert ihm klar.

»Reicht für mich zum Absaufen«, meckerte Jürgen, der trotz der steigenden Temperaturen immer noch ein T-Shirt und kurze Jeans trug.

»Ich habe zwei Schwimmnudeln.« Herberts Bemühen war wirklich rührend.

Jürgen verdrehte die Augen.

»Na gut, dann eben nicht«, lenkte Marlis ein und ließ sich vergnügt ins Wasser platschen. Herbert ebenso. Einmal durchtauchen. War das vielleicht erfrischend. Jürgens Leidensmiene hingegen nicht.

»Ja, was jetzt?«, rief sie ihm zu.

»Ich hab keine Badehose dabei.«

»Ich habe massig. Shorts, Speedos«, bot Herbert ihm sofort an.

»Und wie komme ich da rein?«

»Hose runter. Badehose an. Fertig. Ich schau Ihnen auch nichts ab«, versicherte Herbert.

»Sehr witzig.«

»Bei so einem hübschen Mann muss ich mich allerdings dazu zwingen«, gab Herbert keck zurück, was Jürgen dann doch erheiterte.

Daraufhin stieg Herbert aus dem Pool und ging zu einer Truhe, aus der er zwei Badehosen angelte und sie Jürgen hinhielt.

Jürgen starrte fassungslos darauf. Die eine war leuchtfarbenrosa, die andere, eine Art Stringtanga, vermutlich zu klein.

»Spielen wir jetzt ›Ein Käfig voller Narren‹?«, fragte er.

»Also rosa?«, folgerte Herbert.

»Sie sind vielleicht hartnäckig. Wo kann ich mich umziehen?«

»Na, hier? Marlis und ich schauen derweil in die Landschaft.«

126

»Brauchst du Hilfe?«, rief Marlis ihm sicherheitshalber zu, obwohl sie annahm, dass Jürgen sich im Liegen die kurze Hose nebst der darunter auch selbst herunterziehen konnte.

»Geht schon.«

Gesagt, getan. Herbert kam zu Marlis zurück ins Wasser. Gemeinsam schwammen sie zum anderen Ende des Pools und blickten auf die im Tal unter ihnen liegenden Orangenbaumplantagen.

So wie Jürgen stöhnte, quälte er sich gerade sicherlich aus den kurzen Jeans. Jetzt nur nicht umdrehen, sagte sie sich.

»Wie oft kommt denn jemand, um dort drüben den Pool zu reinigen?«, wollte Marlis von Herbert wissen.

»In der Saison jede Woche zwei Mal. Ansonsten einmal, aber da war locker seit drei Wochen niemand da. Warum fragen Sie?«

»So ganz wohl fühle ich mich da drüben nicht. Auch wenn er sagt, dass er das Haus geerbt hat.«

»Glauben Sie mir. Da kreuzt niemand auf. Das tut doch keinem weh. Sie schlafen ja nur dort. Ich habe in meinem Haus leider bloß ein Gästezimmer, sonst …«

»Das ist total lieb …«

»Fertig!«, rief Jürgen.

Marlis und Herbert drehten sich zeitgleich um.

»Lecker!« Herbert sagte es so laut, dass Jürgen es hören musste.

»Ja, was jetzt? Soll ich vielleicht wie eine Schildkröte zum Wasser robben?«

»Wir müssen Kran spielen«, versuchte Marlis, Herbert zu verklickern.

»Kran?« Der Groschen fiel. Er schwamm mit ihr zurück zu den Pooltreppen.

Jürgen setzte sich auf und starrte zwischen seine Beine.

»Was ist das eigentlich da vorn herum?« Er zupfte an der Badehose.

»Eine Einlage. Verbessert die Optik«, schwärmte Herbert, der nun auch die Stelle im Blick hatte.

»Wie? Ein Push-up für unten?«

»Für Männer, die nicht ganz so gut ausgestattet sind wie Sie«, erläuterte Herbert verzückt.

Marlis konnte gar nicht anders, als die Hose ausgiebig zu mustern.

»Ich kann sie auch gleich ganz ausziehen«, ermahnte Jürgen sie, woraufhin Herbert sich räusperte und Marlis rot anlief.

»Ich will ins Wasser. Jetzt!«

»Kran?«, schlug Herbert vor.

Marlis nickte. »Auf drei!« Herbert packte ihn unter den Achseln, Marlis am Gesäß. Auf den Stufen des Pools setzten sie ihn wieder ab. Herbert krallte sich eine gelbe und grüne Schwimmnudel, die neben ihnen im Wasser dümpelten, und hielt sie ihm hin. Jürgen nahm die gelbe an sich, rutschte zwei Stufen nach unten und glitt mit unter den Bauch geklemmter Schwimmnudel ins Wasser.

»Ist das herrlich«, juchzte er nach wenigen kräftigen Zügen.

»Na ja, ein Zimmer wäre bei mir ja noch frei«, frotzelte Herbert augenzwinkernd.

Marlis verpasste ihm einen Rippenstüber und feixte. Auf ins kühle Nass.

Jana war sich nach ihrer Gewalttour durch Dénia nicht sicher, ob Leon sich als perfekter Tourist-Guide gab, um sie zu beeindrucken, oder ob er wirklich so heimatverbunden war, wie es den Anschein hatte. Er schien stolz auf die Stadt zu sein, die bei Weitem nicht so bekannt wie Alicante oder Valencia war. Die kleine Schwester, geografisch betrachtet nahezu in der Mitte zwischen diesen beiden Städten. Jana hatte vor dieser

Reise noch nie etwas von Dénia gehört, obwohl hier so viele Menschen Urlaub machten. Vielleicht war das mit ein Grund, warum Leon sich derart ins Zeug geworfen hatte – ein ziemlich stressiges Unterfangen, denn dazu gehörte erst einmal, die Festung mitten in der Stadt zu erklimmen. Der Aussicht wegen, und um sich einen Überblick zu verschaffen. Ein riesiges Bollwerk aus der Zeit der Römer, das in der Ära der muslimischen Besatzer stetig gewachsen war und dem die Festung eine Zitadelle zu verdanken hatte. Später wieder in christlicher Hand, dann Gouverneurspalast. Viel war davon allerdings nicht mehr übrig geblieben. Nun wusste Jana auch, woher der Name stammte. Die Römer hatten die Stadt Dianium genannt. Ihr Hafen war so attraktiv für die Besatzer gewesen, weil sie von dort Wein und Olivenöl hatten verschiffen können. Früher sei dort auch mit Sklaven gehandelt worden. Eine gruselige Vorstellung. Heute blühte der Handel mit Touristen, die vom Hafen aus mit der Fähre nach Ibiza und Mallorca übersetzten. Bis zum 19. Jahrhundert sei Dénia dennoch ein kleines Dörfchen geblieben, mit ein paar um den Hafen an der Küstenlinie verstreuten weiß getünchten Häusern. Erst der Rosinenhandel hätte den Ort zum Las Vegas Spaniens aufblühen lassen, was, wie Leon wusste, vor allem daran gelegen hatte, dass sich die Engländer hier breitgemacht hatten. Nur in Madrid habe es in dieser Zeit vergleichbar viele Haushalte mit Strom gegeben, so viele Theater, Freudenhäuser, Cafés und Restaurants. Finanzkräftige englische Investoren hätten dies ermöglicht. Heute kamen sie zum Feiern.

Jana schwirrte bei ihrem anschließenden Spaziergang durch die schmalen Gässchen der Altstadt immer noch der Kopf. Aus dem kleinen Dorf von damals war eine Stadt mit bunten Hausfassaden geworden und deren erste Häuserreihe direkt am Meer war eine Restaurantmeile. Dahinter verbargen sich verwinkelte enge Gässchen, in denen sich zweistöckige Gebäude in allen möglichen Farben aneinanderschmiegten. Dazwischen verstreut entdeckte Jana wahre architektonische Perlen, kleine Stadtpaläste, aus denen mittlerweile Museen, Kulturzentren oder Hotels geworden waren. Den Bahnhof von damals, an dem sie gerade vorbeischlenderten, gab es heute noch. Das zweistöckige Bauwerk lag mitten im Zentrum und war zum Spielzeugmuseum umfunktioniert worden. Jana bewunderte die Exponate auf den Plakaten in den Schaufenstern. Die Puppenkollektion hätte sie sich gerne angesehen, doch das Museum war bereits geschlossen.

»Ist die Gegend denn auch bekannt für Spielzeug?« Jana fand keine andere Erklärung dafür, dass hier ein solches Museum existierte.

»Jetzt nicht mehr, aber früher, nachdem die Rosinenindustrie hier zusammengebrochen ist, war das so«, antwortete Leon.

»Ich dachte, die Leute sind danach auf den Anbau von Orangen umgestiegen?« Von der Reblausplage, die hier Anfang des zwanzigsten Jahrhunderts die Moscatelreben befallen und das wirtschaftliche Leben zum Stillstand gebracht hatte, hatte er ihr bereits erzählt.

»Die Rosinen hat man früher in Holzkisten transportiert. Wohin nun mit den ganzen Kisten? Einige Schreiner haben Puppenhäuser daraus gebaut. So fing das an. Und dann haben Deutsche hier investiert und auch noch Blechspielzeug herstellen lassen.«

»Wow. Auf den Gedanken muss man erst einmal kommen.«

»Die Spanier sind eben sehr einfallsreich«, sagte er grinsend.

»Und stressig. Mir tun schon die Füße weh.«

»Dann lass uns in ein Café gehen. Da vorne sind ja welche. Die haben gute Tapas. Es gibt Tage, da fahre ich nur zum Essen hierher.«

»Du bist dort Stammgast?«

»Ja, warum?«

»Nicht, dass uns noch einmal eine deiner Verflossenen begegnet«, erwiderte Jana auf ihrem Weg zu den aneinandergereihten Cafés.

Leon blieb vor Schreck gleich stehen und sah sie fragend an.

»Die mit dem knappen Top. Hast du nicht gemerkt, wie die mich angeglotzt hat?«

Leons Miene entspannte sich augenblicklich. Er lachte.

»Paula … Ja, ich kann mir denken, warum sie dich so angegiftet hat.«

Darüber schien er nicht sonderlich schockiert zu sein, denn er setzte sich wieder in Bewegung.

»Du hattest doch mal was mit der, oder?«

»Mit Paula?«

»Sie sieht gut aus.«

»Das ist aber auch schon alles.«

»Du warst nicht mit ihr zusammen?«

»Sie hat mich angebaggert. Auf Ibiza, am Strand. Ein paar Tequilas zu viel und schon hatte ich sie an mir kleben.«

»Wie schlimm«, erwiderte Jana trocken.

»Eher peinlich, denn sie war noch mit José zusammen. Der wollte mich an dem Abend verprügeln.«

»Vielleicht kannte er dich.«

»Wie meinst du das?«

»Na, im Anbaggern bist du ja kein Anfänger.«

»Hab ich dich etwa angebaggert?«

»Aber hallo.«

Leon musste unwillkürlich lachen.

»Ich konnte halt nicht anders.«

»Verstehe.«

»Sonne oder Schatten?« Die Frage stellte er sicher nicht nur, weil sie das Café erreicht hatten. Was für ein plumpes Ablenkungsmanöver.

»Schatten.« Daraufhin rückte er ihr den Stuhl zurecht. Manieren besaß er ja.

»Hätte ich dich da etwa ganz allein sitzen lassen sollen?«

»Mir kommen gleich die Tränen.«

Erneut lachte er. Jana aber auch.

»Ich mach das normalerweise nicht, aber es kam so über mich«, erklärte er dann ernst.

»Aha? Und wenn du mit deinen Kumpels auf Ibiza bist? Keine Party? Kein Abschleppen?«

»Wir surfen und gehen wandern.«

Jana prustete drauflos.

»Nein. Ernsthaft«, protestierte er.

»Passt nicht in das Bild, das ich von dir hatte.«

»Falsches Bild.«

»Wie viele feste Beziehungen hattest du?« Zu Janas persönlichem Interesse gesellte sich das akademische.

»Drei. Hielten aber nicht lange. Hat nicht gepasst.« Es sprach für ihn, dass er darüber nicht lange nachdenken musste. »Und du?«

»Zwei.«

»Und aktuell?«

»Keine Zeit.«

Er seufzte erleichtert.

»Wolltest du nicht mehr, oder haben sie sich von dir getrennt?«, hakte Jana nach.

»Du stellst Fragen.«

»Interessiert mich halt.«

»Soll ich mich jetzt auf eine Couch legen?«

Jana blickte ihn irritiert an.

»Du studierst doch Psychologie. Über was promovierst du eigentlich?«

Jana fühlte sich ertappt.

»Beziehungen.«

»Nicht dein Ernst.«

Jana zuckte nur die Achseln. »Jetzt erzähl mal.« Sie beharrte darauf, von seinem bisherigen Liebesleben zu erfahren.

»Nummer eins ging nur für einen Monat. In der Schule. Nichts Ernstes. Nummer zwei hat mich gedumpt, weil sie der Meinung war, dass ich sonst sie dumpen würde. Voll die Beziehungsängste, weil schon einmal jemand sie verlassen hatte. Nummer drei, das ging zwei Jahre. Sie wollte sich noch ausprobieren. So einfach ist das nicht mit der Liebe«, resümierte er überraschend resigniert.

»Es waren halt nicht die Richtigen.« Zumindest entsprach das ihrer These.

»Und woher willst du das vorher wissen?«

»Das untersuche ich ja gerade.«

»Kannst du dir sparen.«

Harte Worte. Jana schluckte.

»Erstens fällt die Liebe dahin, wohin sie will, und zweitens gibt es keine Garantien, für nix.«

Jana hörte Oma aus ihm sprechen. »Gemeinsame Ziele, Interessen, sich gegenseitig ergänzen …« Die Liste war noch viel länger, doch mehr fiel ihr gerade nicht ein.

»Schön und gut. Einer wechselt den Job, muss umziehen. Ein Kind zum falschen Zeitpunkt. Einer verliert seinen Arbeitsplatz. Keine Kohle mehr. Krise. Oder die Luft ist raus. Oder wie bei meinem Dad. Hat nur noch seine Arbeit im Kopf. Und meine Mutter auch noch betrogen. Scheidung. Und die Neue hat ihn sitzen lassen. Liebe ist das perfekte Chaos. Es gibt tausend Gründe, um in einer Beziehung zu scheitern. Man kann es nur probieren. Das geht im wahrsten Sinne des Wortes über studieren.«

Letzteres hallte in Jana nach. Er hatte ihr eben den Stöpsel ihres Motivationstanks für die Promotion gezogen. Viel war da eh nicht mehr drin gewesen. Der Mann hatte recht. Jana nickte und stieß einen tiefen Seufzer aus.

»Hab ich was Falsches gesagt?«, fragte er beunruhigt nach.

»Nein, nein«, wiegelte sie ab.

»Dann lass uns bestellen.«

Jana nickte eher mechanisch. Anscheinend hatte sie sich nicht nur in ihm, sondern auch in ihrer Einschätzung in Sachen Liebe grundlegend getäuscht.

Schwimmen machte hungrig. Herbert hatte einen Elektrogrill. Hühnerbrust und Kartoffeln, dazu etwas Gemüse auf dem Grill – das war eine perfekte Kombination. Jürgen hatte es sich nicht nehmen lassen, den Grillmeister zu spielen. Kondition hatte der Mann ja. Sich erst zieren und dann nicht mehr aus dem Wasser kommen. Marlis hätte es nicht für möglich gehalten, dass er überhaupt eine Bahn ohne die Unterstützung seiner Beine zurücklegen konnte, doch sowohl beim Brustschwimmen als auch beim Kraulen erzeugte er mit seinen Armen so viel Schub, dass er seine Beine nachzog – mit freundlicher Unterstützung einer Schwimmnudel. Dabei neben ihm zu schwimmen war ein Ding der Unmöglichkeit. Gegen den Wellengang, den seine kräftigen Züge erzeugten, wäre nicht einmal die Titanic angekommen. Und nun war er quietschvergnügt und nach wie vor in der rosafarbenen Hose am Brutzeln. Marlis und Herbert gönnten sich derweil auf den Liegen lungernd einen Aperitif. Campari Orange. Herberts Bar hatte noch mehr in petto, was einen gemütlichen Abend versprach.

»Die Calabacín sind schon fertig«, rief Jürgen ihr zu.

»Calabacín?« Marlis konnte sich gar nicht daran erinnern, so etwas eingekauft zu haben.

»Zucchini«, erklärte Herbert ihr und nahm gleich noch einen Schluck von seinem Glas, bevor er aufstand, sich einen Teller vom Esstisch der Terrasse schnappte und damit zu Jürgen marschierte. »Endlich mal wieder Gegrilltes«, schwärmte er.

»Grillst du sonst nicht?«, wunderte sich Jürgen.

Klar, dass er ihn nun duzte. Herberts Badehose zu tragen und ihn weiterhin zu siezen wäre absurd gewesen.

»Allein habe ich keine Lust. Da lohnt sich der ganze Aufwand doch gar nicht.«

»Dann müssen wir wohl morgen noch einmal rüberkommen«, rief Marlis ihnen zu.

»Unbedingt«, tönte Herbert, der das gebratene Gemüse nun auf den Tisch zum Reis stellte, den Marlis bereits in seiner Küche zubereitet hatte.

»Das Hühnchen ist auch fertig«, vermeldete Jürgen.

Marlis stand auf und holte die Schale vom Tisch. Sie ging damit zum Grill und ließ sich einige goldbraun gebratene Stücke darauf drapieren.

»Meint ihr, das reicht?«, fragte Jürgen.

»Locker.«

Jürgen schaltete daraufhin den Grill aus.

»Schade, dass Jana nicht da ist«, merkte Marlis an.

»Wo steckt sie eigentlich?«

»Ich habe ihr vorhin eine Nachricht geschickt. Sie wird noch in Dénia unterwegs sein.«

»In Dénia?«, wunderte Herbert sich.

»Das hat sie mir geschrieben.«

»Und wie ist sie da hingekommen?«, überlegte er.

»Wahrscheinlich mit dem Bus. Da wird doch einer fahren«, stellte Marlis unbedarft fest, nachdem sie die Schale auf den Terrassentisch gestellt hatte.

»Jede Stunde vom Dorf, aber nur bis acht.« Herbert kannte anscheinend den Fahrplan. »Aber bis zum Dorf ist es schon ein Stück zu laufen. Es wird ja bald dunkel. Vielleicht solltest du ihr das schreiben. Das mit dem Bus. Wir könnten sie ja abholen«, schlug Herbert dann vor.

»Jetzt wird erst einmal gegessen«, nahm Marlis sich vor und bat die beiden Herren mit einer auffordernden Handbewegung, Platz zu nehmen.

Jürgen rollte herbei und stoppte neben Herbert, während Marlis jedem Reis, Gemüse und Hühnchen auf die Teller legte.

»Na dann. Guten Appetit«, wünschte Jürgen, als Marlis nun auch am Tisch saß. Sie sah in Gedanken an Jana zu ihrem Handy, das am Ende des Tisches lag, holte es und nahm gleich eine Sprachnachricht auf: »Melde dich, der letzte Bus fährt um acht.«

»Jana?«, fragte Jürgen.

Marlis nickte.

»Mach dir keine Sorgen. Dénia ist eine sichere Stadt. Außerdem hat sie doch ihr Handy dabei«, gab Jürgen ihr zu verstehen.

Herbert nickte und ließ es sich schmecken. »Ich könnte mich daran gewöhnen, nicht mehr allein zu essen«, sagte er unvermittelt.

»Und ich mich an diese Gegend. Hoffentlich können wir noch ein bisschen bleiben«, wünschte sich Marlis.

»Da kommt keiner. Und das mit der Erbschaft wird sich ja wohl bald klären«, meinte Herbert an Jürgen gerichtet.

»Wird es«, kam kurz und mit halb vollem Mund zurück.

»Was sind das so für Leute, diese Breitners?«, fragte Marlis nach dem ersten Bissen. Bisher hatte sie ja lediglich mitbekommen, dass er nicht sonderlich gut auf sie zu sprechen war.

»Den alten Breitner habe ich nie zu Gesicht bekommen«, antwortete Herbert.

»Du meinst den Mann, der kürzlich verstorben ist?«, hakte Marlis nach, woraufhin Herbert zustimmte.

»Und der Sohn?«

»Sascha? Der kommt nur selten. Den habe ich in den letzten zwei Jahren höchstens zwei- oder dreimal gesehen.«

»Und das reicht? Einfach eine Servicefirma beauftragen, die sich um die Vermietung kümmert, und der Laden läuft?« Marlis erinnerte sich daran, dass ihr Herbert dies so geschildert hatte.

»Der Poolboy macht seinen Job und eine Putzfrau kümmert sich ums Haus, die Wäsche und den Abfall. Die Leute buchen über Portale. Das kann man auch von zu Hause aus verwalten.«

»Seinen Sohn schickt er ja trotzdem ab und zu vorbei.« Auch daran erinnerte Marlis sich.

»Er hat einen Sohn?« Jürgen blieb fast der Bissen im Hals stecken.

»Ja, Leon. Netter Kerl. Er ist in den Semesterferien an der Costa Blanca. Kurvt mit dem roten Porsche seines Vaters durch die Gegend und macht auf dicke Hose. Aber er grüßt immer freundlich, ist hilfsbereit und erkundigt sich stets, wie es mir geht. Er ist derzeit wieder hier. Ich höre täglich das Röhren dieses Porsches, wenn er in die Stadt fährt. Die Villa der Familie Breitner, also Saschas, ist nicht weit von hier entfernt.«

Jürgen starrte nachdenklich auf seinen Teller. Marlis fragte sich, warum ihn das so beschäftigte. Er aß dann dennoch weiter.

In dem Moment meldete sich ihr Handy mit dem Signalton für eine eingehende Nachricht. Das musste Jana sein. Marlis nahm es gleich an sich.

»Wo steckt sie?«, wollte Jürgen wissen.

Marlis starrte stumm auf das Display ihres Handys.

»Ist was passiert?«, fragte Herbert.

»O nein«, erwiderte sie nur. Marlis' Magen zog sich vor Aufregung zusammen.

»Jetzt sag schon, was los ist«, drängte nun auch Jürgen.

Marlis las ihnen die Nachricht mit brüchiger Stimme vor: »Brauch keinen Bus. Werde herumkutschiert. Hab 'nen netten Typen kennengelernt. Waren unterwegs. Dénia ist toll. Ich stell dir Leon nachher vor. Sind grad losgefahren. So wie der mit dem Porsche rast, sind wir in 'ner Viertelstunde bei euch.«

Jürgen und Herbert starrten sie ungläubig an.

»Der junge Breitner«, schoss es aus ihr heraus. »Er darf sie auf keinen Fall herbringen. So schnell habe ich doch unseren Wagen nicht weggefahren und die Schränke ausgeräumt.« Marlis befürchtete, dass die Breitners die Polizei rufen würden, um die illegalen Hausbesetzer zu entfernen. Da könnte Jürgen ihnen auf Knien versichern, dass er glaubte, das Haus geerbt zu haben. Einen Erbschein hatte er sicherlich nicht zur Hand.

»Schreib ihr, wir holen sie im Dorf ab. An der Bushaltestelle. Die ist am Dorfplatz«, verlangte Jürgen.

»Daneben ist eine Pension. Die hat auf. Er soll sie dort absetzen«, warf Herbert ein.

Marlis nickte, doch sie musste das Dilemma erst einmal verdauen. Ihre Hände zitterten vor Aufregung, als sie überlegte, wie sie Jana am besten beibrachte, sie vor ihrer aller Unglück zu bewahren.

Jana rechnete damit, dass Leon nach ihrem ausgiebigen Gespräch über die Thesen, die sie in ihrer Doktorarbeit nachzuweisen versuchte, heute vor dem Einschlafen tausend Gedanken durch den Kopf schießen würden. Wenn nicht gar Albträume auf dem Programm standen. Seine Nachfragen, Überlegungen, Beispiele aus seinem Bekannten- und Freundeskreis schienen bei genauerer Beleuchtung der Umstände, die zu Trennungen, von denen er wusste, geführt hatten, doch einiges von dem zu bewahrheiten, was sie zu Papier gebracht hatte. In einigen Fällen jedoch auch nicht. Jana hätte nie im Leben damit gerechnet, dass sie ausgerechnet dieser vermeintliche Lebemann derart inspirieren würde. Es schien ihn wirklich zu interessieren, denn auch auf dem Rückweg zu seinem Wagen hatte sich das Gespräch fortgesetzt, jedenfalls so lange, bis Omas Nachricht bezüglich der Busverbindung eingetrudelt war, die Jana sofort beantwortet hatte.

»Macht meine Mutter auch immer. Da kannst du die Uhr danach stellen. Sie macht sich so viele Sorgen. An sich hätte sie sich das in der Zeit mit Papa hier in Spanien auch abgewöhnen können.«

»An der Seite deines Vaters?« Jana wurde daraus nicht schlau. Der hatte sie doch sitzen gelassen. Von ihm etwas lernen?

»Ich meinte die Zeit in Spanien. No te preocupes. Das ist das spanische Lebensmotto. ›Mach dir keine Sorgen.‹ Es heißt ja auch, sie sich zu machen. Das bringt nichts. Es kommt, wie es kommt.«

»Sie hat ja jetzt nur noch dich. Ich kann das schon verstehen«, sagte Jana. So viel sie von Leon wusste, lebte er auch deshalb noch bei seiner Mutter, weil die Mieten für eine eigene Wohnung in München zu hoch waren. Das Geld war knapp. Jana kannte das nur allzu gut, obwohl die Mieten in Freiburg etwas niedriger waren. Kein Wunder, dass er es hier in den Ferien genoss, mit dem Porsche seines Vaters herumzukurven. Der schien keine Geldprobleme zu haben und ihm alles zu zahlen, wenn er hier war. Andernfalls hätte Jana sich nicht einladen lassen.

»Irgendwann zieh ich aus. Ich hoffe, dass sie sich endlich wieder neu verliebt.«

»Denkst du, das ist nicht passiert, weil du noch bei ihr wohnst?«

»Möglich. Aber mir hat sie gesagt, dass sie gar keinen Mann mehr will.«

»Nach dem, was sie erlebt hat, kann ich das gut nachvollziehen«, erwiderte Jana, als sie den Porsche erreichten.

»Wo genau wohnst du?«, fragte er beiläufig, nachdem er das Auto aufgesperrt hatte. Dass sie bis zum Dorf ungefähr eine Viertelstunde unterwegs sein würden, hatte er ihr bereits auf Nachfrage gesagt, bevor sie ihrer Großmutter Bescheid gegeben hatte.

Jana war gerade dabei, ihr Handy in ihrer Umhängetasche zu verstauen, als sie auf eine Nachricht von ihrer Großmutter aufmerksam wurde. Sie las sie, noch bevor sie in seinen Wagen stieg. An der Pension sollte Leon sie absetzen, und warum das so war, wusste sie nun auch. Der Grund dafür fühlte sich gerade so an wie ein Schlag in die Magengrube.

»Alles okay?« Leon musterte sie besorgt.

»Ja … ich … ähhh, Oma … sie fragt nur, wann …«, stammelte Jana, was Leon gottlob überging.

»Fährst du oft mit ihr weg? Ist sie hilfsbedürftig?«

Jana wusste nicht so recht, wie sie seine Frage einordnen sollte. Ließ sie das nun in einem blöden Licht dastehen? Da schwang doch so was wie »pflegebedürftig« mit, und am Ende glaubte er, dass sie keine Zeit mehr für ihn haben würde, weil sie sich um ihre Großmutter kümmern musste.

»Ferien mit meinen Großeltern. Sie haben mich eingeladen.« Das klang Janas Ansicht nach plausibler und ließ ihr Freiräume, um ihn zu sehen.

»Cool«, meinte er nur.

»Wohin soll ich dich bringen?«

»Ins Dorf. Zur Pension neben der Bushaltestelle«, wies sie ihn an, bevor sie einstieg.

Leon nickte, nahm auf der Fahrerseite Platz und fuhr los.

»Also, dort wäre ich nicht abgestiegen. Im Moment ist doch noch so viel an der Küste frei«, merkte er an.

»Meine Oma … Sie … na ja. Mit dem Internet kennt sie sich nicht so gut aus.« Jana hoffte, dass er nicht länger darauf herumritt.

»Soll ja sauber sein. Und recht günstig. Und man ist mitten im Dorf«, sinnierte Leon laut.

»Ja, das hat Oma auch gesagt.« Jana hatte sich einigermaßen gefangen, doch das hielt nicht lange an. Sie machte sich erst in diesem Moment Gedanken darüber, dass sie mit Leon Breitner im Auto saß. Er war immerhin der Sohn des Eigentümers des Hauses, das sie illegal oder legal, sofern Jürgen sich tatsächlich als Erbe herausstellte, bewohnten. Gerade fuhr er sie zu einer Pension, von der sie nicht einmal wusste, ob sie außerhalb der Saison geöffnet hatte. Wenigstens stellte er die Musik im Wagen wieder an, sodass ihr Grübeln nicht so auffiel.

»Chillig? Oder magst du lieber etwas anderes?«

»Chillen, ja …«

»Der Tag hat dich wohl ganz schön geschafft.«

»War anstrengend, aber auch schön.«

»Dann bin ich ja beruhigt. Wenn deine Doktorarbeit mal fertig ist, würde ich sie gerne lesen. Ich meine, vielleicht lerne ich dabei was fürs Leben. Und finde eines Tages die richtige Frau.«

Beim letzten Satz sah er nicht mehr auf die Fahrbahn, sondern zu ihr. Jana schluckte. »Klar«, gab sie kurz angebunden zurück, denn ihr Hirn begann zu rasen. So ein heißer Typ. Rein äußerlich James, doch mit Philipp-Faktor, ohne sich dabei unentwegt verkrampft gefällig zu zeigen. Und nun? Himmel! Da half es auch nichts, sich das spanische Mantra »No te preocupes« gedanklich einzubläuen. Jana starrte aus dem Fenster und ließ zur chilligen Loungemusik die Orangenhaine an sich vorbeiziehen.

»Der Himmel. Ist er nicht wunderschön? Diese Farben«, schwärmte Leon.

Vor ihnen lag ein purpurfarbener Streifen über dem Gebirge. Der Anblick und die Musik entspannten Jana ein wenig, doch als sie zehn Minuten später an einer Stelle abbogen, die sie von der Herfahrt kannte, wusste sie, dass das Dorf ganz in der Nähe war. Janas Handflächen wurden feucht.

»Schade, dass wir gleich da sind. War schön.«

Jana brummte ein »Ja«.

»Wie ist denn deine Oma so?«

Janas Puls kletterte nach dieser Frage nach oben. »Toller Mensch.« Mehr brachte sie gerade nicht heraus, denn der Porsche bog auf den Platz ein, wo sie sich kennengelernt hatten.

»Hast du morgen schon was vor?«, fragte er, als er den Wagen abbremste.

Er rollte auf eine Pension am Ende des Platzes zu, die wirklich nicht danach aussah, als ob sie viele Gäste hätte. Immerhin brannte darin Licht, was aber nicht entscheidend dazu beitrug, sie zu beruhigen.

»Jana?«

»Morgen. Noch nix.«

Leon stellte den Motor ab und sah sie direkt an. »Ich würde dich gerne wiedersehen. Es gibt noch so viel, was ich dir zeigen könnte.«

Jana starrte ihn nur an. Ein Wiedersehen? Wie sollte das gehen?

»Hast du dein Bluetooth auf dem Handy an? Ich schick dir meine Telefonnummer, die vCard zum Einspeichern.«

Jana zog ihr Smartphone aus der Tasche und aktivierte es.

»Ruf mich einfach an, wenn du magst«, bat er fast schon mit flehender Stimme, als ihre Smartphones die Daten austauschten.

Jana nickte.

»Dann … ja … Gute Nacht … und schlaf gut.« Sein verliebter Blick sprach Bände. Nun fing er auch noch an zu stammeln. Jana musste sich förmlich dazu zwingen, ihre Hand zum Türgriff zu bewegen. »Du auch«, sagte sie leise und stieg aus. Sie ging zum Eingang der Pension, doch verharrte auf der Treppe, in der Hoffnung, dass er wegfuhr, damit er sich nicht wunderte, warum sie nicht hineinging.

Er tat es und winkte ihr noch so lange zu, bis er um den Platz herumgefahren war und schließlich in einer Seitenstraße verschwand. Jana ließ sich kraftlos auf den Treppenstufen nieder und zückte ihr Handy, um sich bei Marlis zwecks Abholung zu melden. »No te preocupes«, sagte sie zu sich selbst, und damit meinte sie nicht, noch vor Einbruch der Dunkelheit abgeholt zu werden.

Kapitel 8

Was gab es Schöneres, als morgens von der Sonne wachgekitzelt zu werden? Auszuschlafen und sich genüsslich im Bett zu rekeln. Marlis blickte vom Bett aus durch das offene Fenster auf einen wolkenlosen Himmel. Eine frische Brise trug den betörenden Duft von Orangenblüten ins Zimmer. Endlich Urlaub! Ob die anderen wohl auch schon wach waren? Der Zeitanzeige auf dem Display ihres Handys auf dem Nachtkästchen nach zu urteilen wahrscheinlich noch nicht. Ohne triftigen Grund stand Jana vor acht nicht auf, im Winter sogar später. Jürgen? Marlis vernahm ein Geräusch aus dem Badezimmer nebenan. Es klang so, als wäre er mit seinem Rollstuhl gegen die Holztür gestoßen. Wie der Mann sein Leben meisterte. Einfach bewundernswert. Woher nahm er nur die Kraft? Und seinen Humor? Vermutlich blieb einem in seiner Situation gar nichts anderes übrig. Der gestrige Nachmittag war so richtig schön gewesen. Bis auf den Abend. Der Gedanke daran war belebender als eine Tasse Kaffee, ohne die Marlis morgens normalerweise nicht so recht in den Tag fand.

Wie ein Häufchen Elend hatte Jana auf den Stufen der Pension gesessen, als sie sie abgeholt hatten. Eine prekäre Situation. Verliebt in den Sohn des Noch-Eigentümers – Jürgens Worte. Jana hatte vergeblich versucht abzustreiten, dass Amors Pfeil sie getroffen hatte. Sonst hätte sie sich nicht so viele Gedanken gemacht, ob sie Leon unter den gegebenen Umständen überhaupt wiedersehen könnte. So ein Unsinn! Natürlich konnten sie sich wiedersehen. Laut ihren Erzählungen war Leon ein äußerst attraktiver Mann. In Herberts Augen ein »Sahneschnittchen«. Aber eines, das nicht in das Klischee eines solchen passte. Zumindest nach Janas Ansicht, die einfach keine passende Schublade für ihn fand. Vielleicht hatte Jürgen aber auch recht. Ferien verleiteten zu so manchem Flirt.

Ihre Gedanken kreisten nun auch um Jürgens Geheimnistuerei. Sie hatte den Eindruck, dass er »angekommen« war, wie er es genannt hatte. Marlis würde es eher als »aufgetaut« bezeichnen, vermutete aber, dass es noch einige Zeit dauern konnte, bis auch der Rest des Eises geschmolzen war und seinen inneren Kern freilegte, der wohl irgendein Geheimnis verbarg. Anders ließ es sich nicht erklären, dass er über manche Dinge nicht offen reden wollte.

Marlis vernahm die Klospülung. Dann rumpelte es wieder an der Tür. Zeit aufzustehen, denn einen Kaffee konnte er sich nicht selbst machen. Die Küchenzeile war dafür zu hoch.

»Magst du einen Kaffee?«, rief sie ihm zu, während sie sich ein luftiges Sommerkleid aus dem Koffer holte und überzog.

»Ja. Machst du einen?«

»Stark?«

»Extra.«

Marlis ging gleich in die Küche. Gerade als sie die Kaffeemaschine mit Wasser befüllte, vernahm sie das Geräusch eines sich nähernden Wagens. Jürgen, bereits in Jeans und kurzärmligem Hemd, fuhr zur Terrassentür.

»Die Breitners?« Marlis brach der Schweiß aus.

»Schlimmer.«

Marlis gesellte sich zu ihm und sah es nun auch. Ein Polizeiwagen fuhr an der Hecke zum Nachbargrundstück entlang, gefolgt von einem schicken BMW.

Aus den Augenwinkeln registrierte Marlis, dass Herbert über die Hecke lugte.

»Was machen wir denn jetzt?« Marlis' Stimme überschlug sich.

»Ruhe bewahren.« Jürgen machte kehrt und fuhr zurück zu seinem Zimmer.

»Du kannst mich doch nicht einfach allein lassen!«

»Ich komme ja gleich wieder«, rief er in die Küche. Dann vernahm sie Geräusche, die sich so anhörten, als würde er in seiner kleinen Reisetasche kramen.

Zwei Polizeibeamte, junge Kerle in blauer Uniform, stiegen aus. Ebenso ein grau melierter Mann Mitte vierzig in legerem, modischem Anzug. War das etwa Breitner?

Jürgen schoss paralympicsreif aus dem Zimmer. »Du sagst kein Wort. Kein einziges Wort«, wies er sie an.

Marlis wich von der Tür zurück und begab sich in die Küche. Einfach nicht hinsehen, nahm sie sich vor, und betete zugleich, dass Jana noch schlief. Die Neugier zwang sie letztlich aber doch dazu, die Geschehnisse im Auge zu behalten.

Jürgen öffnete cool die Tür. Der Mann hatte ja Nerven wie Drahtseile.

»Buenos días.«

Und wie freundlich er die Beamten auch noch begrüßte. Die Ruhe selbst. Marlis hingegen klammerte sich Halt suchend an die wuchtige Kaffeemaschine, die heute wahrscheinlich nicht mehr zum Einsatz kommen würde, so zittrig wie sie bereits war.

Was der Mann im schicken Anzug zu den beiden Uniformierten sagte, bekam Marlis nicht mit, doch sie traten daraufhin zur Seite. Der Mann im Anzug baute sich vor Jürgen auf.

Er fragte ihn auf Spanisch, wer er sei. Dazu reichten ihre Spanischkenntnisse.

»Steffen Horner von Holiday Rental Costa Blanca. Wir verwalten dieses Haus. Und Sie? Was haben Sie hier zu suchen?«, fuhr er ihn auf Deutsch an.

Auf die Antwort war Marlis nun gespannt, doch von dem, was er sagte, verstand sie kein einziges Wort. Jürgen sprach akzentfrei Spanisch. Das vernahmen sogar ihre deutschen Ohren.

»Besuch aus Deutschland. Verstehe. Dann gehört der Wagen mit dem Freiburger Kennzeichen wohl Ihnen?« Der Immobilienmensch redete auf Deutsch weiter und musterte sie mit stechendem Blick. Sie war in seinen Augen also der Besuch. Dem stand vor Wut ja schon Schaum vorm Maul.

Marlis nickte erst, nachdem sie zu Jürgen gesehen hatte.

Jürgen redete dann weiter in der Landessprache auf ihn ein, was diesen Horner nur noch wütender machte. Schon hatte der seine Hand auf dem Rollstuhl. Anscheinend setzte er dazu an, ihn aus dem Haus zu fahren.

Das ließ einer der jungen Polizisten aber nicht zu. »Tranquilo.«

Es sollte wohl heißen, dass sich Horner beruhigen sollte. Der Polizist trat vor und unterhielt sich mit Jürgen. Der zauberte etwas aus seiner Hemdtasche, das so aussah wie eine Scheckkarte. Er reichte sie dem Polizisten und erklärte ihm etwas in ruhigem Tonfall. Der Polizist begutachtete das Teil und zeigte es seinem Kollegen. Dann fingen beide an zu diskutieren.

»Ich glaub das jetzt nicht«, gab Horner von sich, nachdem der Polizist offenbar versucht hatte, ihm etwas klarzumachen.

»Von wegen länger als achtundvierzig Stunden. Sie sprechen doch auch sicher Deutsch, oder?«, fuhr er Jürgen an.

»Ist meine Muttersprache.« Jürgen ließ sich nach wie vor nicht beirren.

»Sie lügen ja wie gedruckt. Wir kriegen eine Meldung auf die App, wenn hier die Klimaanlage an ist. Und die ist erst seit gestern Morgen an, also noch lange keine achtundvierzig Stunden.«

Das Gleiche wollte er nun wohl auch den beiden Uniformierten auf Spanisch mitteilen, denn er hatte sein Handy aus seiner Sakkotasche gezogen, darauf herumgedrückt und hielt es den Polizisten hin. Die palaverten daraufhin wieder in ihrer Muttersprache miteinander.

»Wer ist denn noch alles hier? Oben läuft doch auch die Klimaanlage. Ihr seid zu dritt, oder?«

»Zu dritt?«, fragte Jürgen keck nach.

»Na, die junge Dame. Ich habe sie oben am Fenster gesehen«, erklärte Horner.

»Herbert«, rief Jürgen über die Hecke. »Kannst du den Herrschaften erklären, dass wir schon fast eine Woche hier sind und sich niemand um dieses Haus kümmert.«

Herbert ließ sich das nicht zwei Mal sagen und eilte herbei. Horner schnappte nach Luft.

Die Polizisten warteten geduldig, bis Herbert sie erreichte. Soweit Marlis das mitbekam, stellte er sich gerade als Nachbar vor. Auch sein Spanisch war exzellent. Die Polizisten nickten mehrfach, während er mit den beiden sprach. Horner schüttelte fassungslos den Kopf. Marlis wertete beides als gutes Zeichen.

»Verstehe. Sie wollen jetzt also die Okupa-Nummer abziehen«, fuhr Horner Jürgen an.

Herbert unterhielt sich noch immer mit den Polizisten. Weil Horners Augen größer wurden, schlussfolgerte Marlis, dass er den beiden genau das bestätigte, was Jürgen eben gesagt hatte. Warum das so wichtig war, wie lange sie schon hier in diesem Haus waren, entzog sich ihrem Vorstellungsvermögen.

147

»Lo siento, Señor.« Alles Weitere, was der junge Polizist an Horner gerichtet sagte, bekam sie mit dem bisschen Spanisch aus dem Crashkurs natürlich nicht mit.

»Das werden Sie büßen!«, drohte Horner und kickte wutentbrannt gegen den Rollstuhl.

Jürgen musste sich gar nicht erst bei den Polizisten darüber beschweren. Sie packten ihn sanft am Arm. Das Wort »Minusválido« fiel erneut. Was auch immer sie Horner mit strenger Miene mitgeteilt hatten, bewirkte, dass er sich trollte und wutentbrannt zurück zu seinem Gefährt stapfte, in das er mit knallender Autotür einstieg. Die beiden Polizisten notierten sich noch Herberts Personalien und verabschiedeten sich höflich, auch von Marlis.

»Einen schönen Tag«, wünschte einer auf Deutsch mit spanischem Akzent.

Marlis schenkte ihm daraufhin ein Lächeln und revanchierte sich mit einem »Buenos días«, das von Herzen kam.

Kaum waren die beiden im Wagen und Herbert im Haus, prustete er auch schon los. »Deutsche Okupas. Das glaubt einem doch kein Mensch.«

»Was ist das, ein Okupa?«, fragte Marlis verunsichert.

»Ein Hausbesetzer«, erklärte Jürgen.

»Und wieso sind die dann abgezogen?«

Jürgen und Herbert tauschten Blicke.

»Nach spanischem Gesetz darf jeder in einem Haus wohnen bleiben, wenn er länger als achtundvierzig Stunden drin ist und sich in der Zeit der Eigentümer nicht meldet«, erklärte Jürgen.

Marlis war baff.

»Ich habe ihnen verklickert, dass ihr schon ein paar Tage hier seid und niemand im Haus war, auch, dass so gut wie nie jemand hier ist«, erklärte Herbert.

»Aber wir sind doch Deutsche. Gilt das denn auch für Deutsche?« Marlis konnte das kaum glauben.

»Der Segen der EU«, ergänzte Herbert.

»Ich habe noch meine spanische Sozialversicherungsnummer. Die gilt ein Leben lang.« Marlis wusste nun, was diese Scheckkarte zu bedeuten hatte, die Jürgen den Polizisten gezeigt hatte.

»Und die Minusválido-Nummer zieht immer. Einen Schwerbehinderten kriegt der Immo-Fuzzi sowieso nicht raus«, fügte Herbert noch an.

»Wie bitte? Heißt ›minus válido‹ nicht ›weniger wert‹?«, wunderte Marlis sich.

»›Weniger gültig‹, wenn man es wörtlich nimmt. Damit meinen sie aber eher ›im Alltag eingeschränkt‹. Hierzulande wird das nicht als diskriminierend empfunden«, erläuterte Herbert.

»Und warum hast du ihm nicht einfach gesagt, dass das Haus dir gehört? Du hast es doch geerbt, oder nicht?«, fragte Marlis.

»Weil ich es noch nicht beweisen kann. Deshalb bin ich ja hier.«

Marlis vernahm Getrampel von oben.

»Oma. Da war doch grad Polizei da. Und so ein Typ im Anzug.« Jana kam ihnen ungekämmt und zerknautscht mit noch verschwollenen Augen entgegen. »Müssen wir jetzt raus?«

»Sieht nicht danach aus«, antwortete Marlis, auch, um sich selbst zu beruhigen.

Jana blickte irritiert in die Runde. Zeit für einen Kaffee.

Nach einer Tasse extrastarkem Espresso auf der Terrasse begann Jana so langsam die Zusammenhänge zu kapieren, die dazu führten, dass sie so schnell niemand aus dem Haus bekam.

»Die Spanier machen es sich echt einfach«, schlussfolgerte sie, nachdem Herbert ihr die Sachlage geschildert hatte.

»Spart dem Sozialsystem Geld. Wer keine Bleibe hat, sucht sich halt eine. Madrid, Valencia, Barcelona, auch in vielen touristischen Gegenden, wo Häuser teilweise monatelang leer stehen. Und es kann Monate dauern, wenn nicht Jahre, bis der Eigentümer seine Wohnung oder sein Haus wieder von innen sieht. Spart dem Staat jede Menge Kohle für Sozialhilfe«, wusste Herbert.

»Und ich habe mich schon gewundert, warum hier keine Überwachungskameras installiert sind«, sagte Jürgen, der sich ihnen zum gemeinsamen Frühstück angeschlossen hatte.

»Eine App für Klimaanlagen. Mit Alarm bei Verbrauch. Was es alles heutzutage gibt«, stellte Marlis kopfschüttelnd fest.

»Und was mache ich, wenn Leon sich meldet?«, grübelte Jana.

»Du wohnst doch in der Pension«, erinnerte Marlis sie.

»Und wenn er dort nach mir fragt?«

»Du wartest davor! Habt ihr euch denn für heute verabredet?«

»Ich soll anrufen, wenn ich Zeit habe.«

»Na also, dann ist doch alles paletti«, fand Marlis.

»Das fühlt sich echt beschissen an. Ich besetze das Haus seines toten Opas. Wenn das rauskommt.« Jana schüttelte den Kopf. Man musste kein Prophet sein, um vorherzusehen, dass jede Menge Ärger ins Haus stand.

»So ernst?« Oma blinzelte besorgt.

»Das weiß ich noch nicht, aber ich möchte zumindest eine Chance haben, das herauszufinden«, verkündete Jana der Runde.

»Meinst du, er kommt her?«, fragte Marlis an Herbert gewandt.

»Die Polizei war ja schon da. Was will er da noch nach dem Rechten sehen«, sagte Herbert.

»Wer weiß, wofür es gut ist, wenn du und Leon …«, deutete Jürgen an.

Wie bitte? Jana glaubte, sich verhört zu haben. »Was meinst du damit?«

»Ach, nichts«, wiegelte Jürgen ab.

»Du meinst also, dass sein Vater uns dann hier wohnen lässt?«

»Vergiss es einfach.« Jana fragte sich trotzdem, weshalb Jürgen das rausgerutscht war. Erwartete er etwa Schützenhilfe von ihr, um seine erbrechtlichen Ansprüche durchzusetzen? Dass sie Leon vielleicht ausfragte, wie viel das Haus wert war?

»Ihr seid ja nur eine Woche hier. Da passiert schon nichts«, sagte Herbert.

»Jürgen will das mit dem Erbe sowieso klären. Du wolltest doch heute zum Amt, oder?«, hakte Marlis nach.

Jana überlegte daraufhin, ob das etwas an ihrer Situation ändern würde. Sie hatte Leon etwas vorgespielt und ihn belogen. So viel zum Thema Voraussetzungen für eine Beziehung, die ja noch nicht einmal ansatzweise eine war. Geträumt hatte sie von Leon in dieser Nacht trotzdem.

»Wir sollten gleich nach dem Frühstück aufbrechen«, schlug Jürgen vor.

»Das heißt, ich muss dann zu Fuß in dieses Dorf latschen?«, murrte Jana.

»Ich fahr dich«, bot Herbert an.

»Du willst also Leon treffen?«, folgerte Oma.

»Schon.« Jana hatte, nachdem sie aufgewacht war, an nichts anderes gedacht.

»Na, dann genieß den Tag.«

Jürgens Optimismus in allen Ehren. Es fühlte sich für Jana gerade nicht so an.

Jana saß noch immer unentschlossen in einem der Bastsessel auf der Terrasse. Das Handy lag vor ihr. Sie starrte es an. An sich hatte sie sich vorgenommen, Leon gleich anzurufen, nachdem ihre Großmutter und Jürgen losgefahren waren. Es sah ja fast so aus, als würde der geplante Besuch auf dem Amt das Eigentum an diesem Haus klären. Dann müsste sie Leon auch in Sachen Pension nichts mehr vorspielen und ihn nicht weiterhin belügen. Es war schon schlimm genug, dass sie das bereits einmal notgedrungen hatte tun müssen. Ob er das wohl verstehen würde? Und wenn herauskam, dass Jürgen dieses Haus gehörte? Leons Vater würde darüber sicherlich nicht erfreut sein. Und Leon selbst? Wie stand er zu der Sache und vor allem zu seinem Vater? Eins schien Jana jedoch sicher zu sein. Ärger lag in der Luft und jede Menge Stress. War es das überhaupt wert? Bis vor Kurzem hatte sie für ihre Doktorarbeit mindestens vier bis fünf Stunden täglich über Beziehungen nachgedacht – die von anderen und in der Theorie. Zumindest, wenn man von Philipps unermüdlichen Versuchen, mit ihr anzubandeln, einmal absah. Wenigstens hatte er sich seit seiner letzten Textnachricht nicht mehr bei ihr gemeldet. Allein schon der bloße Gedanke an ihn erinnerte sie daran, dass sie eigentlich überhaupt keine Beziehung wollte. Weder die rein rational gesehen perfekte und schon gar keine mit einem James. Oma hatte doch recht in Sachen Männer. Ihr kam keiner mehr ins Haus. Mama würde das sicher genauso sehen, wenn sie noch am Leben wäre. Und jetzt? Sie starrte immer noch auf das Handy. Seine Nummer hatte sie bereits am Vorabend, bevor sie sich hingelegt hatte, in ihr Adressbuch eingetragen. Leon war nur einen Knopfdruck entfernt. Sofort hatte sie sein charmantes Lächeln vor ihrem geistigen Auge. Seine unbeschwerte Art im Sinn. Etwas, was ihr Leichtigkeit schenkte und ihren Kopf abstellte, machte sie sich in dem Moment bewusst. Vielleicht war es ja das, was sie so zu ihm hinzog? Schon hatte sie das Handy in der Hand. Die

Leichtigkeit des Seins auf Abruf bereit. Und wohin sollte das führen? Zu heißem Sex am Strand? Sie war nur eine Woche hier und müsste ihre Scharade weiterspielen.

Jana legte das Handy wieder zur Seite.

»Na, Jana. Hast du ihn schon angerufen?«

Es war Herbert, der sie das fragte. Sie hatte ihn gar nicht kommen hören. Jana schüttelte den Kopf.

Herbert gesellte sich zu ihr und nahm auf einem der anderen Bastsessel Platz. »Er ist ein feiner Kerl. Wer kommt schon mitten in der Nacht vorbei, wenn bei einem technisch nicht so versierten alten Mann das Internet ausfällt?«

»Leon?«

»Letzten Sommer. Jemanden wie ihn hätte ich in jungen Jahren nicht von der Bettkante gestoßen.« Herbert seufzte.

Jana verdrehte die Augen, amüsierte sich aber trotzdem über Herberts Offenheit.

»Hast du Schiss? Wegen der Situation hier? Wegen der Pension?«

Jana nickte.

»Was soll schon passieren? Ich fahr dich hin und du wartest draußen auf ihn. Genieß die Zeit mit ihm.«

»Spätestens wenn Jürgen die Sache mit der Erbschaft aufklärt, ist es mit dem Genuss vorbei.«

»Du denkst, dass er dann sauer auf dich ist?«

»Ich wäre es.«

»Eine kleine Notlüge. Weiter nichts.«

»Und wenn ich ihm die Wahrheit gesagt und er mich hierhergefahren hätte?«, überlegte Jana laut.

»Schlechte Wahl. Außer er hätte sich total in dich verknallt und es wäre ihm egal gewesen.«

»Keine Ahnung. Wahrscheinlich hat er sich verknallt.«

»Und du dich in ihn?«

»Irgendwie ja schon. O Gott, wie bescheuert kann man sein?«

»Was ist denn daran bescheuert?«

»Weil es eh zu nichts führt.«

»Woher willst du das wissen?«

»Ich bin nur 'ne Woche hier und es ist nur eine Frage der Zeit, bis er mir die Ohren lang zieht.«

»Also, ich steh ja auf so was. Meine Ohrläppchen …«

Jana starrte ihn erst fassungslos an, bevor sie sich darüber amüsierte und lachte.

»Na also, geht doch. Dein Kinn ist endlich wieder in der Horizontalen.«

Herbert deutete auf ihr Smartphone.

»Was glaubst du, wie oft ich mich in jungen Jahren verliebt habe? Da waren einige Fehlgriffe dabei. Unzählige, wenn ich ganz ehrlich bin. Doch einmal hat's geklappt, bis er mit dem Sensenmann fremdging. Und weißt du was? Ich bereue noch nicht einmal die Griffe ins Klo. Und das nicht nur, weil der Mensch dazu neigt, sich im Nachhinein überwiegend an das Positive zu erinnern. Wenn man älter wird, das darfst du mir glauben, bleiben einem bloß noch die Erinnerungen. Ein wahrer Schatz. Doch von nichts kommt nichts. Mach deine Erfahrungen und gib ihm und dir eine Chance. Also ruf schon an. Ich setz dich dann bei dieser Pension ab.«

Janas Kinn blieb oben. Sie griff entschlossen und erhobenen Hauptes nach seiner ermutigenden Rede zum Telefon. Leon ging gleich dran. Wahrscheinlich hatte er die ganze Zeit auf ihren Anruf gewartet.

»Ich bin's.«

»Loli? Carmen? Ah … äh … Marisol?«

Jana blieb der Atem weg, jedenfalls so lange, bis er losprustete.

»Jana, bist du jetzt wach?« Er lachte erneut.

»Wach.« Jana musste sich erst fangen.

»Ich trink bereits den dritten Kaffee. Das Handy liegt schon die ganze Zeit neben mir.«

»Ich konnte nicht früher, Oma hat mich in Beschlag genommen.« Die nächste Notlüge. Das Konto der Schuld rutschte weiter ins Minus.

»Hast du jetzt Zeit? Auf was hast du Lust? Wir könnten nach Guadalest fahren. Tolle Landschaft: ein türkisfarbener Binnensee, ein malerisches Dorf und ein Kloster.«

»Hört sich gut an. Und dich stecken wir dann ins Kloster.«

Er lachte daraufhin erneut. »Aber nur mit dir«, parierte er.

Ganz schön frech, der Kerl.

»Ich hol dich ab. In zehn Minuten?« Jana wurde heiß. So schnell würden sie nicht an der Pension sein.

»In zwanzig?« Jana schaute Herbert fragend an. Er hob den Daumen.

»Freu mich. Bis dann.«

Jana beendete das Telefonat. Es hatte alle Bedenken mit einem Schlag weggefegt.

»Und was habt ihr vor?«

»Guadalest.«

»Traumhaft. Einfach traumhaft.« Herbert seufzte. »Und jetzt komm in die Hufe. Ich hol schon mal den Wagen.« Herbert stand auf und eilte zum Ende der Hecke.

Traumhaft? Na gut, letzlich war doch alles lediglich ein Traum. Und wenn schon, sagte sie sich mit vor Freude pochendem Herzen.

Marlis machte sich auf der Fahrt in die Stadt klar, dass es sie im Grunde genommen gar nichts anging, ob Jürgen nun das Haus tatsächlich geerbt hatte oder nicht. Andererseits wünschte sie ihm natürlich, dass er nicht auf Schwierigkeiten stieß. Am Ende gab es hierzulande Fristen, innerhalb derer eine Erbschaft angenommen werden musste. Ein erfolgreicher Besuch auf dem Amt würde ihren Aufenthalt sichern. Sie war dabei, sich an das Haus und an Jürgen zu gewöhnen. Wenigstens diese eine Woche Urlaub! Wahrscheinlich war das Testament auf dem Amt hinterlegt. Vermutlich genügte es, sich dort auszuweisen, um an das Schriftstück heranzukommen. Das war normalerweise eine Angelegenheit, die nicht allzu viel Zeit in Anspruch nehmen sollte. Wie auch immer, Marlis freute sich auf einen Abstecher in die Innenstadt. So viel sie aus dem Reiseführer im Internet in Erinnerung hatte, lag das Rathaus mitten in der Altstadt. Ein Bummel durch die Gässchen war genau das, wonach ihr nun war.

Moment! Auf dem Schild, an dem sie seinen Anweisungen zufolge vorbeigefahren war, stand doch Dénia. Marlis verließ den Kreisverkehr eine Ausfahrt später. Bei den vielen Straßenschildern wurde einem ganz schummrig. Es sah ganz danach aus, als ob er auf die Bundesstraße in Richtung Valencia fahren wollte. Dénia müsste dann die nächste Ausfahrt sein. Das blaue Schild sah sie schon aus der Ferne. Schade. Sie wäre gerne gemütlich die Strecke durch das hügelige Hinterland entlanggetuckert. Führten nicht tausend Wege nach Rom?

»Meinst du, wir haben noch etwas Zeit, um in der Altstadt zu bummeln? Die Festung muss ja sehr schön sein. Das Rathaus ist doch bestimmt mitten im Zentrum.«

»Wir können dort schon noch hinfahren«, erwiderte er, was Marlis irritierte.

»Aber wir wollen doch zum Rathaus? Zum Amt? Wegen der Erbschaft?«

»Eigentlich nicht.«

»Ja, was denn nun? Du hast doch gesagt, dass du bis Montag warten musst, um die Angelegenheit zu klären.«

»Die Friedhofsverwaltung hat am Sonntag geschlossen.«

»Friedhof?« Marlis glaubte, sich verhört zu haben.

Jürgen nickte betreten.

»Hat dort etwa jemand ein Testament hinterlegt? Ist das so üblich in Spanien?«

»Nein. Natürlich nicht.«

»Was um alles in der Welt willst du dann auf dem Friedhof?«

Er deutete stumm auf die Auffahrt zur Schnellstraße. Marlis bog ab und fädelte sich in den Verkehr ein.

»Es ist wichtig für mich.«

Marlis spähte zu ihm hinüber. Seine Miene war ernst. Weiter nachhaken? Bisher hatte er alles abgeblockt, was ihm zu nahe kam. Es ging sie nichts an, sagte sie sich erneut, doch die Neugier und stiller Protest drängten sie dazu, nicht lockerzulassen. Irgendwie zu Recht. Schließlich kutschierte sie ihn hier in der Gegend herum.

»Und das dient der Klärung dieser Erbschaft?«

»Emotional.«

Es wurde immer mysteriöser. »Aber ein Testament gibt es schon?« Marlis wollte es nun genau wissen.

»Gibt es.«

»Und das liegt jetzt aber nicht irgendwo eingebuddelt in einem der Gräber?« Der Gedanke war verwegen, doch bei Jürgens Geheimnistuerei hielt sie mittlerweile alles für möglich.

»Wir müssen uns noch eine Harke und eine Schaufel besorgen – für heute Nacht«, bestätigte er brottrocken.

Für einen Moment glaubte Marlis ihm das sogar, jedenfalls, bis er eine Schnute zog, weil sie ihn fassungslos anstarrte.

»Du kannst ja draußen warten. Es ist mir einfach wichtig.«

»Kann oder soll ich?«

Diese Frage schien er nicht ad hoc beantworten zu können.

»Der Friedhof ist interessant. Ganz anders als in Deutschland«, sagte er.

Es klang nach einer Aufforderung, ihn dorthin zu begleiten.

»Inwiefern?« Darüber stand naturgemäß nichts in einem Reiseführer.

»Im Sommer wird es hier sehr heiß. Mit hoher Luftfeuchtigkeit. Und ab Mitte August kommt der Regen. Heftiger Regen. Einen Leichnam in die Erde zu legen und das Grab nur mit einem Stein abzudecken, ginge in dieser Gegend nicht. Die Gräber werden unterspült. Nicht jeder konnte sich damals einen Sarg leisten. Und selbst wenn. Sein Holz ist dem Klima und den Bodenverhältnissen hier auch nicht gewachsen. Also haben sie Grabwände gebaut.«

»Du meinst gemauerte Gräber? Wie bei einer Unterkellerung?«

»Nein, nach oben. Etwas mehr als zwei Meter hohe Wände mit manchmal nur zwei, aber auch mal vier Grabplatten. Die Verstorbenen wurden dann dort reingeschoben.«

»Und der Freund, von dem du dich verabschieden willst?«

»Das weiß ich nicht. Deshalb Amt.«

Marlis gab sich damit zufrieden und konzentrierte sich wieder auf den dichter werdenden Verkehr. Jürgen signalisierte ihr mit Fingerzeig, dass es die nächste Ausfahrt rausging. Nach einem Stadtzentrum sah es nach der scharfen Kurve noch nicht aus. Eher nach einem normalen Wohngebiet mit Einkaufszentren und urbanen mehrstöckigen Gebäuden. Das änderte sich aber bereits nach der übernächsten Kreuzung. Hier waren viel mehr Fußgänger unterwegs, was sicher an den Läden lag, die sich im Erdgeschoss der Wohnhäuser die Hand reichten. Befand sich hier etwa der Friedhof?

»Fahr doch da mal rechts ran, bitte«, verlangte er.

Marlis setzte den Blinker.

»Das Blumengeschäft.«

Alles klar. Er wollte welche für das Grab kaufen. »Was legt man denn hier in Spanien auf die Gräber? Kränze? Gestecke?«

»Alles Mögliche. Es gibt keine Regel.«

Marlis hielt den Wagen vor dem Blumenladen an und stellte den Motor ab. Sie stieg aus, holte sein Gefährt aus dem Kofferraum und klappte es vor der Beifahrertür auf. So schnell hatte sie ihn noch nie darin sitzen sehen. Er fuhr eilig in den Laden.

Marlis stiefelte hinterher, nachdem sie die Wagentür geschlossen hatte.

Jürgen war bereits am Tresen und unterhielt sich mit einer jungen Floristin in grüner Schürze. Wie bitte? Hatte Marlis richtig gehört? »Rosas?« Rosen für ein Grab? Sie täuschte sich nicht, denn nun deutete er auf die riesige Vase, aus der zig weiße Rosen ragten. Die waren aber auch wirklich schön und frisch noch dazu. Marlis steckte ihre Nase in eine Blüte.

»Wie die duften«, schwärmte sie.

»Für die Señora?«, erkundigte sich die Floristin.

Da horchte Marlis gleich auf. Am Ende wollte er den Blumenstrauß tatsächlich für sie kaufen, um sich für ihre Fahrdienste zu bedanken.

Jürgen nickte leicht verschämt. Das brauchte ihm doch nicht unangenehm zu sein. Er zückte seinen Geldbeutel, während die Frau fünf Rosen zu einem Bund zusammenband. Als dieser fertig war, wanderte ein Geldschein über den Tresen. Die Floristin gab ihm das Wechselgeld und überreichte ihr dann den Strauß.

»Wirklich für mich?«, fragte Marlis an Jürgen gewandt.

Er sagte nichts darauf, verabschiedete sich von der Floristin und rollte zur Tür, die ihm die junge Frau geistesgegenwärtig aufhielt.

»Aber das wäre doch gar nicht nötig gewesen«, merkte Marlis an.

»Die sind für den Friedhof«, gestand er kleinlaut.

»Aber drinnen …«

»Wie hätte das denn ausgeschaut, wenn ich in Begleitung einer Dame Rosen kaufe, die nicht für sie sind«, erklärte er schulterzuckend.

Das leuchtete Marlis ein. Enttäuscht war sie trotzdem. Sie öffnete ihm wortlos die Beifahrertür.

Rosen für einen Freund? Für einen Mann? Machte er deshalb so ein Geheimnis daraus? War der Verstorbene vielleicht sein Liebhaber gewesen und es war ihm unangenehm, dass sie das wusste? Nein. Das konnte doch gar nicht sein, so wie er sich bei Herbert am Pool gegeben hatte. Na, dann eben Rosen. Andere Länder, andere Sitten.

Der Cementerio Municipal, Dénias Zentralfriedhof, war von weißen Mauern umgeben. Sein Besuchereingang wurde von zwei Palmen flankiert. Hinter den hohen Mauern ragten Zypressen und Pinien hervor, die schattige Wege versprachen. Jürgen sollte recht behalten. Marlis hatte in der Tat noch nie zuvor einen solchen Friedhof gesehen. Sie betrachtete die Grabwände entlang der Mauern, die sterbliche Überreste sicherlich nicht nur vor dem hiesigen Klima schützten, sondern auch Platz sparten. So viele Stapelgräber in Mauernischen. Manchmal nur zwei, manchmal vier. Wie ein Adventskalender mit Grabplatten aus verschiedenen Materialien und Farben. Darauf waren die Namen der Verstorbenen eingraviert, mal in Stein, mal in einer Marmorplatte. Entlang der von Pinien beschatteten Wege, die durch die Parkanlage führten, erreichten sie schließlich den Teil, der auch auf einem deutschen Friedhof zu finden gewesen wäre, allerdings waren die dortigen Gräber weniger bepflanzt. Bei dem Klima käme man ja mit dem Gießen nicht nach, überlegte Marlis sich. Vereinzelt lagen dennoch frische Blumen auf den Grabplatten.

Marlis war gespannt, wohin sie der Schweigemarsch führen würde. Jürgen hatte sich beim Friedhofspersonal, dem »Amt«

in Form eines kleinen Häuschens, das nur mit einem älteren Spanier besetzt war, nach dem Grab seines Freundes erkundigt. Marlis hatte lediglich »Dieter Breitner« verstanden. Für diesen Dieter waren dann wohl die Rosen gedacht. Während sie Jürgen folgte, suchte sie nach einem Grund, warum ihm Dieter wohl dieses Haus vermacht haben könnte. Schließlich hatte er einen Sohn, diesen Sascha, und auch noch ein Enkelkind, Leon, mit dem sich Jana heute erneut zu treffen gedachte. Im Bekanntenkreis hatte sie so etwas noch nicht gehört. Zwar wurde immer wieder aufgrund von Familienstreitigkeiten jemand enterbt, aber einem Freund ein Haus zu schenken, das war nicht die Regel. Die Erbschaftssteuer dürfte in Spanien für Nicht-Familienmitglieder genau wie in Deutschland zudem happig sein.

Jürgen fuhr langsamer und kam vor einer Grabplatte zum Stehen. Es war nun wohl Zeit, ihn mit seiner Trauer allein zu lassen.

»Ich geh ein wenig spazieren«, kündigte sie an.

Jürgen nickte und rang sich dabei ein dankbares Lächeln ab.

Bevor Marlis den Weg weiterging, erhaschte sie noch einen Blick auf die Inschrift. Es handelte sich zweifelsohne um ein Familiengrab. Darin lagen Dieter und eine Sofía, vermutlich Dieters Frau. Langsam bog sie in einen der Seitenwege ab. Obwohl sie sich einen kleinen Spaziergang zur anderen Seite des Friedhofs vorgenommen hatte, konnte sie nicht widerstehen, innezuhalten und sich nach ihm umzudrehen – im Schutz des Geästs würde er es sicher nicht bemerken. Die Rosen lagen bereits auf dem Grab. Marlis blutete das Herz, als sie ihn weinen sah. Es schüttelte ihn regelrecht durch. Und das nach all den Jahren? Oder gerade deshalb? Irgendetwas musste schwer auf seiner Seele lasten. Hatte er Vergangenes verdrängt? Dies würde erklären, warum er immer noch schluchzte. Was es auch war, die Erinnerung daran ließ den kräftig gebauten Mann in sich zusammensacken. Es dauerte eine Weile, bis er sich wieder aufrichtete und sich die Tränen aus den Augen wischte. Fing er an zu beten oder sprach er mit dem Verstorbenen? Er sah so verzweifelt aus, dass sie ihn am liebsten in den Arm genommen hätte. Doch jetzt zu ihm zu eilen, wäre ein Eingeständnis gewesen, dass sie ihn heimlich beobachtet hatte. Marlis entschloss sich daher, etwas zu warten. Sie zwang sich dazu, noch drei weitere Grabreihen abzuschreiten. Die Gräber zogen wie graue Schemen an ihr vorbei. Passanten, die sie grüßten, nahm sie nur noch am Rande wahr. Jetzt bereits umkehren? Es mussten doch gut und gerne mittlerweile zehn weitere Minuten vergangen sein. Die Neugier trieb sie schließlich zurück. Auf den letzten Metern des Weges, der sie zurück zum Familiengrab der Breitners brachte, verlangsamte sie ihre Schritte, damit es auch wirklich so aussah, als ob sie einen Spaziergang unternommen hätte.

Sie schlenderte wortlos zu ihm hin. Jürgen schaute sie aus tieftraurigen geröteten Augen an. Die Sorge um seinen Zustand konnte Marlis nicht verbergen, obwohl sie ein aufmunterndes Lächeln aufgesetzt hatte. Zu ihrer großen Überraschung griff er nach ihrer Hand, seinen Blick auf das Grab gerichtet.

»Er muss dir sehr nahegestanden haben«, sagte sie nur.

Jürgen schüttelte zunächst den Kopf. »Dieter?« Ein abfälliger Laut folgte.

»Aber du hast doch gesagt, dass du zur Beerdigung eines Freundes willst. Und er ist erst kürzlich verstorben.« Marlis konnte sich seine Reaktion beim besten Willen nicht erklären.

»Das war auch der Grund.«

»Die Blumen … aber du hast Blumen auf das Grab gelegt.«

»Nicht für ihn«, antwortete er mit gebrochener Stimme.

Bei Marlis fiel der Groschen. Der andere Name auf dem Grab. »Sofia?«

Jürgen nickte. In seine Augen traten erneut Tränen.

»Sie ist vor drei Jahren verstorben«, sagte Marlis, nachdem sie den eingravierten Todestag auf dem Grab gelesen hatte.

Jürgen nickte.

»Sofía und du? Ihr wart ein Paar?«

Jürgen nickte erneut. Das ließ die ganze Angelegenheit in einem anderen Licht erscheinen, machte sie aber letztlich zugleich noch undurchsichtiger.

»Und warum warst du dann nicht auf ihrer Beerdigung?«

»Hat sich nicht ergeben.«

Marlis nahm es ihm nicht ab. Da steckte doch sicher noch etwas anderes dahinter. »Wusste Dieter, dass du und sie …?«

»Ich denke nicht.«

»Also hat sie dir das Haus vermacht?«, schlussfolgerte Marlis.

»Es gehörte ihr. Sie hat es von ihren Eltern geerbt. Unser Liebesnest. Bis ich den Unfall hatte.«

»Sie hat sich von dir getrennt, weil du nicht mehr laufen konntest?« Das erklärte Marlis seinen Glaubenssatz, dass keine Frau einen Mann wie ihn haben wollte.

»Ich habe keinen Grund, etwas anderes anzunehmen«, bestätigte er bitter.

Marlis hielt ihn fest an der Hand.

»Sofía. Sie war meine große Liebe. Wir haben damals sogar darüber gesprochen, dass sie Dieter verlässt. Alles nur eine Illusion …«

»Aber sie scheint dich trotzdem nicht vergessen zu haben.«

Jürgen zuckte ratlos mit den Schultern, löste sich von Marlis und wischte sich erst einmal die Augen trocken.

»Aber woher weißt du überhaupt, dass sie es dir vermacht hat?«

»Von ihrem Bruder, Pascual. Er hat mich nach ihrem Tod angeschrieben.«

»Dann wusste ihr Bruder über euch Bescheid?«

»Sie hat ihn darum gebeten, mich über ihren Tod zu informieren und ihr handschriftliches Testament aufzubewahren, für den Fall, dass ich ihr verzeihe und doch wieder nach Spanien zurückkehre.«

»Hast du ihr verziehen?«

»Das Merkwürdige ist, dass ich gar keinen Grund dazu sah.«

»Weil du nach dem Unfall im Rollstuhl saßest und ihr das nicht zumuten wolltest?« So wie Marlis ihn einschätzte, würde sie ihm das zutrauen.

»Das kam damals noch mit hinzu. Ich war am Boden zerstört, und trotzdem hegte ich keinen Groll, weil ich sie so sehr geliebt habe. Es gab deshalb nichts zu verzeihen.«

»Dann hättest du doch auch früher herkommen können.«

»Solange Dieter noch lebt?«

Marlis zählte eins und eins zusammen. Anscheinend hatte er ihm nicht unter die Augen treten wollen. Es wäre herausgekommen, dass Sofía ihren Ehemann betrogen hatte.

»Hat dich Pascual auch über Dieters Tod informiert?«

Er schüttelte den Kopf.

»Woher weißt du es dann?«

»Nicht hier …«, wiegelte er ab.

Marlis konnte ihm ansehen, dass er innerlich bebte. Sie fragte sich, was ihn in den letzten Jahren stärker eingeschränkt und sein Glück behindert hatte. Der Rollstuhl oder der seelische Ballast, den er mit sich herumschleppte.

»Weißt du, wo ihr Bruder wohnt?«

Jürgen nickte.

»Hast du dich entschieden? Das Erbe anzutreten? Deswegen bist du doch hier.«

Jürgen blickte Marlis daraufhin erstaunt an. Für sie ein sicheres Zeichen dafür, dass sie den Nagel auf den Kopf getroffen hatte.

»Fährst du mich hin?«, fragte Jürgen.

»Aber nur, wenn wir es noch irgendwann in die Altstadt zum Bummeln schaffen«, antwortete sie augenzwinkernd, denn ob Pascual tatsächlich Sofías Testament für ihn aufbewahrt hatte, interessierte sie nun mehr als alles andere.

Kapitel 9

Jana war nicht in der Lage gewesen, eine gewisse Grundanspannung abzuschütteln, obwohl die Abholung von der Pension problemlos geklappt hatte. Das musste ihr schlechtes Gewissen sein. Leon zu erzählen, dass ihre Oma sich hingelegt hätte, weil sie die Nacht schlecht geschlafen habe, war erneut gelogen. Dabei hatte er nur kurz Hallo sagen wollen.

Gute Musik, angenehmer Fahrtwind um die Ohren und auf der Schnellstraße für eine gute Stunde durch eine atemberaubende hügelige Landschaft mit Fernblick auf die Küste zu fahren – das alles hätte an sich reichen müssen, um sich abzulenken. Fehlanzeige, denn gleich, nachdem sie losgefahren waren, hatte er ihr angeboten, in einem der Ferienhäuser seines Vaters zu übernachten. Die seien alle in ruhiger Lage und klimatisiert. Alle stünden derzeit leer. Bis auf eines. Dort hätten sich allerdings Okupas einquartiert. Die Pest – Originalton Leon. Jana hatte die Starre, die sie daraufhin befallen hatte, erst abschütteln können, als sie von der Schnellstraße auf eine Landstraße abgebogen waren und die Fahrgeräusche fortan wieder in einem Bereich gewesen waren, der es nicht erfordert hatte, die Musik dermaßen laut aufzudrehen, damit man die einzelnen Songs überhaupt erkannte. Ihre gedankliche Abwesenheit war ihm daher sicher nicht aufgefallen, weil sie so getan hatte, als würde sie nicht nur die Landschaft, sondern auch die Musik genießen. Bisher hatten sie dementsprechend wenig miteinander geredet. Viel mehr er mit ihr. Als gute Zuhörerin konnte man bestimmt auch punkten. Zumindest hoffte sie das. Ein Frühaufsteher sei er in Spanien. Jeden Tag beginne er mit Liegestützen noch vor dem Frühstück. Dann erst einmal schwimmen. Als Sportlehrer im Referendariat müsse er sich schließlich besonders fit halten. Sie wusste nun, dass die meisten jüngeren Schüler keinen Bock mehr hatten, etwas zu lernen, und dass er noch Glück hatte, weil Englisch ein Fach war, dessen Notwendigkeit sogar Lernfaule einsahen. Da gab es nicht viel zu kommentieren. Jana hoffte, dass er weiterhin so redselig blieb. Das lenkte vom schlechten Gewissen ab, das während der Fahrt auch aus einem anderen Grund noch viel größer wurde. Seien es seine gelegentlichen verliebten Blicke, sein strahlendes Lächeln oder einfach nur die Art, wie er lebhaft von sich erzählte. Dabei zu sein, sich aufgrund der Summe seiner Eigenschaften noch mehr in ihn zu verlieben, und zugleich zu wissen, dass all diese Unbeschwertheit wahrscheinlich bald ein Ende finden würde, nagte noch mehr an ihr als ihre Schuldgefühle.

Das auf einem hohen Hügel thronende Kloster von Guadalest war in Sicht. Ein traumhaft schöner Ort. Eine Idylle, die Jana so in Beschlag nahm, dass ihre quälenden Gedanken verstummten.

»Ich war schon seit Jahren nicht mehr da oben. Das letzte Mal mit meiner Mutter, bevor sich meine Eltern getrennt haben«, berichtete Leon.

»Hat dein Vater eigentlich mit dir darüber gesprochen? Über die Gründe der Trennung?«

»Mein Vater? Über so was redet er nicht. Er ist, glaube ich, mit sich selbst nicht im Reinen. Überleg mal. Er hat doch alles, wovon viele Menschen träumen. Ein riesiges Haus. Er macht gute Geschäfte. Hat Kohle. Er ist gesund und lebt in einer der schönsten Gegenden Spaniens. Und trotzdem ist er dauernd unzufrieden.«

»Hat er wieder jemanden?«

»Frag nicht, wie viele Anläufe er unternommen hat. Anscheinend hält es keine Frau an seiner Seite aus.«

»Und du? Du verbringst immerhin deine Ferien hier.«

»Er ist mein Vater.«

»Und wie ist er dir gegenüber?«

»Er nervt. Am liebsten wäre es ihm, wenn ich seine Firma übernehmen würde, aber das ist nicht mein Ding. Okay, zugegebenermaßen liebe ich unsere Orangenplantage. Allein schon der betörende Duft. Er erinnert mich an die Kindheit. Die ganze Gegend hier ist wunderschön, aber ich brauche Menschen um mich herum. Die Schüler. Und meinen Sport. Ich möchte Menschen etwas geben, verstehst du? Ihm geht es nur um Geschäfte.«

»Vielleicht weil er sonst nichts mehr im Leben hat?«

»Sehe ich genauso.«

»Und wenn du hier bist? Unternimmt er was mit dir?«

»Wir gehen gelegentlich essen. Aber hey, ich darf mich nicht beschweren. So einen Wagen kann ich mir nie im Leben leisten. Wahrscheinlich ködert er mich damit«, frotzelte er.

»Damit du es dir doch anders überlegst?«

»Da beißt er aber auf Granit. Und *dein* Vater? Wie war der so?«

»Themawechsel«, verlangte Jana.

»So schlimm?«

»Er ist einfach abgehauen und kann jetzt da oben Engel abschleppen. Mein Vater ging mit seiner neuen Flamme in die Dom Rep und da erwischte ihn das Gelbfieber. Meine Mutter glaubte, dass er sie schon vorher mehrfach betrogen hat und jemand war, der nichts anbrennen ließ. Meine Meinung von Männern war in dieser Zeit nicht die beste.«

»Hast du mich deshalb für einen Aufreißer gehalten?«

»Und für ein Papasöhnchen, dem sogar Strafzettel egal sind, weil's der Papa zahlt«, gestand Jana freiheraus.

»Ertappt.«

Jana feixte. Er grinste.

»Denkst du immer noch, dass ich einer bin?«, wollte er unvermittelt wissen.

Jana zuckte mit den Schultern – allerdings augenzwinkernd.

»Da muss ich mich wohl noch ein bisschen mehr anstrengen, um das schlechte Image loszuwerden.«

Jana lachte. Leon schaffte es sogar, dass ihr schlechtes Gewissen und ihre Schuldgefühle in der Schublade blieben.

Sein Wagen fuhr ins Dorf am Fuße der Klosteranlage. Jana hatte schon das Halteverbotsschild im Blick und war sich sicher, dass er sich just dort wieder hinstellen würde. Papa zahlte es ja, wenn die Multa einträfe. Zu ihrem großen Erstaunen wendete er mitten auf der Straße und fuhr auf den Besucherparkplatz.

»Lernfähig bist du ja schon mal«, konnte Jana sich nicht verkneifen.

Er nickte. Mein Gott, war dieser Kerl süß. Und neben ihm saß die Pest, um es mit seinen Worten auszudrücken.

Marlis hatte den Eindruck, dass der Friedhofsbesuch Jürgen von jetzt auf gleich verändert hatte. Einem Esoteriker würde sie erklären, dass seine Aura nun heller schien, die Energie, die er ausstrahlte, spürbarer und viel wärmer war. Bis zu seinem Heulkrampf am Grab seiner Geliebten hatte sie ihn als Mann erlebt, der sich trotz seiner Behinderung stark gab, wie ein Soldat ständig in Gefechtsbereitschaft, um sich im Leben zu behaupten. Oder war es eine Art Rüstung gewesen, die er sich übergestülpt hatte, um nicht verletzt zu werden? Die trug er jetzt nicht mehr. Marlis überlegte auf der Fahrt zu Pascual, Sofías Bruder, ob dies vielleicht daran lag, dass er in seinem Inneren nun weniger schützen oder gar verstecken musste. Selbst seine Gesichtszüge wirkten entspannter, wenn sich ihre Blicke begegneten. Redseligkeit über sich selbst war ein weiteres Attribut, das sie in der Form noch nicht an ihm kannte. Und natürlich drehte es sich um Sofía. Eine einzige Nachfrage ihrerseits hatte genügt.

»Ist schon verrückt. Damals fühlte es sich so an, als würde die Welt mir gehören. Grenzenlose Freiheit. Innere Stärke, als könnte man selbst die Natur bezwingen, die ganze Welt erobern. Anfang zwanzig hat wohl jeder dieses Gefühl auf die eine oder andere Weise. Nur den Moment genießen. Man denkt nicht an die Zukunft und schon gar nicht an eine feste Beziehung. Es gab so viele Schönheiten am Strand. Abfeiern, mitnehmen, was geht.«

»Hast du Sofía am Strand kennengelernt?«

»Nein. Während der Fallas.«

»Fallas?«

»Ein folkloristisches Fest, das bis heute hier in der Gegend Ende März gefeiert wird. Jeder Stadtbezirk lässt riesige Skulpturen aus Pappmaschee oder Styropor bauen. Aus Politik, Film, Märchen. Fantasievolle, riesige Gebilde, die mehrere Meter hoch sind. Ähnlich wie bei deutschen Karnevalsumzügen, nur dass sie meistens auf großen Plätzen stehen. Und am Ende der Feierlichkeiten werden sie verbrannt. Das bringt Glück.«

»Dir hat es anscheinend auch Glück gebracht.«

»Es hat mich damals so was von erwischt. Sie stand im Pulk mit all den Frauen in folkloristischer Kleidung. Während der Fallas tragen sie bunte, bestickte Kleider mit Puffärmeln aus Tüll. Die sehen aus wie Gardinenstoffe, wie man sie in mittelalterlichen Schlössern vorfindet. Was hab ich mich darüber mit meinen Kumpels lustig gemacht. Und jede Frau steckt sich das gleiche Haarteil an. Einen kreisrunden, flachen Dutt. Auf den Typus Frau bin ich früher nicht gerade angesprungen.«

Marlis konnte sich das lebhaft vorstellen und lachte.

»Ich kauf mir eine Bratwurst an einem der Stände und dann läuft sie an mir vorbei. Nur ein Blick. Der schien eine Ewigkeit anzudauern. Und kennst du das Gefühl, wenn man jemandem begegnet und glaubt, die Person schon ewig zu kennen, als ob man in einem früheren Leben schon einmal zusammen gewesen wäre? Das ist mehr als nur so ein Blick, weil man jemanden attraktiv findet. Das geht durch Mark und Bein. Und benebelt die Sinne. Mir lief der ganze Ketchup aufs Hemd. Sie hat sich schlappgelacht. Ich sehe das heute noch vor mir.«

»Und dann?« Marlis fühlte sich gerade wie im Kino.

»Ich bin ihr hinterhergedackelt, doch da waren so viele Menschen. Die Straßen waren voll, und weil jede Frau das gleiche Haarteil trug, hat sie die Masse verschluckt.«

»Ihr seid euch später wiederbegegnet?«

»Schicksalhaft. Dieter kannte ich schon länger. Vom Surfen. Wir waren die verrücktesten Surfer am Strand. Keine Welle zu hoch. Er war mein bester Kumpel. Und zwei Jahre später eröffnet er mir, dass er heiraten wird, und lädt mich zu seiner kirchlichen Trauung ein.«

»Nein!« Marlis ahnte bereits, was kommen würde.

»Genau so war es. Ich wusste nur, dass er eine Sofía heiraten würde. Keine der Schönheiten vom Strand. Dabei hätte ich geschworen, dass es eine Frau aus der Surfclique ist. Er hat ja damals auch nichts anbrennen lassen. Sofía hat bei seinem Vater gearbeitet. Als Buchhalterin und seine rechte Hand. Sie sprach nahezu perfekt Deutsch, hat es schon in der Schule gelernt und war ein Jahr für eine Firma in Frankfurt tätig gewesen, bis sie die Sehnsucht nach ihrer Heimat plagte. Klar, dass er sich in sie verknallt hat, bei ihrem Aussehen und ihrem einnehmenden Wesen. Allein schon ihr Lächeln war so bezaubernd. Er sah auch gut aus. Dieter hat ihr sicher gefallen. Er war damals ein sportlicher, durchtrainierter Kerl. Ich gehe also zu dieser Hochzeit und mich trifft fast der Schlag. Als der Moment kam, als der Priester fragte, ob irgendjemand etwas gegen diese Hochzeit einzuwenden hat, wäre ich am liebsten aufgestanden.«

Marlis litt mit ihm.

»Sie hat mich zwischen den Besuchern erst entdeckt, nachdem sie die Ringe getauscht hatten. Sofía sah mich nur an und ich sie. Dieter war das auch aufgefallen. Ich meine, stell dir das mal vor. Du heiratest eine Frau und die glotzt frisch vermählt dann einen anderen Mann an. Später hat sie mir erzählt, dass er sie sogar darauf angesprochen habe. Sie hat sich damit herausgeredet, dass ich jemandem ähnlich sehen würde, den sie von früher kannte.«

»Mit der Hochzeit war das Kapitel Sofía also noch nicht beendet«, schlussfolgerte Marlis.

»Wir haben uns gesehen. Auf Festen, Veranstaltungen, bei Freunden. Und Sofía und ich, wir konnten uns nicht mehr dagegen wehren.«

»Verstehe …«

»Es hat nicht lange gedauert, bis wir uns heimlich getroffen haben. Dieter war auf Geschäftsreise.«

»Aber er war doch dein Freund.« Marlis war der festen Überzeugung, dass sie dies einer guten Freundin nicht hätte antun können.

»Natürlich. Das hat mich zermürbt, aber weder sie noch ich kamen dagegen an.«

»Er hat nichts mitgekriegt?«

»Ich bin sogar weiterhin mit ihm zum Surfen gegangen, damit er keinen Verdacht schöpft, dass irgendetwas nicht stimmt. Das war so schäbig von mir. Jetzt im Nachhinein könnte ich mich dafür immer noch ohrfeigen.«

»Wie lange ging das?«

»Ein halbes Jahr.«

»Und dann kam der Unfall dazwischen«, vermutete Marlis.

»Sie hat sich nicht mehr blicken lassen. Nur einmal hat sie mich im Krankenhaus besucht, als ich wieder ansprechbar war.«

»Wenn ich mir die Bemerkung erlauben darf: Mir scheint das dann aber nicht die große Liebe gewesen zu sein.«

»Abserviert. Mit einem Mann im Rollstuhl läuft ja nichts mehr, wie man es von einem vollwertigen Mann erwartet«, sagte er bitter.

»Hat sie Dieter geliebt? Vielleicht befand sie sich in einem Zwiespalt und hat den Unfall nur zum Anlass genommen?«

»In Dieter verliebt? Das war so ein Vernunftding. Zumindest hat sie mir das erzählt. Er war nicht verkehrt. Charmant. Gute Umgangsformen. Er war schon eine gute Partie, so ein angehender Orangenbaron.«

»Also hat sie dich nicht nur wegen dem Unfall und deiner Behinderung verlassen?«

»Ich weiß es bis heute nicht«, erwiderte Jürgen mit Resignation in seiner Stimme.

»Und dann vererbt sie dir das Haus? Als Wiedergutmachung?«

»Gut möglich. Vielleicht weiß ihr Bruder mehr.«

Marlis hoffte es auch, vor allem für ihn, so aufgewühlt, wie er war.

Jana hatte in ihrem Leben noch keinen idyllischeren Ort gesehen. Die weißen schnuckeligen Häuser am Fuße der Festung mit ihren Restaurants und Souvenirläden, die Handwerkskunst anboten, verliehen dem kleinen Bergdorf einen gewissen Zauber. Bereits der Weg hinauf zur maurischen Festung namens San José machte einen Besuch lohnenswert. Was für ein atemberaubender Ausblick auf ein weitläufiges Tal, in dem auf Terrassen Olivenbäume, Zitrus- und Mandelbäume wuchsen. Riesige

Pinien und Palmen leisteten ihnen als Zugabe von Mutter Natur Gesellschaft. In der Ferne lag das bergige Hinterland.

Die Burg ruhte auf schroffen, hohen Felsen. Sie ragten aus dem sie umgebenden Grün wie der Rücken eines Drachen hervor. Und von ganz oben eröffnete sich der Ausblick auf das eigentliche Juwel des Orts: ein türkisfarben leuchtender Stausee. Er lag im Tal, umgeben von Felsen und blühenden Sträuchern.

Ein Treppenweg führte zur Festung und zu einem kleinen Friedhof – stets das weitläufige grüne Tal im Blick.

Leon setzte sich auf einen Mauervorsprung und sah in die Ferne. Jana gesellte sich zu ihm.

»Hier hat sich kaum etwas verändert, seit ich das letzte Mal mit meiner Mutter hier war.« Jana bemerkte, dass in seiner Stimme ein Hauch von Melancholie lag. Schon während ihres Spaziergangs hinauf hatte er sie mit Erinnerungen an den damaligen Besuch regelrecht überschüttet. Der kleine Junge von damals war zum Vorschein gekommen, jemand, der die Welt aus den Augen eines Kindes betrachtete und sich an Kleinigkeiten erfreuen konnte, an denen sie achtlos vorbeigegangen wäre. An den Auslagen der vielen Geschäfte klebten die meisten Touristen, aber an dem kleinen Gecko an der Hauswand des Taschengeschäfts lief jeder achtlos vorbei. Große Kinderaugen, die von Leon, nahmen ihn in Augenschein. Ganz zu schweigen von seiner Begeisterung für das Museo Microgigante, ein weltweit einzigartiges Museum, das reiskorngroße Kunstwerke des Künstlers Manuel Ussà ausstellte. Man konnte sie mit bloßem Auge nicht erkennen. Vor einer riesigen Lupe oder durch ein Mikroskop blickend jedoch schon. Ein sich liebendes Paar weniger als einen Millimeter groß, eine stecknadelgroße Stierkampfarena, detailgenau auf so kleiner Fläche. Eine Ameise, die Geige spielte, und sogar Werke großer Künstler wie die drei Grazien von Rubens oder Goyas nackte Maya waren auf dem Flügel einer Fliege verewigt. Der Besuch dieses Museums

173

war ein Ausflug in einen Mikrokosmos, den Jana sich nie hätte vorstellen können.

Es war diese Begeisterungsfähigkeit, die ihr an ihm besonders gefiel und sie an die Zeit erinnerte, in der sie selbst noch jeder Pusteblume auf der Wiese vor ihrem Zuhause Aufmerksamkeit geschenkt hatte.

»Kommst du gut mit ihr klar?«, fragte Jana, nachdem sie ihm Zeit gelassen hatte, sich seinen Erinnerungen an seine Mutter hinzugeben.

Leon nickte. Er brauchte eine Weile, bis er ihr antwortete.

»Wir waren hier, kurz bevor sich meine Eltern getrennt haben. Meine Mutter hat geweint, als wir hier oben waren. Angeblich hat mein Vater sie an diesem Ort zum ersten Mal geküsst.«

»Das war vor dieser Kulisse bestimmt sehr romantisch.«

»Genau das hat sie mir auch erzählt. Und heute steht sie allein da und glaubt sich zu alt, um einen neuen Partner zu finden. Schade, dass jemand nicht schon viel früher so eine Doktorarbeit wie deine geschrieben hat.«

»Ich bin auch nur darauf gekommen, weil eine Partneragentur das Ganze sponsort.«

»Ob das überhaupt was bringt? So eine Agentur?«

»Laut deren Werbung ja, aber ich bin mir da nicht ganz sicher. Zumindest kann man seine Ziele abstecken. Ob man Kinder haben möchte oder nicht zum Beispiel.«

»Ich würde gerne Kinder haben, glaube ich«, verriet er unwillkürlich.

Hatte sie sich da eben verhört? James II träumte von einer Familie? Noch ein überraschendes Attribut, das sie Leon beim besten Willen nicht zugetraut hätte.

»Und du?« Leon drehte sich zu ihr um.

»So konkret habe ich da noch gar nicht drüber nachgedacht.«

»Was würdest du bei einem Fragebogen ankreuzen zum Thema Kinderwunsch?«

Jana musste für einen Moment in sich gehen, bejahte die Frage schlussendlich aber.

»Hey, dann wären wir ja sogar kompatibel. In dieser Hinsicht.«

Jana versuchte, sein Grinsen einzuordnen. Machte er sich gerade über sie lustig?

»Wir könnten ja noch andere Dinge abchecken. Nach deiner Liste«, schlug er mit ernster Miene vor. Er schaute ihr dabei direkt in die Augen.

Jana wurde gleich noch heißer, als ihr von der kräftigen Nachmittagssonne ohnehin schon war. Er meinte es anscheinend tatsächlich ernst, denn seine Hand tastete nach ihrer. Jana ließ es geschehen. Sein sanftes Lächeln sagte alles. Er war zweifelsohne glücklich an ihrer Seite. Ellen und James, sagte Jana sich und schmunzelte in sich hinein, nur viel besser.

»Was ist?«

»Ach, nichts. Es ist einfach schön hier. Mit dir.«

Sanft legte er seinen Arm um sie.

»Nichts könnte momentan schöner sein«, bestätigte er.

Na bravo. Amors Pfeil hatte sein Ziel nicht verfehlt. Jana sehnte sich nach einem Kuss, doch besser nicht hier, denn seinen Eltern hatte er an dieser Stelle nachweislich kein Glück gebracht.

Das kleine, von Weitem verwunschen wirkende Steinhaus von Pascual lag mitten in der Pampa in einer weiten Talsenke. Eingewachsen in blühende Bougainvilleen und im Schatten von riesigen Dattelpalmen sowie uralten Pinien. Hier sagten sich Fuchs und Hase zwischen Avocadobäumen gute Nacht.

»Er hat hier eine eigene Quelle«, erklärte Jürgen, als sie einen befestigten Feldweg, der direkt zu seinem Haus führte, entlangfuhren.

Marlis wusste, dass Avocados sehr viel Wasser benötigten, und hatte sich bereits gefragt, woher er das in dieser abgelegenen Gegend bekam.

»Wahrscheinlich kann er deshalb immer noch davon leben. Die Wasserrechnung wäre sonst so hoch, dass sich der Anbau nicht mehr lohnen würde.«

»Kennst du ihn gut?«

»Ich war früher ein paar Mal hier.«

»Mit Sofía?«

»Nie allein mit ihr. Pascual veranstaltete jedes Jahr ein Erntefest und lud auch zu seinem Geburtstag viele Leute ein.«

»Weiß er von deinem Unfall?«

Jürgen nickte.

Marlis fuhr den Wagen direkt vor das Haus. Sie war noch nicht einmal ausgestiegen, als Pascual auf die kleine Holzveranda trat. Nur noch ein grauer Haarkranz zierte sein Haupt. Er war höchstens eins fünfundsechzig groß, wirkte aber drahtig und kräftig, was Marlis der Feldarbeit zuschrieb. Daher auch die dunkle Bräune im Gesicht. Der unerwartete Besuch irritierte ihn sichtlich.

»Hola.« Marlis schenkte ihm ein Lächeln.

Er erwiderte es zaghaft und sah zur Beifahrertür, die Jürgen gerade öffnete.

»Hola, Pascual«, rief Jürgen ihm zu.

Erst in diesem Moment schien Pascual ihn zu erkennen.

Marlis holte derweil den Rollstuhl aus dem Kofferraum. Sie bekam aus den Augenwinkeln mit, dass Pascual ihn zunächst nur regungslos anstarrte, als ob er eine Geistererscheinung vor sich hätte. Dann ging er zu ihm.

Marlis stellte den Rollstuhl wie gewohnt neben die geöffnete Beifahrertür und klappte eine der Lehnen herunter.

»Jürgen?«, fragte Pascual, als er ihn erreichte.

Marlis setzte schon dazu an, Jürgen zu helfen, doch Pascual erfasste die Situation und gab ihr ohne Worte zu verstehen, dass er ihm behilflich sein würde. Das tat er dann auch. Kaum saß Jürgen im Rollstuhl, wurden beide mitteilsam. Nur leider verstand Marlis so gut wie kein Wort, bis auf Jürgens letzten Satz, dass sie kein Spanisch spräche.

»Ich spreche Deutsch, aber nicht perfekt«, wandte sich Pascual an Marlis und reichte ihr die Hand.

Sie stellte sich daraufhin vor.

»Marlis. Ein schöner Name«, fand er.

Pascual sprach danach trotzdem weiter mit Jürgen auf Spanisch. Er schüttelte unentwegt den Kopf.

»Pascual kann nicht glauben, dass ich hier bin«, übersetzte Jürgen.

Pascual nickte.

»Kommen Sie. Ich euch bringe etwas zu trinken. Gehen wir auf die Veranda.«

»Wo haben Sie Deutsch gelernt?«, wollte Marlis wissen, während sie zu Pascuals Haus marschierten.

»Ich habe bis vor fünf Jahre gearbeitet in eine Restaurant. Die halbe Tag. Die Avocados wachsen von allein. Und ich habe viele deutsche Kunden. Mein Nachbar Kurt. Er lernt Spanisch. Ich Deutsch. Wir sprechen miteinander, damit ich es nicht verlerne, und Kurt genauso.«

Zu zweit trugen sie Jürgen im Rollstuhl die drei Stufen nach oben.

»Wasser? Ich habe Wein. Bier?«, bot Pascual ihnen an.

»Wasser, bitte«, sagte Marlis.

»Für mich auch«, bat Jürgen.

Pascual ging nach drinnen.

»Was hat er vorhin alles gesagt?«, interessierte sich Marlis.

»Er hätte nicht damit gerechnet, dass ich nach Spanien zurückkomme. Sofía glaubte es nicht, aber hoffte es.«

»Magst du mir jetzt vielleicht erzählen, wie du mitbekommen hast, dass Dieter gestorben ist? Aus einer Todesanzeige in einer spanischen Zeitung?«

Jürgen verharrte für einen Moment reglos und starrte hinaus auf die Avocadobäume, bevor er ihr antwortete.

»Die Zahlungen blieben aus.«

»Zahlungen? Von Dieter?«

Jürgen nickte zögerlich.

»Er hat dich finanziell unterstützt?«

»Wegen dem Unfall.«

»Beim Surfen? Der Unfall?«, hakte sie nach.

»Er war dabei. Hat mich zu spät rausgezogen.«

»Moment. Dieter gab sich die Schuld, dass du im Rollstuhl sitzt?«

Jürgen nickte erneut.

»Und hatte er einen Grund dazu? Du hast mir doch von den hohen Wellen erzählt, als es passiert ist.«

»Ich hätte nicht so lange gezögert.«

Marlis glaubte ihm aufs Wort.

»Er war reich. Geld bedeutete ihm nichts. Ich wollte es erst gar nicht annehmen, aber ich war mittellos, lag wochenlang im Krankenhaus. Meine Surfschule konnte ich vergessen. Vielleicht hat er es auch nur getan, weil wir gute Freunde waren.«

Auch das hielt Marlis für möglich.

»Er hat dich also all die Jahre unterstützt?«, vergewisserte sich Marlis.

»Bis ich umgezogen bin. ›Lebenslang‹ hatte es geheißen. Ich konnte mir keinen anderen Grund denken, als dass die Erben den Dauerauftrag gelöscht haben. Ich rief dann bei seiner Firma an und gab mich als Großhändler für Orangen aus. Ich erfuhr, dass er verstorben ist.«

»Weiß Sascha, dass sein Vater dich unterstützt hat?«

»Nein, sicher nicht. Das Geld ging auf ein Nummernkonto in der Schweiz. Dieter wollte das so. Und von dort per Dauerauftrag auf mein deutsches.«

»Merkwürdig. Na gut, wenn ich reich wäre und mein bester Freund …« Weiter kam Marlis nicht, denn Pascual erschien mit einem Tablett, auf dem eine Wasserkaraffe und drei Gläser standen, und setzte es auf dem runden Verandatisch ab. Auf dem Tablett lagen noch zwei unterschiedlich große Umschläge. Marlis konnte sich denken, was sich darin befand.

Pascual befüllte die Gläser und reichte sie Marlis und Jürgen, der seines mit zittrigen Händen entgegennahm. Ernst betrachtete er die Umschläge.

Pascual trank ein paar Schlucke, stellte sein Glas wieder ab und griff nach den Umschlägen. Von dem, was er dann sagte, schnappte Marlis lediglich »Testamento« auf. Das war wohl im größeren Kuvert. Pascual reichte ihm beide. Anschließend fragte er ihn etwas und spähte zu ihr.

»Marlis ist im Bilde«, beruhigte ihn Jürgen.

»Niemand weiß von diesem Testamento. Auch nicht von diese Brief. Ich musste es ihr versprechen«, berichtete Pascual.

»Ein Brief von ihr«, sagte Jürgen tief berührt. Er fuhr in einer fast zärtlichen Geste über den Umschlag.

»Möchtest du lieber allein sein?«, erkundigte sich Marlis feinfühlig.

Jürgen überlegte für eine Weile. Er schien mit sich zu ringen, nickte schließlich doch.

»Ich zeige Ihnen meine Plantage, wenn Sie möchten«, schlug Pascual vor.

Jürgen schenkte Marlis ein dankbares Lächeln. Was musste nun in ihm vorgehen? Die letzten Worte seiner großen Liebe, die ihn verlassen hatte, lagen in seinen Händen. Und vermutlich auch die Erklärung dafür, warum sie ihn verlassen hatte.

»Wir haben Glück mit dem Wetter hier. Ein Mikroklima. Viel Sonne, aber auch Regen. In heißen Monaten viele Bauern brauchen trotzdem Wasser von der Stadt. Wir es bekommen günstiger, aber ohne Quelle könnte ich hier anbauen keine Avocados«, erläuterte ihr Pascual, der sie auf einem schmalen Trampelpfad mitten in die Plantage führte.

Marlis war nur mit halbem Ohr dabei – in Gedanken weilte sie bei Jürgen und diesem Brief.

»Es gibt nichts, was mehr gesund ist. Jeden Tag eine Avocado und man wird hundert Jahre alt.« Pascual nahm sie das aufgrund seiner guten Konstitution sogar ab.

»Ist es Ihnen nicht zu einsam hier?« Marlis griff nach jedem Strohhalm, um sich abzulenken. Abgesehen davon interessierte sie es auch, wenngleich nicht brennend.

»Mein Vater hat übernommen den Hof von meine Großvater. Sofía und ich sind aufgewachsen hier. Aber es stimmt schon. Seit dem Tod meiner Frau … Die Ruhe hier ist für zwei Menschen sehr schön. Sie wird aber zur Einsamkeit. Kann man das so auf Deutsch sagen?«, fragte er schmunzelnd.

»Ich hätte es nicht besser ausdrücken können.« Marlis kannte dieses Gefühl nur allzu gut. »Wie war Sofía als Kind?«

Diese Frage überraschte ihn offensichtlich.

»Sie und Jürgen sind ein Pareja … ein Paar?«

Seine Gegenfrage war wenig überraschend. Anscheinend ging er davon aus. Eine Betreuerin hätte vermutlich nicht nach seiner Schwester gefragt. Marlis schüttelte den Kopf.

»Als Kinder, wir haben uns immer nur gestritten. Aber später. Ich war der große Bruder.«

»Und haben auf sie aufgepasst.«

Pascual lachte.

»Sie war eine schöne Frau. Viele Männer sie wollten haben. Mein Vater hat sich gewünscht, dass sie heiratet jemanden von hier, aber sie hat sich anders entschieden. Ihr Herz schlug für Jürgen.«

»Sie wussten davon?«

»Sofía hatte sonst niemanden, dem sie sich konnte anvertrauen. Ich erinnere mich noch genau an den Abend. Es war die Sonnenwende. San Juan. Alle gehen zum Strand, zünden Feuer an und baden um Mitternacht im Meer. Die Menschen haben gefeiert, aber Sofía hat geweint. Ich sie habe gefragt, warum sie so traurig ist. Sie hat Jürgen geliebt, aber sie war verheiratet mit Dieter seit fast einem Jahr. Sofía wusste nicht mehr, was sie tun sollte. Sie meinte, sie wird verrückt.«

»Was haben Sie ihr geraten? Sich von Jürgen zu trennen?«

»Nein. Sie soll hören auf ihr Herz und auf den Verstand, habe ich gesagt. Beide Stimmen sind wichtig, wenn es um ein Leben als Pareja geht.«

»Sie hat sich dann doch von Jürgen getrennt.«

»Sofía hat betrogen ihren Mann. Sie hat sehr gelitten als Konsequenz. Ich glaube, sie hat Dieter geliebt auf eine andere Art. Er war gut zu ihr. Hat ihr erfüllt jeden Wunsch. Und so einfach ist das nicht in Spanien. Tradition, Familie. Wir so sind erzogen. Jürgen hatte eine Surfschule. Er konnte davon leben die erste Zeit, aber es gab immer mehr davon. Er hatte wenig Geld. Dieter machte gute Geschäfte.«

»Hat sie das beschäftigt? Angst vor der Zukunft mit einem Surflehrer?«

Pascual nickte.

»Vielleicht lag es auch an seinem Unfall«, meinte Marlis.

»Das ich mir habe damals gedacht auch, aber das passte nicht zu Sofía. Sie hatte ein großes Herz.«

»War sie denn glücklich mit Dieter? Nach der Trennung?«

»Ich denke schon. Sie hat bekommen einen Sohn. Sascha. Er war ihr größtes Glück. Sofía hat dann mit mir auch nicht mehr gesprochen von Jürgen. So lange, bis sie wurde schwer krank. Eine Virusinfektion. Die ging auf ihr Herz.« Pascuals Miene trübte sich. Der Schmerz von vor drei Jahren war nicht vergessen.

»Und da hat sie ein Testament bei Ihnen hinterlegt. Für Jürgen?«

»Es ist das Haus unserer Eltern. Sie es hat geerbt. Und dort haben sie sich getroffen – heimlich. Niemand hat sich damals interessiert dafür, jahrelang. Dieter es hat zum Ferienhaus umbauen lassen nach ihrem Tod. Das Geschäft mit Orangen hat nicht mehr so hohe Gewinne gebracht wie früher. Die vielen Exporte aus Südamerika. Mit dem Tourismus kann man machen mehr Geld.«

»Ich glaube, ich hätte mich damals auch für Dieter entschieden«, sagte Marlis mehr zu sich.

»Und jetzt? Für Jürgen?«, fragte Pascual ganz offen. Das Feuer der Neugier loderte in seinen Augen.

»Jürgen und ich? Ach …« Marlis geriet ins Stocken, weil sie sich selbst diese Frage noch nicht ernsthaft gestellt hatte. Sie mochte ihn. Er wuchs ihr immer mehr ans Herz, aber eine Beziehung mit ihm? Es kam ihr kein Mann mehr ins Haus. Eiserne Devise. Aber war Jürgen keine Ausnahme wert?

»Verstehe. Es mich nichts angeht. Nur, ich dachte, weil Sie wissen wollten so viel über Sofía und sich machen Gedanken …«

Marlis nickte. Sie fand einfach nicht die richtigen Worte, um sich gegenüber Pascual zu offenbaren.

»Ich bin selbst gespannt, was sie ihm hat geschrieben. Gehen wir zurück?«, schlug Pascual vor.

Nichts lieber als das.

Schon von Weitem ließ Jürgens Anblick nichts Gutes erahnen. Er saß wie versteinert da und starrte auf die Plantage, die im

Hinterland ins Nirgendwo führte. Erst als ihre Schritte auf dem Kiesboden vor dem Haus vernehmbar waren, sah er zu ihnen. Er erweckte bei Marlis den Eindruck, als hätte ihm ein Arzt gerade eröffnet, dass er nur noch wenige Tage zu leben hätte. Was um Himmels willen stand in diesem Brief? Oder war es das Vermächtnis? Am Ende hatte er das Haus gar nicht geerbt. Marlis hätte ihn am liebsten gleich mit diesen Fragen überfallen, doch das wagte sie nicht.

»Alles in Ordnung?«, forschte sie stattdessen besorgt nach. Auch Pascual musterte ihn.

Was Marlis besonders irritierte, war der Umstand, dass der Umschlag mit dem Testament noch ungeöffnet auf dem Tisch lag. Jürgen reichte ihr kommentarlos mit wässrigen Augen den geöffneten Brief. Marlis sah darin eine Aufforderung, ihn zu lesen.

Liebster Jürgen,
ich hoffe, dass dich diese Zeilen erreichen, denn du hättest guten Grund, mich aus deinem Leben und sogar aus deinem Gedächtnis zu streichen. Was habe ich dir nur angetan? Ich bin mir dessen bewusst. Die Schuld trage ich bis zu meinen letzten Stunden auf meinen Schultern, auch wenn es Tage in meinem Leben gab, in denen sie kaum spürbar war. So schleiche ich mich nun feige davon, von der Hoffnung auf Vergebung getragen und davon, dass du diese Zeilen liest, dich mein Schreiben, aber auch mein Letzter Wille erreichen, wie ich es meinem Bruder auftrug.

Du wirst angenommen haben, dass ich dich verließ, weil dich der schreckliche Unfall, wie die Ärzte damals sagten, an einen Rollstuhl ketten würde – für den Rest deines Lebens.

Die Vorstellung, dass du dann ein anderer wärst, hat mir Angst gemacht. Das will ich gar nicht leugnen. Dieter zu verlassen, um dann an deiner Seite all die Bürden auf mich zu nehmen, wäre keine leichte Aufgabe gewesen, doch ich hätte mich ihr stellen können. Das Leben wäre trotzdem an mir vorbeigegangen. Ich war noch so jung. Vielleicht hatte ich damals nicht die Kraft dazu. Es gab aber noch einen anderen Grund, der viel schwerer wog als das schlechte Gewissen, einen liebenden Ehemann monatelang zu betrügen, weil der Verstand nicht in der Lage war, mein Herz zu bezwingen. Nichts hat Dieter sich sehnlicher gewünscht, als eine Familie zu gründen. Im Nachhinein, das muss ich mir selbst eingestehen, wahrscheinlich nur, um einen Erben zu haben, der eines Tages sein Geschäft weiterführt. Ich war schwanger. Schon wenige Tage vor deinem Unfall konnte ich mir dessen sicher sein. Sascha kam neun Monate später zur Welt, doch er ist nicht Dieters Sohn. Ganz sicher nicht. Sascha ist unser gemeinsames Kind. Dieter kann gar nicht der Vater sein. Wir waren beim Arzt, weil ich monatelang nicht schwanger wurde. Dieter konnte keine Kinder zeugen. Er wusste, dass das Kind von einem anderen war. Als ich es ihm eröffnete, ist er in Tränen ausgebrochen. Er tat mir so leid. Ich fühlte mich schäbig. Einmal hat er mich angefleht, ihn nicht zu verlassen. Ein anderes Mal gedroht, dass er sich von mir mit Schimpf und Schande trennen wollte.

Dieter war nicht mehr Herr seiner Sinne. Ich hatte solche Angst. Und dann passierte der Unfall. Als ich dich so hilflos im Krankenbett liegen sah, brachte ich nicht mehr den Mut auf, es dir zu sagen. Dir auch noch ein Kind aufzubürden. In deiner Situation. Das erschien mir unmöglich. Aus Feigheit, aus Scham Dieter gegenüber, und weil ich an die Zukunft des Kindes dachte. Und dann kam Sascha zur Welt. All meine Liebe, die noch in meinem Herzen war, habe ich ihm geschenkt. Dich in ihm gesehen. Mir eingeredet, dass es das Beste war, wie ich gehandelt habe. Doch die Schuld ließ mich nicht los. Vielleicht empfindest du es als schäbig, dass ich dir das Haus vermache. Wie oft war ich dort, auch nach Saschas Geburt. Allein und in Erinnerungen an unser Liebesnest versunken. Es soll dir gehören. Und dann kam noch der Gedanke hinzu, dass du es verkaufen könntest, um dir dein Leben, das im Alter sicher nicht einfacher wird, besser einzurichten. Wenn du mir jemals verzeihen kannst, nimm das Erbe bitte an. Vielleicht begegnen wir uns im Himmel wieder. Ich könnte mir nichts Schöneres vorstellen.

Deine Sofía

Marlis liefen die Tränen ungehemmt über die Wangen. Jürgen sah sie nur an, voller Verzweiflung und Schmerz. Sie legte den Brief zu Seite und nahm ihn in den Arm. Sie spürte, dass seine Seele nach Halt schrie, den nur sie ihm momentan geben konnte.

Kapitel 10

Jana kam auf der Rückfahrt von Guadalest an einen Punkt, an dem sie sich eingestehen musste, dass mittlerweile ihre Hormone die Kontrolle übernommen hatten. Insofern fragte sie sich, was ihre akademische Arbeit überhaupt wert war, denn sie wappnete niemanden davor, sich zu verlieben. Gehirn off! In so einem Zustand blendete der Mensch einfach alles aus, auch Schattenseiten desjenigen, der einem bereits nach nur einem verliebten Blick oder nur einem Lächeln wohliges Kribbeln bis in tiefer liegende Etagen verursachte. Jana ertappte sich sogar bei dem Gedanken, krampfhaft nach irgendwelchen negativen Charaktereigenschaften dieses Kerls zu suchen. Nichts! Und wie der erste Eindruck doch täuschen konnte. Von wegen Macho und Papasöhnchen! Nun schämte sie sich für ihre Gedanken. So was nannte man frisch verliebt. Und ihm schien es genauso zu gehen. Bis zu ihrer Umarmung in Guadalest noch recht unverkrampft kommunikativ, der perfekte Reiseführer, plötzlich eher wortkarg und hormongesteuert auf Körpersprache umgestellt. Blicke, ab und an ein verträumt-verliebtes Lächeln, anstatt auf die Straße zu schauen, und dann noch seine Hand, die mehr als nur einmal bestimmt nicht zufällig auf ihrem Oberschenkel anstatt auf dem Schalthebel gelandet war. Das war keine

Rückfahrt, sondern eine Schmachtfahrt, gewürzt mit Aussagen wie der, dass dies einer der schönsten Tage gewesen sei, die er hier in den Ferien verbracht habe. Statt der flotten Clubmusik mit heftigem Bassgewummer erklangen nun softe Töne. Noch bis vor Guadalest hätte Jana vermutet, dass er als Womanizer speziell für Abschleppfahrten eine Playlist mit romantischer Musik bereithielt. Nun sah sie darin eher etwas absolut Passendes. »When She Was My Girl« von den Four Tops, »Heartbreaker« von Dionne Warwick und natürlich durfte Dionnes Cousine, Whitney, nicht fehlen. »I Will Always Love You«. Wie pathetisch und krass, das zu hören, wenn man zum Sonnenuntergang und sowieso schon von diesem betörenden Orangenduft high durch blühende Täler fuhr. »En mi piel«, die spanische Version von »Skin on Skin« von Sarah Connor, lief gerade und erzeugte bei Jana die nächste Gänsehautattacke.

»Kennst du die Songs? Sind schon älter.« Es kamen keine ganzen Sätze mehr aus ihm heraus. Das war symptomatisch für die Fahrt.

»Geile Oldies.« Ihr Sprachzentrum hatte ebenfalls bereits zwei Gänge heruntergeschaltet. »Sexual Healing« von Marvin Gaye. O mein Gott. Es kribbelte schon wieder. Er lächelte nur verlegen. Faustdick hinter den Ohren, oder eher noch grün? Jana tippte auf Letzteres, denn bereits bevor sie von Guadalest aufgebrochen waren, hatte sie ihm entlockt, dass er seine erste Freundin mit achtzehn gehabt hatte. Reichlich spät für einen Womanizer im Porsche, zumindest wenn sie ihren statistischen Erhebungen zu diesem Thema trauen durfte. Diese hatten zudem ergeben, dass Männer, die die körperliche Liebe später für sich entdeckten, es mit der Treue ernster nahmen und eher schüchterne Typen waren, die im Leben mannigfaltige Interessen aufwiesen, weswegen somit Sex nicht die Haupttriebfeder war. Das deckte sich mit seinem Profil. Engagiert in der Schule. Theatergruppe. Sonderturnen für unsportlichere Jungs und

Mädchen, um sie auf Vordermann zu bringen. Ein Tanzkurs und die Fürsorge, die er seiner Mutter angedeihen ließ. Ein idealer Nährboden, um sämtliche Hormonbremsen in ihr zu lösen. Sie ertappte sich dabei, sich vorzustellen, wie es wäre, seine behaarte Brust zu streicheln. Wie er wohl küsste? Nicht, dass sie darin eine Expertin wäre, dennoch dürstete sie danach, seine Lippen zu spüren und sich von seinem Dreitagebart kitzeln zu lassen. An was er wohl dachte? Die verstohlenen Blicke auf ihren Ausschnitt waren Jana keineswegs entgangen – und nicht unangenehm gewesen, was sie verblüfft hatte. Spätestens nach der nächsten Kurve würde der Traum platzen. Jana könnte noch ewig mit ihm weiterfahren und sich ihren Träumereien hingeben. Das war es doch. Nichts als Träumereien, die ein Ende fanden, wenn herauskam, wo sie gegenwärtig wohnte. Dieser bittere Gedanke sorgte dafür, dass Adrenalin den hohen Hormonspiegel dämpfte. Ein zweiter Dämpfer kam mit der Wucht eines Vorschlaghammers mit hinzu. Ihr Handy quakte. Leon prustete los.

»Hast du 'nen Frosch bei dir? Ist mir gar nicht aufgefallen«, alberte er.

Jana war nicht zum Lachen zumute.

»Für das Schulsekretariat hab ich einen Schrei aus einem Horrorfilm. Kommt was von meinem Vater, ist es jemand, der gähnt. Aber mein Lieblingsklingelton ist der von der Bank, wenn Kohle eingeht.« Er sang daraufhin den Refrain von ABBAs »Money, Money, Money«.

Eine gute Wahl.

»Wer quakt denn da?«, wollte er dann doch wissen.

»Eine Nervensäge.«

»Von der Uni?«

Jana sah keinen Grund, ihn nicht darüber aufzuklären. Die romantische Stimmung der Rückfahrt war nun sowieso dahin.

»Philipp Steiner.«

Leons Miene wurde ernst.

»Wer ist das?«

»Kenn ich von der Uni.«

»Und was will er?«

Jana zückte ihr Handy. Nun interessierte sie das auch.

»Er fragt, wie es mir hier gefällt.« Dass er sie vermisse und bereits die Tage zähle, bis sie wieder in Freiburg sei, ließ Jana geflissentlich weg.

Leon nickte, allerdings irritiert.

»Und wieso Nervensäge?«, hakte er dann nach.

Jana überlegte bereits, ihm weiszumachen, dass Philipp ein Student sei, der alle fünf Minuten zum Lehrstuhl kommen würde, um von ihr irgendetwas erklärt zu bekommen, doch die Summe der Lügen, in die sie sich bereits verstrickt hatte, reichte.

»Er will was von mir, aber ich nicht von ihm.«

»Ein Student?«

»Assi. Hat schon in künstlicher Intelligenz promoviert. So ein Überflieger.«

»Schaut er scheiße aus?«

Sicher wunderte sich Leon nun darüber, warum sie von einem Überflieger nichts wissen wollte. Jetzt nur kein falsches Wort. Am besten, sie blieb bei der Wahrheit. »Er sieht gut aus, ist charmant und hat eigentlich alles, was den idealen Partner ausmacht. Charakterlich. So Dinge wie Umgangsformen, Anstand. Eine todsichere Karriere …«

»Und gemeinsame Interessen, Lebensziele? Sich ergänzen? Fordern und in der Beziehung gemeinsam wachsen? Das alles kann er bieten?«

Leon hatte wirklich gut zugehört, als sie ihm in Guadalest von den Parametern ihrer Doktorarbeit erzählt hatte.

»Möglich. Was weiß ich. Um das zu wissen, hätte ich mich auf ihn einlassen müssen.«

Leon atmete auf.

189

»Es funkt halt nicht.«

Die Pension war bereits in Sichtweite. Ein weiterer ernüchternder Moment stand an.

»Und bei uns. Hat es bei dir ein bisschen gefunkt?« Seine kräftige tiefe Stimme war ihm abhandengekommen.

»Schon.« Mehr brachte Jana nicht heraus.

»Bei mir hat es ordentlich gefunkt«, präzisierte er. Musik in Janas Ohren. Die Hormone sprangen wieder an, was Jana restlos davon überzeugte, dass gegen diesen Kerl kein Kraut gewachsen war.

Sein Wagen hielt vor der Pension. Für einen Moment saßen sie schweigend nebeneinander.

»Mich hat's noch nie so erwischt. Gleich, als ich dich im Café gesehen habe. So ein komisches Gefühl … Ich weiß, das klingt albern, aber es ist, als ob es so sein sollte, verstehst du?«

Und wie gut Jana das verstand.

»Sehen wir uns morgen?« Er schaute ihr direkt in die Augen.

Jana nickte wie ferngesteuert, obwohl sie gar nicht wusste, was der morgige Tag bringen würde.

In seinen Augen stand das Verlangen nach einem Kuss. Dass sie ihn nicht verwehren würde und sich auch danach sehnte, las er sicher in ihren. Es bedurfte keiner weiterer Worte. Ihr James II nahm das Heft in die Hand und näherte sich ihr. Kussentfernung lediglich noch wenige Zentimeter. Dann vereinigten sich ihre Lippen. Hirntod. Nur noch seine Lippen spüren. Sein Dreitagebart kitzelte genauso, wie sie es sich vorgestellt hatte, doch dabei blieb es nicht. Denn auch seine Zunge bahnte sich ihren Weg, während er seinen Arm um sie schlang. Heißer Atem in einem verliebten Vakuum aus purer Lust. Ellen und James oder doch nur Jana und Leon? Die Frage blieb unbeantwortet, weil er sich nach einer gefühlt halben Ewigkeit sanft von ihr löste und ihr ein glückseliges Lächeln schenkte.

»Wann isst deine Oma denn zu Abend? Du solltest sie nicht zu lange warten lassen«, murmelte er.

Auch diese fürsorgliche Haltung sprach für ihn.

Jana nickte um der Lüge willen. Insofern war sie froh, dass er nur noch zu einem Abschiedskuss bereit war, doch sein Blick, bevor sie ausstieg, war nicht minder prickelnd. Jana winkte ihm nach, als er losfuhr, und stand mit Matsch in der Birne und benebelt wie angewurzelt vor der Pension. Der Rest Verstand, der ihr noch verblieb, reichte, um Herbert eine Nachricht zu schicken und um Abholung zu bitten.

Es stimmte also doch. Sofía hatte Jürgen ihr gemeinsames Liebesnest vermacht. Für Pascual keine Überraschung, wusste er doch um Sofías Liebe, die wohl bis zu ihrem Tod angedauert hatte, wenngleich versteckt in einem Schrein, der durch Schuldgefühle über all die Jahre verschlossen gewesen war. Dass Sascha Jürgens Sohn war, damit hatte allerdings niemand gerechnet. Pascual kannte seine Schwester und hatte ihnen versichert, dass der Inhalt des Briefs glaubwürdig war. Dem armen Jürgen nützte diese Bestätigung natürlich nur wenig. Der Schock saß tief in seinen Knochen. Um das zu erfassen, genügte es, sich ihn bloß anzusehen. Ein gebrochener Mann. Nun nicht nur körperlich behindert, sondern auch noch im Kern seiner Seele getroffen. Das musste man sich mal reinziehen. Sie besetzten das Haus seines Sohnes und, was noch viel weitreichender war, er hatte einen Enkel, den er noch nie zu Gesicht bekommen hatte. Pascual ging, nachdem er sich von der Überraschung erholt hatte, besser mit der Situation um. Er war nach Marlis' Einschätzung ein Pragmatiker, der Emotionen auf der Suche nach Lösungen ausblenden konnte. Insofern war er es, der gleich zum Thema Erbschaftssteuer gekommen war. Jürgen war nicht mit Sofía verwandt. Da schlug die spanische Hacienda, wie das spanische Finanzamt hierzulande genannt wurde, unerbittlich mit dem fiskalen Schwert zu. Je nach Wert des Erbes bis zu einem Drittel, um es überhaupt anzunehmen. Keine Freibeträge. Die waren selbst für Ehegatten ein Witz. In allen Regionen außer den Kanarischen Inseln und Valencia waren sie für Verheiratete und sonstige Verwandtschaft mickrig. Der Finanzadel in Madrid zahlte nach Pascuals Wissen natürlich gar keine Erbschaftssteuer. Da war es wenig tröstlich, dass Pascual den Wert des Hauses, da es in einer ländlichen Gegend und abseits der touristischen Ballungszentren lag, als nicht allzu hoch einschätzte. Jürgen war also nicht nur emotional gebeutelt, sondern auch noch finanziell. Ein vor sich hin schweigendes Häufchen Elend, das während der Rückfahrt von Pascual neben ihr auf dem Beifahrersitz saß.

Marlis konnte sich nur allzu gut denken, warum. Ihr war auch nicht nach Reden zumute. Was musste nun in ihm vorgehen? Es war ja schon schlimm genug zu verarbeiten, warum ihn Sofía verlassen hatte. Nun war er auch noch Vater und Großvater. Marlis ließ ihn daher eine Weile in seiner Gedankenblase – den Blick auf die an ihnen während der Fahrt vorbeiziehende Landschaft gerichtet. Sie waren in Richtung der Steilküste unterwegs, dorthin, wo das Unglück geschehen war. Jürgens Wunsch. Nicht, um ihr die Küste rund um das Cabo de la Nao zu zeigen, sondern, um sich der Vergangenheit zu stellen. Das war nachvollziehbar nach all den Eröffnungen, die über ihn hereingebrochen waren. Wenn schon reinen Tisch machen, dann gründlich. Aus Jürgens Mund hatte das allerdings anders geklungen.

»Offene Wunden nähen, um sie dann aufs Neue aufzureißen?« Das waren seine Worte gewesen. Lieber gleich alles in einem Aufwasch. So gesehen hatte er wohl recht.

Unter normalen Umständen hätte Marlis die Fahrt in vollen Zügen genossen. Quer durch das hügelige Hinterland zu fahren, vorbei an Villen, die jede für sich einen ganz individuellen Stil hatte, war ein Rausch für ästhetische Sinne. Die meisten seien Ferienwohnungen der Superreichen und würden nicht ganzjährig genutzt, was Marlis unmittelbar einleuchtete, denn abgesehen von einem Mini-Markt, den sie kurz vor dem Ziel passiert hatten, gab es hier keine fußläufigen Einkaufsmöglichkeiten, geschweige denn eine Art Zentrum mit Restaurants oder Bars.

Jürgen wollte zu einem Strand namens Platja de la Granadella, also zum Ort des damaligen Geschehens. Er lag fernab von den villenbestückten Hügeln. Der Weg dorthin verlief überraschenderweise durch einen Wald. Das dichte Grün der Serpentinenstraße dünnte sich erst nach einer Weile felsig aus und gab dann den Blick auf schroffe Küstenabschnitte frei. Hierher verschlug es sicherlich nicht viele Touristen.

»Wart ihr oft hier zum Surfen?«, weckte Marlis Jürgen aus seinen Träumereien.

»Es gibt bessere Ecken. Kiten und Wellenreiten geht bei gutem Wind, aber zum Windsurfen ist es ideal, weil der Blick entlang der Küste einzigartig ist«, erklärte er.

Damit sollte er recht behalten, wie Marlis feststellte, nachdem sie ihren Wagen abgestellt hatten und entlang weniger Häuser, die eine Bar und ein Restaurant beherbergten, den Strand erreichten. Es war vielmehr eine Bucht, eingekesselt von hohen Felsen. Rechts erkannte Marlis Höhlen. Befestigte Stufen führten dort hinauf. Das Wasser war türkisblau und die Wellen konnten sich heute sehen lassen. »Baden würde ich hier nicht, bei der Brandung«, überlegte Marlis, als sie den Strand erreichten.

»Die meisten Touristen schwimmen weiter im Norden. Dort ist das Meer flach, aber schau dir mal diese Wellen an. Und wenn du erst einmal mit dem Brett draußen bist und das Segel gegen den Wind hältst. Einzigartig«, schwärmte Jürgen. Er setzte sich daraufhin in Bewegung und fuhr zu dem Teil des

Strandes, von dem aus die Treppen nach oben führten. Marlis folgte ihm. Als er die Stelle erreichte, konnte sie Jürgen ansehen, dass von der bis eben gezeigten Begeisterung nichts mehr übrig geblieben war. Er starrte auf die Felsen der Bucht und malmte mit den Zähnen.

»Ist es hier passiert?«, fragte Marlis feinfühlig nach.

»An dem Tag waren die Wellen für hiesige Verhältnisse ungewöhnlich hoch. Der Strand war menschenleer. Außerhalb der Saison ist das nicht ungewöhnlich. Dieter und ich sind rausgefahren. Dann die Küste entlang. Full Speed bei dem Wind. Wir waren locker zwei Stunden draußen, und als wir zurück zur Bucht sind, rammte ich irgendetwas im Wasser. Ein Fels war es nicht. Vielleicht Treibholz, keine Ahnung. Ich konnte das Segel nicht mehr halten und schoss mit der nächsten Welle auf die Felsen dort vorne zu. Dieter hat das sicher nicht mitgekriegt. Er war bereits am Strand und zog das Surfbrett aus dem Wasser. Die Brandung ist hier so laut, dass er meinen Aufschrei überhört haben muss. Ich verlor den Halt und rutschte vom Brett, habe noch mal geschrien, aber die darauffolgende Welle schleuderte mich gegen das Gestein. Ich war benommen und die nächste Welle rauschte schon an. Ich sah Dieter noch für einen Moment am Strand. Er regte sich nicht. Die Sonne stand tief. Ich habe bisher angenommen, dass er mich nicht gleich im Gegenlicht hat ausfindig machen können. Dann sah ich ihn losrennen. Ich versuchte, zum Ufer zu schwimmen, doch die Strömung zog mich immer wieder zurück. Ich hatte keine Kraft mehr, mich dagegenzustemmen. Da war Blut an meinem Kopf. Mein Rücken prallte mit großer Wucht gegen den Felsen. Ein stechender Schmerz. Und dann verlor ich das Bewusstsein.« Jürgen holte tief Luft, bevor er weitersprach. »Ich habe mich bis heute nicht darüber gewundert, warum er nicht gleich zurück ins Wasser gelaufen ist. Nun frage ich mich, ob Dieter zu dem Zeitpunkt wusste, dass er keine Kinder zeugen konnte. Ich meine, als Sofía ihm mitgeteilt hat, dass sie schwanger ist«, sagte er mit brüchiger Stimme.

»Ob sie ihm wohl gleich gestanden hat, dass du als Vater infrage kommst? Aus ihrem Brief geht das nicht hervor. Er muss es geahnt haben.« Marlis hielt dies für wahrscheinlich.

»Ich habe noch genau vor Augen, wie er dagestanden hat. Wenn ich merke, dass mein Freund am Absaufen ist, dann muss ich nicht lange überlegen. Ich hab's mir bisher schöngeredet. Von wegen Sonnenlicht …«

»Du meinst, er hat wirklich mit dem Gedanken gespielt, dich …« Marlis wagte es nicht, den Satz zu vollenden.

»Ist durchaus möglich. Aus Eifersucht. Verletztem Stolz.«

»Aber er hat dich doch bis zu seinem Tod finanziell unterstützt.«

»Am Ende nicht nur, weil wir Freunde waren. Wenn er mich früher rausgezogen hätte … die Kopfverletzung war's ja nicht. Der Felsen hat mir die Wirbelsäule verletzt. Irreparabel.«

Marlis musste das erst einmal sacken lassen.

»Vielleicht war das meine gerechte Strafe. Sofía war seine Frau.«

»Jetzt red keinen Unsinn! Sofía hat dich geliebt. Da kann man nicht von Schuld und schicksalhafter Strafe reden«, besänftigte ihn Marlis.

Er nickte zögerlich.

»Dieter kannst du nicht mehr zu Rede stellen«, sagte sie leise.

»Ja. Leider.«

»Du solltest die Vergangenheit ruhen lassen und nach vorn schauen«, riet sie ihm.

»Und wohin? Auf ein weiteres Leben im Rollstuhl?«

»Das meisterst du doch ganz gut, oder?«

Jürgen rang sich ein Lächeln ab.

»Und wenn ich das richtig einschätze, könnten wir die Wunden endlich vernähen. Die heilen dann schon.«

»Wir?« Jürgen blickte sie irritiert an.

Marlis wurde erst jetzt bewusst, was ihr da rausgerutscht war.

»Ich kann dir ja dabei assistieren«, sagte sie zaghaft.

Jürgen lächelte dankbar. Seine Rührung konnte er nicht verbergen. Und die übertrug sich auf Marlis. Sie konnte gar nicht anders, als ihn zu umarmen. »Wir!« Das fühlte sich überraschend gut und zugleich äußerst verwirrend an.

Jürgen schien aus seinem Schlummer erst zu erwachen, als Marlis das Ferienhaus erreichte. Sein Haus. Zumindest würden sie sich mit diesem Vermächtnis keine weiteren Schwierigkeiten mit der Polizei einhandeln – Ergebnis des heutigen Tages, der auch hinsichtlich dieses Aspekts Früchte trug.

Marlis stoppte den Wagen vor der Zufahrt. Jürgen saß nach wie vor regungslos auf dem Beifahrersitz.

»Wir sind da«, sagte sie.

Jürgen nickte müde.

Sie stieg aus und holte den Rollstuhl aus dem Kofferraum. Er bewegte sich noch immer nicht.

»Komm erst einmal rein. Dann besprechen wir alles«, schlug sie vor.

Jürgen nickte träge und quälte sich auf den Rollstuhl. Um ein Haar wäre er weggerutscht und mit dem Allerwertesten auf dem Boden gelandet.

»Danke.« Mehr kam nicht, bis sie die Terrasse erreicht hatten. Marlis zog den Rollstuhl die Stufen nach oben. Es gelang auch ohne seine Mithilfe.

»Soll ich dir was zu trinken holen?«, bot sie an.

Jürgen nickte stumpf. Etwas anderes hatte Marlis auch nicht erwartet.

Sie ging in die Küche und füllte dort Wasser in eine Karaffe. Sie gab zwei Zitronenscheiben dazu. Dann ging sie zurück zu ihm.

Jürgen starrte in Gedanken auf das vor ihm liegende Grundstück, als sie ihm sein Glas reichte.

»Ist es das wert? Alles aufrollen? Am Ende noch vor Gericht?«, fragte er unvermittelt.

»Ich denke schon.« Was sollte sie ihm sonst antworten? Natürlich war es das. Die Erbschaft kam von Herzen. Allein um seiner alten Liebe willen sollte er sie annehmen, wobei noch nicht einmal sicher war, ob ein Gericht dieses handschriftliche Vermächtnis akzeptieren würde. Es könnte Formfehler beinhalten. Auch das hatte Pascual ihnen zu bedenken gegeben.

»Einen Sohn und einen Enkel. Und ich kenne sie nicht einmal.«

Marlis bezog dies in ihre Überlegungen mit ein. Er erbte ja nicht nur ein Haus, sondern eine Familie, was sein Leben von Grund auf ändern würde.

»Ich kann doch unmöglich mit diesem Brief zu Sascha gehen. ›Hallo. Ich besetze gerade dein Haus, aber ich bin dein leiblicher Vater. Und übrigens, einen Enkel habe ich deshalb auch noch, deinen Sohn.‹«

»Er wird dir glauben, wenn er den Brief gelesen hat.«

Jürgens Hand war dermaßen zittrig, dass er das Wasserglas nicht ruhig halten konnte. Marlis würde es genauso ergehen. »Reinen Tisch machen. Das ist immer das Beste.«

»Sascha wird das Vermächtnis anzweifeln oder irgendwie anfechten«, befürchtete er.

Marlis konnte sich das auch lebhaft vorstellen.

»Vielleicht ist es besser, wenn wir wieder nach Hause fahren. Wenn ich all das hier vergesse.«

»Wie soll das gehen? All das vergessen? Wenn du mich fragst, musst du dich dem stellen. Du trägst das sonst dein

ganzes restliches Leben mit dir herum, gerade jetzt, mit vernäh-
ten Wunden, die bald heilen werden.«

»Ich habe nicht die Kraft, all das durchzustehen. Vor
Gericht. Man wird mich fragen, warum ich das Vermächtnis
nicht schon früher eingefordert habe.«

»Na und? Es ist doch deine Entscheidung. Du bist schwerbehindert und eingeschränkt, was Reisen betrifft. Und aus dem
Brief geht schließlich hervor, was damals passiert ist.«

»Was passiert ist …«, wiederholte er nur.

»Du hast diese Frau geliebt und sie dich.« Auch daran erinnerte sie ihn.

Jürgen nickte. Seine Augen wurden trotzdem feucht.

»Sie wollte, dass du es bekommst, weil sie dich bis zu ihrem
Tod geliebt hat. Was gibt es da noch zu grübeln? Dieter ist tot.
Sascha muss die Pille schlucken, dass du sein Vater bist, und
Leon? Er scheint ein netter Kerl zu sein. Sie werden sich damit
anfreunden müssen, dass Sofia zwei Männer geliebt hat. Was ist
so verwerflich daran? Das Haus bleibt außerdem in der Familie.«

»Und die Erbschaftssteuer? Nach dem Umzug hab ich vielleicht noch um die fünftausend auf meinem Sparbuch«, sagte
Jürgen.

»Mein Gott. Wenn die nicht allzu hoch ist, kann ich dir
aushelfen, und einen Kredit bekommst du sicher auch, wenn
das Haus als Sicherheit dient.«

»Du würdest mir aushelfen?«

Marlis bereute für einen Moment, was sie gesagt hatte. Sie
befürchtete, dass trotz des aufgrund der ländlichen Lage sicherlich nicht allzu hohen Wertes des Hauses, wie ihnen Pascual
erklärt hatte, ihre ganzen Ersparnisse dabei draufgehen würden. Mehr als um die zwanzigtausend waren ihr vom Erbe
ihrer Tochter nicht mehr geblieben. Das tat man nur für einen
Menschen, der einem nahestand. Diese Erkenntnis hallte nach,

weil es sich so anfühlte, als ob Jürgen bereits zu einem Teil ihres Lebens geworden war.

»Ich könnte es dir vermachen, wenn ich mal nicht mehr bin. Du wirst wahrscheinlich länger leben ...«, schlug Jürgen vor.

Marlis verschlug es die Sprache.

»Man muss doch über solche Dinge offen reden. Ich habe nicht die Mittel ...«

»Du bist mir nicht gleichgültig. Hast du das nicht bemerkt?« Marlis hatte keine Scheu mehr, ihm ihre Gefühle zu offenbaren. Ihr Herz fing trotzdem an, heftig zu pochen.

»Doch ... aber warum? Ich bin doch bloß ein Rolli. Du bist fit. Warum willst du dir jemanden wie mich aufbürden? Sofia hat sich damals richtig entschieden.«

»Nein. Das hat sie nicht«, sprudelte aus Marlis heraus.

Jürgen ließ ihre Aussage eine Weile auf sich wirken, bevor er weiterreden konnte.

»Aber warum?«

»Weil du ein liebenswerter Mensch bist. Ob einer auf Rädern oder nicht. Was spielt das für eine Rolle?« Es kam aus dem Innersten ihres Herzens.

»Liebenswert?«

»Wenn ich es dir doch sage.« Marlis wunderte sich über ihre Offenheit. Was sie eben von sich gegeben hatte, war letztlich eine Liebeserklärung.

»Ich weiß nicht mehr, was ich sagen soll. Ich glaube, ich muss mich hinlegen. Allein mit meinen Gedanken. Alles zu viel. Es war einfach zu viel heute.«

Marlis nickte. Wenn jemand einen Grund hatte, sich zu sortieren und zu sich zurückzufinden, dann Jürgen.

Auf den Taxiservice von der Pension zum Ferienhaus war Verlass, wenngleich Jana länger als am Vortag auf den Stufen der Pension hatte ausharren müssen. Herberts Interesse, wie der Tag mit dem Sahneschnittchen verlaufen war, kam nicht überraschend. Es verstand sich wohl von selbst, ihm während der Fahrt zum Ferienhaus von ihrem Ausflug mit Leon zu berichten – mit einem gewissen Strahlen in ihren Augen, was ihm nicht entgangen war. Dass sie einen schönen Tag miteinander verbracht hatten, dem konnte Jana nicht widersprechen. Und was für ein toller, mit einem i-Tüpfelchen versehener Tag. Jana hatte keinen Grund gesehen, Herbert den Kuss zu verschweigen.

»Jung müsste man noch einmal sein«, schmachtete er.

»Er möchte mich morgen wiedersehen.«

»Natürlich will er das.«

»Und wenn dann alles auffliegt? Der Schwindel mit der Pension.«

»Muss es ja nicht. Außerdem scheint Jürgen tatsächlich das Haus geerbt zu haben.«

»Woher weißt du das?«

»Ich bin kurz rüber zu deiner Großmutter, um nachzufragen, was es Neues gibt.«

»Und von wem hat er es denn nun geerbt?«

»Von Sofía Breitner, Dieter Breitners Frau. Jürgens große Liebe. Er muss wohl eine Affäre mit ihr gehabt haben. Vor seinem Unfall.«

»Eine Affäre?« Jana konnte kaum glauben, was sie da eben hörte.

»Aber es kommt noch besser. Sascha Breitner ist sein Sohn.«

»What?« Jana schüttelte fassungslos den Kopf. In dem fing es an zu rattern. »O nein! Dann ist Leon ja sein Enkel.«

»Du sagst es.«

Jana wurde augenblicklich flau im Magen.

»Und was meint Jürgen dazu?«

»Keine Ahnung. Offenbar hat er sich erst mal hingelegt. Zumindest hat Marlis mir das erzählt. An seiner Stelle würde es mich auch umhauen. Da erbst du nicht nur ein Haus, sondern auch gleich noch Sohn und Enkel mit dazu.«

»Und wie kam das jetzt alles raus?«

»Es gibt wohl einen handgeschriebenen Brief von Sofía, in dem das alles drinsteht. Die Breitners werden ganz schön geschockt sein, wenn sie das lesen, schätze ich mal.«

»Leon auch. Spätestens dann brauche ich nicht mehr vor der Pension auf ihn zu warten.«

»Mach dich nicht verrückt! Wenn er sich in dich verliebt hat, dann wird er die Situation verstehen.«

»Warum wir in dem Ferienhaus sind, kapiert er sicher, aber jemanden anzuschwindeln ist nicht der beste Anfang für … Ach, was rede ich. In ein paar Tagen reisen wir sowieso wieder ab.«

»Aber hast du mir nicht erzählt, dass er in München studiert? So weit weg ist das doch nicht von Freiburg. Ihr könntet euch auch in Deutschland sehen.«

»Wenn er mich dann noch sehen will.« Jana seufzte, als Herbert vor das Haus fuhr.

Oma stand bereits auf der Terrasse Spalier. Es war schließlich nicht zu überhören, wenn ein Wagen anrollte.

»Marlis war vorhin ebenfalls völlig durch den Wind«, merkte Herbert an, bevor er ausstieg.

Damit könnte er recht haben, stellte Jana selbst auf Distanz im Licht der Terrassenbeleuchtung fest. Ihre Großmutter winkte ihr eher halbherzig zu.

»Schau dir die Augen der Kleinen an. Scheinwerfer«, witzelte Herbert, als sie Marlis erreichten.

Sie musterte Jana daraufhin irritiert.

»Jedenfalls, bis ich sie abgeholt habe«, räumte Herbert dann ein, denn so richtig von innen heraus strahlen konnte Jana gerade nicht.

»Er hat es mir erzählt. Die Erbschaft, Sofía und den Familienzuwachs«, erklärte Jana.

»Wie geht es ihm?«, erkundigte sich Herbert.

»Schläft wie ein Murmeltier. Ich könnte da ja nicht schlafen, bei der ganzen Aufregung. Wahrscheinlich werde ich das heute Nacht auch nicht«, sagte Marlis. »Wie wäre es mit einem kleinen Umtrunk? Ich habe vorhin einen Weißen aufgemacht.«

Jana war klar, dass Herbert nicht ablehnen würde. Er nahm gleich am Terrassentisch Platz. Die geöffnete Weinflasche stand bereits in einem Kühleimer, Gläser auf der Anrichte.

»Sie haben sich geküsst«, berichtete Herbert, während Marlis die Gläser befüllte. Er grinste dabei wie ein Honigkuchenpferd.

»Sag bloß«, sagte Marlis an Jana gewandt.

»War ein toller Tag, Oma.«

»Soso«, erwiderte ihre Großmutter und lächelte wissend, als sie sich zu ihnen setzte.

»Darauf sollten wir anstoßen. Auf einen doch insgesamt gesehen guten Tag«, schlug Herbert vor.

»Für Jürgen wohl eher einer der schlimmsten seines Lebens«, gab Marlis zu bedenken.

»Ach was. Ihm gehört das Haus und die eigene Familie wird das Vermächtnis ja wohl nicht anfechten«, widersprach Herbert.

»Wann will er es ihnen sagen? Sascha und Leon?«, wollte Jana wissen.

»Darüber haben wir noch gar nicht gesprochen.«

»Leon wird ausflippen, wenn er es erfährt. Am besten ziehen wir wirklich in diese Pension«, sagte Jana.

»Dich hat es also so richtig erwischt?« Oma setzte neugierig ihr Glas ab.

Jana nickte und zuckte zugleich mit den Schultern.

»Ich finde, das ist doch ein guter Test, so rein charakterlich.«

»Vielleicht. Vielleicht aber auch nicht«, sinnierte Jana laut.

»Gott im Himmel. Irrungen und Wirrungen. Urlaub sieht anders aus.« Oma seufzte wie Jana zuvor und griff erneut nach ihrem Glas Weißwein.

»Ist doch wunderschön hier. Jana schwebt auf Wolke sieben und selbst ein möglicher Abstieg auf Wolke sechs dürfte das junge Glück nicht trüben. Kann man sich einen besseren Nachbarn als Onkel Herbert von drüben wünschen? Und Jürgen wird es morgen schon viel besser gehen«, resümierte Herbert.

»Und was ist mit mir?« Oma schaute fragend in die Runde.

»Du verstehst dich doch gut mit Jürgen«, erwiderte Herbert. Jana empfand das genauso.

»Was soll das jetzt heißen?«, plusterte Oma sich auf.

»Du magst ihn, oder nicht?«

Oma zierte sich, bevor sie dann doch nickte.

Jana und Herbert tauschten daraufhin Blicke.

»Mir ist nicht klar, was ich davon halten soll. Natürlich ist er mir ans Herz gewachsen … Aber ich weiß nicht, ob das so ist, weil er mir leidtut, oder weil es sich einfach gut anfühlt, jemandem zu helfen.« Oma schien diese Fragerei richtig aufzuwühlen.

»Er sieht gut aus. Hat Charisma. Ihr seid ein eingespieltes Team.«

Jana hätte Herberts Worte unterschrieben.

Der nahm noch einen Schluck und stand dann auf. »Ich werde mich auch bald aufs Ohr hauen und sag schon mal Gute Nacht. Ich wünsche allseits angenehme Träume.«

Jana wünschte ihm genau wie ihre Großmutter ebenfalls eine Gute Nacht. Sie sahen ihm noch schweigend nach, bis er hinter der Oleanderhecke verschwand.

»Wirklich ein netter Typ«, urteilte Jana.

»Ich und Jürgen. Das ist doch alles nur noch irre«, platzte Oma unvermittelt heraus.

»Du meinst, weil er im Rollstuhl sitzt?«

»Nein. Ich hatte mir vorgenommen, mich künftig nicht mehr auf einen Mann einzulassen, und du? Seitenlange Abhandlungen über Beziehungsgedöns und dann kommt so ein Typ im Porsche daher und …« Marlis machte eine fahrige Handbewegung.

»Ich weiß, Oma!«

»Na, dann ist's ja gut.«

Jana musste daraufhin schmunzeln und hob noch einmal das Glas, um mit ihrer Großmutter anzustoßen. »Auf die Unvorhersehbarkeit des Lebens«, schlug sie als Trinkspruch vor. Dann ließen sie die Gläser erneut klingen.

Kapitel 11

Jana wunderte sich darüber, schon so früh wach zu sein. Der gerade in der Ferne einsetzenden Dämmerung nach zu urteilen, die sie durch ihr Fenster sah, durfte es kaum später als sieben sein. Noch einmal umdrehen und weiterträumen? Von einem Segeltörn mit Leon? Und wie schnittig er in ihrem Traum mit dem weißen bis zum Bauchnabel aufgeknöpften Hemd ausgesehen hatte. Dazu eine weiße Leinenhose. Barfuß auf den Planken. Und sie hinter ihm, ebenfalls ganz in weißes Leinen gekleidet, ihre Arme um seine Hüfte geschlungen. Das tiefblaue Meer vor ihnen. Die Küste zu ihrer Rechten. Am Vorderdeck ein Loungebereich, wo es sich Jürgen ohne Rollstuhl in Omas Gesellschaft auf bunten Sitzkissen bequem gemacht hatte. So sah ein Traumurlaub aus. Mit diesem Gedanken kam die Ernüchterung. Vielleicht blieb ihr nur noch der heutige Tag, um sich mit Leon zu treffen. Waren einmal die Breitners mit dem Vermächtnis konfrontiert, dauerte es bestimmt nicht mehr lange, bis die Lüge mit der Pension aufflog. Jana setzte sich auf, nahm ihr Handy an sich und beendete den Flugmodus. Da flatterte ihr auch schon eine Nachricht von Leon aufs Display.

War so schön gestern mit dir. Ich ruf dich später an.

Ein Kuss-Emoticon kurbelte Janas Kreislauf an. Aus Freude und Sorge zugleich. Sie legte ihr Handy zur Seite und stand auf. Jetzt erst einmal duschen. Es war kein Geräusch auf dem Gang vernehmbar. Die anderen schliefen sicherlich noch. Spätestens wenn die Dusche an war, würde sich dies ändern. Das Gurgeln der Brause, bis sie endlich Wasser spuckte, war nicht zu überhören. Auch der Spülkasten blubberte ordentlich. Jana schnappte sich ihr gelbes Handtuch und hängte es über die Stange neben der Dusche, um es griffbereit zu haben. Runter mit dem Schlabber-T-Shirt. Mit ihrem Duschgel in der Hand trat sie in die ebenerdige Dusche und drehte das Wasser auf. Sie war kein Fan von den in Spanien üblichen Mischbatterien mit rotem Knopf, den man auf eine gewünschte Temperatur einstellen konnte. Es kam trotzdem entweder zu heiß oder zu kalt. Einmal eingeseift war es schwierig, die Temperatur nachzuregeln, weil der Finger unentwegt von diesem Knopf flutschte. Bisher kam nur kaltes Wasser. Jana trat gleich einen Schritt zur Seite. Dieser verdammte rote Knopf. Sie drückte ihn erneut rein und drehte ihn auf Verdacht in beide Richtungen. Das Wasser blieb kalt, wie ein Test mit dem ausgestreckten Finger ergab. Sogar eiskalt. Jana gab das Duschvorhaben auf und beschloss, sich ausnahmsweise nur am Waschbecken frisch zu machen. Doch dort passierte das Gleiche. Kein warmes Wasser. Na gut, dann halt Katzenwäsche mit dem kalten. Mangels Waschlappen ließ sie das Wasser auf einen Zipfel des Handtuchs laufen. Erst kam das Gesicht dran. Licht einschalten! Moment. Kein Licht. Stromausfall? Vermutlich hatte es eine Sicherung rausgehauen. Sie wusste, wo der Sicherungskasten war, verließ das Bad und ging zu dem kleinen Kästchen direkt neben dem Eingang. Ein Blick hinein eröffnete Merkwürdiges. Alle Sicherungen waren drin!

Ihre Aktion hatte Oma geweckt. Sie tapste schlaftrunken in Richtung Küche.

»Guten Morgen, Jana.«

»Oma. Wir haben keinen Strom.«

Marlis stutzte und probierte gleich den Lichtschalter neben der Küchentür.

»Tatsache.«

Die nächste Tür knarrte. Es rumste. Das Geräusch kannte sie, wenn Jürgen mit dem Rollstuhl gegen die Tür stieß.

»Kein Strom«, plärrte Oma durchs Haus.

Sie gesellte sich zu Jana an den Sicherungskasten und besah sich ebenfalls die vielen Schalter. Sie trat zur Seite, als Jürgen sie erreichte.

»Kein Strom?« Jürgen wirkte äußerst beunruhigt.

»Gibt's in spanischen Häusern noch einen Hauptschalter? Irgendwo im Haus oder draußen?« Jana tippte nach wie vor darauf, dass es daran lag.

»Die Suche kannst du dir sparen«, entgegnete Jürgen.

Jana sah Jürgen genau wie ihre Großmutter fragend an.

»Der hat uns den Strom abgestellt.«

»Du meinst diesen Makler?«

»Sicher in Rücksprache mit meinem frischgebackenen Sohn«, folgerte Jürgen wenig erfreut.

»Na, wenigstens haben wir noch Wasser. Aber das ist ohne Elektroboiler eiskalt«, sagte Jana.

»Das darf er auch nicht abstellen. Es wäre strafbar. Gesetz in Spanien. Strom eigentlich auch nicht. Er wird trotzdem bei der Stromfirma angerufen haben.«

»Und was machen wir jetzt?« Jana guckte in die Runde.

»Die ganzen Sachen im Kühlschrank. Die werden doch schlecht«, jammerte Oma.

»Wir könnten Herbert fragen, ob er ein Verlängerungskabel hat. Der hat ja eine Außensteckdose hinter der Hecke«, fiel Oma ein.

»Aber ob er auch so ein langes Verlängerungskabel hat?« Jana hegte Zweifel daran.

»Es ist dein Haus. Vielleicht ist es Zeit, mal mit Sascha zu reden«, schlug Oma allen Ernstes vor.

»Ich will erst Gewissheit, dass alles niet- und nagelfest ist«, winkte Jürgen ab.

»Aber es ist doch ein handgeschriebenes Vermächtnis«, wandte Jana ein.

»Ich habe das Erbe lange nicht angetreten. Am besten, ich mach einen Termin bei einem Anwalt für Erbrecht. In Dénia gibt's die haufenweise.«

Jana atmete auf. Zeit schinden. Noch ein Tag mit Leon, ohne aufzufliegen. Kaum zu Ende gedacht, meldete sich auch schon ihr Handy. Es quakte nicht. Leon hatte sie noch keinen Signalton für den Messenger zugeordnet, doch wer sonst könnte das sein?

»Ich bin gleich wieder da.« Jana eilte in ihr Zimmer und schnappte sich ihr Handy vom Nachtkästchen. Es war Leon!

Mein Vater gibt heute Abend einen Empfang. Ich muss tagsüber bei den Vorbereitungen helfen. Sachen einkaufen und herrichten. Ihr seid herzlich eingeladen. Es kommen ganz viele Leute. Hast du Lust? Bring ruhig deine Großeltern mit. Ich würde sie gerne kennenlernen. Es wird bestimmt schön. Bitte sag Ja. Google-Link mit Geodaten anbei. Ab sieben. Ich freu mich.

Jana hätte am liebsten gleich mit »Ja« und einem Herzchen geantwortet, doch sie musste das Geschriebene erst einmal einordnen. Tagsüber hatte er keine Zeit. Abends der Empfang. Vielleicht platzte da die Bombe. Andererseits möglicherweise ein guter Rahmen, um sie platzen zu lassen. Großer Empfang klang zudem nach Party. Und anscheinend war ihm daran gelegen, sie und ihre Großeltern auch seinem Dad vorzustellen. Die Hausbesetzer! Andererseits schien er wirklich etwas für sie zu empfinden. Letztlich obsiegte der Gedanke, dass sie ihn sehen wollte. Ungeachtet aller Konsequenzen.

»Leon hat uns eingeladen. Auf einen Empfang seines Vaters«, posaunte sie hinaus, als sie zurück in der Küche war.

Marlis und Jürgen, die gerade den Inhalt des Kühlschranks inspizierten, starrten sie irritiert an.

»Er will meine Großeltern kennenlernen.«

Marlis und Jürgen tauschten Blicke.

»Na, das ist doch die Gelegenheit, deinen Sohn unter die Lupe zu nehmen«, köderte Oma ihn.

»Ja, mal unverbindlich anschauen«, stimmte Jana zu, denn das würde die Bombe ja nicht gleich hochgehen lassen und ihr zumindest den Abend nicht versauen.

»Also, wenn das mit dem Vermächtnis juristisch in Ordnung ist, halte ich es ihm unter die Nase«, beschloss Jürgen.

»Dann lass uns gleich losfahren. Frühstücken können wir bestimmt auch in Dénia. Ich brauch 'nen Kaffee«, erklärte Oma.

Jürgen nickte.

Jana schickte ein Stoßgebet gen Himmel. Hoffentlich bekam Jürgen für heute auf die Schnelle noch keinen Termin. Dann tippte sie das Emoticon des nach oben gerichteten Daumens in ihren Messenger ein. Am liebsten hätte sie ihm noch das mit dem Kuss hinterhergeschickt, doch war das nicht zu viel des Guten? Ach was. Ich freu mich auch und zumindest das Luftküsschen folgten.

Ein Blick ins Internet hatte genügt, um gleich mehrere Anwaltskanzleien in Dénia ausfindig zu machen, die sich auf Erbrecht spezialisiert hatten. Jürgens Erklärung hierfür lag auf der Hand. Schließlich gäbe es hier sehr viele Rentner aus dem europäischen Ausland. Auch wenn die durchschnittliche Lebenserwartung in dieser Gegend aufgrund des Mikroklimas höher als andernorts sei, irgendwann komme der Sensenmann ja doch und nach ihm die Erben. Auf die Schnelle einen Termin zu ergattern, stand auf einem anderen Blatt. Jürgen hielt allerdings ein sehr gutes in den Händen. Sein Trumpf waren seine Spanischkenntnisse. Damit öffnete sich so manche Tür, vor allem, wenn man als Ausländer die Landessprache beherrschte. Gleich zwei Kanzleien hatten zur Auswahl gestanden. Jürgen hatte sich für die günstigere entschieden. Ein Hunni für die Durchsicht des Vermächtnisses inklusive Beratung. Damit konnte man gut leben. Marlis war sich aber nicht sicher, ob Jürgen tatsächlich bereit wäre, um das Haus zu kämpfen, nur für den Fall, dass das Vermächtnis nicht anerkannt würde. Auf der Fahrt in die Stadt hatte er angefangen, das Für und Wider mit ihr zu besprechen. Aber was gab es denn da schon großartig zu überlegen? Es war Sofías Wunsch gewesen. Das allein reichte. Dummerweise ging damit auch eine langsamere Wundheilung einher, denn dieses Haus stand für die Zeit mit ihr. Dieter hatte ihm seinen Stempel aufgedrückt. Es als reines Renditeobjekt weiterhin über eine Agentur zu vermieten, stand nun ebenfalls im Raum. Hierbleiben in Spanien? Was das alles nach sich zog, konnte Marlis sich ausmalen. Allein schon ein erneuter Umzug und einige Umbaumaßnahmen, die dann fällig wären. Doch was half es, über ungelegte Eier zu reden. Das letzte Wort hatte sowieso der Anwalt, Señor Alfredo Méndez.

Seine Kanzlei lag mitten im Zentrum Dénias an einer belebten Einkaufsstraße. Gleich daneben befand sich ein Parkhaus, das über einen Aufzug verfügte, genau wie das mehrstöckige Haus mit Glasfassade, in dem Méndez sein Büro hatte. Besser ging es doch gar nicht.

Nach nur fünfminütiger Wartezeit, in der Jürgen ein Anmeldeformular mit seinen persönlichen Daten hatte ausfüllen müssen, hatten sie auch schon in Méndez' Büro gesessen. Den Mann im dunkelblauen Anzug schätzte Marlis auf Mitte vierzig. Er hatte Ähnlichkeit mit Antonio Banderas und offenbar Geschmack. Designermöbel, die bestimmt ein Vermögen kosteten, konnte er sich locker leisten. Denn wie er ihnen gleich auf Jürgens Nachfrage, wie viel im Streitfall vor Gericht zu zahlen wäre, mitgeteilt hatte, wären bei Verfahren, wenn es blöd lief, Unsummen für ihn und das Gericht fällig. Für den Hunni hatte er sich immerhin von Jürgen über die Erkenntnisse der letzten Tage ins Bild setzen lassen und sich sowohl das Vermächtnis als auch den Brief vorgeknöpft. Beide Dokumente lagen nun schon seit gut zehn Minuten ausgebreitet vor ihm auf dem runden Besprechungstisch. Gelegentlich nickte er oder gab einen Brummton von sich, den Marlis nicht so recht einordnen konnte. Manchmal klang er wie »okay«, so, als ob alles seine Richtigkeit hätte, manchmal besorgt. Jürgens Miene reflektierte die Laute, die Méndez von sich gab. Was Marlis besonders irritierte, war, dass er das handschriftliche Vermächtnis und Sofías Brief nebeneinanderlegte und sich dabei Sorgenfalten auf seiner Stirn bildeten. Marlis ahnte nichts Gutes.

»Stimmt etwas mit dem Vermächtnis nicht?«, Jürgen fragte auf Deutsch, weil Méndez es genau wie Englisch und Französisch nahezu fließend sprach und es Jürgen wohl sinnvoller erschien, als Marlis jedes Wort zu übersetzen.

»Nun, es gibt einige kleinere formale Mängel. Deswegen sage ich ja immer, dass es besser ist, eine erbrechtliche Regelung von einem Anwalt aufsetzen zu lassen. Es sind einige Formulierungen, aber nur Kleinigkeiten. Und natürlich muss das Testament noch beglaubigt ins Spanische übersetzt werden. Fest steht schon einmal, dass hier spanisches Erbrecht anzuwenden ist, weil Sofía Spanierin ist und ihren gewöhnlichen Aufenthalt an der Costa Blanca hatte. Es steht zwar darin, dass Sie das Haus erben sollen, aber nicht explizit, dass ihr Ehemann und Sofías Sohn enterbt werden. Laut spanischem Recht hätte Dieter Breitner ein lebenslanges Wohnrecht gehabt. Und Sofías Sohn Sascha als eigentlicher automatischer Erbe hätte seinen Pflichtteil einfordern können. Das könnte zu Streitigkeiten führen. Fest steht, dass nach heutigem Stand das Haus Sascha Breitner gehört, weil das Vermächtnis damals, als Sofía Breitner verstarb, noch keine Rolle spielte.«

»Macht es einen Unterschied, wenn ich nachweise, dass ich Saschas Vater bin?«, fragte Jürgen.

»Das könnte letztlich nur ein Gentest nachweisen und zu dem müsste sich Sascha Breitner bereiterklären, doch das würde hinsichtlich des Pflichtteils zu nichts führen, weil er ja trotzdem das Kind der Verstorbenen ist. So ein Test würde es lediglich plausibler erscheinen lassen, warum Sofía Ihnen das Haus zukommen lassen wollte.«

Marlis schwirrte schon der Kopf.

»Demnach endet das Ganze dann vor Gericht?«, spekulierte Jürgen.

»Das hängt von den Hinterbliebenen ab. Verstehen Sie sich gut mit ihnen? Anfechten könnten sie es auch aus anderen Gründen.«

»Weil ich erst jetzt damit ankomme?«

»Nein. Ein Vermächtnis verjährt nicht, aber schauen Sie sich die Schrift an. Das ist ein ziemliches Gekrakel.«

»Sofía war schwer krank, als sie die Schreiben verfasst hat.«

»Genau darin liegt das Problem. Sie hat beides vermutlich, wie ich dem Brief entnehme, in ihren letzten Stunden geschrieben. Ich habe solche Fälle öfters erlebt. Wenn die Familie der Verstorbenen nachweisen kann, dass sie Medikamente bekommen hat, die das Bewusstsein trüben, während sie das Testament verfasste, könnte ein Anwalt der gegnerischen Partei daraus vor Gericht einen Strick drehen. Haben Sie nicht noch andere Briefe von ihr, von früher vielleicht?«

Jürgen schüttelte den Kopf. Er wirkte angesichts dieser Neuigkeiten niedergeschlagen.

»Nur für den Fall, dass es so weit käme, könnte das Gericht denn nicht die Herausgabe von irgendwelchen Dokumenten von den Breitners verlangen, um die Handschrift zu vergleichen?«

Méndez schien sich das durch den Kopf gehen zu lassen.

»Rein theoretisch schon. Zumindest ihre Unterschrift ließe sich besorgen. Vom Passamt, aber das dauert und es ist noch nicht einmal gesagt, dass es Rückschlüsse zulässt. Wenn sie ihren letzten Ausweis erst vor ein paar Jahren unterschrieben hat, dann sicher auf einem Grafiktablett. Die meisten schmieren da irgendetwas hin. Auf Papier schreibt man anders. Gut möglich, dass die Unterschrift insofern nicht aussagekräftig genug ist. Viel wichtiger ist ihre übliche Handschrift. Sagten Sie nicht, dass Sie bei ihrem Bruder waren? Vielleicht hat er noch irgendetwas. Einen Brief oder eine Postkarte?«

»Das kann ich mir nicht vorstellen. Aber eventuell könnte er versichern, dass Sofía im Vollbesitz ihrer geistigen Fähigkeiten war.«

»Dann stünde Aussage gegen Aussage. Ich will Sie nicht entmutigen. Die Chancen sind fifty-fifty, dass Sie die Hälfte des Hauses erben, bestenfalls, denn Sascha hat Anspruch auf seinen Pflichtteil. Mit einem Brief von früher, der nachweist, dass sie schon immer so eine Handschrift hatte, könnte ich Ihnen fast garantieren, dass Sie Ihren Teil bekommen.«

»Und die Erbschaftssteuer?«, hakte Jürgen geknickt nach.

»Nur als Ehemann hätten Sie hier einen Freibetrag von einhunderttausend Euro. Dazu müssten Sie aber Resident in Spanien sein. Je nach Wert des Hauses gilt für Sie kein Freibetrag, nur der deutsche, sofern Sie in Deutschland steuerpflichtig sind. Zieht man die Lage des Objekts in Betracht, dürfte das Haus maximal um die hundertfünfzigtausend wert sein. Das wären dann so um die fünfzehntausend. Die gezahlte Steuer könnten Sie sich aber in Deutschland anrechnen lassen.«

Jürgen schluckte.

»Das kriegen wir hin«, sicherte Marlis ihm innerlich erleichtert zu. Die Summe war geringer als erwartet. Ihre Reserven gaben es her, sie ihm zu leihen.

Jürgen sah sie fragend an, genau wie Méndez.

»Die Erbschaft von meiner Tochter. Ich habe noch was auf der hohen Kante. Mit dem, was du noch hast, kratzen wir das schon zusammen«, sagte sie, was Jürgen sichtlich rührte.

»Nun, wenn das so ist. Vielleicht sprechen Sie ganz offen mit den Breitners. Wenn Sascha weiß, dass Sie sein Vater sind, kann ich mir eine gütliche Einigung vorstellen«, empfahl Méndez.

Marlis teilte seine Meinung allerdings nicht. Den Strom hatte er ihnen ja bereits abgedreht, und nach dem, was sie von Herbert wusste, schien er jemand zu sein, der nicht freiwillig auf eine fette Rendite aus der Vermietung einer Ferienwohnung verzichten würde. Jürgen wirkte auch eher skeptisch, nickte aber dennoch.

Méndez erhob sich.

»Rufen Sie mich an, sofern Sie weitere Hilfe benötigen oder es etwas Neues gibt«, schlug er vor und reichte ihnen zum Abschied die Hand, bevor er sie hinausgeleitete.

»Vielleicht ist das wirklich eine gute Idee mit dem Empfang heute Abend«, gab Marlis zu bedenken, als sie im Gang vor der Kanzlei auf den Aufzug warteten.

»Du meinst, ihn kennenlernen und einschätzen, ob das was bringt? Reden? Wenn's ums Geld geht? Du kennst die Menschen ja.«

Marlis nickte, versuchte aber trotzdem, ihn aufzumuntern.

»Einen Versuch ist es dennoch wert.« Marlis legte ihre Worte in Gottes Ohr.

Schlechte Karten für Jürgen – zumindest momentan. Gute für Jana. Es war nicht so, dass sie Jürgen nicht nur das Beste wünschte und selbstverständlich auch, dass er das Haus rechtmäßig erben würde, obwohl er in dem Fall Leons Vater mit seinem Pflichtteil ausbezahlen müsste. Es stand ihm zu, und wenn jemand aus ihrer Sicht so ein Geschenk verdiente, nach all dem, was er durchgemacht hatte, dann er. Das war die eine Seite der Medaille. Die andere war, also die positiven News für sie, dass Jana sich wegen des heutigen Empfangs bei Leons Vater, nach allem, was Oma von ihrem Termin beim Anwalt erzählt hatte, keine allzu großen Sorgen zu machen brauchte. Als Lügnerin auffliegen würde sie heute wahrscheinlich noch nicht, weil Jürgen seinen Sohn und die Lage erst einmal abchecken wollte. Viel größere Sorgen bereitete ihr das richtige Kleid für heute Abend. Auch Oma hatte nichts Abendtaugliches dabei, sondern nur Casual Wear, noch nicht einmal ein nur einen Hauch elegantes Kleid. Im windigen geblümten Sommerfummel konnte Oma genauso wenig heute Abend auf der Party eines Orangenbarons aufschlagen wie sie selbst in Jeans und weißer Bluse – mehr gaben ihre Koffer nicht her. Das galt im Übrigen auch für Jürgen. Ein weißes Hemd hatte er, aber auch er brauchte etwas anderes als seine Jeans. Eine Runde Shopping, nachdem Herbert ihnen per Verlängerungskabel und Mehrfachstecker Strom ins Haus gelegt hatte, war zudem die ideale Beschäftigung, um die Zeit bis zum Abend totzuschlagen.

Ein riesiges Einkaufszentrum mit Janas Lieblingsmarken zu moderaten Preisen lag unmittelbar in der Nähe. Darin konnte man versumpfen. Oma war abgesoffen und probierte mittlerweile das fünfte Kleid an. Mehr durfte man ja nicht mit in die Umkleidekabine nehmen. Jana war bereits in einem der Läden für junge spanische Mode fündig geworden. Ein langes Strickkleid, das ihre Taille betonte, dazu eine weiße Bluse, die man offen darüber trug, steckten in der Einkaufstüte. Jürgen hatte seine dunkelgraue Hose ebenfalls inzwischen gekauft. Er wartete draußen, wo sich einige Herren eingefunden hatten und genau wie er auf ihren Smartphones herumspielten. Nichts hassten Männer so sehr wie lange Einkaufsorgien.

Oma trat mit Kleid Nummer elf heraus, ganz Germany's Next Top Model, und zupfte auf dem Weg zum Riesenspiegel daran herum.

»Und?« Omas Frage war rein rhetorischer Natur. Wie sie vor dem Spiegel herumtänzelte, fühlte sie sich darin pudelwohl. Es passte perfekt zu ihr. Schwarz mit eingesetzten Spitzen. Figurbetont. Und Omas Figur konnte sich sehen lassen. Oben nicht zu weit ausgeschnitten, also Runzeln im Dekolleté kaschierend.

»Und was hältst du von den Schuhen?« Marlis wies auf ihre Füße, als sie wieder in der Kabine war.

»Das ist nicht dein Ernst.«

»Aber das trägt man doch jetzt.« Oma meinte damit klobige Teile, die wie Springerstiefel aussahen.

»Oma! Du bist keine achtzehn.«

Daraufhin seufzte sie, stellte die Schuhe zur Seite und schlüpfte dann doch in etwas Zeitloseres, ein Paar Schuhe mit feinen Lederriemen und höheren Absätzen.

»Das ist aber nicht gesund. Ich weiß gar nicht, ob ich damit laufen kann«, jammerte sie.

»No pain, no gain. Das sagst du doch immer. Außerdem sehen die geil zu deinem Kleid aus.«

Marlis nickte folgsam.

Jana warf einen Blick zum Ausgang. Jürgen hatte sein Handy nicht mehr in der Hand. Er sah zu ihr und zuckte die Schultern, was sicherlich heißen sollte, wie lang das denn noch dauerte.

»Gott, der ganze Aufwand«, moserte Oma.

»Der Abend wird bestimmt schön.« Jana dachte in dem Moment eher an sich, wie sie sich eingestehen musste.

»Hoffentlich ist dieser Sascha so nett wie dein Leon.« Marlis zog den Vorhang der Umkleidekabine zu.

»Bestimmt«, sagte Jana, um ihre Großmutter zu beruhigen, denn nach allem, was sie bisher von Leon wusste, schien sein Vater eher ein harter Geschäftsknochen zu sein. Auch die Transformation eines romantischen Steinhauses zum Hightech-Ferienhaus sprach dafür.

»Der gibt ihm niemals irgendein Schriftstück von seiner Mutter. Nicht freiwillig«, überlegte Oma hinter dem Vorhang, während sie wieder in ihr Geblümtes schlüpfte.

»Was hast du vor? Nicht freiwillig? Willst du etwa in seinem Haus herumschnüffeln?«

»Du wirst lachen. Daran hab ich tatsächlich gedacht«, gestand Marlis.

»Und wie soll das gehen? Du weißt ja nicht einmal, wonach du suchen solltest.«

»Wo hebt man denn alte Briefe auf?«

»In einem Karton im Schlafzimmer? In einem Aktenordner im Arbeitszimmer?« Jana konnte sich ad hoc nichts anderes denken.

»Ich könnte ja davon schwärmen, wie toll sein Haus ist. Vielleicht führt er mich dann herum. Das machen doch Leute, wenn sie Gäste haben.«

»Oma. Erzähl mir jetzt nicht, dass du ernsthaft darüber nachdenkst, dir alle Zimmer zeigen zu lassen, um dann nach Briefen von Sofía zu suchen.«

Marlis zog ruckartig den Vorhang zur Seite. Ihr Grinsen verriet nichts Gutes. »Fotoalbum«, schoss aus ihr heraus.

»Wie? Fotoalbum?« Jana dachte sofort an die digitalen Aufnahmen, die sie online in eine Timeline eingespeist hatte.

»Na, jeder hat doch so ein Familienalbum. Da hat man früher was reingeschrieben. Ereignisse, ein paar Namen …«

»Du willst dir von Leons Vater ein Familienalbum zeigen lassen?« Drehte Oma gerade durch?

Ihr Grinsen verschwand.

»Ja, doofe Idee.«

Jana winkte Jürgen zu und nickte in seine Richtung. Sollte heißen: Wir haben's. Jürgen atmete sichtlich erleichtert auf. Jetzt nichts wie heim. Duschen, Chillen, Schminken. Dafür hatten sie noch gut eineinhalb Stunden Zeit.

»Mach mal das Fenster auf, Marlis«, verlangte Jürgen nach nur zehnminütiger Fahrt ins Hinterland. Jana hatte sich mit etwas zu viel Parfüm eingenebelt und in Kombination mit dem schweren Duft von Marlis roch es im Inneren ihres Wagens wie in der Parfümerie des Einkaufszentrums, in der sie sich mit reichlich Gratisduftpröbchen eingedeckt hatten. Per Knopfdruck war das Fenster auf. Jürgen brauchte frische Luft, aber sicher nicht nur wegen der Düfte. Marlis versuchte, sich vorzustellen, was gerade in ihm vorging. Was Pascual ihm aufgetischt hatte, der Brief und die schmerzhafte Erinnerung reichten ja schon, um einen seelisch zu plätten. Nun fuhren sie auf eine Feier, auf der er seinen Sohn und seinen Enkel kennenlernen würde. Er hatte Bammel davor, dessen war Marlis sich gewiss.

»Ich bin auch gespannt, wie dieser Sascha so ist«, ließ sie wie nebenbei fallen.

Jürgen nickte etwas schwerfällig.

»Und was machst du, wenn er ein netter Typ ist wie Leon?«, fragte Jana.

»Na, dann kann man mit ihm sicher vernünftig reden, oder?« Marlis beantwortete die Frage, weil Jürgen stumm leidend neben ihr saß.

»Also, Leon wird dir gefallen. Er wird nach dem zweiten Staatsexamen ein super und hoch motivierter Lehrer für Englisch und Sport sein. Was ich so mitbekommen habe, engagiert er sich für seine Schüler. Er ist charmant, hat gute Umgangsformen. Und er schaut umwerfend gut aus. Auf so einen Enkel kann man stolz sein«, schwärmte sie.

»Jana. Jürgen soll sich nicht in ihn verlieben. Es reicht schon völlig, wenn du in ihn verknallt bist.«

Marlis' Bemerkung riss Jürgen aus seinen Gedanken. Er regte sich. Erst war es nur ein Schmunzeln. Dann ein amüsiertes Lächeln, das aber sofort wieder verschwand, als die Stimme des am Armaturenbrett befestigten Navis sie dazu aufforderte, rechts abzubiegen – in Richtung eines Hügels. Dort oben thronte eine Villa, umgeben von Orangenbäumen, soweit das Auge reichte.

Obwohl die letzten Sonnenstrahlen noch das hügelige Hinterland erreichten und es noch hell war, brannten vor dem Haus der Breitners bereits die ersten Fackeln und Lichterketten. Der Weg führte zu einer kreisrunden Zufahrt, die gespickt mit Fahrzeugen war. Einige parkten bereits am Wegrand. Marlis blickte auf die Uhr. Fünf vor halb acht. Es hatte »ab sieben« geheißen, und als Erste dort aufzuschlagen, wäre wohl keine gute Idee gewesen – Jürgens Überlegung, weil ja nicht auszuschließen war, dass auch der Immobilienmensch, der Breitners Ferienhäuser verwaltete, anwesend sein könnte. Der hatte sie und ihn sicher noch in Erinnerung und hätte sie sofort bemerkt, wenn sie unter den ersten Gästen eingetrudelt wären.

»Und denk dran. Du heißt Werner. Jürgen Werner«, bläute Jana ihm erneut ein.

Jürgen nickte.

»Mir hast du dich als Roller vorgestellt«, erinnerte Marlis ihn amüsiert, was ihn zum Schmunzeln brachte. Ihre erste

Begegnung schien inzwischen eine halbe Ewigkeit her zu sein. Er kam ihr mittlerweile total vertraut vor.

Marlis verlangsamte den Wagen. Eine Parklücke war nicht in Sicht. Sie hielt den Wagen an, stieg als Letzte aus und holte wie gewohnt den Rollstuhl aus dem Kofferraum.

Jana stand schon neben der geöffneten Beifahrertür Gewehr bei Fuß.

»Jana.« Marlis vernahm eine männliche Stimme aus Richtung des Hauses.

»Leon!«, juchzte ihre Enkeltochter, half aber noch dabei, Jürgen auf den Rollstuhl zu wuchten, bevor sie ihm wie in einer Schmonzette entgegenlief.

Das war surreal. War das ihre Jana? Sie kam ihr gerade so vor wie ein pubertierender Teenager. Der Junge sah aber wirklich gut aus. Weißes Hemd, braun gebrannt. Mein lieber Schwan. Auch Jürgen hatte ihn im Blick.

»Jana hat Geschmack«, stellte er fest.

Die beiden Turteltäubchen lösten sich aus ihrer Umarmung und gingen händchenhaltend zu ihnen.

»Darf ich vorstellen? Meine Oma.«

»Marlis.« Sie reichte ihm die Hand.

»Und Opa.« Jürgen schluckte.

»Jürgen Werner.«

»Freut mich, dass Sie kommen konnten.« Gute Umgangsformen, stellte Marlis fest.

»Sie können den Wagen vor dem roten Porsche parken. Ich fahr heute nicht mehr weg.«

Marlis nickte, stieg wieder ein und fuhr den Wagen die paar Meter genau vor sein Aufreißergefährt. Sie konnte gar nicht schnell genug aussteigen, weil sie das Gefühl hatte, etwas zu verpassen – so lebhaft, wie sich die drei unterhielten.

»Wir haben gerade von dir geredet, Oma«, informierte sie Jana, als sie die drei erreichte.

»Ich hätte Sie höchstens auf fünfzig geschätzt. Jana hat erzählt, Sie machen Yoga.«

Was für ein Charmeur. Kein Wunder, dass es Jana erwischt hatte.

»Hält fit«, bestätigte sie.

Jürgen griff nach ihrer Hand. »Ja, meine Marlis. Man bekommt gar nicht mit, wie die Jahre verfliegen. An ihr gehen sie spurlos vorbei.«

»Wie lange sind Sie denn schon verheiratet?«, fragte Leon an Jürgen gerichtet.

Marlis sah Jürgen an. Wer log jetzt wohl zuerst?

»Ja, die Demenz im Alter.« Marlis versuchte, diesen peinlichen Moment mit Humor zu übertünchen.

»Ich und dement? Vierzig Jahre!«, posaunte er heraus.

Marlis konnte Jana ansehen, dass sie mit sich zu kämpfen hatte, eine Lachsalve schon im Keim zu ersticken.

»Seitlich gibt es einen Eingang ohne Stufen. Oben auf der Terrasse ist alles ebenerdig«, sagte Leon ganz unbefangen, was Marlis imponierte.

Jürgen anscheinend auch. Der Junge gefiel ihm. Marlis würde darauf jede Wette abschließen.

»Hier lang.« Leon deutete in Richtung des Seitentrakts.

Jürgen setzte sich daraufhin sofort in Bewegung, musste aber, um dorthin zu gelangen, den gepflasterten Weg verlassen. Im Kies mit dem Rollstuhl zu fahren, war sicher schweißtreibend.

»Warten Sie. Ich mach das«, bot Leon sich an, als Marlis bereits ihre Hände am Rollstuhl hatte.

Marlis kannte Jürgen inzwischen gut genug, um zu wissen, dass er unter normalen Umständen so ein Angebot ablehnen würde, denn nichts war ihm mehr zuwider, als sich von anderen helfen zu lassen. Er ließ es geschehen. Janas anerkennender Blick, den sie Marlis zuwarf, war eindeutig. Siehst du, was für ein toller Mann Leon ist, wollte sie ihr bestimmt damit sagen.

Das schien zu stimmen. Und der legte ein ordentliches Tempo zur Rampe vor, die sich unmittelbar neben einem überdachten Stellplatz befand. Darin lehnten drei Surfbretter und ein Segel an der Wand. Marlis wunderte es nicht, dass Jürgen sie sofort erspähte.

»Wer surft denn bei Ihnen? Sie oder Ihr Vater?«, wollte er wissen.

»Vater? Der würde sich heute keine zehn Sekunden mehr auf so einem Brett halten.« Leon lachte.

»Sie machen beides? Windsurfen und Wellenreiten?«

Jürgen hatte sicher ein kundiges Auge, was die Bretter betraf, die dort an die Schuppenwand gelehnt waren.

»Am liebsten Kiten in Cádiz.«

»Das gab's zu meiner Zeit noch nicht, aber Cádiz kenn ich vom Windsurfen. Der Wind dort, der sorgt für ordentlich Speed«, wusste Jürgen.

Leon verlangsamte die Fahrt und blieb genau vor diesen Brettern stehen.

»Sie haben auch …?«

»Bis zu meinem Unfall …«

»Tut mir leid.« Marlis konnte Leon anhören, dass es von Herzen kam.

»Es gibt Schlimmeres. Ich habe Durst. Ich finde bei euch doch bestimmt was zu trinken.«

Jürgen gab sich tapfer, doch Marlis kannte die Nuancen in seiner Stimme. Er wollte so schnell wie möglich weg.

»Alles, was das Herz begehrt.« Leon fuhr mit Jürgen zur Rampe, wo er ihn zügig nach oben brachte.

Marlis tat sich mit ihren Stöckelschuhen schwer, Schritt zu halten.

»Und, was hältst du von ihm?«, fragte Jana leise, die neben ihr herging.

»Bingo!« Mehr gab es dazu nicht zu sagen. Damit meinte Marlis nicht nur den ersten Eindruck, den Leon bei ihr hinterlassen hatte.

Da hatten sich ja zwei gesucht und gefunden. Jana sah schon kommen, dass sie für den restlichen Abend abgeschrieben war. Sie trottete den beiden Surfern genau wie ihre Großmutter hinterher. »Die perfekte Welle« – das Thema der beiden auf dem Weg durch einen kleinen Gang, der zu einem großen Salon führte, in dem sich bereits jede Menge Gäste eingefunden hatten. Es war dennoch süß, wie die beiden fachsimpelten. Surfer-Talk. Da konnten weder sie noch ihre Großmutter mitreden.

Jana nutzte den Schweigemarsch, um das Haus auf sich wirken zu lassen. Hier hing die Kohle bereits beim Lieferanteneingang an den Wänden. Die gerahmten Ölgemälde, an denen sie vorbeischritten, sahen nicht nach zusammengeklaubten Werken von irgendwelchen Flohmärkten aus. Kurz bevor der Gang in den Salon mündete, erhaschte Jana noch einen Blick in die Küche. Die war riesig. Das Kochfeld zierte die Mitte. Dort standen zwei weiß gekleidete Köche – ein älterer und ein jüngerer. Drei junge Kellner in schwarzer Hose und weißem Hemd waren emsig zugange. Der eine wuselte um die Köche herum, die kleine Häppchen aus einer Pfanne hoben und auf Tellerchen verteilten. Der andere öffnete eine Champagnerflasche und befüllte Gläser, die auf einem Tablett bereitstanden. Der dritte huschte mit einem bereits beladenen Tablett an ihnen vorbei. Mit gutem Grund, denn der Salon vor ihnen füllte sich rasch. Die feine Gesellschaft der Costa Blanca befand sich vor ihnen. Abendkleider, die nach Laufsteg aussahen, und die Herren nicht weniger schick gekleidet. Auf den ersten Blick überwiegend mindestens Ü 30, die meisten älter, aber auch vereinzelt Kinder, die bei ihren Familien standen. Nicht alle hatten bereits ein Glas in der Hand und angelten sich die Gläser vom Tablett. Der Ober hatte sich im Slalom noch nicht einmal bis zur Raummitte vorgearbeitet und durfte bereits wieder umkehren. Jana schätzte, dass sich locker um die hundert, wenn nicht mehr Gäste in diesem nahezu ballsaalgroßen Raum tummelten, dessen ausladende Glastüren auf eine Terrasse führten. Flackernde Fackeln spendeten dort warmes Licht. Auch hier drinnen zierten Gemälde die Wände, Statuen Raumecken und Nischen. Eine Regalwand, die mit Büchern gefüllt war, durfte nicht fehlen. Ein Mix aus antik wirkenden Möbeln und moderner Eleganz machten den Raum zu etwas ganz Besonderem. Am besten gefielen ihr die geschickt in diesen Raum integrierten Pflanzen. Sie fungierten als Raumteiler. Hinter der mannshohen Palmenwand in riesigen Blumentöpfen lugte eine wuchtige knallrote Couch mit gleichfarbigen Sesseln hervor. Auch dort hatten sich bereits Gäste versammelt. In der Raummitte stand eine Tafel, an der gut zwei Dutzend Leute Platz fanden. Die ersten Gäste nahmen dort bereits Speisen zu sich, die sie sich vom Buffet gegenüber geholt hatten. Die Leute standen dort an, um sich mit Leckereien zu versorgen.

»Hoffentlich ist Horner nicht da«, raunte Oma ihr zu, nachdem Leon sie hereingeführt hatte. Sie scannte mit Blicken bereits den Raum. Jana hoffte es auch, denn sonst würde der Abend zum Versteckspiel – mit ungewissem Ausgang.

»Wir sollten uns gleich was vom Buffet holen. Erfahrungsgemäß ist das Beste schnell weg«, schlug Leon vor.

»Gute Idee«, fand Oma.

»Ich schaff das schon. Die Räder sind parkettgeeignet«, sagte Jürgen, dem es offenbar unangenehm war, weiterhin geschoben zu werden. Jana wunderte das nicht, denn einige Gäste hatten ihm bereits einen neugierigen Blick zugeworfen. Vielleicht taten sie das nur, weil sie ihn nicht kannten. Jana konnte sich aber gut vorstellen, dass jemand im Rollstuhl dies aufgrund seiner bisherigen Erfahrungen eventuell missinterpretierte und sich fehl am Platz vorkam. Da wollte man nicht auch noch vom Sohn des Hausherrn geschoben werden. Jana hatte allerdings nicht den Eindruck, dass man sich über ihn das Maul zerriss.

Endlich lag Leons Hand dort, wo sie hingehörte – und zwar nicht am Griff des Rollstuhls, sondern in ihrer.

»Ah. Da drüben ist mein Vater«, merkte er an.

Marlis', Jürgens, aber auch Janas Blicke richteten sich sofort auf den Hausherrn. Ihn hatte Jana sich anders vorgestellt. Eher attraktiv, genau wie sein Sohn es war. Breitner hatte ein kleines Wohlstandsränzlein, das auch das luftig sitzende weiße Hemd nicht kaschieren konnte. Sein Haar war schütter und sein Gesicht eher rundlich. Dazu noch die buschigen Augenbrauen. Dem lief die Damenwelt sicher nicht hinterher, dachte Jana im Stillen. Vermutlich eher die Geschäftswelt. Fünf Männer, die in ihren schicken Anzügen wie Geschäftsleute aussahen, umringten ihn.

Leon sah demonstrativ zu ihm, doch das fiel seinem Vater nicht auf.

»Vater und seine Geschäfte.« Wie Leon es sagte, klang es resigniert.

»Sind das alles Leute im Orangenhandel?«, fragte ihre Großmutter.

Auch Jana hatte diese Überlegung angestellt.

»Ich würde mal sagen, fifty-fifty. Mein Vater macht mittlerweile mehr Umsatz mit der Vermietung seiner Ferienimmobilien.« Er ließ seinen Blick über die Anwesenden wandern, bevor er weitersprach. »Da sind auch einige Stammkunden aus aller Welt da. Die kommen regelmäßig und mieten für länger«, erklärte er.

Jana hatte sofort die Familie mit zwei noch nicht schulpflichtigen Kindern im Blick. Das waren sicher keine Spanier, die seine Orangen kauften.

Leon winkte derweil einen der Kellner herbei. »Champagner? Bevor er uns gleich wieder wegläuft?«

»Gerne«, antwortete Marlis.

Auch Jana und Jürgen nickten.

Leon reichte jedem ein Glas. »Auf einen schönen Abend«, schlug er als Trinkspruch vor. Die Gläser fanden klingend zueinander.

»Hat er früher mal gesurft?«, wollte Jürgen wissen, nachdem er an seinem Glas genippt hatte.

»Sieht er so aus?«, amüsierte Leon sich. »Mein Großvater ja, aber Dad und Sport? Zwei unvereinbare Welten. Im Keller haben wir einen kleinen Gym. Ich glaube, er saß noch nie auf dem Fahrrad. Ab und zu mal Krafttraining. Das war's dann auch schon. Geschäfte, Geschäfte und nochmals Geschäfte.«

Leon nahm noch einmal Blickkontakt mit ihm auf. Diesmal registrierte Leons Vater es zumindest, was ihn aber nicht gleich dazu veranlasste, seine Gespräche abzubrechen.

»Die Leute kleben wie die Zecken an ihm.«

Es klang wie eine Rechtfertigung. Jana hatte den Eindruck, dass Leon sich für seinen Vater schämte. Er winkte ihm zu. Sein Vater gestikulierte lebhaft und kam dann doch zu ihnen. Sein Lächeln war aufgesetzt, stellte Jana fest. Eigentlich hatte sie gar keine Lust, ihn kennenzulernen, und er sah im umgekehrten Fall auch nicht gerade danach aus.

»Na, Leon?«

Dann lag sein Blick zunächst auf Jana. Erst auf Gesichtshöhe, anschließend flackerten die Augen von oben nach unten. Das nannte sich Ganzkörperscan.

»Ich heiße Sie herzlich willkommen«, begrüßte er sie höflich. »Sie müssen Jana sein.« Ihr reichte er zuerst die Hand.

Jana nickte. Leons Vater war also bereits im Bilde.

»Und Sie? Die Großeltern?«

»Marlis.« Oma gab ihm die Hand.

»Jürgen.« Wo blieb der Handshake? Jürgen starrte ihn stattdessen an. Das war wenig überraschend, wenn man plötzlich seinen leiblichen Sohn vor sich stehen hatte, den man nicht kannte und der auf den ersten Blick nicht gerade jemand war, den man am liebsten gleich in die Arme schließen wollte. Leons Vater irritierte das genau wie Leon. Jürgen reichte ihm dann doch noch hastig die Hand.

»Angenehm«, sagte Sascha.

Leon schien der Moment der Anspannung ebenfalls nicht entgangen zu sein. »Jürgen war sogar schon auf Hawaii beim Big-Wave-Surfen.«

Die Begeisterung, die ihm von seinem Sohn entgegenschlug, irritierte seinen Vater sichtlich.

»Früher … Geht ja jetzt nicht mehr«, stellte Jürgen klar.

Jana konnte Leons Vater ansehen, dass es in ihm arbeitete. Das Ergebnis spuckte er dann auch gleich aus.

»Verzeihen Sie die Nachfrage. Der Rollstuhl … ein Surfunfall?«

Jürgen nickte.

Leons Augen wurden groß. Das schien ihn zu treffen.

»Vielleicht schaffen Sie es, ihm Hawaii auszureden. Ich schwitze schon Blut und Wasser, wenn er mit seinen Freunden hier vor der Küste unterwegs ist.« Dann nahm er sich seinen Sprössling vor. »Leon. Du siehst ja, was passieren kann.«

»Kann auch auf der Straße passieren«, sagte Jürgen trocken.

»Man kann sein Schicksal aber auch herausfordern.«

»Paps. Ich passe schon auf.«

»Und Sie? Surfen Sie auch?«, wollte er von Jana wissen. Anscheinend sah er in ihr eine weitere Gefahrenquelle.

»Hab's noch nicht probiert.«

»Das ist wie mit dem Rauchen. Am besten, man fängt gar nicht erst damit an. Ist ja schon eine Sucht bei Leon«, kritisierte sein Vater.

227

»Paps. Du übertreibst.«

Sein Vater schnaubte.

»Sascha?« Jana vernahm eine männliche Stimme, die nach ihm rief. Ein Mann in Saschas Alter hatte ihn ausfindig gemacht.

»Entschuldigen Sie. Ich muss noch andere Gäste begrüßen. Genießen Sie den Abend. Nachher legt ein guter DJ aus Benidorm auf. Und probieren Sie unbedingt später noch den Rosinenkuchen.«

Weg war er.

Leon schaute betreten in die Runde. »So ist er halt«, sagte er dann schulterzuckend.

»Also, ich möchte jetzt etwas essen«, verkündete Oma resolut. Sie äugte hinüber zum Buffet. »Was soll ich dir mitbringen?«, fragte sie an Jürgen gerichtet. Der starrte Löcher in die Luft.

»Jürgen?«

»Ja, gerne … Von den Fleischbällchen da vorne. Ach, von allem ein bisschen was«, antwortete er dann.

»Soll ich dir auch was holen?«, bot Leon Jana an.

»Ich habe noch keinen großen Hunger. Gehen wir nach draußen? Ich möchte das Haus und den Garten sehen«, sagte Jana. Er verstand, dass sie mit ihm allein sein wollte. Sofort hielt er ihr den Arm hin. Jana hängte sich nur allzu gern bei ihm ein.

228

Kapitel 12

Das Essen war wirklich vorzüglich. So viele Leckereien. In Anbetracht von Jürgens Leidensmiene hatte das Marlis' Appetit allerdings ordentlich gezügelt. Immerhin war ihr Teller nun doch leer. Jürgens, den sie randvoll mit allerlei Tapas beladen hatte, noch halb voll. Ihr war auch klar, dass ihm nicht danach gewesen war, sich zu den anderen Gästen am großen Tisch zu gesellen. Der kleine Tisch hinter der Palmenwand vor der roten Couch gleich neben einem großen Panoramafenster, das einen herrlichen Ausblick auf Breitners Plantage ermöglichte, war sowieso viel gemütlicher und sie hatten dort ungestört essen können. Dass er nicht sonderlich begeistert von Sascha Breitner war, hatte er bereits auf dem Weg vom Buffet zu diesem Platz kundgegeben. »Business-Fuzzi«, brachte es auf den Punkt. Marlis hatte ihn bis vorhin noch im Blick gehabt – umringt von Kundschaft oder Geschäftskontakten.

»Der erste Eindruck täuscht vielleicht. Empfänge sind immer stressig und jeder Gast, der nicht persönlich begrüßt wird, wäre beleidigt«, nahm Marlies Jürgens Sohn in Schutz.

Er aß nun doch ein paar Bissen und betrachtete die Einrichtung des Raums. Schweigend. Das Habitat seines

Sohnes war vermutlich nicht so ganz sein Geschmack. Protzig war es und so schätzte sie Jürgen nicht ein.

»Würdest du dir so was ins Wohnzimmer hängen?« Er deutete mit dem Kinn auf ein kunterbuntes abstraktes Gemälde, das über dem offenen Kamin hing und so aussah, als ob jemand wahllos Farbeimer darüber verschüttet hätte.

Es passte auch nicht zu den anderen Werken, die Marlis als alte Schinken bezeichnen würde. »Nein. Aber wer weiß? Vielleicht ist es wertvoll und er sammelt Kunst. Als Wertanlage«, spekulierte Marlis.

»Passt trotzdem nicht rein.«

Marlis nickte.

»Sofías Haus früher, es war wunderschön. Da stand auch kein so modernes Zeugs wie hier drin. Ein altes Holzbett mit vier Balken, an denen ein Moskitonetz hing. Das Bad hatte Charme. Die Fliesen mit Blumenmuster und den Specksteinboden hätte ich nie rausgerissen. Und im Wohnzimmer standen die Möbel von Sofías Großmutter. Einer der Schränke war aus dem letzten Jahrhundert. Und was ist es jetzt? Eine sterile Bude.«

»Halt ein Ferienhaus.«

»Die haben ihm die Seele rausgerissen.«

»Das war dann doch Dieter und nicht er.«

»Möglich …«

»Du magst ihn nicht.«

»So was will man doch nicht als Sohn haben. Dieses aufgesetzte Lächeln. Der hat sich nicht die Spur für uns interessiert. Höchstens für Janas Ausschnitt.«

Letzteres war Marlis nicht entgangen. Ihr lag eine entsprechende Bemerkung auf der Zunge, doch es brachte nichts, Öl in Jürgens Feuer zu gießen.

»Du kennst ihn ja noch gar nicht«, versuchte sie dennoch, ihn zu beschwichtigen.

»Will ich ihn überhaupt kennenlernen?« Das klang mehr nach einer Feststellung als nach einer Frage.

»Es wird dir nichts anderes übrig bleiben. Du hast gehört, was der Anwalt gesagt hat. Ihm gehört die Hälfte«, gab Marlis zu bedenken.

»Er hat doch schon genug. Sieh dich um. Ich kenne solche Fuzzis. Wenn's ums Geld geht, dann werden sie bissig. Warum ihm die Hand zum Beschnuppern hinhalten, wenn er mich dann sowieso beißt?«

Marlis hielt dies für möglich, also entgegnete sie nichts darauf. Immerhin nahm er nun erneut seine Gabel und machte sich an den Rest der Leckereien auf seinem Teller.

»Und was hältst du von Leon? Ihr scheint euch ja gut zu verstehen.«

»Netter Junge«, antwortete er mit halb vollem Mund.

»Wenn du mich fragst, ich glaube, es würde Leon guttun, einen Opa wie dich zu haben. Mit seinem Vater scheint er ja nicht so dicke zu sein.«

»Das ist dir auch aufgefallen? Ich soll ihm das Surfen ausreden. Und allein schon, mich nach dem Unfall zu fragen. Das hat er doch nicht getan, weil er sich dafür interessiert. Er hat gehofft, dass es beim Surfen passiert ist, um es Leon madig zu machen. Das ist ein berechnender Mensch, der andere manipuliert und für seine Zwecke einspannt.«

Darüber hatte Marlis noch nicht nachgedacht. Jürgen hatte damit wohl recht.

»Also wirst du es ihm nicht sagen …«

»Jetzt und hier?«

»Vielleicht morgen oder übermorgen?«

Jürgen zuckte die Schultern. »Dann wüsste er, dass ich sein Vater bin.«

»Aber Leon wüsste auch, dass er einen Großvater hat.«

Jürgen stellte den Teller wieder weg.

»Begleitest du mich nach draußen?«, fragte er.

Marlis nickte, woraufhin er sich gleich in Richtung Terrassentür in Bewegung setzte. Der Mann brauchte Zeit zum Nachdenken. Marlis konnte es ihm nicht verübeln. Sie nahm sich vor, ihn nicht weiter zu bedrängen.

Es war für Jana gar nicht so einfach, allein mit Leon zu sein. Drinnen wie draußen. Der Sohn von Breitner war den meisten Gästen bekannt. Und weil noch immer Neuankömmlinge eintrudelten, blieb Leon gar nichts anderes übrig, als sie zu begrüßen und ein paar höfliche Worte zu wechseln – meist waren es Nachfragen, wie es mit seinem Studium lief und ob er danach nicht doch zurück an die Costa Blanca kommen würde. Jana war der prüfende Blick der Menschen, denen sie teilweise auch die Hand geschüttelt hatte, nicht entgangen. Er hatte sie lediglich als Jana aus Deutschland vorgestellt. Klar, dass alle dachten, sie wäre seine neue Flamme. Kein unangenehmes Gefühl, ganz im Gegenteil.

»Tut mir leid. Die vielen Leute …«, entschuldigte sich Leon, nachdem sie es geschafft hatten, sich händchenhaltend in den Garten links vom Eingang zu begeben. Ein Kiesweg entlang des Zauns aus Heckengewächsen und lilafarbenen Bougainvilleen lag vor ihnen.

»Die denken jetzt alle, wir sind ein Paar«, amüsierte Jana sich. Sie war gespannt, was er darauf sagen würde.

»Sind wir eines?«, gab er keck zurück.

Eine gute Frage. Heute Abend vielleicht noch. Und dann, wenn Jürgens Karten auf dem Tisch lägen? Das stand in den Sternen.

»Du sagst ja gar nichts.«

Leon klang beunruhigt. Jana bemerkte das auch an seinen Handflächen. Sie wurden feucht. »Kann man das denn nach der kurzen Zeit schon wissen?«

»Nein, aber ich würde es mir wünschen.«

»Dein Vater schien sich ja nicht so sehr für mich zu interessieren. Jedenfalls nicht für mich als Mensch. Der hat mich taxiert, vor allem im oberen Drittel.«

»Ich glaube, da war er nicht der Einzige.«

Auch das war Jana nicht entgangen. »Was hast du ihm erzählt, wen du mitbringst?«

»Dass du in Freiburg studierst. Wo wir uns kennengelernt haben. Wo wir waren.«

»Weiter nichts?«

»Schon …«

»Und wie hat er reagiert?«

»Ich glaube, es ist ihm egal. Schlimm, das zu sagen. Vermutlich denkt er, es ist nur ein Urlaubsflirt.«

»Hab ich mir auch schon gedacht«, gab Jana unverhohlen zu.

»Für mich ist es das aber nicht«, kam wie aus der Pistole geschossen. »Ich möchte dich sehen. In Deutschland. Und nicht erst, wenn meine Semesterferien vorbei sind.«

Wenn das mal keine Liebeserklärung war. »Aber du bist doch immer den ganzen Sommer hier. Er reißt dir den Kopf ab.«

»Soll er.«

»Und der arme Porsche steht dann unberührt in der Garage.«

»Ich hab daheim ein Fahrrad.«

»Mit dem kommst du aber nicht nach Freiburg.«

»Wozu gibt es Züge?«

Janas Handflächen wurden nun ebenfalls feucht. Er meinte es ernst. Um dem Nachdruck zu verleihen, legte er seinen Arm um sie und zog sie nah an sich heran.

»Hey, Dicki.«

Ein sportlicher junger Mann in Leons Alter kam ihnen in attraktiver weiblicher Begleitung entgegen, einer spanischen Schönheit mit ausdrucksstarken großen Augen und dunklem hochgestecktem Haar. Leon kannte ihn offenbar, weil er ihm ein strahlendes Lächeln schenkte.

»Fred. Wie geht's?« Leon boxte ihn gegen die Schulter.

»Bestens. Kennst du schon Viola?«

Leon schüttelte den Kopf.

Auch diesem Fred stellte er Jana ohne weiteren Kommentar vor.

»Wir sind gerade auf dem Sprung. Party-Time in Dénia, aber mein Alter wollte, dass ich mitkomme. Sehen wir uns die Tage? Ich bin noch bis nächsten Freitag hier.«

»Mal schauen«, erwiderte Leon.

»War nett, dich kennenzulernen.« Fred reichte Jana erneut die Hand. Die Schönheit an seiner Seite ebenfalls.

»Call me«, sagte er mit erhobenem Zeigefinger, bevor er mit seiner Freundin zurück zum Eingang verschwand.

»Einer meiner Surfkumpels. Sein Vater mietet von meinem jedes Jahr für zwei Monate ein Haus. Schon seit Jahren.«

»Wieso nennt er dich ›Dicki‹?«, wollte Jana wissen.

»Weil ich früher mal ein Dicki war.«

»Jetzt hör aber auf. Du und dick?«

»Wenn ich es dir doch sage.«

»Nie im Leben.«

»Du glaubst mir nicht? Dann komm mit. Ich beweise es dir.«

Leon nahm sie wieder an der Hand und ging mit ihr zielstrebig zurück zum Haus.

»Ich habe Beweisfotos.«

Fotos klang nach Briefmarkensammlung, die ihr er nun zu zeigen gedachte. Vermutlich in seinem Zimmer. Jana hatte nichts dagegen. Da oben waren sie bestimmt ungestört.

Im weitläufigen und nur mit kleinen, am Wegrand befestigten Solarlampen ausgeleuchteten Garten war niemand außer Marlis und Jürgen unterwegs. Sie genoss die Ruhe. Der Wind trug das Stimmengewirr der Gäste nur noch leise bis zu ihnen. Der Gesang der Grillen übertönte sie. Jürgen hatte einen kleinen Brunnen mit wasserspeienden Löwenköpfen ausfindig gemacht und es eilig gehabt, dorthin zu kommen.

»Sieht aus wie in Italien. Wunderschön. Wasser klärt die Gedanken, findest du nicht?«, fragte Jürgen unwillkürlich. Ein Lebenszeichen, denn sie waren schweigend den Weg bis hierher unterwegs gewesen. Das Geplätscher des Wassers war in der Tat beruhigend. Es hatte eine nahezu hypnotische Wirkung, aber noch einen anderen Effekt. Marlis spürte plötzlich den Ruf ihrer Blase.

»Kann ich dich hier für einen Moment allein lassen? Ich muss mal«, erklärte sie ihm.

»Ich bin ein großer Junge.«

Marlis eilte den Weg zurück zum Haus. Der kühle Wind tat sein Übriges. Jetzt aber schnell. Wo die Gästetoiletten waren, hatte sie bereits mitbekommen. Gleich beim Eingang rechts. Natürlich war das Klo besetzt. Elend! Es zwickte ordentlich in der Blase. Marlis blieb nichts anderes übrig, als auf der Stelle zu treten, um ein Malheur zu verhindern. Bis nach oben, wo es bestimmt weitere Toiletten gab, oder gar auf die andere Seite des Salons würde sie es wahrscheinlich nicht mehr schaffen.

Ein Mann trat neben sie. Und auch er fing an zu tänzeln. Sie schätzte ihn auf ihr Alter. Gut gehalten. Schlohweißes Haar. Markante männliche Gesichtszüge. Adrett, attraktiv und was für wunderschöne grüne Augen. Die kurze Ablenkung konnte ihre Blase jedoch nicht so recht beruhigen. Nun fasste er sich auch noch an den Schritt – schulterzuckend.

»Brauchen Sie noch lange?«, rief Marlis in ihrer Verzweiflung gegen die Tür und in der Hoffnung, dass da drin jemand war, der Deutsch sprach. Sie erhielt keine Antwort.

»Die Toiletten hinten sind auch besetzt«, erklärte der Mann betreten lächelnd. »Helmut«, stellte er sich vor.

»Marlis.« Sich vorzustellen, lenkte ab – aber nur kurz.

Anscheinend war seine Blase auch kurz davor, das Ventil zu öffnen. Er presste verlegen die Beine zusammen. Marlis tat das auch.

»Kennen Sie Charleston? Den Tanz von früher? Ich glaube, wir beide haben Talent.«

Marlis lachte. Ein Fehler, denn Lachen machte locker. Dafür musste sie nun schon die Beine überkreuzen.

Er trat vor und pochte mit Nachdruck gegen die Tür.

»Sí, mierda, un minuto.«

Das verstand Marlis. Sie fragte sich allerdings, ob sie die Minute noch durchhalten würde.

»Es wird sich da draußen doch ein gottverdammter Baum finden«, sagte er und eilte hinaus.

Männer hatten es gut, dachte sich Marlis im Stillen. Da ging die Tür endlich auf. Heraus stolzierte eine Frau Mitte dreißig, die noch den Schminkspiegel in der Hand hielt. Am liebsten hätte Marlis ihr eine geknallt. Nichts wie rein. Tür zu. Erlösung! Halleluja. Charleston, dachte sich Marlis amüsiert. Wahrscheinlich hatten sich Gäste, die den Eingang im Blick hatten, köstlich über sie amüsiert. Als sie nach dem Händewaschen die Unterwäsche und ihr Kleid in Form zupfte, kam ihr dieser Helmut in den Sinn. So was wie der lief anscheinend nur hier auf spanischen Festen herum. Männer mit Humor dieser Art waren eine Seltenheit. Wobei – Jürgen hatte ihn auch, fiel ihr ein, als sie die Toilette verließ. Musste er nicht auch mal? Vermutlich hatte er sich wieder versiegelt. Marlis konnte nicht anders, als bei diesem Gedanken unwillkürlich zu schmunzeln. Sie ging den Weg zurück, den sie gekommen war. Jürgen war bereits in Sichtweite. Seinen Blick auf das Geplätscher gerichtet.

»Marlis?«

Sie erschrak, weil sie plötzlich schnelle Schritte im Kies vernahm. Sie drehte sich um und sah diesen Helmut auf sich zulaufen.

»Sie tanzen nicht mehr. Es hat wohl doch noch geklappt«, bemerkte er lächelnd, nachdem er zu ihr aufgeschlossen hatte.

»Die blöde Kuh hat sich da drin geschminkt.«

»Unverschämtheit«, entrüstete er sich mit einnehmender Heiterkeit.

Sein Blick irritierte sie. Er sah ihr direkt in die Augen.

»Normalerweise wird bei Sascha ab halb neun getanzt. Hätten Sie Lust? Ich werde von ihm verlangen, einen Charleston zu spielen.« Der ging ja ran. Gunter-Sachs-Gen, aber vom Feinsten. Hoffentlich hatte Jürgen das nicht gehört. Marlis drehte sich nach ihm um. O nein. Er sah her. Und Helmut war ihrem Blick gefolgt.

»Mein Mann«, sprudelte aus ihr heraus. Einfach, um das Ganze abzukürzen.

Helmut nickte. Dann seufzte er.

»Wahre Liebe«, sagte er nur.

Was er damit meinte, war Marlis klar, denn den Rollstuhl hatte er sicher nicht übersehen.

»War trotzdem schön, mit Ihnen zu tanzen, auch wenn's ein Affentanz war.« Helmut blinzelte ihr zu und ging zurück.

Marlis atmete auf. Als sie sich umdrehte, um die letzten Meter zurück zum Brunnen zu gehen, lag Jürgens Blick auf ihr.

»Affentanz?«

»Vor dem Klo. Wir mussten so dringend und es war zu.«

»Du machst vielleicht Sachen.«

Wie schön, Jürgen wieder schmunzeln zu sehen.

»Mir bleibt so was erspart. Ein Leben im Rollstuhl hat wohl auch Vorteile … Wahre Liebe«, sinnierte er dann, während er auf den wasserspeienden Löwenkopf sah.

»Soll's geben«, erklärte Marlis ihm.

Jürgen drehte sich zu ihr um und schaute sie eine ganze Weile an, bevor sich bei ihm ein warmes Lächeln löste.

»Willst du noch lange bleiben?«, fragte sie.

»Wir sollten Jana nicht den Abend verderben. Noch ein Gläschen Champagner? Oder zwei? Ich möchte den Affentanz auch sehen.«

Marlis gab ihm daraufhin eine Kopfnuss.

»Behinderte schlägt man nicht.« Er lachte noch mehr, als sie ihm gleich noch eine verpasste.

Leons Zimmer lag im zweiten Stock. Damit meinte er sein ehemaliges Jugendzimmer, denn mittlerweile bewohnte er die ganze Etage. Zu der gehörten eine kleine Hightech-Küche, ein Schlafzimmer, ein Gästezimmer – beide in modernem Style eingerichtet und somit ein deutlicher Kontrast zum herrschaftlichen Charakter des restlichen Hauses. Jana liebte helle Räume mit wenigen Farbakzenten. Oben eher Graphic Art, unten alte Schinken oder Postmodernes. Zwei Welten. Das galt auch für sein *Zimmer*, in dem ein Luxus-Mac mit schickem Zubehör genauso wenig fehlen durfte wie eine Fototapete von der perfekten Welle.

»Mein Vater findet das geschmacklos«, sagte Leon, als sich Janas Blick daran verfangen hatte.

»Aber er lässt dir offenbar freie Hand. Eine ganze Etage für dich. Von so einer Wohnung träume ich.«

»Er will ja, dass ich herkomme, für immer. Offen gestanden würde mir mein altes Zimmer hier reichen. Die Küche habe ich noch nie benutzt. Nur den Kühlschrank.«

Jana würde es auch genügen, denn es war nahezu doppelt so groß wie ihres in der Wohnung ihrer Großmutter. Der Balkon war riesig. Der Fernblick von dort bis zum Meer am Horizont unbezahlbar. Leon öffnete ihr die Tür und trat mit ihr hinaus.

»Du könntest doch auch hier unterrichten«, überlegte Jana laut, die schier endlose Plantage, vom Mond beschienene Bergdörfchen in der Ferne und eine Lichterkette der Küstenstädte am Horizont im Blick.

»Natürlich, aber ich muss erst einmal mein zweites Staatsexamen machen. Meine Schüler, meine Freunde … Die sind in München. Im Moment würde das nicht passen. Und glaub mir, wenn ich hier wäre, würde Vater mich damit nerven, dass ich bei ihm einsteigen soll. Er macht Kohle ohne Ende, aber mir wäre das zu langweilig. Vermietung und Orangen anbauen. Außerdem verstehe ich mich gut mit meiner Mutter. Und sie ist allein. Ihre Eltern, also meine Großeltern, sind bei einem Autounfall ums Leben gekommen. Das war kurz nach der Hochzeit meiner Eltern.«

»Du hängst sehr an ihr?«

Leon nickte.

»Wann bist du nach Deutschland gezogen?«

»Als sich meine Eltern getrennt haben. Das war vor fünf Jahren.«

»Aber wenn du hier aufgewachsen bist, hast du Spanien denn nie vermisst?«

»Wir sind Deutsche und gehören wohl nie so richtig dazu. Ich war auch an der deutschen Schule in Valencia. Freunde hatte ich hier nicht viele. Was glaubst du, wie die einheimischen Jugendlichen mich gehänselt haben?«

»Dicki?«

»Und die Jungs nannten mich eine Zeit lang Bonita.«

»Bonita? Aber das ist doch ein Mädchenname.«

»Eben.«

»Jetzt erzähl schon.« Jana kniff ihn in die Seite.

»Die Schulärztin war da. So eine ältere Dame. Erst kamen die Mädchen dran, dann die Jungs. Wie ich schon sagte. Ich hatte ordentlich Speck auf den Rippen und nicht nur da.« Leon fasste sich an die Brust. »Das war damals bestimmt nicht die kleinste Körbchengröße.«

Jana grinste. »Und deshalb haben dich die Jungs Bonita genannt?«

»Na ja. Ich war als Erster der Jungs dran und die Ärztin hat mich gefragt, ob ich schon die Periode hätte. Ich wusste mit der Frage damals nichts anzufangen. Die Jungs haben das mitgekriegt. Den Rest kannst du dir vorstellen.«

Jana konnte sich das Lachen nicht mehr verbeißen. »Bonita. Na, jetzt aber eher Bonito.« Jana schlang ihre Hände um seine Hüften.

»Und du bist meine Bonita«, sagte er lächelnd.

Das ging runter wie Öl. »Du und dick …« Jana konnte es nach wie vor nicht glauben.

»In der Grundschule hatten wir einen neuen Sportlehrer bekommen. Der hat uns geschunden, bis wir fit waren. Ich kam dann raus aus dem Sonderturnen.«

»Sonderturnen?«

»Für Chicos mit Plattfüßen, Haltungsschäden und Übergewicht. Das gibt's heute noch, heißt aber Förderunterricht. Ich mache das mit meinen Schülern aber ohne Folter.«

»Folter?« Das wurde ja immer besser.

»Klar. Rauf auf die Stange und so lange oben bleiben, bis du nicht mehr kannst. Wer zu früh runterkam, auf den wartete eine Stecknadel.«

»Das ist nicht dein Ernst.«

»Hat allerdings gewirkt.«

Janas Hand fuhr in sein Hemd und auf den Waschbrettbauch. Sie nickte anerkennend.

»Komm. Damit du was zu lachen hast.« Leon nahm sie bei der Hand und führte sie zu seinem Computer, den er per Fingerabdruck aus dem Schlafmodus weckte. Er nahm dort

Platz, öffnete ein Bildverwaltungsprogramm und scrollte durch die Timeline.

»Dicki«, sagte er lediglich und deutete auf ein Foto.

Jana musste gleich zwei Mal hinsehen. Proper, proper, der Junge. Auf dem Foto war er wohl gerade in der Pubertät.

»Nicht wahr?«

Er scrollte gleich noch weiter nach unten. Jana sah einen süßen Mops umgeben von sportlichen Jungs auf dem Fußballplatz.

»Mich haben sie ins Tor gestellt. Als Stürmer war ich damals ungeeignet. Ich hab aber gut gehalten«, amüsierte er sich.

»Hast du als Kind so viel gegessen?«

»Die vielen Süßigkeiten. Meine Großmutter hat mich gemästet.« Er stand auf und ging zum Einbauschrank an der Wand neben der Terrassentür. Dort kramte er ein Fotoalbum heraus und setzte sich damit auf seine Couch gegenüber dem Schreibtisch.

»Es gibt noch bessere Aufnahmen, aber die habe ich noch nicht digitalisiert.« Leon winkte sie zu sich und fing an, darin zu blättern.

Jana nahm neben ihm Platz und warf einen Blick hinein.

»Das ist meine Oma. Sofía.«

Jana sah eine wunderschöne Frau mit dunklem, lockigem Haar und ausdrucksstarken Augen, die voller Stolz ihren Enkel auf dem Arm hielt.

»Oh, oh«, gab Jana von sich, denn proper traf es nicht mehr so recht.

»Sag ich doch.«

»War das dein zweiter Geburtstag?« Jana konnte die Krakelschrift kaum entziffern, glaubte aber das Wort »cumpleaños« zu erkennen.

Leon nickte.

»Was heißt das?«, wollte Jana wissen, nachdem Leon umgeblättert hatte und sie mehrere Fotos von Sofía und der Familie sah.

»Kann ich selbst kaum lesen. Das war wohl auf einem Moscatelfest in Jesús Pobre.«

»Deine Oma schaut aus, wie man sich eine rassige Flamencotänzerin vorstellt.« Leon sah ihr ähnlich.

»Das sagen alle.«

»Und der hier ist dein Großvater?«

»Mein Opa. Dieter. Ich mochte ihn sehr. Mit ihm hab ich mich besser verstanden als mit meinem Vater.« Er fuhr in einer fast zärtlichen Handbewegung über die Fotografie.

In Leons Augen entdeckte sie einen Schimmer von Traurigkeit.

Er blätterte weiter durch.

»Interessiert dich das? Die Family?«

Jana nickte.

»Ich hol uns was zu trinken. Was möchtest du? Wein? Cola?«

»Eine Cola vielleicht, aber Dicki hat doch sicher eine Zero.«

Leon lachte. Er stand auf und verließ das Zimmer. Sie hörte seine Schritte auf der Treppe. Wahrscheinlich gab es in seiner Schauküche nichts dergleichen. Jana blätterte derweil weiter durch Leons Kindheit. Sofía hatte zu jedem Foto etwas dazugeschrieben. Halbe Romane. Jana fror plötzlich ein. Ihre Schrift. Die Schrift! Sie könnte Fotos davon machen – als Schriftprobe. Ihr Handy hatte sie dabei. Nein! Das ginge ja gar nicht. Sein Vertrauen derart zu missbrauchen. Andererseits würde Jürgen sonst eventuell nicht zu seinem Recht kommen. Was tun? Jana stand kurz entschlossen auf und legte das Fotoalbum auf seinen Schreibtisch. Die Leuchte dort war heller als die Stehlampe hinter der Couch. In ihrem schlechten Licht würden die Aufnahmen sicher unscharf. Sie zog ihr Handy aus der kleinen

Umhängetasche und knipste drauflos. Blind. Einfach nur so viel Text wie möglich erwischen und am besten Seiten, auf denen auch ein Datum vermerkt war. Sie kam sich vor wie eine Spionin, doch war es nicht für einen guten Zweck? Und wenn Jürgen damit nur sehen könnte, dass er recht hatte. Würde Leon ihr den Kopf abreißen, wenn er bemerkte, dass die Wahrheit dank ihrer kleinen Nachhilfe ans Licht kam? Vermutlich ja.

Jana zuckte zusammen, als sie Schritte von der Treppe vernahm. Nur noch ein Foto mit besonders viel Text. Ihre Hände zitterten bereits so sehr vor Aufregung, dass sie es noch einmal machen musste. Dann brachte sie es vor Aufregung kaum noch zurück in die Tasche. Geschafft! Doch Leon kam auch schon herein, zwei Gläser mit Cola in den Händen.

»War's dir auf der Couch nicht mehr bequem genug?«, fragte er geradeheraus.

»Das Licht ist hier besser.« Wenigstens das war nicht gelogen. Er sah sie dennoch etwas irritiert an.

»Ich kann die Stehlampe heller stellen«, bot er an.

Jana zögerte. Das schlechte Gewissen nagte an ihr. Sich mit ihm jetzt auf die Couch zu setzen, war nicht mehr drin. Er würde merken, dass sie nicht in Knutschstimmung war.

»Lass uns wieder runtergehen. Du hast mir den Garten noch gar nicht gezeigt«, schlug sie vor, nahm die Cola, die er ihr reichte, und hoffte, dass er nicht registrierte, dass ihre Hand immer noch etwas zittrig war.

Jürgen wirkte Marlis' Ansicht nach bereits wesentlich entspannter, als sie sich zurück zum Empfang begaben. Wozu doch eine Kopfnuss alles gut war. Die löste anscheinend auch innere Blockaden. Von drinnen drang tanzbare Musik nach draußen. Es herrschte gute Stimmung. Er brachte es sogar fertig, das eine oder andere Lächeln zu erwidern, das ihnen Gäste schenkten, an denen sie vorbeikamen.

Marlis traute ihren Augen nicht. Jürgen wippte zum Takt der Musik. Neunziger. »Mr. Vain.« Dem Rhythmus konnte man sich aber auch schlecht entziehen.

»Eines der Dinge, die ich vermisse. Schade, dass ich schon im Rollstuhl saß, als der Song rauskam«, gab er unverhohlen zu.

»Du bewegst dich eins a im Takt«, munterte Marlis ihn auf.

»Haha.«

»Erinnerst du dich an früher? Vor deinem Unfall? In der Disco? Die meisten Männer standen mit der Bierflasche in der Hand vor der Tanzfläche herum und schaukelten ein bisschen vor sich hin, um die Frauen im Blick zu behalten. Da bist du doch noch viel beweglicher.«

»So gesehen.«

Jürgen grinste und nahm ihre Worte zum Anlass, um etwas mehr aus sich herauszugehen. Wahrscheinlich hätte er sich das drinnen nicht getraut, oder doch? Einige der Gäste wurden auf seinen *Tanz* aufmerksam und zeigten ihm den Daumen nach oben. Eine Dame mittleren Alters steckte er sogar mit dem rhythmischen Spiel seiner Arme und den Bewegungen seines Oberkörpers an. Das sah richtig sexy bei ihm aus und war mitreißend. Marlis' Füße hielten sich auch nicht mehr ruhig. Oh, eine gekonnte Drehung mit dem Rollstuhl. Wenn er so weiter machte, konnte er locker in einer Talentshow auftreten.

Nanu? Jürgens Tanz auf Rädern gelangte zu einem abrupten Ende. Marlis erschloss sich der Grund erst, als sie seinem Blick folgte. Sascha löste sich von seinen Gästen und steuerte direkt auf sie zu.

»Wissen Sie, wo Leon abgeblieben ist? Ich meine, er wird ja mit Jana unterwegs sein«, sagte er, als er sie erreicht hatte.

»Keine Ahnung. Vielleicht auf der Tanzfläche«, vermutete Marlis.

»Da sind sie nicht. Na ja, die werden schon wieder auftauchen. Gefällt es Ihnen? Hat Ihnen das Essen geschmeckt?«

»Exzellent.« Marlis sah keinen Grund zu lügen.

»Und Ihnen?«, wollte er an Jürgen gerichtet wissen.

Jürgen nickte, untermalt von einem Lächeln, das er sich abrang.

»Das freut mich. Der Abend ist wirklich wunderschön, aber ob Sie es glauben oder nicht, ich bin noch nicht einmal dazu gekommen, selbst etwas zu mir zu nehmen. Die Gäste …«

»Alles Freunde?«

»Teils. Es ist eher geschäftlich. Die Ferienvermietung lebt viel von Mund-zu-Mund-Propaganda. Kontaktpflege gehört da einfach dazu.«

»Das verstehe ich. Übrigens, der Garten ist ja ein Traum«, schwärmte Marlis.

»Den habe ich meinem Vater zu verdanken. Er hat ein halbes Vermögen allein in die Außenanlagen gesteckt. Das waren damals andere Zeiten. Da konnte man mit Orangen noch richtig gut verdienen. Jetzt mit Tourismus. Was soll's? Ist ja egal, wo das Geld herkommt.«

Marlis nickte betreten. Was sollte man auf so eine Prahlerei schon sagen?

»Also, wenn das Essen wirklich so gut ist, dann werde ich schauen, dass ich noch etwas bekomme. Genießen Sie den Abend.« Er nickte ihnen zu und ging in Richtung Terrasse, wo ihn gleich wieder jemand in Beschlag nahm.

»Ist doch egal, wo das Geld herkommt«, äffte Jürgen ihn nach, als ihr Gastgeber mit dem Herrn, der ihn angesprochen hatte, nach drinnen verschwunden war. »So ein Großkotz. Und alles von seinem Vater geerbt. Wenn der wüsste …«

»Du bräuchtest es ihm ja nur zu sagen.«

»Nicht so einfach.« Er starrte vor sich hin. Der Takt der Neunziger prallte nun an ihm ab.

»Na, wenigstens die beiden amüsieren sich«, sagte Marlis, als sie zur Tanzfläche spähte, die mittlerweile bis zur Terrasse reichte und mit Gästen gut gefüllt war. Sie hätte Saschas Frage nach dem Verbleib der beiden nun beantworten können. Jana und Leon gesellten sich nämlich gerade zu den Tanzwütigen, die sich den Rhythmen hingaben.

»Ist ein toller Bursche, dieser Leon«, stellte Jürgen fest.

»Weil er surft?«

»Auch. Einfach seine ganze Art.«

»Er ist dein Enkel. Nur ein Wort von dir …«

»Nicht heute Abend. Vielleicht ist es auch besser, wenn er es nie erfährt.«

»So ein Unsinn! Tanz lieber. Die Bewegung tut dir gut.« Kaum ausgesprochen verfing sich ihr Blick am Eingang. An Tanzen war nun allerdings nicht mehr zu denken.

»Was ist?«, wunderte sich Jürgen.

So schnell konnte er gar nicht schauen, wie sie ihn in Richtung des Rundwegs im Garten gedreht hatte.

»Horner.«

Jürgen verrenkte seinen Hals, um sich davon zu überzeugen. Im Nu lagen seine Hände an den Greifreifen seines Rollstuhls. Er fuhr so schnell los, dass Marlis kaum hinterherkam.

»Wir sollten besser heimfahren«, legte Marlis ihm im Stechschritt zum Garten nahe.

»Und Jana?«

»Die könnte Leon zur Pension bringen. Und wir holen sie später von dort ab«, schlug Marlis vor.

»Kein guter Plan. Horner hat sie am Fenster gesehen. Sie muss mit uns heimfahren. Und dann können wir noch eine Runde beten, dass Horner ihm die drei Hausbesetzer nicht genauer beschreibt. Dass einer von ihnen im Rollstuhl sitzt, dürfte Sascha bereits wissen. Wobei … ich bin bestimmt nicht der einzige Rentner, der Jürgen heißt und mit Rolli an der Costa Blanca unterwegs ist«, sinnierte Jürgen, der mittlerweile hinter einer Zypresse Deckung gefunden hatte und starren Blickes

246

genau wie Marlis beobachtete, dass sich Horner und Sascha zur Begrüßung in die Arme nahmen.

»Und wie sagen wir es ihr? Du kannst doch da jetzt nicht reingehen.«

»Sie hat das Handy in ihrer Tasche«, erwiderte Marlis.

»Bei der lauten Musik?«

»Vibrationsalarm.«

»Und was willst du ihr erzählen?«

Jürgens Frage war berechtigt. Woher nur so schnell eine glaubhafte Ausrede nehmen?

»Dir geht es nicht gut. Das Herz.«

»Das nimmt Leon mir nicht ab.« Damit hatte er wohl recht, so trainiert wie er hüftaufwärts war.

»Dann ist dir halt schlecht. Es gab doch Muscheln.«

»Die habe ich nicht gegessen.«

»Tu einfach so.«

Jürgen verdrehte die Augen. Marlis friemelte ihr Handy aus ihrer Tasche. Horner in die Arme zu laufen, war das Letzte, was sie heute gebrauchen konnten.

Leon zeichnete für die Playlist des heutigen Abends verantwortlich. Angeblich galt er auch in der Schule als begnadeter DJ, allerdings war auf Schulfesten die Musikauswahl eine andere. Hier, bei überwiegend Gästen, die aus den Zwanzigern heraus waren, musste es Musik sein, die auch müde Knochen munter machte, aber kompatibel mit den wenigen Jüngeren war. Volltreffer! Jana hatte ihn gleich, nachdem sie runter in den Salon gegangen waren, auf die Tanzfläche gezerrt. Mal sehen, ob er auch als Tänzer punkten konnte. Bei Männern war das ja immer so eine Sache. Thema Körpergefühl. Typen wie Philipp waren Ellbogenstubser und Kniewipper. Live auf einer Party erlebt. Langweilig. Leon hingegen. Wow! Er war Mr Vain! Bei ihm bewegte sich so ziemlich alles. Voller Hüfteinsatz. Sexy.

Keine alberne John-Travolta-Kurbel wie bei dem Mann neben ihr. Alle Bewegungen im Takt, aber was noch viel wichtiger war: Seine Augen waren auf die ihren gerichtet. Und darin konnte man förmlich ertrinken.

Der Song kam zu einem Ende. Wie schade, oder doch nicht? Mal tief Luft holen, doch Jana kam nicht dazu, weil Leon seine Hände um ihre Hüfte legte und sie dann küsste. Hoffentlich länger als das etwas langsamere Opening von »Four Minutes«, der nächste groovige Song von Madonna. Das kribbelte von oben bis unten. Auf Hüfthöhe vibrierte es sogar. Moment! Aber nur links. Und es hörte nicht auf, was auch ihn irritierte. Das Handy in ihrer kleinen Umhängetasche. Ignorieren ging nicht, denn es nervte. Sie zog es dann doch heraus. Oma!

»Entschuldige. Oma. Nicht, dass was passiert ist«, schrie Jana gegen Madonna und Justin Timberlake an.

Leon nickte und wiegte sich weiter im Takt der »Four Minutes«.

Was wollte Oma bloß? Jana eilte hinter die Palmenwand. Die hielt den Schall etwas ab.

»Jana? Horner ist da. Er hat dich am Fenster gesehen. Wir müssen weg. Der ist gerade auf dem Weg zum Buffet. Wir stehen draußen. Sag Leon, dass Opa Durchfall hat und das Klo für den Rollstuhl zu klein ist. Du verstehst schon. Mach schnell. Wir gehen zum Auto.«

Ende des Gesprächs. Ende der Lust aufs Tanzen. Jana schob sofort einen der Palmwedel zur Seite. Da stand er. Horner. Und lud sich die Reste des Buffets auf den Teller. So ein Mist! Der schöne Abend. Leon. Eine ganze Etage für sich. Ungestört sein mit ihm. So eine Scheiße. Half alles nichts. Jetzt aber schnell.

Jana eilte zurück zur Tanzfläche, den Kopf nach unten gesenkt, denn vom Buffet aus konnte man sie sehen. Sie packte Leon kurzerhand an der Hand und zog ihn von der Tanzfläche weg in die Deckung einer der Fächerpalmen.

»Opa hat Durchfall und fühlt sich elend«, erklärte sie ihm.

»O Gott. Der Ärmste.«

»Wir müssen fahren. Sofort.«

»Braucht er dich? Ich meine …?«

»Das Klo in der Pension. Da kommt er nicht allein drauf.«

»Braucht ihr Hilfe? Ich …«

»Opa lässt sonst niemanden an sich ran.« Jana wunderte sich nicht darüber, wie plausibel das alles aus ihr rausschoss. Das Klo im französischen Hotel war eine wichtige Erfahrung gewesen – und unvergesslich angesichts der Rückenschmerzen, die sie sich eingehandelt hatte.

»Nur noch ein Kuss. Einer.«

Nichts wünschte sich Jana inniger, aber er musste wirklich kurz sein, denn wie sie aus den Augenwinkeln mitbekam, bewegte sich Horner mit dem Teller in der Hand in Richtung Tanzfläche. Von dort aus hatte man auch den Eingang im Blick.

»Ruf mich an, und sag Bescheid, wie es ihm geht. Und wenn er einen Arzt braucht.«

»Mach ich.«

Noch ein Kuss. Hoffentlich nicht der letzte. Jana löste sich von ihm und eilte hinaus. So musste sich Aschenputtel gefühlt haben, ob mit Schuh oder ohne. Die nächste Lüge. Jana wurde augenblicklich schlecht. Das war der letzte Kuss von ihm gewesen, sagte sie sich. Aus und vorbei. Selbst schuld!

Fluchend rannte sie zum Wagen ihrer Großmutter. Sie verstaute den Rollstuhl gerade im Kofferraum und eilte zum Fahrersitz. Jana drehte sich noch einmal um. Ein Fehler. Leon stand am Eingang und schaute zu ihnen her. Er winkte ihr zu und schickte ihr einen Luftkuss. Am liebsten hätte Jana in diesem Moment losgeheult.

Kapitel 13

Auf der Rückfahrt zum Haus hätte Marlis am liebsten gleich beiden Mitfahrern, sowohl Jürgen als auch Jana, eine Kopfnuss verpasst. Bei Jürgen, um ihn wiederzubeleben, weil er schweigend neben ihr saß, und bei Jana, um zu verhindern, dass sie in eine Depression schlitterte. Erst fluchen, dann zetern, dann jammern. Natürlich hatte sie allen Grund dazu. Marlis allerdings auch. Es war schließlich alles in allem ein sehr schöner Abend gewesen, wenngleich viel zu kurz. Für Jana freilich besonders schlimm, wie sie ihre Enkelin kannte. Nach der Tanzeinlage, die sie mit Leon aufs Parkett gelegt hatte, hätte der Abend unter normalen Umständen in einer großen Romanze geendet. Nun sah sie sich als niederträchtige Lügnerin und Spionin – der Sache nach zutreffend. Womit sie auch noch Grund zum Jammern hatte. Dies wiederum schnürte Jürgen die Kehle gänzlich zu, denn er wusste ja, warum sie die Fotos aus dem Album abfotografiert hatte. Seinetwegen.

Marlis war froh, als sie am Ferienhaus ankamen und Jürgen auf die Terrasse verfrachteten. Ob wohl ein Glas Weißwein den Abend noch retten konnte? Oder Herberts gutlaunige Art, der sich spontan zu ihnen gesellte, weil ja nicht zu überhören war, wenn auf dem Nachbargrundstück jemand eintraf. Herberts

Anwesenheit war normalerweise ein Garant für gute Laune. Seine Nachfrage, wie der Abend verlaufen war, eher nicht. Marlis schilderte ihm die Ereignisse, da Jana und Jürgen sich eher maulfaul verhielten.

Jana hob das frisch nachgeschenkte Glas Weißwein.

»Auf den beschissenen Abend«, blökte sie in die Runde.

»Durchfall.« Herbert feixte erneut und stieß mit an.

»Tut mir so leid, Jana. Es ist alles meine Schuld«, brach es aus Jürgen unvermittelt heraus.

Er zerfloss in Selbstmitleid, dabei hatte er Marlis' Ansicht nach keinen Grund dazu.

»Ist halt blöd gelaufen«, erwiderte Jana, die sich nun versöhnlicher zeigte. Anscheinend hatte der kräftige Schluck Wein bereits einen Teil ihres Frusts mit runtergespült.

»Das kannst du laut sagen«, kommentierte Jürgen. Auch er tat sich an seinem Wein gütlich.

»Das hätte beinahe einen richtig fetten Eklat gegeben. Saschas Gesichtsentgleisung hätte ich trotzdem gerne gesehen.« Herberts Bemerkung erntete vorwurfsvolle Blicke von allen Seiten. »Schon gut. Ich wollte euch nur etwas aufmuntern.«

»Ich werde Leon nie mehr wiedersehen.« Janas Stimmung schlug erneut ins Weinerliche um.

»Unsinn. Wenn mal alles auf dem Tisch liegt, wird er dich verstehen«, beruhigte sie Marlis.

Janas Blick blieb stumpf auf das Weinglas gerichtet.

»Der Anwalt könnte es auch ohne die Schriftsammlung versuchen.« Jürgen sah jeden Einzelnen dabei fragend an.

»Du hast ihn doch gehört. Das wäre gänzlich sinnlos«, erinnerte Marlis ihn.

»Ich weiß einfach nicht, ob es richtig wäre, sie wissen zu lassen, dass ich Saschas Vater bin. Und Leons Großvater.« Marlis konnte seine Bedenken nur halb verstehen, denn sie konnte

251

sich vorstellen, dass Leon damit mehr als nur gut klarkommen würde.

»Aber es stimmt schon. Rein theoretisch müsste niemand von diesem Brief wissen. Das Vermächtnis würde doch genügen«, mischte sich Herbert ein.

»Es gibt schließlich alle möglichen Gründe, weshalb jemand etwas vermacht bekommt. Niemand muss wissen, dass du Sofías große Liebe warst«, überlegte nun auch Marlis laut.

»Dann würde Leon doch nie erfahren, dass du sein Opa bist«, wandte Jana ein. In sie war wieder Leben gefahren.

Jürgen nickte träge.

»Aber wenn er es erfährt, sehen wir uns nie wieder.« Jana war in ihrer Dauerschleife gefangen. Am Ende hatte sie recht.

»Ich möchte nicht, dass du meinetwegen unglücklich bist«, sagte Jürgen zu Jana.

Jana sah ihn daraufhin irritiert an.

»Wenn das Vermächtnis allein nicht reicht, dann ist es halt so. Der Urlaub ist vorbei. Wir fahren heim und du kannst dich weiterhin mit Leon treffen.«

Marlis rührte seine Haltung. Jana offenbar auch, denn sie bekam feuchte Augen.

»Aber dann wärst du doch unglücklich. Sofía hat dich geliebt. An dem Haus hängen viele schöne Erinnerungen. Außerdem ist Leon dein Enkel. Deine Familie. Und Sascha trotz allem dein Sohn.« Jana schlüpfte in die Märtyrerrolle.

Jürgen nickte in sich gekehrt.

»Und falls du dich mit Sascha nicht einigen kannst und es verkauft werden muss … Das Geld kannst du gut gebrauchen«, erinnerte ihn Marlis. Sie hielt es für wichtig, diesen Aspekt nicht außer Acht zu lassen. Auch das ließ Jürgen auf sich wirken.

Jana richtete sich auf und holte tief Luft. »Ich möchte, dass du die Fotos dem Anwalt gibst.«

Jürgen sah sie überrascht an.

»Aber dann kommt doch bestimmt heraus, dass du die Fotos gemacht hast. Sascha wird das Familienalbum auch kennen«, gab Jürgen zu bedenken.

»Ich hab doch sowieso schon bei ihm verschissen. Ihn belogen … Dann kommt es darauf auch nicht mehr an. Bis der Anwalt ihn anschreibt, sind wir wieder zurück in Deutschland. Dann muss ich ihm hier nicht mehr unter die Augen treten.«

»Ihr könntet die Fotos vom Text wegschneiden. Das geht am Computer mit jedem einfachen Bildbearbeitungsprogramm. Dann fällt es nicht so auf«, schlug Herbert vor.

Jana zuckte die Schultern.

»Bist du dir sicher, dass du das willst?«, hakte Jürgen daher nach.

Herbert, Marlis, aber auch Jürgen sahen sie fragend an.

Jana nickte tapfer.

»Ich habe eh schon Matsch in der Birne. Wer weiß, wozu das alles gut ist.«

»Matsch?«, hakte Herbert nach.

»Wenn du mir noch vor wenigen Tagen prophezeit hättest, dass ich mich in einen porschefahrenden Kerl verliebe, hätte ich dich einweisen lassen«, erklärte Jana.

Marlis wusste genau, was sie damit meinte. Leon hatte schließlich nicht nur ihr Gefühlsleben, sondern auch ihre akademische Gedankenwelt aus den Angeln gehoben.

»Wenn Leon die ganzen Umstände versteht, dann lohnt sich der Matsch in der Birne vielleicht.«

Herberts Einschätzung traf Marlis' Meinung nach voll ins Schwarze.

»Ich leg mich hin.« Jana stand auf und ging ins Haus.

»Du hast eine großartige Enkeltochter«, lobte Jürgen, nachdem sie die Tür hinter sich zugezogen hatte.

»Und du könntest bald einen großartigen Enkel haben«, konnte sich Marlis nicht verkneifen. Sie wusste schließlich aus ihrem eigenen Leben, wie viel Kraft sie daraus schöpfte, Jana an ihrer Seite zu wissen.

»Ich beneide euch beide. Ich habe nur mich«, seufzte Herbert so theatralisch, dass Marlis unwillkürlich lachen musste.

»Wenn alles klappt, immerhin noch einen Nachbarn im Rolli«, frotzelte Jürgen.

»Du würdest dann hierbleiben? Aber du bist doch erst bei uns im Haus eingezogen«, staunte Marlis.

Herbert musterte sie. »Oh. Ich glaube, dann müsste Marlis hier aber auch ein Gästezimmer haben«, sagte er.

»Das Haus ist groß genug«, stimmte Jürgen zu.

»Diese Gedanken nehme ich jetzt mit in meine Träume.« Herbert leerte das Glas.

»Wird eh nicht klappen. Und falls doch, bei der Geschwindigkeit, mit der hier Gerichte arbeiten, erleben wir es beide nicht mehr. Ich leg mich auch aufs Ohr«, entschied Jürgen.

Marlis gedachte nicht, ewig allein auf der Terrasse sitzen zu bleiben. Nur noch so lange, bis sich ihr eben nervös gewordener Magen wieder beruhigt hatte. Jürgen in Spanien und sie in Freiburg? Er würde ihr entsetzlich fehlen.

Alfredo Méndez hatte sicher nicht damit gerechnet, dass sie sich schon so bald wieder bei ihm melden würden, um einen Termin zu vereinbaren. Den hatten sie nun um halb elf, was auch nur deshalb so kurzfristig möglich war, weil er sich lediglich die Schriftprobe anzusehen hatte, um einzuschätzen, ob sie in irgendeiner Form verwertbar war. Méndez aufzusuchen hatte bis nach dem gemeinsamen Frühstück mit Jürgen noch nicht zur Debatte gestanden. Ohne emotionales Gedöns auf der Terrasse bei Kaffee und Supermarktplätzchen über das Für und Wider dieser Erbschaft sprechen zu können, war für Marlis jedoch ein untrügliches Zeichen dafür gewesen, dass Jürgen sich wieder gefangen hatte. Kein Wort mehr über das Thema Sohn und Enkel, auch nicht über die möglichen Konsequenzen, die diese Erbschaft wahrscheinlich für Janas »Matsch in der Birne« mit sich bringen würde. Vielleicht hatte das aber nur daran gelegen, dass Jana noch schlief. Das kannte Marlis auch gar nicht anders an ihr. Wenn sie etwas belastete, verfiel sie in heilsamen Dauerschlummer. Vor zehn war sie garantiert nicht auf den Beinen.

Jürgen ging es heute Morgen um die Finanzen, vielmehr darum, dass er sie nicht belasten wollte. Deshalb hatte er auf seinem Handy bereits online nach Konditionen für Kredite gesucht. Verständlich, denn für die Erbschaftssteuer würde zu einem beträchtlichen Teil ihr Erspartes herhalten müssen – wenn auch nur leihweise, wie er ihr noch vor ihrer Abfahrt versichert hatte. Doch was brachte es, über ungelegte Eier zu sprechen? Dies würde Jürgens Ansicht nach allerdings dazu führen, ein Ziel vor Augen zu haben, und sei die einzige Möglichkeit, um im Leben etwas zu erreichen. Zur Zieldefinition hatte ihnen jedoch die Zeit gefehlt. Einen Anwalt, der einem so kurzfristig einen Termin gab, ließ man nicht warten. Der Zettel für Jana mit der Nachricht, wohin sie fuhren, lag auf dem Tisch.

»Ich könnte dir die Summe abstottern. Entweder ich ziehe hierher und hab dann keine Miete mehr an der Backe, oder ich bleibe in Deutschland und vermiete das Ferienhaus«, überlegte Jürgen während der Autofahrt in die Stadt.

»Vermieten? Aber es gehört dir doch anscheinend nur zur Hälfte.«

»Er vermietet es, ich könnte das auch. Wir könnten uns die Mieteinnahmen teilen.«

»Und ist das jetzt dein Ziel?«

Jürgen zuckte hilflos mit den Schultern.

»Vielleicht kannst du ihm seine Hälfte abkaufen.«

»Vergiss es. Dazu reicht die Knete nicht.«

»Er könnte dich auszahlen. Für ihn ist das kein Problem. Und mal angenommen, er würde es dir überlassen, weil es Sofías Wunsch gewesen war.«

»Der? Niemals!«

»Nur mal rein theoretisch. Könntest du dir dann vorstellen, hier zu leben?« Marlis interessierte das brennend.

»Schöner als in Freiburg, aber …«

»Was, aber?«

»Dann wäre ich doch hier allein.«

»Herbert ist ja da.«

»Herbert. Soll ich mich auf meine alten Tage etwa noch umpolen? Außerdem …«

»Was?«

»Ich würde dich vermissen.«

»Also, was machen wir nun mit dem Ziel?«

Jürgen hüllte sich für einen Moment in Schweigen.

»Ich möchte es haben«, schoss dann aus ihm heraus.

»Na also. So gefällst du mir.«

»Nur so?«

Marlis verdrehte die Augen.

»Aber ich hätte mehr Energie bei der Durchsetzung dieses Ziels, wenn ich wüsste, dass du, ich meine natürlich nur ab und zu, herkommen würdest. Mit Jana.«

»Nur ab und zu? Verstehe …«

»Ich habe dann auch wieder meinen Wagen mit dem Kran. Ihr müsstet euch nicht mehr mit mir herumplagen.«

»Dann brauchst du mich doch gar nicht«, entgegnete Marlis.

»Du machst es einem echt schwer.«

»Soll heißen?« Die Fahrt eignete sich blendend dafür, um ihn in die Enge zu treiben. Thema Ziel. Das galt schließlich auch für sie. Ihre hingen ebenfalls von seinen ab.

»Natürlich brauche ich dich dann nicht mehr.«

Jürgen stieg auf das Spiel mit ein. Und wie er dabei grinste, doch abrupt wurde er ernst. »Marlis. Ich … Du weißt es doch. Ich habe dich gerne bei mir.«

»So als Reisebegleitung.« Es machte Marlis Spaß, sich gegenseitig aufzuziehen. Sagte man nicht immer, dass sich neckte, was sich liebte?

»Hätte ich nur meine Klappe gehalten.«

»Nein. Mach weiter … Ziel … Ziiieeel.«

Jürgen schluckte. Dass Männern es immer so schwerfiel, ihre Gefühle zu offenbaren.

»Ich hätte dich gerne hier, weil … Jetzt sei nicht albern, Marlis. Wir sind doch keine Teenager mehr.«

»In meinem Herzen bin ich einer geblieben.«

Jürgen schnaubte. »Ich glaube, ich liebe dich, Marlis«, rang er sich endlich ab.

»Glaube?« Obwohl ihr augenblicklich warm ums Herz wurde, zog sie ihn weiter auf, gerade weil sie ihn mittlerweile gut genug kannte, um zu wissen, wie er tickte. Humor war eine seiner Triebfedern, die ihn bewegten und quicklebendig hielten.

Jürgen verdrehte die Augen.

»Schon gut. Und glaubst du, dass es mir genauso geht?«

»Jetzt darf ich also wieder glauben.«

»Jürgen!«

Er nickte. »Aber warum? Du siehst doch noch so gut aus und hast dermaßen viel Energie und Kraft«, sagte er.

»Sonst würde die ja nicht für zwei reichen.« Damit war doch eigentlich schon alles gesagt. Für ihn anscheinend nicht.

»Du drückst dich …«

Marlis dämmerte, dass er im Kern recht hatte. Es brauchte eine Weile, bis sie sich die richtigen Worte zurechtlegen konnte. »Ich habe mir geschworen, nie wieder einen Mann. Der Gedanke ist deshalb gewöhnungsbedürftig.« Nun war es endlich raus.

»Kann ich gut verstehen, nach dem, was du mitgemacht hast, aber bei mir ist das Risiko doch sehr gering.«

»Risiko?«

»Na, dass ich dir davonlaufe wie dein damaliger Mann. Geht schlecht mit den Schlabberbeinchen.«

Marlis musste unwillkürlich auflachen, aber als sich seine Worte gesetzt hatten, überlegte sie, ob das nicht doch mitschwang, auch die Gewissheit, dass er sie nicht betrügen würde. Das schöne Gefühl, gebraucht zu werden, kam noch hinzu. Das allein war es aber nicht. Es war der Mensch mit all seinen Eigenschaften, der neben ihr auf dem Beifahrersitz saß. »Du könntest mir immer noch davonrollen.«

»Aber du würdest mich jedes Mal einholen.«

Beide lachten. Das Parkhaus kam in Sicht. Marlis hoffte, dass sie ihr Ziel mit Méndez' Hilfe erreichten.

Als Jana die Augen aufschlug, lauschte sie in das Haus hinein. Stille! Normalerweise war Oma längst auf den Beinen. Schlief sie noch? Diese Frage trieb sie aus dem Bett. Erst einmal die Rollos hochziehen. Jana tastete sich in der Dunkelheit ans Fenster. Grelles Sonnenlicht schien ihr entgegen. Omas Wagen war weg. Wahrscheinlich zum Einkaufen, dachte sie sich. Ein Blick auf die Uhr ihres Handys bestätigte, dass es wohl doch nicht mehr *früh* war. Dann sah sie eine rote Eins auf der Telefonapp aufblinken. Ein Anruf in Abwesenheit. Leon war tatsächlich kein Langschläfer. Wobei kurz nach neun ja eine christliche Zeit war, um jemanden anzurufen. Gottlob hatte sie am Vorabend den Klingelton ihres Handys und den Vibrationsalarm ausgestellt – in der Hoffnung, so lange wie möglich zu schlafen. Ihrer Erfahrung nach war das die beste Medizin, auch für innere Leiden. Mit denen war sie am Vorabend nämlich ins Bett gegangen. Jana, die Märtyrerin, die heldenhafte, selbstlose … Geisteskranke! Die gestrigen Gefühlswallungen packten sie wieder. Der arme Jürgen im Wechselspiel mit der armen Jana. Die dumme Jana. Die fiese Jana. Warum hatte sie Leon auch belügen müssen? Was wäre so schlimm daran gewesen, wenn sie sich als Enkelin der Dame entpuppt hätte, die einen schwerbehinderten Mann nach Spanien begleitete? Er hätte ihr das doch nicht angekreidet. Omas Urlaub wäre futsch gewesen, Jürgen hätte sich früher den Ärger eingehandelt, den er jetzt ausbaden durfte, aber, und dies baute Jana wieder auf, die letzten schönen Tage mit Leon hätte sie nicht erlebt. Life is a bitch!

Jana schleppte sich mit diesem Gedanken in die Küche. Wie nicht anders zu erwarten war, lag dort ein Zettel auf dem Tisch. Oma machte das immer, wenn sie morgens überraschend das Haus verließ. Bei älteren Semestern eine sinnvolle Maßnahme. Sie nahm den Zettel an sich und las die Notiz ihrer Großmutter. Sieh einer an! Anwaltsgespräch. Jürgen schien es also durchzuziehen, dank ihrer Ermunterung.

Jana legte den Zettel zur Seite und beschloss, sich erst einmal einen Tee zu machen, bevor sie Leon zurückrief. Ihre Gedanken sprudelten vor sich hin wie das Wasser im Kocher. Was um Himmels willen sollte sie ihm sagen? So tun, als ob überhaupt nichts wäre? Würde er ihr das Unschuldslamm denn nicht noch mehr übel nehmen? Oma und Jürgen waren beim Anwalt. Am Ende setzte der sich noch heute mit Leons Vater in Verbindung. Dann krachte es ordentlich im Karton – allerdings in ihrem. Hausbesetzerin, Pension, Opa, Durchfall und das Schlimmste von allem: Spionin! Jana verbrühte sich bei diesen Gedankengängen um ein Haar beim Einschenken die Hand. Der lange Schlaf hatte heute seine Wirkung verfehlt. Klar im Kopf war sie nicht, auch nicht im Herzen. Vielleicht beruhigte der Tee wenigstens ihren nervösen Magen.

Jana schnappte sich ihr Handy, drei Kekse und setzte sich mit der dampfenden Teetasse erst einmal auf die Terrasse. Zeit zum Weitergrübeln und sich selbst zu geißeln, zumindest bis der Tee gezogen hatte. Nach ein paar Schlucken und dank der Zuckerdosis in der Cremefüllung der Kekse lichtete sich der geistige Nebel endlich. Es gab nur zwei Möglichkeiten: Entweder weiter so tun, als ob nichts wäre, oder noch ein zweites Mal in die Rolle einer Heldin schlüpfen, Leon also reinen Wein einschenken. Sich gleich von hier abholen zu lassen und zu beichten, dass sie mit ihrer Oma hier gelandet war, um dem neuen Nachbarn, Jürgen, zu helfen, wäre die Minimallösung. Die würde aber penible Fragen nach sich ziehen.

Die nächste Lüge käme auf den Tisch, denn Jürgen war nun einmal nicht ihr Großvater. Jana kam zu dem Schluss, dass sie sich dabei zwangsläufig in verdachtserregende Folgelügen verstricken würde. Ihm sagen, dass Jürgen das Haus gehörte und er deshalb hier war? Je mehr sie über verschiedene Varianten nachdachte, die mal weiter, mal weniger weit reichten, desto sicherer wurde sie sich, dass sie den Tag mit Leon dann so oder so abschreiben konnte.

Die Heldin sackte in sich zusammen. Das Handy vor ihrer Nase schien sie mal anzulachen, mal streckte es ihr die Zunge raus. Was nun? Hedonistisch sein? Sich in die letzten romantischen Stunden stürzen? Einfach nur Ellen sein? Jana schämte sich augenblicklich für diese verführerische Überlegung und tröstete sich mit einem weiteren pappsüßen Keks. Auch nach dem nächsten Zuckerschub konnte sie sich noch nicht zu einer Entscheidung aufraffen. Sie zuckte zusammen, als das Handy klingelte. Einen eigenen Klingelton hatte sie Leon noch immer nicht zugewiesen. Vielleicht war es auch nur Oma. Doch auf dem Display leuchtete seine Nummer auf, die kannte sie natürlich.

»Guten Morgen, Jana. Auch schon ausgeschlafen?«

»Morgen, Leon. Ja, ich trink noch meinen Tee«, antwortete sie mit halb vollem Mund.

»Wann bist du denn ins Bett? Wie geht es deinem Opa? Montezuma überstanden?«

Jana brachte keinen Ton heraus.

»Jana?«

»Ich hatte noch einen Keks im Mund«, rechtfertigte sie sich. »Opa? Ja, ihm geht's wieder gut.«

»Mein Vater hat sich auch schon Sorgen gemacht. Wir haben andere Gäste gefragt, die Fisch oder Muscheln gegessen haben.«

»Das hat er manchmal. Eine Allergie …«, sog sie sich aus den Fingern.

»Gegen was denn?«

»Ich glaube, Paprika.« Jana erinnerte sich, dass die reichlich beim Tapas-Angebot mit drin gewesen war.

»Das tut mir leid. Hauptsache, er ist wieder auf den Beinen, aber wenn er einen Arzt braucht …«

»Nein, wirklich …«

»Hast du schon was vor heute?«

»Nein.« Jana begann dahinzuschmelzen. Seine Stimme, die einnehmende fröhliche Art. Jegliche Überlegung, heldenhaft zu sein, verflog.

»Ich krieg das Segelschiff von Miguel. Hast du Bock? Kapitän Leon. Miguel hat mir seine Kapitänsmütze gegeben. Die steht mir. Ich zieh mir weiße Sachen an und dann spielen wir Traumschiff. Was sagst du?«

Jana hatte sofort ihren Traum vor Augen. Ein Traum, der nun Wirklichkeit wurde. Zum Greifen nah.

»Traumschiff«, wiederholte sie nur.

»Ich hol dich ab. Wann bist du fertig?«

Jana saß stocksteif da. Im Panikmodus. Der letzte Keks aus der Packung durfte warten.

»In einer Stunde?« Noch wusste sie nicht einmal, ob Herbert da war, um sie zur Pension zu kutschieren. Lieber den

Weg zu Fuß einkalkulieren. Duschen. Schnell schminken. Was Passendes raussuchen.

»Passt. An der Pension. Ich kann's kaum erwarten. Bis später.«

»Bis später«, verabschiedete Jana sich, nun von einer gewaltigen Hitzewallung geplagt.

»Ich muss verrückt sein. Komplett verrückt«, schimpfte sie laut mit sich selbst. Der letzte Keks musste nun dran glauben. Wurde man vom vielen Lügen dick? Sie mochte diese Dinger normalerweise gar nicht. Das hatte bisher auch für junge Porschefahrer gegolten, die röhrend durch die Gegend düsten und sich nicht um Strafzettel scherten. Na gut, dann war sie eben verrückt. Rein mit der Kalorienbombe und dann auf ins Vergnügen, auch wenn's sicher das letzte Mal war.

Méndez' Miene erschien Marlis wie ein Buch – allerdings ohne sieben Siegel. Er hatte sie freundlich wie bei ihrem letzten Besuch im Büro begrüßt. Voller Zuversicht, als Jürgen ihm versichert hatte, sie könnten nun den Beweis dafür erbringen, dass die gute Sofía zeitlebens so eine schlechte Handschrift gehabt hatte. Noch bis zum Ausdruck von Janas bearbeiteten und nur noch auf die Textausschnitte reduzierten Fotos an der Rezeption des Anwaltsbüros war Méndez ihr freudig erregt und voller Neugier vorgekommen. Das änderte sich aber schlagartig, als ihm seine Sekretärin die Unterlagen reichte und er einen ersten Blick darauf warf.

»Ist das aus einem Fotoalbum?«

Marlis und Jürgen nickten synchron.

»Nach Ihnen.« Méndez zitierte sie ins Büro, wo sie vor seinem Schreibtisch Platz nahmen.

Jürgen zog dann den Brief und das handschriftlich verfasste Vermächtnis aus der Klarsichthülle und legte es daneben, woraufhin Méndez sich die Schriften genau anschaute.

»Hier. Das S. Schaut aus wie ein Z. Und kein Schreibfluss. Sie setzte immer wieder ab, auch bei Buchstaben, die man mit Schwung aneinanderfügen kann. R und N – kaum zu unterscheiden«, erklärte Jürgen und deutete mit dem Finger darauf.

»Da haben Sie schon recht, aber ich bräuchte ein Original.« Marlis und Jürgen tauschten Blicke.

»Hat Ihnen Herr Breitner dieses Fotoalbum zur Verfügung gestellt?«

»Es ist eher zufällig in unsere Hände geraten«, gestand Marlis.

»Weiß Herr Breitner, dass Sie das haben?«

Marlis schüttelte den Kopf und lächelte dabei verlegen.

»Nun. Dann haben wir noch ein Problem.«

»Aber man sieht es doch deutlich«, wandte Jürgen ein.

»Im Falle einer gerichtlichen Auseinandersetzung darf ich diese Aufnahmen nicht verwerten. Es sei denn, Herr Breitner würde zustimmen.«

»Und das Gericht kann keine Herausgabe von Schriftstücken verlangen? Oder des Fotoalbums?«

»Rein theoretisch schon, denn Herr Breitner müsste den Gegenbeweis antreten, dass seine Mutter das Vermächtnis nicht geschrieben hat. Wir behaupten das ja und haben den Brief. Wir müssen beides vorlegen. Das Gericht kann sich sonst kein Bild davon machen, ob sie zum Zeitpunkt des Verfassens im Vollbesitz ihrer geistigen Kräfte war.«

»Sie könnten ihn anschreiben und Druck machen«, überlegte Marlis laut.

»Bei dem kannst du keinen Druck machen, so wie ich ihn einschätze«, widersprach Jürgen.

»Ich fürchte auch, dass die Angelegenheit dann vor Gericht geht. Und das kann dauern«, sagte Méndez.

»Es eilt ja nicht. Hauptsache, es wird geklärt.«

»Von Eile kann auch keine Rede sein. Die spanische Justiz ist überlastet. Ich kenne einen Fall, da hat es sich ein Jahr hingezogen, bis eine Vorladung kam. Mit solchem Kleinkram gibt sich hier niemand gerne ab, vor allem, wenn es sich um Streitigkeiten zwischen zwei Deutschen dreht. Von den anfallenden Kosten wollen wir gar nicht erst reden.«

Jürgen starrte auf die Briefe, die vor ihm auf dem Schreibtisch lagen.

»Würde die Sachlage anders aussehen, wenn das Gericht wüsste, dass Jürgen sein Vater ist?«

»Vielleicht. Vielleicht auch nicht.«

»Das muss auch niemand wissen. Ich weiß noch gar nicht, ob ich so einen Sohn überhaupt haben will«, erklärte Jürgen fast trotzig.

»Nun. Ich könnte ihn anschreiben, auch ohne auf die verwandtschaftlichen Verhältnisse einzugehen«, schlug Méndez vor.

»Um ewig auf eine Antwort zu warten? Und dann noch ein Jahr, bis das Gericht sich bewegt? Nee. Da fahr ich lieber selbst hin. Das kürzt das Ganze ab.«

Marlis staunte nicht schlecht über Jürgens Entschlossenheit.

»Eine hervorragende Idee. Glauben Sie mir. Aus langjähriger Erfahrung weiß ich, dass so etwas meist zielführender ist.«

»Wir fahren hin. Gleich heute.«

Marlis schenkte Jürgen daraufhin ein aufmunterndes Lächeln.

»Ich wünsche Ihnen viel Glück. Und wenn Sie mich dennoch brauchen: jederzeit.« Méndez erhob sich und reichte ihnen die Hand zum Abschied.

Marlis hoffte, dass sich das Problem tatsächlich auch ohne seine Hilfe lösen lassen würde.

Die Tiefen der menschlichen Psyche waren unergründlich. Eigentlich hatte Jana sie ja ergründen wollen, anstatt BWL zu studieren. Nun musste sie für den Lehrstuhl diese dämliche Doktorarbeit zu Ende bringen. Gerade der heutige Tag und ihre Befindlichkeit würden sie zum idealen Selbstversuchsobjekt machen. Von Tiefen konnte man ja schon gar nicht mehr reden. Nahe an schizo traf es wohl eher.

Noch auf den Treppenstufen dieser Pension, zu der sie sich zu Fuß begeben hatte, weil Herbert nicht da gewesen war, hatte sie mit sich gehadert. Aber kaum saß sie im Porsche und spürte seine Lippen auf ihren, war sie wie ausgewechselt. Sein Charme ergoss sich in die Tiefen ihrer Seele wie Balsam, der jeden noch so geringsten Zweifel daran, das Richtige zu tun, jeden Selbstvorwurf, hedonistisch zu sein, schlichtweg alles an negativen Gedanken vergessen machte. Sein Lächeln nahm sie als Absolution all ihrer Sünden. Die Fahrt zum Hafen nach Dénia, wo das Segelboot seines Kumpels bereits auf sie wartete, fühlte sich wie ein Trip ins Paradies an. Und das war es auch.

Er ganz in Weiß und mit einer passgenauen Kapitänsmütze auf dem Haupt, die schon beim Gang über die ausgeklappte Reling für Lacher von vorbeiflanierenden Passanten sorgte. Genauso bei Jana. Gerade weil er damit sehr seriös aussah. Auch wenn er ihr vor der Fahrt nicht versichert hätte, dass er einen Segelschein hatte, wäre sie mit ihm rausgefahren. Er wusste, was beim Segeln zu beachten war, und konnte das auch einer Landratte wie ihr in wenigen Worten vermitteln. Jeder Handgriff saß. Ein Einmaster mit zwei Segeln war jetzt zugegebenermaßen keine Gorch Fock, aber auch bei so einem geschätzten Fünfmeterteil durfte nichts schiefgehen, vor allem nicht bei der Ausfahrt aus dem Hafenbecken. Das Ganze bei kräftigem Wind. Touristenbooten ausweichen, Bojen umschiffen. Da blieb besser er am Steuer. Ihr Kapitän Leon in der feschen Uniform. Und sie dahinter, genau wie in ihrem Traum.

Titanic-Feeling pur. Seinen warmen Körper an ihrem Bauch spüren. Zum Schwachwerden. Der Fahrtwind kühlte. Seine Geschichten von gemeinsamen Bergtouren mit Miguel, von seinen Schülern, aus seiner Kindheit waren ebenso belebend und erfrischten die Seele. Sein Nachfragen nach Dingen, die sie von sich erzählte, überraschte sie. Leon war ein guter Zuhörer, aber nicht verbogen wie der Frosch. Natürliches Interesse, allerdings auch an ihren Reizen.

Jana trug mittlerweile nur noch ihren Bikini, weil sie nach gut einstündiger Fahrt an einer kleinen Badebucht vor Anker gegangen waren. Hatte er sie deshalb erneut seine Bonita genannt? Er war doch die Bonita – zumindest gewesen.

»Sag das noch mal.«

So schnell konnte Jana gar nicht schauen, wie er sie gepackt und durchgekitzelt hatte, bis sie nach Luft japste. No pain, no gain. Sagte das nicht Oma immer? Die Belohnung war ein endlos langer Kuss.

»Wollen wir schwimmen oder lieber chillen? Ich habe Schampus dabei.«

»Erst schwimmen, dann chillen.« Voll dekadent, solche Entscheidungen, doch was kostete die Welt?

Leon löste sich von ihr, schlüpfte aus seinen Sneakers und begann, sich sein Hemd aufzuknöpfen. Warum so langsam? Nach Umziehen sah das jetzt nicht gerade aus.

»Hey Big Spender …«

Singen und Strippen gehörte anscheinend auch noch zu seinem Repertoire, Ersteres allerdings nicht eurovisionsreif.

Das Hemd lag nun auf den Planken. Welch Anblick! Bauch- und Brustmuskulatur definiert, wie es kaum besser ging. Beefy Body, aber nicht aufgepumpt. Haare von der Brust bis zum Reißverschluss seiner weißen Jeans, die er sich lasziv grinsend halb herunterstreifte. Jana war nun wirklich nach Abkühlung.

Leon lachte und stand endlich in Speedos da. Auch ein interessanter Anblick, der Laune auf das Chillen danach machte. Er nahm Anlauf und sprang mit angezogenen Beinen johlend ins Wasser. Das Wasser spritzte hoch bis zur Reling. Jana bevorzugte die an der Bordwand angebrachte Treppe. Langsam. So warm war das Wasser nicht. Daraus wurde aber nichts, weil Leon wie aus dem Nichts vor ihr aus dem Blau nach oben schoss und sie ins Wasser zerrte. Na warte, Junge! Mal sehen, wer hier wen untertauchte. Jana zeigte keine Scheu. Sein Kopf war zuerst unter Wasser. Abnippeln würden sie in dieser Bucht nicht, denn am Strand lagen Touris und ein Bademeister hatte von seinem Turm aus alles im Blick.

»Ich krieg dich!«, rief er, nachdem er wieder aufgetaucht war.

Diese Drohung prallte an Jana ab, denn schwimmen konnte sie. Er kam nicht hinterher. Einen erneuten Versuch, sie unterzutauchen, konnte er hier in Ufernähe vergessen, denn ihre Füße berührten bereits den Boden. Das hatte er auch nicht im Sinn, wie sich herausstellte, als er sie erreichte und in die Arme schloss. Dann küsste er sie. Jana malte sich bereits aus, wie es nachher beim Chillen weitergehen würde.

Kapitel 14

Den Weg zu Sascha fanden sie diesmal auch ohne Navi. Marlis und Jürgen hatten letztlich nur zurück in Richtung des Ferienhauses fahren, nicht abbiegen und ein gutes Stück geradeaus auf der Landstraße bleiben müssen. Das verschaffte wertvolle Zeit, um sich eine Gesprächsstrategie auszudenken. Wie viel sollte Sascha wissen beziehungsweise musste oder durfte er wissen, um ihm glaubhaft zu verklickern, dass Jürgen einen erbrechtlichen Anspruch auf Sofías Haus hatte? Die Konsequenzen waren weitreichend und betrafen nicht nur ihn, sondern auch Leon.

»Also vorerst kein Wort darüber, dass wir verwandt sind.« Jürgens Resümee nach dem Für und Wider glich einer wie auch immer gearteten Offenbarung.

»Ich glaube auch, dass das zu viel auf einmal wäre.« Marlis hatte sich überlegt, wie sie reagieren würde, wenn jemand zu ihr in die Wohnung schneien würde, um ihr nach Jahren zu eröffnen, es stünde eine Erbschaft zur Diskussion. Und außerdem noch: »Hey, ich bin deine Mutter.« Sie würde die Person für komplett gaga halten.

»Bei normalen Menschen würden wir mit der Wahrheit besser fahren«, fügte Jürgen hinzu.

»Was ist an Sascha nicht normal?«

»Damit meine ich Menschen mit Herz, denen Werte wie Anstand etwas bedeuten. Er macht auf mich den Eindruck eines eiskalten Geschäftsmannes. Jemand wie er würde in mir doch nur jemanden sehen, der ihm seine Rendite schmälert.«

»Dann ist er wohl eher normal. Früher war das bestimmt einmal anders, aber ich habe den Eindruck, dass alles Normale mittlerweile unnormal ist. Das betrifft vor allem Anstand und Aufrichtigkeit, Dankbarkeit und ein gewisses Maß an Bescheidenheit. Werte, die mal sehr wichtig waren«, hielt Marlis entgegen.

»Okay, dann nennen wir Sascha einen Neo-Normalen.«

Marlis lachte. Sie waren sich also nach dem langen Hin und Her einig. Mehr Zeit, sich das Hirn zu verrenken, blieb sowieso nicht, denn sie bog mit dem Wagen bereits in die Zufahrt zu Saschas Haus ein. Am Ende war er gar nicht da. Vorher anzurufen hätte nichts gebracht. Sie hätten ihm sagen müssen, warum sie vorbeikommen wollten. Marlies hielt es für das Beste, mit der Tür ins Haus zu fallen.

Der Parkplatz für den Porsche war frei. Das wusste Marlis schon vorher, denn Jana hatte ihr eine Nachricht auf dem Messenger zukommen lassen. Kurz und bündig, dass sie sich mit Leon treffen würde. Das arme Ding. Wahrscheinlich wollte sie noch einmal vom Honigtopf der Liebe kosten, bevor alles aufflog. Diese Möglichkeit lag Marlis genauso im Magen wie das Theater um Jürgens Erbschaft.

Ein grüner Jaguar stand neben dem Haus. Marlis tippte darauf, dass Sascha da sein würde.

Marlis stoppte den Wagen direkt vor der Terrasse, deren Tür offen stand, und stieg aus, um Jürgens Rollstuhl aus dem Kofferraum zu holen. Als sie ihn aufklappte, bekam sie aus den Augenwinkeln mit, dass sich an einem der Fenster im ersten Stock etwas regte. Sie sah hinauf und war sich sicher, dass dort oben Sascha stand. Vermutlich lag dort sein Arbeitszimmer. Er war inzwischen bestimmt schon auf dem Weg nach unten, denn am Fenster stand nun niemand mehr.

Jürgen hievte sich ganz allein auf seinen mittlerweile seitlich aufgeklappten Rollstuhl und ordnete eilig seine Beine auf den Fußstützen. Ein untrügliches Zeichen dafür, dass er gerade adrenalingeladen war. Marlis hatte den Stuhl festhalten müssen, damit er bei dieser Aktion nicht wegrutschte.

»Er hat uns gesehen«, gab sie Jürgen zu verstehen.

Er nickte und holte erst einmal tief Luft. Marlis klappte derweil die Seite des Rollstuhls wieder nach oben.

»Na, so eine Überraschung«, ertönte es auch schon von der Terrasse.

Sascha kam ihnen im Business-Outfit entgegen. Das weiße Hemd sah gebügelt aus, ebenso die hellbeige Hose. Die fette Rolex an seinem Handgelenk funkelte Marlis entgegen.

»Wie geht es Ihnen? Leon hat mir erzählt, dass Ihnen schlecht wurde. Es tut mir wirklich sehr leid. Ich sollte dem Catering-Service Bescheid geben, dass sie kleine Schildchen vor den Schalen aufstellen, damit jeder weiß, was in den Speisen drin ist. Ich vertrage beispielsweise keine Erdbeeren und kriege Ausschlag, wenn ich welche esse.«

Marlis wunderte sich über seine Redseligkeit. Offenbar hatte er es sich tatsächlich zu Herzen genommen, was ihn in einem überraschend positiven Licht zeigte.

»Geht schon wieder«, erwiderte Jürgen knapp.

»Möchten Sie hereinkommen? Vielleicht etwas trinken? Hier in der Sonne ist es ziemlich heiß.«

Jürgen sah Marlis fragend an. Sie nickte, also tat er es auch.

»Was verschafft mir die Ehre Ihres Besuchs?«, wollte er auf dem Weg zur Rampe wissen, die ins Haus, aber auch seitlich zu seiner Terrasse führte.

»Es gibt da etwas, was ich mit Ihnen besprechen muss«, kündigte Jürgen an.

»Wegen dem Empfang? Leon?«

Eine andere Erklärung schien es für Sascha nicht zu geben. Wahrscheinlich wusste er auch, dass Leon mit ihrer Enkelin unterwegs war. Marlis würde an Saschas Stelle in die gleichen Richtungen denken, räumte sie innerlich ein.

»Nein … es ist eher geschäftlicher Natur.«

»Geschäftlich? Geht es um Vermietung? Möchten Sie hier etwas mieten oder kaufen?«

Ebenfalls naheliegende Gedanken.

»Es geht tatsächlich um ein Haus.«

»Na, da finden wir bestimmt etwas Passendes. Leon hat mir erzählt, dass Sie in dieser Dorfpension wohnen. Kein Pool, kein Balkon. Haben die überhaupt eine Klimaanlage? Um die Zeit sind noch einige meiner Wohnungen frei, oder lieber ein Ferienhaus? Wie lange sind Sie noch hier?«

»Eigentlich nur bis zum Ende der Woche«, antwortete Marlis.

»Ach, nur so kurz? Hören Sie, für die paar Tage … Wenn Ihnen die Pension nicht mehr zusagt, ziehen Sie um. Sie zahlen nur die Putzfrau und haben Luxus pur. Alle meine Objekte verfügen über einen Pool mit Gegenstromanlage und Massagestrahler.«

Marlis war baff. Noch eine überraschend positive Seite. Hatten sie ihn etwa falsch eingeschätzt?

»Und wenn es Ihnen gefällt, können Sie es ja gerne auf einem der Reiseportale weiterempfehlen, oder Sie kommen wieder, für länger.«

Aha, den Geschäftsmann konnte er wohl doch nicht so ganz abstreifen. Sicherlich zeigte er sich nur deshalb so großzügig, weil er wusste, dass sein Sohn sich in ihre Enkelin verschossen hatte.

»Nehmen Sie doch Platz«, bot er Marlis an, nachdem sie die Terrasse erreicht hatten.

Jürgen gesellte sich zu ihr.

»Wasser, Wein oder vielleicht eine kühle Schorle?«

»Für mich nur Wasser bitte«, bat Marlis. Jetzt nur einen klaren Kopf bewahren.

Jürgen schloss sich dem an. »Mir auch, bitte.«

Sascha öffnete einen kleinen Kühlschrank, der neben den Sitzgelegenheiten auf der Terrasse stand, und zog dort eine große Wasserflasche heraus. »Möchten Sie noch Eiswürfel?«

Marlis schüttelte den Kopf. Sascha holte daraufhin Gläser aus der neben dem Kühlschrank stehenden Anrichte, stellte sie auf dem Tisch vor ihnen ab und schenkte ihnen ein.

»Es geht um Ihr Ferienhaus neben dem von Herbert Gründer«, kam Jürgen zur Sache.

»Sie kennen es?«, fragte Sascha überrascht, während er sein Glas nun auch befüllte.

»Es ist so: Das Haus gehört Ihnen eigentlich nur zu Hälfte«, erklärte Jürgen.

Jetzt war es endlich raus.

Sascha blieb wie vom Donner gerührt stehen und musterte Jürgen, als ob er nicht mehr alle Tassen im Schrank hätte.

»Zur Hälfte? Wem gehört denn dann die andere Hälfte?« Sein angenehmer Tonfall verlor sich.

»Mir.«

Sascha lachte auf. »Soll das ein Witz sein? Das ist das Haus meiner Mutter.«

»Gab es ein Testament?«, meldete sich Marlis zu Wort. Das gab Jürgen die Gelegenheit, wieder Luft zu holen.

»Wieso ein Testament? Ich bin ihr Sohn. Das Haus steht auf spanischem Boden. Also bin ich ihr Erbe. Was geht Sie das überhaupt an?«

Jürgen zog eine Klarsichtfolie aus seiner Herrentasche, die am Rollstuhl hing. Sie hatten sich am Empfang beim Notar noch eine Kopie machen lassen, denn ein zerrissenes Vermächtnis war nichts mehr wert. Jürgen reichte ihm wortlos die Kopie.

»Es ist so. Herr Renner hat ein Vermächtnis.«

»Renner? Ich dachte, Sie heißen Werner? Moment. Jürgen Renner? Sie sind das also in meinem Haus.«

Jürgen nickte.

Nun musste sich Sascha setzen. Er hielt das Papier in Händen und bekam, während er las, immer größere Augen. »Mama hat Ihnen …?«

»Ja«, sagte Jürgen nur.

»Das kann nicht sein. Unmöglich. Warum sollte sie einem Fremden …«

»Ich war kein Fremder.«

Sascha fielen fast die drei Seiten aus den Händen. Er legte sie auf dem Tisch ab. Hastig trank er erst einmal einen Schluck Wasser.

»Wir waren mal ein Paar.«

Darauf hatte Jürgen sich mit Marlis verständigt. Vielleicht reichte das ja schon. Die nächste Eskalationsstufe wäre, dass seine Mutter seinen Vater betrogen hatte.

»Wann war das? Bevor Sie meinen Vater geheiratet hat?« Dummerweise hakte Sascha jetzt natürlich nach.

»Wir haben uns vorher kennengelernt.«

»Moment. Meine Eltern haben jung geheiratet. Waren Sie die Jugendliebe meiner Mutter?«

Für Marlis klang Jürgens Frage so, als müssten sie nun die nächste Stufe der Rakete zünden. »Sie war seine große Liebe und er die Ihrer Mutter.«

Das musste Sascha erst einmal sacken lassen und mit einem weiteren Glas Wasser runterspülen. Sein Blick fiel erneut auf das Vermächtnis.

»Das hat sie doch erst kurz vor ihrem Tod geschrieben«, stellte er rechthaberisch fest.

»Stimmt«, bestätigte Jürgen.

Sascha nahm das Dokument an sich und begutachtete es, als ob er die Echtheit eines Schmuckstücks prüfen würde. »Kann nicht sein. Meine Mutter hat meinen Vater geliebt.«

Sascha abwehrende Haltung war Marlis' Ansicht nach normal.

»Wer sagt mir, dass es echt ist? Meine Mutter hatte keine schöne Handschrift. Das Gekrakel kann jeder fälschen.«

»Es gibt aber bestimmte Ähnlichkeiten. Dazu muss man keinen Graphologen bemühen.«

»Ähnlichkeiten? Zu was? Haben Sie noch etwas, abgesehen von diesem Vermächtnis?«

Jürgen nickte.

»Offen gestanden hatten wir gehofft, dass Sie dazu bereit wären, eventuell nach alten Briefen oder anderen Schriftstücken Ihrer Mutter zu suchen. Zu Ihrer eigenen Beruhigung und Rückversicherung, dass alles in Ordnung ist«, erklärte Marlis wie mit Jürgen auf der Herfahrt abgesprochen.

»Ich wühle nicht in der Vergangenheit. Mir reicht die Gewissheit, dass Sie Unsinn erzählen. Von wegen großer Liebe …«

Marlis überlegte, ob Jürgen ihm nun auch noch Sofías Brief in die Hand drücken würde. Das wäre dann der Nuklearschlag. Er tat es nicht. Stattdessen holte er eine weitere Kopie heraus. Lediglich einen Schnipsel, auf dem »Was für ein wunderschöner Sonntag im Kreis meiner Lieben« stand. Die dazugehörigen Fotos waren weggeschnitten. Er reichte ihn ihm.

Saschas Stirn legte sich in Falten, als er sich die Schrift besah. Auf einmal funkelte es zornig in seinen Augen.

»Ich kenne das. Das ist aus unserem Familienalbum. Woher haben Sie das?«

Jürgen entgegnete nichts darauf. Marlis war baff, dass er sich daran erinnerte. Das hätte sie genauso wenig wie Jürgen erwartet.

»Was spielt das für eine Rolle? Wir haben mehr Schriftproben.« Jürgen zuckte scheinbar gelassen mit den Schultern.

Sascha musterte ihn argwöhnisch. »Verstehe … Auch eine Art, um an Geld zu kommen. Eine originelle Variante. Ich frage mich nur, wie Sie das Fotoalbum in die Finger gekriegt haben. Auf dem Empfang? Wissen Sie was? Sie trinken aus und dann schleichen Sie sich. Ich telefoniere gleich mit meinem Anwalt. Ich nehme auch an, dass Sie immer noch in meinem Haus sind. Sie dürfen gerne noch bis zum Wochenende drinbleiben. Gratis. Sie kriegen sogar wieder Strom. Das mache ich Leon zuliebe. Einen schönen Tag noch.«

Sascha stand auf und stapfte ins Haus.

»Scheiße«, kommentierte Marlis, als er weg war.

»War einen Versuch wert.« Jürgen wirkte niedergeschlagen.

»Du hättest ihm auch Sofías Brief geben können.«

»Davon habe ich keine Kopie und … ich wollte nicht, dass er es weiß, allein schon Leon zuliebe.«

Marlis holte tief Luft und trank hastig ihr Glas aus.

Jürgen ließ seines stehen. »Vielleicht sollten wir das alles doch vergessen. Jahrelang prozessieren? Gegen den? Der hat sicher irgendeinen Staranwalt aus Madrid an der Hand.«

»Na, wenigstens hat er dir den Schnipsel nicht abgenommen«, stellte Marlis erleichtert fest.

»Den will ich wirklich nicht als Sohn haben. Lass uns gehen.«

Marlis nickte. Nur allzu gut konnte sie das verstehen.

Was könnte schöner sein, als nach dem Schwimmen an Deck auf den Planken eines Segelschiffes, das die Wellen sanft hin und her wiegten, in der Sonne zu chillen? Aber natürlich nicht allein. Denn neben ihr lag Mr Adonis, der ihre Hand hielt. Und das schon, seitdem er sich zu ihr gelegt hatte. Wettschwimmen zum Strand im um die Jahreszeit doch recht frischen Meer machte müde. Erst recht, wenn die Wärme wohlig von den Planken in den Rücken kroch und herrlich schwer machte. Das nannte man Urlaub vom Feinsten. Aus einem Bluetooth-Speaker lief entspannende Loungemusik, aber gerade so laut, dass sie noch das Plätschern der Wellen gegen den Bug hören konnte. Ab und an vernahm man den Schrei einer Möwe. Das war hypnotisch für sie, aber auch für ihn. Einfach bloß so daliegen, tiefenentspannt. Schlief er etwa? Jana realisierte erst in diesem Augenblick, dass sie sich bis eben auch ins Land der Träume begeben hatte. Seine Hand lag erschlafft in ihrer. Das Boot schaukelte stärker und der Wind brachte die heruntergelassenen Segel zum Flattern. Jana lugte zu Leon hinüber. Als ob er das gemerkt hätte, rekelte er sich und öffnete die Augen. Sie drehte sich zu ihm. Anscheinend waren ihre Körper Magneten, denn er vollzog die gleiche Bewegung. Sie sahen einander direkt in die Augen. Dann begann er, sie sanft zu streicheln. Der Macho lächelte verwegen und näherte sich ihr. Schon berührten sich ihre Lippen, die Zungen und als Nächstes ihre Körper. Eng umschlungen Streicheleinheiten genießen, sich spüren, erkunden. Noch nicht einmal der nahe Schrei einer Möwe riss Jana aus der Trance im Reich der Leidenschaft. Dafür aber ein bekannter Klingelton. Nicht jetzt! Auch Leon wirkte nicht mehr so ganz bei der Sache, hörte aber trotzdem nicht auf, sie zu küssen. Das ging bei Jana nicht mehr, denn der Frosch quakte weiter, doch irgendwie klang das Geräusch anders. Vermutlich lag das an der Akustik hier an Bord. Ihr Handy lag auf dem kleinen weißen Tisch neben der Kajüte und gut drei Meter entfernt.

»Ich stell auf Flugmodus«, entschied Jana.

»Nein. Ich stell auf Flugmodus. Das ist mein Vater.«

»Aber das ist doch Philipp.«

»Ich habe mir den gleichen Klingelton runtergeladen.«

»Für deinen Vater?«

»Er nervt auch«, erklärte er lächelnd.

Sein Handy lag neben ihrem. Beide starrten mittlerweile darauf. Es hörte einfach nicht auf zu quaken.

»Das macht er sonst nie.«

»Anrufen?«

»So lange klingeln lassen.«

»Vielleicht macht er sich Sorgen, weil wir mit dem Segelboot unterwegs sind.«

»Sorgen? Die würde er sich erst machen, wenn ich morgen früh noch nicht daheim wäre. Ich geh mal besser ran.« Leon löste sich von ihr und stand auf.

Sein Handy hörte nicht auf zu klingeln. Wenigstens war es nicht Philipp.

Leon stand noch für ein paar Augenblicke vor dem Handy. Er hoffte anscheinend, dass es verstummte. Na endlich! Das Teil gab Ruhe.

Leon sah sich um, blickte erst nach oben und dann zum Horizont.

Jana richtete sich ebenfalls auf. Da zogen dunkle Wolken heran, was auch den auffrischenden Wind und das stärkere Schwanken des Bootes erklärte.

»Wir sollten besser zurückfahren. Es ist Miguels Boot«, meinte Leon. »Bei dem Wind schaffen wir es locker zurück zum Hafen. Lichtest du den Anker?« Er drückte ihr die Fernbedienung für die Ankerwinde in die Hand.

Wie es ging, hatte er ihr bereits erklärt, als sie aufgebrochen waren. Faszinierend. Per Knopfdruck bewegte sich die Kette nach oben. In der Zwischenzeit hisste er das erste Segel.

Jana hatte den Himmel im Blick. Die Wolken sahen bedrohlich aus und kamen vom Meer. Wenn sie nahe an der

Küste blieben, müssten sie es noch ohne Sturmfahrt schaffen, zumindest hoffte sie das.

Die Ankerkette war nun oben. Leons Handy quakte erneut los. Auch Leon wurde darauf aufmerksam. Er war gerade dabei, das große Segel zu hissen, überlegte offenbar für einen Moment, das Gespräch anzunehmen, und ließ dann von den Seilen ab.

»Vielleicht ruft er wegen dem Wetter an«, sagte er und erbarmte sich schließlich ranzugehen.

»Paps? Was gibt's? Wir sind an der Küste, südlich von Jávea ...«

Jana sah sich in ihrer Vermutung bestätigt. Warum sonst hatte Leons Vater das wissen wollen.

»Was?« Leons Miene verfinsterte sich.

Anscheinend lag doch ein schlimmeres Unwetter als gedacht vor ihnen. Gab sein Vater ihm gerade einen detaillierten Wetterbericht für Segler durch? Leon hörte ihm gebannt zu.

»Wir waren oben, ja ... Von Oma? Das glaube ich jetzt nicht. Ja. Bis später.«

Jana fragte sich, warum Leon auf einmal so niedergeschlagen dastand. Er legte das Handy wortlos auf den Tisch und musterte sie auf eine unangenehme Art und Weise. Seine Augen wurden zu schmalen Schlitzen. Irgendetwas beschäftigte ihn.

»Das Familienalbum, als wir oben in meinem Zimmer waren. Hast du da Fotos gemacht? Daraus Seiten fotografiert?«

Das Unwetter war da. Seine Worte waren schlimmer als Blitz, Donner und Hagel zusammen. Janas Magen zog sich zusammen.

»Dein Opa war bei meinem Vater ... Er behauptet, eines seiner Häuser geerbt zu haben. Jetzt sag schon: Hast du das Album fotografiert?« In seiner Stimme schwangen Ärger und zugleich Enttäuschung mit.

Jana nickte mit gesenktem Haupt. Sie konnte ihm nicht mehr ins Gesicht sehen.

»Aber warum? Warum? War das alles bloß Theater? Von Anfang an? Hast du dich nur deshalb mit mir abgegeben? Alles, um an eine Schriftprobe meiner Großmutter hernazukommen? Ich dachte, da wäre mehr …«

»Ich wollte das doch nicht, aber Jürgen war so verzweifelt wegen der Erbschaft. Der Anwalt sagte, er bräuchte eine Schriftprobe zum Vergleich mit dem Vermächtnis. Du hast es mir gezeigt und … Ich hab in dem Moment an Jürgen gedacht.«

»An Jürgen?« Leons Stimme überschlug sich.

»Er ist nicht mein Opa.« Jetzt mussten gleich alle Karten auf den Tisch.

»Wer dann? Noch mehr Theater?«

»Unser neuer Nachbar in Freiburg. Wir haben ihn nach Spanien begleitet, weil er einen Unfall hatte … also nicht den, der ihn in den Rollstuhl gebracht hat. Sein Auto war kaputt und dafür konnten wir in seinem Haus wohnen.«

Leon sah sie so an, als würde sie ihm gerade einen Mord gestehen.

»In eurem Ferienhaus«, schob sie noch kleinlaut hinterher.

»Aber du wohnst doch in der Pension?«

»Nein. Ich hatte Angst, dass wir uns nicht mehr sehen können, wenn du weißt, dass wir in dem Haus deines Vaters wohnen, aber es gehört Jürgen wirklich. Er hat es von deiner Großmutter geerbt.«

»Was?«

»Sie waren ein Paar. Sascha ist Jürgens Sohn. Und du bist sein Enkel. Ich dachte beim Knipsen auch, dass ich was Gutes tue, damit endlich alles ans Licht kommt und Jürgen alles beweisen kann.«

Leon raufte sich die Haare und tigerte fassungslos von einer Seite des Bootes zur anderen. Gerade als er sich fing und tief Luft holte, erfasste eine kräftige Windböe das Boot. Leon stand genau vor dem ersten Segel. Es blähte sich abrupt auf, schwang mit dem Baum nach vorne und traf Leons Hinterkopf. Er verlor das Gleichgewicht, geriet ins Taumeln und ging mit der nächsten Böe, die das Segel nun derart verriss, dass das Boot in Schieflage geriet, über Bord.

»Leon!«

Jana sprang auf. Geistesgegenwärtig betätigte sie die neben ihr liegende Fernbedienung. Der Anker musste wieder runter, sonst driftete das Boot ab. Ohne zu zögern, hechtete sie ins Wasser. Von Leon keine Spur. Das Meer schien ihn verschluckt zu haben.

Jana tauchte auf, schnappte nach Luft und sah sich panisch um. Leon kam keine drei Meter neben ihr zum Vorschein, doch er bewegte sich nicht. Jana schwamm zu ihm, so schnell sie nur konnte. Sein Kopf musste raus aus dem Wasser. Jana schlang ihre Arme um seinen Brustkorb. Blut rann aus seinem Kopf. Sie spürte seine Atmung nicht mehr. Zum Ufer waren es gut und gern etwas über fünfzig Meter. Jana schwamm auf dem Rücken und zog ihn hinter sich her. Zugleich rief sie um Hilfe, so laut sie nur konnte. »Ayuda!«

Aus den Augenwinkeln bekam Jana mit, dass sich eine Menschentraube am Strand bildete. Zwei kräftige junge Männer liefen ins Wasser. Ein dritter in roter Badehose bahnte sich den Weg durch die Schaulustigen.

Jana konnte bald nicht mehr. Leons Gewicht hinderte sie daran, schneller vorwärtszukommen. Er fühlte sich an wie ein zentnerschwerer nasser Sack.

Endlich erreichte sie eine Stelle, an der das Wasser flacher wurde, und fand mit ihren Füßen Halt auf dem Meeresboden. Da tauchte einer der jungen Männer neben ihr auf. Er schob seine Arme unter Leon. Ein zweiter war ebenfalls zur Stelle.

»Español? English? Deutsch?«, fragte er nur.

»Deutsch.«

»Ich mache das«, forderte er sie auf.

Jana wollte Leon erst gar nicht loslassen, tat es dann aber doch aus Erschöpfung.

Es waren nur noch wenige Meter bis zum Strand.

Der Mann, der ihn mithilfe des anderen aus dem Wasser zog, schien der Bademeister zu sein. Jana watete erschöpft hinterher. Kaum lag Leon am Strand, zögerte er keine Sekunde mit dem Versuch, ihn wiederzubeleben. Er presste rhythmisch seinen Brustkorb, beatmete ihn Mund zu Mund. Jana stand daneben, sank schließlich auf die Knie. Hilflos und panisch, dass Leon nicht mehr zu sich kommen würde. Tränen der Verzweiflung standen in ihren Augen. Sie gab sich die Schuld. Das wäre alles nicht passiert, wenn sie ihn nicht von Anfang an belogen hätte.

Leon begann zu krampfen und spuckte Wasser.

Ihre Blicke begegneten sich.

»Jana«, hauchte er. Er hustete. Doch sein Kopf sank zurück in den Sand.

Der Bademeister legte seinen Kopf auf Leons Brust.

»Er lebt, aber sein Kopf ...« Besorgt begutachtete er die Wunde.

Jana hörte das Martinshorn. Hoffentlich kam die Hilfe nicht zu spät. Sie griff nach Leons Hand. Sie fühlte sich kalt und leblos an.

Ein Krankenwagen hielt am Strand. Zwei junge uniformierte Sanitäter stiegen aus und holten eine Pritsche heraus.

Jana tastete nach Leons Puls. Sie spürte ihn nur noch schwach.

»Leon.« Ihre Stimme versagte. Es klang wie ein Krächzen. Er reagierte nicht darauf.

Einer der Sanitäter bat Jana mit einer auffordernden Geste, zur Seite zu gehen. Sie stand auf, um Platz zu machen. Er und sein Kollege legten Leon vorsichtig auf die Pritsche. Einer der Uniformierten bedeckte ihn mit einer Wärmeplane.

»Wohin bringen Sie ihn?«, wollte Jana wissen.

»In die Notaufnahme nach Jávea.«

»So kann ich nicht mitfahren.« Jana sah an sich herunter.

»Sind Sie verwandt? Seine Freundin?«, fragte der Bademeister.

Jana nickte stumpf, ihren Blick auf die beiden Sanitäter gerichtet, die Leon auf der Pritsche zum Wagen trugen.

»Sie waren mit ihm auf dem Segelschiff?«

Erneut nickte sie.

»Wir holen Ihre Sachen. Ich fahre Sie dann zum Bus oder rufe ein Taxi.«

»Danke.«

Der Krankenwagen fuhr los.

»Kommen Sie.« Der Bademeister deutete auf einen Jetski, mit dem er sie hoffentlich schnell zurück an Bord und dann wieder hierherbringen würde. Sie musste so rasch wie möglich in die Klinik.

Ein Griff ins Klo. Anders konnte man den Besuch beim Herrn Orangenbaron Sascha Breitner ja wohl kaum bezeichnen. Noch bis zu ihrem Treffen mit spürbarem Kampfgeist beseelt, hing Jürgen schon in den Seilen, seitdem er wieder in ihren Wagen gestiegen war. Marlis konnte das nur allzu gut verstehen und wusste momentan auch keinen besseren Rat, als sich erst einmal zu fangen – bei einem kühlen Drink auf der Terrasse des Hauses, von dem er mittlerweile glaubte, dass es ihm wohl nie gehören würde. Zu dem Schluss war er während der Fahrt gelangt. Allein schon deshalb, weil es viel zu risikoreich sei, einen Anwalt zu engagieren, um dann einen jahrelang andauernden Prozess letztlich doch zu verlieren. Marlis überlegte, welche Möglichkeiten es gäbe, um vor Gericht glaubhaft zu machen, dass ihm die Hälfte zustand. Der letzte Trumpf, der Brief von Sofía, könnte ebenfalls nicht stechen, wenn es blöd lief. Aussage gegen Aussage. Marlis traute Sascha zu, dass er vor Gericht bezeugen würde, seine Mutter wäre in ihren letzten Tagen nicht mehr Herrin ihrer Sinne gewesen. Um einen Prozess eventuell doch zu gewinnen, würde einzig und allein ein Gentest weiterhelfen. Nur mit dem könnte Jürgen regulär nachweisen, dass er Saschas Vater und somit Sofías Liebhaber gewesen war, was Sofías berechtigtes Interesse legitimieren würde, ihm das Haus zu vererben. Doch konnte das Gericht Sascha dazu zwingen? Marlis hatte keine Ahnung. Nachdem sie während der Rückfahrt all dies besprochen hatten und im Hinterkopf behielten, galt es, nun erst einmal die Birne wieder frei zu kriegen.

Marlis befüllte in der Küche zwei Gläser mit Weißwein und gab Eiswürfel mit dazu. Jürgen saß in seinem Rollstuhl auf der Terrasse und starrte auf die vor ihm liegenden Felder. Wo er in Gedanken war, konnte sie sich denken.

»Hier. Das erfrischt.« Sie reichte ihm das Glas.

»Auf was wollen wir anstoßen? Auf eine reibungslose Rückfahrt?«

»Du willst jetzt doch kampflos aufgeben?«

Jürgen zuckte mit den Schultern.

»Und wenn du noch einmal mit dem Anwalt sprichst und wegen dem Gentest nachfragst?«

Jürgen winkte ab. Immerhin trank er ein paar Schlucke. Er stellte das Glas ab und sah sie nun direkt an.

»Marlis. Das alles hier. Es ist ja sowieso nicht mehr das Haus von früher. Nur noch der Pavillon. Ich hätte gar nicht erst herkommen sollen, aber die Finanzen … Erst habe ich mir geschworen, nie wieder nach Spanien zu reisen. Dann der Brief von Pascual. Auf einmal taucht Sofía nach ihrem Tod wie ein Geist in meinem Leben auf. Ein Haus erben als Wiedergutmachung, weil sie sich doch für Dieter entschieden hat? Nichts mit einem Schwerbehinderten zu tun haben wollte?

Etwas von so einem Menschen annehmen? Manchmal ist es vielleicht doch besser, die Vergangenheit ruhen zu lassen. Hier wohnen? Nach Spanien ziehen? Diese Überlegungen kommen ja noch mit hinzu. Und nun? Prozessieren? Mit ungewissem Ausgang?«

»Wolltest du wirklich nur hierherfahren, weil die monatlichen Zuwendungen ausblieben?«

Marlis' Frage beschäftigte ihn. »Auch, aber das war es nicht allein. Ich habe mir klargemacht, dass ich nur zu feige war, Dieter unter die Augen zu treten. Das hätte mich aufgewühlt, die alten Wunden aufgerissen. Ich wusste, dass ich mich dem stellen muss, obwohl ich es mir nicht eingestanden habe. Und nun? Alles für die Katz.«

»Unsinn. Erstens ist noch nicht alles verloren und zweitens hätten wir uns ohne diese Reise vermutlich nur im Hauseingang gegrüßt.«

Jürgen schaute ihr direkt in die Augen. Ein sanftes Lächeln umspielte seine Lippen.

»Du hättest mir schon noch die Wäsche hochgetragen … und gebügelt.«

Wenigstens konnte er wieder so verschmitzt grinsen. Allerdings schrie seine Bemerkung förmlich nach einer weiteren Kopfnuss, doch die fing er diesmal ab. Stattdessen fuhr er mit seinem Daumen zärtlich über ihren Handrücken. Marlis musste gar nichts mehr weiter sagen. Was für ein schöner Moment. Sie konnte sich sogar vorstellen, mit ihm hier künftig für den Rest ihres Lebens auf der Terrasse zu sitzen. Einfach nur in die Ferne schauen, bei einem Glas kühlem Wein, in dem Eiswürfel schwappten. Nichts als Träumereien!

»Na, ihr beiden Turteltäubchen?«

Das war unverkennbar Herberts Stimme, die vom Weg an der Hecke erklang.

»Jana ist weg. Ihr wart weg. Ich habe schon die Dame an der Wursttheke im Supermarkt zugelabert – zwecks sozialen Kontakts. Ich habe Fisch eingekauft. Für heute Abend. Wenn ihr wollt? Gibt es etwas Neues? Wolltet ihr nicht zum Anwalt?« Herbert kam zu ihnen.

»Bringt alles nichts. Wir waren bei Sascha.«

Da wurden Herberts Augen groß.

»Und, was hat er gesagt?«

»Er hat uns mehr oder weniger rausgeschmissen«, erklärte Marlis.

»Obwohl ihr ihm das Vermächtnis und den Brief gezeigt habt?«

»Nur das Vermächtnis«, berichtete Jürgen. »Er hat uns kein Wort geglaubt und wollte gleich, nachdem wir gegangen sind, mit seinem Anwalt telefonieren. Einfach abhaken.« Jürgen klang nun schon gelassener.

»Abhaken? Wie bitte? Und was mache ich? Ich darf mir im Sommer dann wieder das Geplärre von besoffenen Touristen anhören, nölende Kinder, laute Musik bis tief in die Nacht.«

Herberts Theatralik war unbezahlbar. Marlis glaubte ihm dennoch jedes Wort.

»Aber zum Fischessen kommt ihr. Und irgendwann auch mal zu Besuch!«

Marlis nickte. Jürgen ebenfalls.

In dem Moment klingelte Marlis' Handy. Sie kramte es aus ihrer Tasche.

»Jana«, erklärte sie der Herrenrunde und nahm das Gespräch an.

»Oma. Ich bin auf dem Weg zum Krankenhaus. Wir waren segeln. Leons Vater rief an. Oma. Leon weiß jetzt über alles Bescheid. Er war wütend, hat nicht aufgepasst. Wind kam auf und der Baum vom Segel hat ihn am Kopf getroffen. Er fiel ins Wasser und war bewusstlos. Ich bin so fertig. Alles ist doch meine Schuld. Könnt ihr mich später abholen? Ich hab kein Geld mehr für noch ein Taxi und die akzeptieren keine Zahlungen mit dem Handy.«

Marlis musste sich setzen und erst einmal tief Luft holen. »Wohin fährst du? Wo ist die Klinik?«, fragte Marlis aufgeregt nach.

Herbert und Jürgen tauschten besorgte Blicke.

»Zur Unfallklinik in Jávea. Das Krankenhaus heißt Hospital Marina. Wir sind da. Melde dich, wenn ihr losfahrt. Bis dann.«

Marlis starrte auf das Handy.

»Was ist passiert?«, wollte Jürgen wissen.

»Leon hatte einen Unfall und liegt im Krankenhaus. Jana sagte, dass er über alles Bescheid weiß. Ich muss sie abholen.«

»*Wir* müssen sie abholen«, betonte Jürgen mit fester Stimme.

»Soll ich euch fahren?«, hakte Herbert nach.

Marlis schüttelte den Kopf. Das war eine Familienangelegenheit und betraf ihre Enkelin und Jürgen als Leons Opa. Wie nahe ihm der Unfall seines Enkels ging, ließ sich an seinem Gesichtsausdruck ablesen.

Kapitel 15

Die Klinik machte bereits von außen mit ihrer verglasten Fassade und einem eher futuristisch anmutenden Baustil, ein Quaderbau mit mehreren Elementen, die quer über dem Hauptgebäude lagen, einen hochmodernen Eindruck. Auch ihr Innenleben wirkte auf Jana vertrauenerweckend. Die Notaufnahme war unhektisch. Der Empfangsbereich erwies sich sogar als mehrsprachig. Doch was nützte es, eine deutschsprachige Schwester am Tresen vor sich zu haben, der sie ihre Situation erklären konnte, wenn sie in keinem verwandtschaftlichen Verhältnis zu Leon stand? Ihre Bitte um Auskunft blieb ungehört. Schwester Yolanda, eine Frau Mitte dreißig mit lockigem Haar, das ihr Häubchen nicht gänzlich verdecken konnte, hatte ihr lediglich versichert, dass Leon in guten Händen sei und sie sich keine Sorgen zu machen brauche. Eben der Standardspruch der Spanier: »No te preocupes.« Allerdings hatte Schwester Yolanda ihr angeboten, im Wartebereich Platz zu nehmen. Wenn Leon zu sich käme, könne Yolanda ihn fragen, ob er Jana sehen wolle. Diese Auskunft hatte bei Jana für einen Magenkrampf gesorgt, denn sie war sich nach dem, was er nun wusste, nicht sicher, ob er sie überhaupt jemals wiedersehen wollte.

Oma wusste Bescheid. Sein Vater ebenfalls, nachdem Jana den Patientenfragebogen, so gut es ging, hatte ausfüllen lassen.

Der nicht sehr bequeme Plastikstuhl fühlte sich mittlerweile an wie eine Folterbank. Ihr graute auch davor, seinem Vater unter die Augen zu treten; doch die Sorge um Leon überwog. Hierbleiben und ausharren. Jana nahm sich vor, die Klinik erst wieder zu verlassen, wenn sie wusste, dass es ihm gut ging. Mit einer Kopfverletzung war nicht zu spaßen. Die Wunde hatte sie noch vor ihrem geistigen Auge, das viele Blut im Wasser ebenso. Ob ein Stoßgebet wohl helfen würde? Jana betete sonst nie. Die besonderen Umstände zwangen sie dazu.

Immer wenn die Tür zum Behandlungsbereich der Notaufnahme aufging, zuckte sie zusammen. Dabei war noch gar nicht sicher, ob sie ihn durch diese Tür, hinter der er vor einer guten Stunde verschwunden war, auch wieder herausfahren würden. Bei Bewusstsein? Jana hoffte es von Herzen. Zum wiederholten Male blickte sie auf die Uhr. Je länger er dort drinblieb, desto größer musste das Problem sein, redete sie sich ein.

Erneut ging die Tür zu dem Trakt auf. Nach Leon waren zwei weitere Leute hineingebracht worden. Ein älterer Herr, der genau wie Leon mit Tropf am Arm auf der Pritsche gelegen hatte, und eine hochschwangere Frau, der anscheinend die Fruchtblase geplatzt war, ihren völlig hysterischen Ehemann im Schlepptau. Das alles mitanzusehen sorgte nicht gerade für Beruhigung.

Jana brach der Schweiß aus, als Schwester Yolanda um den Tresen herumging und schnurstracks auf sie zusteuerte. Vorhin, als sie Angaben zu Leon gemacht hatte, war sie ihr unbeschwerter vorgekommen. Warum lächelte sie nicht wie noch vor fast einer Stunde?

»Frau Werner. Ich sagte Ihnen ja, Sie müssen sich keine Sorgen machen.«

»Wie geht es ihm? Musste er operiert werden? Alles in Ordnung?«, fragte Jana atemlos.

»Das darf ich Ihnen leider nicht mitteilen, aber er kann es Ihnen selbst sagen«, erklärte sie, womit Jana erst einmal ein gefühlter Zentner von den Schultern fiel.

»Doktor Sánchez war strikt dagegen, aber Herr Breitner bestand darauf.«

Jana wäre Schwester Yolanda am liebsten um den Hals gefallen.

»Folgen Sie mir.«

Jana folgte Schwester Yolanda zum Aufzug. Der brachte sie in die erste Etage. Die Schwester führte sie dort zum dritten Zimmer im Gang.

»Erschrecken Sie nicht. Er hat einen Kopfverband und ist noch etwas benommen.«

Jana nickte.

Schwester Yolanda sprach im Flüsterton weiter. »Die Schädeldecke ist nicht verletzt. Die großflächige Wunde ist inzwischen genäht. Aber er hat eine Gehirnerschütterung und müsste eigentlich ruhen. Jetzt gehen Sie schon rein«, forderte sie Jana auf und öffnete ihr die Tür.

Jana holte erst einmal tief Luft, bevor sie den mit Jalousien etwas abgedunkelten Raum betrat. Leon schien das zunächst gar nicht mitzukriegen. Vermutlich bekam er Beruhigungsmittel über den Tropf verabreicht, der neben dem Bett an dem Eisengestänge hing. Erst als sie näher trat, regte er sich und sah zu ihr.

»Jana.« Seine Stimme war schwach.

Er wirkte dennoch erleichtert, sie zu sehen.

Sie nahm sich einen Stuhl und setzte sich zu ihm ans Bett. »Ich bin so froh, dass du …«

»Du hast mich rausgezogen«, sagte er mit angeschlagener Stimme.

Jana nickte. Anscheinend hatte Schwester Yolanda ihren Bericht der Geschehnisse dem Arzt dezidiert mitgeteilt.

Leon tastete nach ihrer Hand.

»Es stimmt, Jana.« Leon bedeutete ihr, näher zu kommen. Das Sprechen fiel ihm sichtlich schwer.

»Jürgen Renner ... auf dem Empfang. Ich wusste ja bloß, dass er dein Opa war. Kannte nur seinen Vornamen.«

Jana verstand nur noch Bahnhof. Was fing er jetzt mit Jürgen an? Das mussten die Auswirkungen der Gehirnerschütterung sein, auch, dass er ihre Hand hielt, die einer feigen Lügnerin, die seine Familie ausspioniert hatte.

»Er ist mein Großvater«, murmelte er.

Jana war sich nun sicher, dass sein Hirn Schaden genommen haben musste. Sie hatte ihm das doch schon an Bord des Segelschiffes gesagt.

»Ich mochte meinen Großvater sehr. Dieter. Er lag im Sterben. Vater war verreist. Ich war allein mit ihm im Haus.«

Was faselte er da? Was hatte das alles mit Jürgen zu tun? Janas Herz schlug bis zum Hals.

»Er rief nach mir und hat dann von Jürgens Unfall erzählt. Sie waren gute Freunde. Aber Jürgen und meine Großmutter hatten was miteinander gehabt. Opa hatte gewusst, dass sie ihn betrog. Und als Jürgen den Unfall hatte, da hat Opa sich zunächst gewünscht, dass Jürgen ertrinkt. Er hat sich später vorgeworfen, ihn nicht früher aus dem Wasser gezogen zu haben. Dann säße er nicht im Rollstuhl. Mit diesen Gedanken starb er. Hielt noch meine Hand.« In Leons Augen lösten sich Tränen.

Jana saß geschockt und wie versteinert da.

»Wieso hast du mir denn nicht schon früher gesagt, dass Jürgen *der* Jürgen ist?«

»Ich hatte Angst, dass du mich dann nicht mehr sehen willst. Die Zeit war so schön mit dir. Ich dachte, dass es sowieso

auffliegt, und wollte wenigstens noch ein paar Tage mit dir …«
Janas Augen wurden angesichts ihrer Beichte nun auch wässrig.

»Die Zeit … Ja, sie war schön.«

Das klang in Janas Ohren wie ein Adiós.

»Kannst du nicht noch in Spanien bleiben, bis die mich hier wieder rauslassen?«

Das klang allerdings nach etwas ganz anderem. Sofort sorgte die Tränendrüse für Nachschub. »Tut mir leid, dass ich so einen Mist …«

»Schon okay«, unterbrach er sie. Er kniff für einen Moment die Augen zusammen und stöhnte. Das Gespräch hatte ihn zu sehr angestrengt.

»Mein Vater – ich habe ihm nie von Opas Beichte erzählt, denn er hatte es mir anvertraut, nicht ihm. Er wird bestimmt auch bald hier sein. Er war in Valencia. Braucht eine Stunde mit dem Wagen. Besser, ich ruh mich jetzt aus, denn nun ist der Zeitpunkt, es ihm zu erklären.«

Jana verstand. Sie hatte auch keine Lust, ihm über den Weg zu laufen, wenn es dazu nicht schon zu spät war.

»Versprich es mir«, verlangte Leon.

»Versprochen. Ich reise nicht ab.«

Sie löste sich von ihm und wischte sich die Augen trocken. Sie sahen sich direkt an, als er ihr ein aufmunterndes Lächeln schenkte. Allmählich sank sein Kopf ins Kissen. Zeit zu gehen. Hoffentlich kam Oma bald, um sie abzuholen.

Das letzte Mal, als Marlis ihre Enkeltochter mit dermaßen geröteten Augen gesehen hatte, war Jahre her. Klar, es war ja auch zum Heulen, wenn man wegen eines fehlenden Viertelpunkts in der dämlichen Matheklausur ein Semester dranhängen musste. All ihre Trotzattacken als Kind an der Supermarktkasse hinzugerechnet, hatte Janas Tränendrüse in jungen Jahren reichlich zu tun gehabt. Nach der Pubertät war damit abrupt Schluss gewesen. Nahe am Wasser gebaut war Jana nicht mehr, doch wann, wenn nicht heute, hätten die Schleusen denn aufgehen sollen? Thema Schuld und Vergebung. Auf der Heimfahrt vom Krankenhaus, wo Jürgen und Marlis sie am Ausgang aufgelesen hatten, waren diese beiden Themen aufgekommen. Natürlich trug Jana keine Schuld daran, dass Leon im Krankenhaus lag. Insofern gab es doch auch nichts zu vergeben. So leicht war Jana das aber nicht auszureden. Jürgen schien auf den gleichen Zug aufzuspringen.

»Hätte ich doch nur von Anfang an die Wahrheit gesagt.« Beide, und das regte Marlis mittlerweile auf, sahen anscheinend eine gewisse Schicksalshaftigkeit in den Ereignissen. Nichts da! Eine blöde Windböe war schuld, denn da oben saß kein Engelchen, das darauf gewartet hatte, bis Leon den Anruf seines Vaters erhielt, nur um ihm dann den Baum des Segels über die Rübe zu ziehen. Marlis' Erfahrung nach wirkte es, Sachverhalte so einfach zu formulieren.

Aber das hielt nicht lange vor. Kaum saßen sie auf der Terrasse des Ferienhauses, ging das Ganze von vorne los, was aber auch sicher daran lag, dass Herbert nun ins Bild gesetzt werden musste. Und der ließ es sich nicht nehmen, nun auch über »Schicksalshaftigkeit« zu philosophieren. Marlis servierte allen die übliche Weinschorle, die dem Anlass entsprechend mehr Wein als Schorle war. Das glättete die außer Kontrolle geratenen Hirnströme.

»Vielleicht hat es so sein sollen, dass ich Leon nicht sehen konnte«, sinnierte Jürgen.

»Das wäre zu viel für ihn gewesen, schätze ich mal.«

Herbert spielte den Oberpsychologen. Im Kern waren es naheliegende Gedankengänge, aber Marlis gedachte, Ausuferungen und Selbstgeißelungen wie auf der Herfahrt gleich im Keim zu ersticken.

»Er schläft. Das ist bei einer Gehirnerschütterung normal. Da braucht man Ruhe. Und im Schlaf kann man viel verarbeiten. Du kannst ihn ja morgen besuchen«, erklärte sie.

»Ob er mich denn überhaupt sehen will?«, zweifelte Jürgen.

»Warum soll er dich denn nicht sehen wollen?« Marlis verdrehte die Augen.

»Gut möglich, dass er sich die Illusion seines bisherigen Lebens bewahren möchte«, orakelte auch Herbert, der sie mit seinen Einwürfen noch ganz meschugge machte und weil er unentwegt an seinem Weinglas herumspielte.

»Leon hat mir erzählt, dass er sich gut mit seinem Großvater verstanden hat. Überlegt euch das mal: Dieter liegt im Sterbebett und schüttet Leon sein Herz aus, nicht seinem Sohn Sascha. Und jetzt ist der Mann, den sein Großvater zum Rollstuhlfahrer gemacht hat, sein neuer Großvater.« Jana schwenkte nachdenklich ihr Glas durch die Luft.

»Er wird sich auch mit Jürgen gut verstehen. Außerdem erinnere ich euch daran, dass sie auf dem Empfang aneinandergeklebt haben. Die perfekte Welle. Also macht euch nicht verrückt«, legte Marlis Jürgen, aber auch Jana nahe.

»Schon krass, dieser Dieter. Sieht seinen besten Freund abnippeln und überlegt eiskalt, ob er ihm überhaupt helfen soll«, meinte Herbert kopfschüttelnd.

»Er muss es schon länger gewusst haben, oder zumindest geahnt. Und wenn dann eine Frau von einem unfruchtbaren Mann schwanger wird …«, überlegte Jürgen.

»Kam es dir denn nie komisch vor, dass er dich so lange unterstützt hat?«, wollte Herbert wissen.

»Warum? Er hat sich die Schuld daran gegeben, mich nicht früher aus dem Wasser gefischt zu haben.«

»Wenn er nicht mit dem Gedanken gespielt hätte, dich den Wellen zu überlassen, hätte er nie im Leben so lange gezahlt«, stellte Marlis fest.

Jürgen nickte. Herbert ebenso.

»Leons Vater dürfte auch bald im Bilde sein«, fiel Jana ein.

»Da würde ich gerne Mäuschen spielen«, gestand Herbert.

Marlis dachte das Gleiche, behielt es aber für sich. Vor allem, wenn Leon ihm eröffnete, dass der Hausbesetzer und Liebhaber seiner Mutter sich auch noch als sein leiblicher Vater entpuppte. Ob er ihm das abkaufen würde?

»Ich frage mich, ob er auf einem Gentest besteht. Ich kann mir nicht vorstellen, dass der alte Breitner gegenüber Sascha zugegeben hat, dass er keine Kinder zeugen kann«, sagte Herbert, der anscheinend aus den Sphären der Schicksalshaftigkeit wieder in die Realität zurückgefunden hatte.

Alle schwiegen nachdenklich.

»Oh, oh.« Herbert gab Teletubbie-Laute von sich. Mit gutem Grund, denn der dunkelgrüne Jaguar kam am Ende des Feldwegs in Sicht. Früher als erwartet.

Jürgen leerte gleich sein Weinglas.

Herbert stand auf. »So gerne ich jetzt dabei wäre, aber ich denke, das ist wohl eher eine Familienangelegenheit. Was euch aber nicht davon entbindet, mir später dezidiert den gesamten Gesprächsinhalt wiederzugeben. Falls er bewaffnet ist, schreit ihr um Hilfe. Es gibt ja verschiedene Möglichkeiten, sich finanzieller Probleme zu entledigen.«

Marlis, Jana und Jürgen schauten ihn entsetzt an.

»Das war ein Scherz, meine Lieben«, sagte er und trollte sich zur Hecke.

Sascha fuhr an ihm vorbei. Herbert hatte den Nerv, ihm auch noch zuzuwinken.

Als Sascha aus dem Wagen stieg, versuchte Marlis, in seinem Gesicht zu lesen, was gerade in ihm vorging. Keine Chance. Weil er aber erst einmal mit hängenden Schultern dastand und keinen Mucks von sich gab, dann auch noch Halt an der Autotür suchte, bevor er sie schloss, deutete es eher darauf hin, dass sie mit keinerlei Angriffen, sei es mit oder ohne Waffe, zu rechnen hatten. Herbert lugte dennoch wie immer in solchen Momenten heimlich hinter der Hecke hervor.

Marlis bemerkte auch eine Veränderung von Saschas Schritttempo. Bei ihrem Besuch in seinem Haus war er wie amerikanische Präsidentschaftskandidaten auf dem Weg zum Rednerpult kurz vor den Wahlen angetrabt. Diese Dynamik fehlte ihm nun. In diesem Augenblick glich er einem lahmen Gaul, was Marlis aber nicht verwunderte, denn gleich drei Augenpaare lasteten auf ihm. Sascha kam faktisch angekrochen. Mehr musste man gar nicht wissen.

Marlis fasste sich ein Herz, erhob sich und ging ihm entgegen.

»Setzen Sie sich doch zu uns.«

Sascha nickte stumpf und folgte Marlis zur Terrasse.

»Hat Leon Ihnen alles erzählt?«, hakte sie nach.

Sascha nickte und ließ sich auf den noch freien Korbstuhl fallen.

»Wie geht es ihm?«, erkundigte sich Jana.

»Leon kann morgen, spätestens übermorgen nach Hause«, erklärte er.

Seine Stimme hatte nichts mehr vom Glanz eines erfolgreichen Geschäftsmannes. Sie klang matt. Marlis stellte ihm ein Weinglas hin.

»Danke.« Dann wandte er sich Jana zu. »Sie haben meinem Sohn das Leben gerettet.«

»Eher der Bademeister«, stellte Jana klar.

»Sie waren mutiger als mein Vater«, sagte Sascha. Somit waren alle im Bilde, dass Leon ihm auch von Jürgens Unfall berichtet hatte.

»Sind Sie sicher, dass Sie mein leiblicher Vater sind?«, preschte Sascha an Jürgen gerichtet vor.

Jürgen nickte. »Ich habe etwas für Sie«, erwiderte er. Nach diesen Worten fuhr er ins Haus.

Sascha trank einen Schluck und sah ihm angespannt nach. Anschließend nahm er Jana ins Visier. »Leon hat mich darum gebeten, Sie an Ihr Versprechen zu erinnern.«

In Janas Gesicht löste sich ein Lächeln. Ihre Augen strahlten.

»Ist das Versprechen ein Geheimnis?«, hakte er nach.

»Wahrscheinlich der Grund, warum Leon so schnell wieder auf die Beine kommt«, deutete Jana an.

»Nun sag schon«, bedrängte Marlis sie.

»Ich soll nicht eher abreisen, als bis er entlassen wird«, verriet Jana.

Sascha wirkte nun schon etwas entspannter.

Jürgen kehrte zurück und reichte ihm den Brief, den Sofía ihm geschrieben hatte. »Das ist alles, was ich von Ihrer Mutter noch habe. Ich hoffe, Sie können es entziffern.«

Sascha nahm den Brief entgegen und nahm sich Zeit, Sofías Offenbarungen zu lesen. Marlis sah ihm an, wie sehr ihn das aufwühlte.

»Er konnte keine Kinder zeugen?«, sagte Sascha fassungslos.

Jürgen nickte.

Sascha legte den Brief auf den Tisch und schlug die Hände vors Gesicht. »Es tut mir leid … Ich konnte ja nicht ahnen …«, fing er nach einer gefühlten Ewigkeit des Schweigens an.

»Natürlich nicht. Ich wusste es ja selbst nicht«, sprang ihm Jürgen bei.

Sascha brauchte eine Weile, bis er weitersprechen konnte.

»Mein Vater … Ich meine Dieter … Ich hatte keinen besonders guten Draht zu ihm. Ich habe keine Nähe gespürt. Mutter meinte immer, dass ich mir das nur einbilde. Er würde mich auf seine Weise lieben, könne es mir aber nicht zeigen. Das sei bei Geschäftsleuten nun mal so.«

»Hat er dich denn wenigstens gut behandelt?«, erkundigte sich Jürgen.

Sascha stutzte, wahrscheinlich auch, weil Jürgen ihn plötzlich duzte. Er beantwortete ihm die Frage nach einem Moment. »Es hat mir an nichts gefehlt, aber ich hatte das Gefühl, es ihm nie recht machen zu können. Endlich weiß ich, warum. Schon verrückt … Und jetzt?«

»Wir könnten einen Gentest machen, nur um sicher zu sein«, schlug Jürgen erstaunlich gefasst vor.

Sascha schüttelte den Kopf. »Ich denke, wir sollten uns einfach mal kennenlernen. Leon wird in Ihnen … nun ja, wird in dir wohl schneller einen Großvater sehen können als ich meinen leiblichen Vater. Ich verzichte auf meinen Pflichtteil. Was Dieter getan hat, ist unentschuldbar. Das Haus soll dir ganz allein gehören.« Saschas Augen wurden feucht.

Dass er überhaupt Tränenflüssigkeit hatte, erstaunte Marlis. Gott im Himmel! Nun bekam Jürgen auch noch wässrige Augen.

»Auf ein Kennenlernen und dieses wunderschöne Haus«, schlug Marlis als Trinkspruch vor.

»Und dass Leon morgen aus der Klinik entlassen wird«, warf Jana noch mit ein.

»Gut, dann stoßen wir meinetwegen auf alles drei an.« Marlis' Bemerkung munterte die beiden rührselig gewordenen Männer auf. Lächeln unter Tränchen. Das war doch schon einmal ein guter Anfang.

Jana konnte kaum glauben, dass sie neben Sascha im Auto saß, um Leon von der Klinik abzuholen – auf seinen Wunsch hin, denn eigentlich hätten ihn die Ärzte lieber noch einen Tag länger zur Beobachtung im Krankenhaus behalten. Jana fragte sich während der Fahrt, allein schon ihrem Interesse für Psychologie geschuldet, woran genau es lag, Sascha nun mit ganz anderen

Augen zu sehen. Sicher hatten die Aussprache und die Erkenntnis, dass Jürgen sein leiblicher Vater war, etwas in ihm verändert. Das war schließlich keine kleine Sache. Jürgen und er hatten gestern noch ewig miteinander geredet – in ihrem und Marlis' Beisein. Klar, dass Sascha alles über Jürgens bisheriges Leben hatte wissen wollen. Was er beruflich gemacht und wie er sich nach dem Unfall durchgeschlagen hatte. Einen Teil davon kannte Jana bereits, doch vieles eben noch nicht. Die Ereignisse der letzten Tage hatten ihnen gar keine Gelegenheit dazu gegeben. Insofern war es nicht nur ein gegenseitiges Kennenlernen von Vater und Sohn gewesen, sondern auch für sie und ihre Großmutter. Jana zollte Jürgen inzwischen noch mehr Respekt. Es waren gerade die Kleinigkeiten im Alltag, die ein Leben im Rollstuhl nicht einfach machten, und noch schlimmer mussten die ersten Monate nach dem Unfall gewesen sein. Was für eine psychische Belastung, sich plötzlich nicht mehr als vollwertiger Mann zu fühlen. Vom Beach Boy zum Krüppel – Jürgens Worte, die er ohne Verbitterung gebraucht hatte. Sich dann wieder aufzurappeln und nach vorne zu sehen, sich fit zu halten und peu à peu dem Leben positive Aspekte abzuringen, erforderte Willensstärke und Disziplin.

Dies hatte auch Sascha tief beeindruckt. Seine Veränderung hing sicher außerdem damit zusammen, dass er sein bisheriges Leben neu einzuordnen hatte. Aus der alten Erde gerissen und in eine neue verpflanzt. Der patente Geschäftsmann im schicken Anzug, der große Zampano auf dem Empfang musste auf fruchtbarem Nährboden erst einmal anwachsen, um Wurzeln zu schlagen und Halt zu finden. Jana konnte es nicht besser beschreiben. Und just Jürgen, der Mann im Rollstuhl, war allem Anschein nach in der Lage, ihm diesen Halt zu geben. Zugleich schien er der Dünger zu sein, der dafür sorgte, dass der Baum zu alter Blüte fand. Am erstaunlichsten war für Jana aber gewesen, dass sie Gemeinsamkeiten entdeckt hatten, was

Ansichten und Werte betraf. Gleicher Musikgeschmack. Die gleiche Vorliebe für spanische Maler. Sogar Gerichte, die sie beide am liebsten aßen. Wer hätte das gedacht? Alles Dinge, die Sascha mit Dieter nicht hatte teilen können. Vermutlich hatte es ihm auch gutgetan, über das Verhältnis zu seinem Vater zu sprechen und aus seinem Nähkästchen zu plaudern. Von der Kindheit zu erzählen, in der ihm seine Mutter nähergestanden hatte, von der Pubertät und regelrechten Kämpfen gegen seinen Vater bis hin zu einem eher nüchternen Umgang miteinander.

Jürgen hatte sichtlich darunter gelitten, mit anhören zu müssen, dass Sascha in den letzten Jahren vor Dieters Tod nahezu nichts mehr für ihn empfunden hatte. Dies sei auch der Grund gewesen, warum Sascha in seinen letzten Tagen vor Dieters Ableben nicht bei ihm geblieben war und eine Geschäftsreise nicht abgeblasen hatte.

Am meisten hatte Jana jedoch berührt, dass Vater und Sohn sich, als Sascha gegen Mitternacht aufgebrochen war, die Hand gereicht hatten – lächelnd und unbeschwert. Auch Jürgen schien eine tonnenschwere Last von den Schultern gefallen zu sein. Und das lag bestimmt nicht nur daran, dass Sascha sich im Laufe des Abends daran gewöhnt hatte, seinen Vater nicht mehr zu siezen. Jana hatte er ebenfalls das Du angeboten. »Vater« war Sascha allerdings, was Jana voll und ganz verstand, noch nicht über die Lippen gekommen – jedenfalls nicht in ihrem Beisein. Janas Einschätzung nach brauchte er sicher noch eine Weile, um sich an die neue Situation zu gewöhnen.

»Vielleicht sollte ich mich mal bei dir auf die Couch legen. Leon hat erzählt, dass du in Psychologie promovierst«, sagte Sascha unwillkürlich. Seitdem sie losgefahren waren, hatte er genau wie Jana auf dem Weg nach Jávea in Gedanken vor sich hin geschwiegen.

Er hielt sich selbst für durch den Wind. Dass seine Nacht kurz gewesen und er von Albträumen kreuz und quer durch seine Kindheit geplagt worden war, hatte er ihr bei Abholung auf die Nachfrage, wie er geschlafen habe, gestanden.

»Was hat er denn noch so erzählt?«, fragte Jana nach.

»Nicht so viel. Nur wer du bist, dass er dich im Dorf kennengelernt hat, was ihr unternehmt, wo ihr seid und über was du promovierst.«

»Und sonst? Dass er sich verliebt hat zum Beispiel?« Jana untermalte ihre Frage mit einem frechen Grinsen.

»Über solche Dinge spricht er mit mir nicht. Und ich kann mir mittlerweile auch denken, warum.«

Jana gewann den Eindruck, dass Sascha es sich gerade auf der *Couch* bequem gemacht hatte. Und sie täuschte sich nicht.

»Ich habe mir heute Morgen Gedanken darüber gemacht, warum Leon und ich nie über Gefühle reden. Gut, als er klein war, hing er wie viele Jungs in seinem Alter an der Mama. Ich hatte aber nicht den Eindruck, dass wir uns nicht nah waren. Ich ging mit ihm zum Fußball, ans Meer. Doch dann hat sich das geändert. Auf einmal. In der Pubertät. Und genau wie bei mir und meinem Vater, also, ich meine Dieter. An dem hing er komischerweise wie eine Klette. Ich fand einfach keinen Draht mehr zu ihm. In der Zeit hatte ich auch viel zu tun. Die Plantage, die Ferienhäuser. Und nach der Scheidung von Leons Mutter war es komplett aus. Er kommt ja nur noch in den Semesterferien und wahrscheinlich auch bloß, weil er hier ein schönes Leben hat.«

Jana leuchtete das unmittelbar ein. »Macht ihr denn nichts zusammen, wenn er hier ist?«

»Wir gehen gelegentlich zum Essen. Was hat er denn über mich erzählt?«

»Du hast jetzt einen neuen Klingelton.«

»Klingelton?«

»Wenn du auf seinem Handy anrufst, quakt es.«

Sascha sah sie entgeistert an.

»Ein nerviger Klingelton …«

»Ich nerve ihn?«

»Seine Worte, aber ich glaube, das hat er nur so gesagt. Ist ja logisch. Er würde doch sonst seine Ferien nicht hier verbringen. Vielleicht wartet er nur darauf, dass du mehr mit ihm unternimmst. Liebe ist schließlich keine Einbahnstraße«, überlegte Jana laut.

Das musste Sascha offenkundig erst einmal sacken lassen.

»Du hast recht«, sagte er nach einer Weile. »Als ich gestern bei ihm im Krankenhaus war … Ich kann nicht sagen, dass er vor Freude strahlte, als ich kam, aber ich merkte ihm an, dass es ihm gutgetan hat. Ich war voller Sorge. Ich habe seine Hand genommen und gehalten. In dem Moment fiel mir auf, dass wir uns so gut wie nie mehr berühren. Nachdem er mir alles erzählt hatte, hat er mir Halt gegeben. Mit Worten. Dass ich doch froh darüber sein sollte, über all das, was passiert ist. Kurz bevor ich ging, fuhr ich ihm durchs Haar, um ihn aufzumuntern. Sein Lächeln … so glücklich. Die kleinen Dinge sind es. Das weiß ich jetzt. Und die hat er von mir nicht mehr bekommen, weil ich sie in meiner Kindheit selbst nicht erlebt habe«, räumte Sascha ein.

Jana beeindruckte seine Analyse. Sie musterte ihn. Er wirkte entspannt. Sie erwiderte nichts darauf und ließ ihn in seinen Gedanken. Die Ausfahrt zum Krankenhaus kam sowieso bereits in Sicht. Janas Gedanken weilten nun bei Leon. Er wusste nicht, dass sein Vater ihn in ihrer Begleitung abholen würde. Sie hatten heute Morgen sogar noch überlegt, ob Jürgen nicht auch noch mitfahren sollte, doch sein sozusagen frischgebackener Großvater war dagegen gewesen. Nicht zu viel auf einmal.

Jana sah Leon schon von Weitem, allerdings erschrak sie darüber, dass er in einem Rollstuhl saß. Sascha hatte dies wohl bemerkt.

»Denk dir nichts dabei. Das machen die hier immer, wenn jemand in die Notaufnahme kam.«

Jana atmete auf und konnte es gar nicht erwarten, bis Sascha seinen Wagen auf dem Parkplatz der Klinik abgestellt hatte und sie endlich aussteigen konnte.

»Geh schon vor«, sagte Sascha.

Leons Grinsen wurde vielversprechend breiter, als sie zu ihm eilte.

»Willst du mir nicht raushelfen?«, fragte er keck, als sie ihn erreichte. Nichts lieber als das.

Natürlich hätte er das auch allein geschafft. Sie fasste ihn mit so viel Schwung an den Händen, dass er schnurstracks in ihren Armen landete.

»Du gehst aber ran«, witzelte er.

Beide rangen um Gleichgewicht und lachten. Als sie sich schließlich standfest umarmten, sahen sie sich direkt in die Augen.

»Wie geht's dir?«, wollte Jana als Erstes wissen. Dass er den Verband am Kopf inzwischen gegen ein Pflaster eingetauscht hatte, wertete sie als gutes Zeichen.

»Mein Schädel brummt noch, aber nicht mehr so schlimm. Vater war gestern bei euch?«

»Wenn du mich fragst, ist er seit dem Gespräch mit Jürgen wie ausgewechselt.«

Leon linste daraufhin hinüber zum Parkplatz. Sascha sperrte gerade seinen Wagen ab und winkte ihnen dann zu.

»Schon irre. Er hat jetzt einen neuen Vater und du musst deinen Großvater an mich abtreten.«

»Ja, schade, aber irgendwie ist er ja auch noch meiner.«

»Was wird er machen? Hierbleiben? Mein Vater will auf das Erbe verzichten.«

»Keine Ahnung. Ich nehme es aber stark an.«

»Und du? Wie lange bleibst du noch hier?«

»Bis Ende der Woche mindestens. Das hängt von Jürgens Plänen ab.«

»Dann müssen wir dafür sorgen, dass er verlängert.«

»Oma gibt Yogakurse. Sie muss heim.«

»Dann setzen wir sie eben in einen Flieger.«

»Ich soll also noch hierbleiben?«

»Du hast noch ein paar Tage Semesterferien.«

»Und du bist wirklich nicht mehr sauer?«

»Ich steh auf weibliche Okupas und auf Frauen, die lügen können, ohne rot zu werden. Mit Oma und Opa in der Pension. Unfassbar!« Er schnalzte grinsend mit der Zunge.

»Und ich steh auf Machos, die mit hundertsechzig in Papas Porsche über die Landstraße brettern und Strafzettel sammeln.«

»Da haben sich doch zwei gesucht und gefunden.« Leon deutete einen Kussmund an.

»Aber deine Gehirnerschütterung.«

»Der Arzt meint, das ist das Einzige, was mir hilft, wieder gesund zu werden.«

Jana ließ sich das nicht zwei Mal sagen.

Leon stöhnte bei der Bewegung seines Kopfes dennoch auf. Das musste wohl noch etwas warten.

»Lasst euch bloß nicht stören«, bemerkte Sascha, der sie gerade erreichte. »Fahren wir heim. Du musst dich ausruhen«, fuhr er fort.

»Ich möchte aber erst noch zu Mike und dann zu Jürgen«, bat Leon.

»Zu Mike?«, wunderte sich Sascha.

»Wer ist denn bitte schön Mike?«, staunte Jana.

»Lasst euch überraschen«, erwiderte Leon.

»Na, dann lasst uns fahren«, entschied Sascha.

Jana registrierte mit Freude, dass in den Blicken der beiden viel Wärme lag.

Kapitel 16

Jana hatte Marlis bereits per Messenger Bescheid gegeben, dass Leon entgegen ihrem ursprünglichen Plan, ihn nach Hause zu bringen, erst seinen leiblichen Großvater sehen wollte. Ab diesem Moment war Jürgen hibbelig. So nervös hatte Marlis ihn noch nie erlebt. Mit dem Rollstuhl tigerte er auf der Terrasse auf und ab. Das war nervig, weil die Holzdielen an bestimmten Stellen knarrten. Selbst Herbert, der sich vor einer Viertelstunde zu ihnen gesellt hatte, um das Neueste zu erfahren, konnte ihn mit seinem Resümee, dass doch jetzt alles in Butter sei, nicht davon abhalten.

»Jetzt mach dich nicht verrückt. Du hast dich gut mit ihm verstanden auf dem Empfang«, erinnerte ihn Marlies sanft.

»Da war ich aber noch nicht sein Großvater.«

»Was macht das für einen Unterschied?«

Jürgen zuckte nur die Schultern, wendete am Geländer und fuhr in die andere Richtung.

Marlis verdrehte die Augen.

»Ich kann dir gute Handwerker besorgen, um den Pavillon herzurichten«, bot Herbert ihm an. Jürgen hatte ihm mitgeteilt, dass er die Rostlaube als Erstes wieder instand setzen wollte.

»Ist dir überhaupt klar, wie genial das ist, einen Enkel erst dann zu Gesicht zu bekommen, wenn er aus dem Gröbsten raus ist? Du hast dir viel erspart: Kindergeplärre. Windeln wechseln. Babykotze auf deinem Hemd.«

Herberts Logik war nichts entgegenzusetzen. Marlis lachte. Jürgen hingegen seufzte. Wenigstens rollte er nicht mehr ständig hin und her. Mittlerweile starrte er auf den Weg, der zu ihrem Haus führte. Hatte er Fledermausohren? Da tat sich was. Marlis vernahm das Geräusch eines sich nähernden Fahrzeugs nun auch. Der grüne Jaguar tauchte auf.

»Ich weiß gar nicht, was ich zu ihm sagen soll.« Jürgen fixierte den sich nähernden Wagen.

»Redet über das Surfen«, riet ihm Marlis.

»Aber er hatte doch schon einen Großvater. Dieter«, gab Jürgen verunsichert zu bedenken.

»Dann hat er halt jetzt noch einen.« Marlis versuchte, die Begegnung zwischen den beiden herunterzuspielen, obwohl ihr natürlich klar war, was Jürgen gerade durchmachte.

Der Jaguar parkte direkt vor dem Haus. Jana stieg als Erste aus, gefolgt von Leon, der sofort zu Jürgen sah.

Marlis konnte Jürgens Anspannung nahezu körperlich spüren.

Sascha stieg nun ebenfalls aus. »Leon. Das Päckchen«, rief er seinem Sohn zu. Leon nickte und öffnete daraufhin die hintere Wagentür. Darin lag eine mit Geschenkpapier und Schleife verpackte Schachtel, die Leon an sich nahm, bevor er mit Jana und seinem Vater zur Terrasse ging.

»Schön, dich wohlauf zu sehen.« Marlis begrüßte Leon erleichtert.

»Du machst vielleicht Sachen.« Herbert klopfte ihm freundschaftlich auf die Schulter, woraufhin Leon schmerzerfüllt das Gesicht verzog.

»Tut's noch weh?«, erkundigte sich Herbert mitfühlend.

Leon nickte, doch hatte Jürgen im Blick. Er ging zielstrebig mit dem Päckchen zu ihm, Jana und Sascha im Schlepptau.

»Hallo, Jürgen. Ich habe was für dich.« Leon überreichte ihm das Geschenk.

Jürgen war daraufhin völlig von der Rolle und schaute ihn überrascht an, woraufhin Leon zu seinem Vater sah, der genau wie er grinste.

»Für mich?«

»Na, wenn es für mich wäre, dann hätte er es mir gegeben«, warf Marlis trocken ein.

»Die Schleife. Ich liebe Rosa«, merkte Herbert verzückt an.

Jürgen betastete das Geschenk tief in Gedanken versunken.

»Mach schon auf«, forderte Jana ihn auf.

Jürgen öffnete die Schleife vorsichtig und reichte sie Herbert, der sie ordentlich zusammenlegte. Dann pellte Jürgen das rote Geschenkpapier von der Schachtel. Marlis traute ihren Augen nicht. Auf der Verpackung stand irgendwas von Surfen. Ohne Lesebrille konnte sie den Rest nicht erkennen, doch das brauchte sie auch nicht, denn Jürgen öffnete nun den Karton und zog zwei Handschuhe daraus hervor.

»Surfhandschuhe?«, rief Jürgen entgeistert und sah Leon fragend an.

»Na, du bist doch ein Surfer, oder?«, erwiderte Leon.

Jürgen sah so aus, als wüsste er nicht so recht, ob er sich darüber freuen sollte. War das ein schlechter Scherz?

»Ich fürchte, damit kann ich nichts mehr anfangen«, sagte Jürgen stumpf.

»Ich würde gerne mit dir rausfahren. Vielleicht kannst du mir noch was beibringen.« Leon wirkte nicht so, als ob er Jürgen auf den Arm nehmen wollte.

»Im Rollstuhl?«

»Das wäre schwierig«, kommentierte Leon.

»Ja, wie denn sonst?«

»Aber du würdest doch gerne mal wieder raus, oder?« Leon blieb hartnäckig am Ball.

Jürgen schien es bereits in den Fingern zu jucken. Die Handschuhe lagen nicht mehr wie ein Fremdkörper in seinen Händen.

»Sein Kumpel Mike betreibt in Jávea eine Surfschule. Er gibt auch Kurse für Menschen im Rollstuhl und hat das Equipment dafür«, erklärte Sascha.

Jürgen blickte die beiden perplex an.

»Probier sie doch mal an. Es gab nur drei Größen, aber die müssten eigentlich passen«, forderte Leon seinen neu gefundenen Großvater auf.

Jürgen betrachtete die Dinger mittlerweile so, als hätte er den Heiligen Gral in der Hand. Er schlüpfte hinein. Sie passten.

»Ich weiß gar nicht, was ich sagen soll.«

»Sag einfach Danke«, forderte Herbert ihn auf.

»Wahrscheinlich bin ich dann der Einzige an der Costa, der mit seinem Großvater zum Surfen rausfährt«, freute sich Leon.

Jürgens Augen wurden schlagartig feucht. Das war weit mehr als ein Danke.

»Meint ihr, ich bin schon zu alt, um es auch zu lernen? Wir könnten doch zu dritt …«, deutete Sascha an, was ihm sowohl von Jürgen als auch von Leon einen verwunderten Blick einbrachte. Nur Jana grinste.

»Also, da möchte ich dabei sein. Ich film das dann und stelle es auf YouTube ein. Aber nur, wenn du wieder diese reizende rosa Badehose anziehst«, konnte sich Herbert nicht zurückhalten.

»Rosa Badehose?«, hakte Leon nach.

Jürgen wischte sich die Augen trocken. »Wieder auf den Wellen …« In Gedanken war er wohl schon auf dem Meer.

»Aber zuerst haben wir noch einen Termin beim Notar«, sagte Sascha.

»Du möchtest wirklich auf deinen Anteil verzichten?«, vergewisserte sich Jürgen.

»Bleibt doch eh in der Familie«, gab sein Sohn zurück.

Familie. Das Wort hatte in Marlis' Ohren einen eigenartigen Wohlklang und fühlte sich zu ihrer großen Überraschung so an, als würde sie bereits dazugehören.

Endlich Zeit für einen Spaziergang mit ihrer Großmutter an der Platja de les Deveses, einem kilometerlangen Strand, der bis nach Gandía reichte. Herbert hatte sie auf dem Weg zum Supermarkt dort abgesetzt und ihnen angeboten, sie in zwei Stunden wieder einzusammeln. Mit den Schuhen in der Hand knöcheltief durch die sanfte Brandung zu waten und sich eine angenehm kühle Brise um die Nase wehen zu lassen, eignete sich bestens für die Aufarbeitung der turbulenten letzten Tage. Ihr war genau wie Oma danach. Jana hätte den ganzen restlichen Tag trotzdem lieber mit Leon verbracht, doch es war wohl besser, auf den Rat der Ärzte zu hören und ihn zumindest heute noch aus dem Verkehr zu ziehen. Obwohl ihm die Überraschung mit der Surfschule gelungen war und Jana nicht das Gefühl gehabt hatte, dass ihn die Tatsache, einen neuen Opa zu haben, emotional belastete. Schlaf war sicher besser als eine Kopfschmerztablette. Sascha hatte ihn nach Hause kutschiert und ins Bett verfrachtet – danach Jürgen abgeholt, denn am frühen Nachmittag stand der Notartermin an. Vom Saulus zum Paulus – Omas Worte. Sie hatte damit recht.

Jana konnte selbst kaum glauben, was Sascha seinem leiblichen Vater angeboten hatte. Die zugewachsene und rostbefallene Gartenlaube sollte überdies auf seine Kosten wieder in altem Glanz erstrahlen, allein schon Saschas Mutter zuliebe. Auch die Erbschaftssteuer wollte er bezahlen. Sofías Brief hatte ihn offenkundig tief berührt.

»Wahrscheinlich sieht Sascha seine Mutter nun mit anderen Augen«, meinte Oma, nachdem Jana noch einmal auf diesen Brief zu sprechen gekommen war.

»Ob Jürgen ihm wirklich alles über die gemeinsame Zeit mit Sofía erzählt?«, überlegte Jana laut. Sascha hatte Jürgen darum gebeten.

»Ich würde das nicht. Das würde sich für mich wie Verrat anfühlen. Es war damals ja ihr Geheimnis.«

»Andererseits könnte es Jürgen guttun. Er wird Sascha sicher auch nach seinen Erinnerungen an seine Mutter fragen. Vielleicht fällt es ihm dann leichter zu akzeptieren, warum Sofía sich damals von ihm getrennt hat.«

»Du meinst, er ist immer noch nicht darüber hinweg?«

»Das glaube ich nicht. Ist doch normal. Das alles hier hat ihn aufgewühlt. Im Laufe der Zeit wird eine Erinnerung zum nackten Ereignis, die daran hängende Emotion verblasst, doch sobald äußere Reize, seien es Düfte oder Gegenstände, Umgebungen oder Menschen, nicht nur der Verstand allein eine Erinnerung ausgraben, sind alle Schubladen auf.«

»Du solltest doch noch Psychologie als Zweitstudium dranhängen«, kommentierte Oma ihre weise Aussage.

»Ich mach erst die Doktorarbeit fertig, auch wenn sie meiner Meinung nach für die Tonne ist.«

»Leon?«

Jana lachte auf. Um das zu erkennen, brauchte es kein Psychologiestudium.

»Und was ist mit dir und Jürgen?« Wenn sie schon einmal beim Thema waren, gedachte Jana, ihrer Großmutter ebenfalls auf den Zahn zu fühlen.

Sie brauchte eine Weile, bis sie Janas Frage beantwortete. »Er ist mir ans Herz gewachsen«, gestand Marlis dann ein. Jana kannte ihre Großmutter. Das hieß übersetzt, dass sie mittlerweile weit mehr als nur ein freundschaftliches Verhältnis verband. Liebte sie ihn? Obwohl sie sich geschworen hatte, dass ihr kein Mann mehr ins Haus käme? Hatte sie sich in ihn verliebt? In der kurzen Zeit, die sie miteinander verbracht hatten? Schmetterlinge im Bauch wie bei ihr und Leon? Sicher nicht. Liebe hatte, auch das machte sich Jana in dem Moment klar, viele Gesichter.

»Angenommen, er würde hierbleiben. Ich an seiner Stelle würde das tun. Er braucht dich.«

»Und meine Kurse daheim?«

Jana leuchtete ein, dass eine Entscheidung für Jürgen nicht so einfach für ihre Großmutter war, ging damit doch einher, ihr bisheriges Leben komplett umzukrempeln. »Das Leben hier ist billiger. Da reicht deine Rente doch, und dazu dein Yoga? Hier gibt's so viele ältere Herrschaften, da könntest du auch Kurse anbieten.«

»Und wo soll ich wohnen?«

»Oma! Du stellst vielleicht Fragen.« Jana hatte den Eindruck, dass sich ihre Großmutter letztlich nur bei ihr rückversichern wollte, ob sie sich richtig entschied. Nannte man so etwas nicht Angst vor der eigenen Courage? Vor einem Neuanfang? Wollte sie den Segen ihrer Enkeltochter?

»Am Ende hat uns nur die Reise verbunden. Nenn es zusammengeschweißt«, sagte Marlis, was Janas Vermutung bestätigte. Was ihre Großmutter eben von sich gegeben hatte, glaubte sie doch selbst nicht.

»Redest du dir das gerade ein, weil du Schiss hast, dich wieder auf einen Mann einzulassen? Was ist so schlecht daran?«

»Nichts.«

»Also, was beschäftigt dich dann?«

»Ich habe mich an das Leben ohne einen Mann gewöhnt.«

»Aber auch nur, weil ich noch bei dir wohne. Wenn ich einen Job habe, wer weiß, wo ich letztendlich lande. Dann bist du allein mit der großen Wohnung. Die Mieten steigen, Strom, Energie.«

Marlis nickte stumm.

»Was gibt's also noch zu überlegen?«

»Und wo würdest du dann wohnen?«

»Die Doktorarbeit ist bald fertig. Ich finde sicher einen Job und auch eine Wohnung.«

»Und was ist mit dir und Leon?«

»München – Freiburg, und wer weiß, vielleicht landen wir beide nach dem Studium ganz woanders. Das ist alles machbar.«

»Würdest du mich denn hier auch besuchen? Ich meine, nur für den Fall …«

»Das fällt mir doch im Traum nicht ein«, antwortete Jana und verdrehte die Augen.

»Ich würde dich sehr vermissen.«

Jana blieb stehen und schlang ihren Arm um ihre Großmutter.

»Ich dich auch, Oma. Also stell keine so blöden Fragen.«

Oma konnte wieder lächeln. Sie hielt ihren Kopf in den Wind und seufzte wohlig.

Marlis hätte darauf gewettet, dass Jana es nicht den ganzen Tag ohne Leon aushielt. Er anscheinend auch nicht. Herberts Taxiservice zur Pension brauchte Jana nun nicht mehr in Anspruch zu nehmen. Wofür gab es Sascha? Pick-up-Service um halb sieben – auf Leons Wunsch hin. Sascha hatte sie und Jürgen ebenfalls zum Abendessen eingeladen. Nach dem aktuellen Stand der Dinge ein Abend, auf den Marlis sich freute.

Saschas Haus entfaltete an diesem Abend seinen ganzen herrschaftlichen Charme, weil nicht so viele Menschen anwesend waren. Es sei viel zu groß für ihn, gestand Sascha ihnen gleich, nachdem sie angekommen waren, doch irgendwie hänge er daran, weil daran Erinnerungen an seine Kindheit klebten. So ganz allein war er wohl nicht, wie ihnen Leon steckte, als Sascha in der Küche verschwand, um nachzusehen, wie weit Roberta, seine Zugehfrau und Mädchen für alles, mit dem Essen war. Damit meinte er allerdings nicht Roberta, sondern die Geliebte seines Vaters. Auch wenn Leon sie noch nie zu Gesicht bekommen hatte, ließ sein Vater angeblich nichts anbrennen. Leon vermutete sogar, dass er sie aus Respekt ihm gegenüber versteckte, angesichts der Scheidung von Leons Mutter. Vermutlich aber auch, um Leon, während er hier war, nicht zu verletzen. Wenn er seine Geliebte traf, gab er vor, auf Geschäftsreise zu sein. Ein Tag und eine Nacht Valencia. Mit seinem Jaguar war die kurze Distanz auch nach langen Meetings fahrbar. Er hätte Leon genauso gleich die Wahrheit beichten können.

Zitronensuppe mit frischer Minze als Vorspeise, Rinderfilets in deftiger Soße, die mit Rosinen verfeinert war, und ein kühlendes Zitronensorbet machten dieses Dinner zu einem kulinarischen Highlight. Diese Roberta war ein Glücksgriff, Universalwaffe gegen Staub und einen leeren Magen, wie Sascha sie bezeichnete.

Und wie gesprächig der Mann doch sein konnte. Das fiel nicht nur Marlis auf, sondern auch Leon. Er saß selbstverständlich neben Jana an der Tafel im Salon. Turtelnd. Man konnte den beiden ansehen, wie verliebt sie waren. An Kleinigkeiten. Die beiden strahlten sich an – heller als das Kerzenlicht, das diesem Abendessen eine besondere Note verlieh. Seine Hand, die mal kurz auf ihrer lag und sie zärtlich berührte. Ein verschmitztes Lächeln. Anreichen von Salz und Pfeffer. Natürlich spielte Leon bei seiner Angebeteten den Ober.

Marlis fiel auch auf, dass Sascha weder referierte noch prahlte. Der Abend fühlte sich so an wie ein Gespräch unter Freunden, Menschen auf Augenhöhe, die sich für das Leben der anderen interessierten. Geschichten aus der Zeit, als Leon noch in Spanien gelebt hatte, kamen zutage. Marlis erhielt Einblicke in das Geschäft mit Orangen und der Ferienvermietung. Jürgens Anekdoten, als er noch bei einer Telefonhotline gearbeitet hatte, kamen dazu, genau wie Leons Erlebnisse mit renitenten Schülern in der Schule und, womit Marlis nicht gerechnet hätte, sogar ihr Yogi-Leben stieß insbesondere bei Sascha auf reges Interesse. Auf noch größeres jedoch, als Jana davon erzählte, mit welchem Thema genau sie sich in ihrer Doktorarbeit herumschlug und wer sie sponsorte. Es stellte sich heraus, dass Sascha sich tatsächlich bei jener Online-Partneragentur angemeldet hatte. Ein Wunder, dass er das zugab. Leon gingen die Augen über, sicherlich, weil sein Vater ihm gegenüber ja bisher so gut wie nie aus dem privaten Nähkästchen geplaudert hatte.

»Ich würde mir das Geld sparen«, sagte ausgerechnet Jana, womit sie sich am Tisch fragende Blicke einhandelte.

»Ist doch so. Eine Beziehung ist kein Baukasten, den man sich zusammenstöpselt. Was heute ist, muss morgen schon nicht mehr gelten. Schmecken, riechen, fühlen. So die ganze Chemie eben. Da kannst du hundert Fragebögen ausfüllen«, pflichte ihr Leon bei.

»Ich muss eingestehen, dass die Damen, die mir vorgeschlagen wurden, nicht so recht nach meinem Geschmack waren.«

»Du solltest mit mir zum Strand kommen. Mal abhängen. Raus ins Leben. Und am besten, du fährst mit deinem Jaguar ins nächste Dorf und setzt dich zu deiner Traumfrau an den Tisch.« Tipps vom Sohn an den Vater.

Jana grinste breit.

Die anderen lachten.

»Ich habe mich auch mal online bei so einer Agentur eingeschrieben«, gestand Jürgen nicht nur zu Marlis' Überraschung.

»Erst war der Posteingang voll. Das Profilbild. Tausend Klicks, doch kontaktiert haben mich nur die wenigsten«, berichtete Jürgen freiheraus.

»Weil du im Rollstuhl sitzt«, schlussfolgerte Sascha.

»Logisch. Und dann diese dämlichen Nachfragen, ob bei mir noch etwas ginge.«

Marlis horchte auf. Sie hatte die Geräusche, die am Tag seines Einzugs aus ihrer Spüle von unten gekommen waren, noch gut in Erinnerung.

»Ich habe mal gelesen, dass es auf die Art der Lähmung ankommt und welcher Art die Verletzung im Rückenmark ist.« Sascha wollte es anscheinend genau wissen.

»Wenn die Läsionshöhe oberhalb TH 11 und das sogenannte sakrale Rückenmark noch intakt ist, dann hat man Glück. Er reagiert auf mechanische Reize. Mein Zimmergenosse in der Klinik zum Beispiel. Der hatte 'ne Morgenlatte, aber, weil die Nervensignale vom Gehirn nicht mehr ankommen, wird's schwierig, das lange durchzuhalten. Ich hatte weniger Glück. Unterhalb von TH 11.«

»TH 11?«, fragte Leon nach.

»Die Lähmungshöhe. Das sind Namen für die Rückenmarksegmente«, erklärte Jürgen.

Marlis interessierte es brennend, näher nachzufragen, wie es dann bei ihm war, doch das schickte sich nicht. Außerdem wollte sie ihm nicht zu nahe treten.

»Was heißt das?« Sascha teilte ihre Bedenken offenbar nicht, und Jürgen schien es nicht zu stören, frei darüber zu sprechen.

»Ich habe nur noch den Parasympathikus auf meiner Seite. Die Verbindung zum Rückenmark sorgt für psychogene Erektionen. Psychische Reize, optische und akustische Stimuli, Gerüche, Kopfkino und Erinnerungen an früher … Die Hand anlegen. Das konnte nur mein Zimmernachbar, auch wenn er selbst die Berührung nicht spüren konnte. Schon verrückt, wie das Nervensystem in dem Bereich da unten funktioniert.« Jürgens Erklärung für den Porno lag auf dem Tisch.

»Dann müsste Yoga für dich doch ideal sein. Meditation zum Beispiel. Was sagst du dazu, Marlis?«

Saschas Frage ließ Marlis erröten, weil sie sich just in dem Moment das Gleiche gedacht hatte und bereits überlegte, wie dem Manne geholfen werden konnte.

»Ja ... sicher ... das könnte was bringen«, stammelte sie.

Jürgen sah sie direkt an. »Kann das ja mal ausprobieren«, sagte er an Marlis gewandt.

Und mich in der Tiefgarage deswegen noch anpflaumen, dachte sie in Erinnerung an ihre dortige Begegnung.

»Und Massagen an Hals, Nacken und Ohren könnten auch hilfreich sein«, säuselte Marlis zweideutig. Das waren ja, wenn sie sich recht erinnerte, seine erogenen Zonen. Im Museum hatte sie noch gedacht, er würde sie auf den Arm nehmen.

»Das könnte ich mir gut vorstellen«, erwiderte Jürgen prompt.

Jana grinste frech. Leon ebenso.

Und Küssen, würde das seinen Parasympathikus auch dazu bewegen, dass *er* sich regte? Die Frage verkniff Marlis sich. Eingenistet hatte sie sich bereits. Hoffentlich kam bald ein anderes Gesprächsthema auf, denn ihr Kopfkino lief bereits auf Hochtouren.

Epilog

Marlis war mittlerweile bereits die zweite Woche an der Costa Blanca. Und das hatte zwei konkrete Gründe. Zum einen ein geheimes Gespräch über das Thema Yogakurse an der Costa Blanca, das ihre Enkelin mit Herbert geführt hatte – just einen Tag, nachdem sie am Strand spazieren gegangen waren. Herbert kannte hier Gott und die Welt und war ein meisterhafter Strippenzieher. Eine davon führte direkt ins Gemeindezentrum von El Vergel, einem kleinen Dorf in der Nähe von Dénia. Dort wurden für Senioren sowieso schon allerlei Kurse von Aquagymnastik bis hin zu Spinning und Circle-Training angeboten. Keine Raummiete. Lediglich eine Beteiligung an den Einnahmen für die Stunden. In Jávea zeigte sich ein Fitnessstudio interessiert. Altenheime gab es hier einige. Herbert kannte das in Benidorm und hatte auch dort angerufen. So eine Chance konnte Marlis sich natürlich nicht entgehen lassen. Persönlich vorzusprechen war unabdingbar. Zwei Vorstellungsgespräche hatte sie bereits hinter sich. Der zweite Grund, noch hier zu sein, anstatt in Freiburg bereits Vorbereitungen zu treffen, die Zelte abzubrechen, um fortan gemeinsam mit Jürgen an der Costa Blanca zu leben, lag ihr aber noch mehr am Herzen. Marlis hätte es sich um nichts in der Welt nehmen lassen, Jürgen im

Wasser zu sehen. Er hatte nie wieder auf so ein Brett gewollt, doch Leons Geschenk war für ihn wohl der Auslöser gewesen, seine Haltung zu überdenken.

Nun lag er mit einem gepolsterten Keil unter der Brust, an dem Griffe angebracht waren, mit den Ellenbogen aufgestützt auf einem der Bretter, die für ihn früher die Welt bedeutet hatten. Sascha war im motorisierten Schlauchboot immer in der Nähe. Leon auf dem Surfbrett ebenfalls. Ein Wunder, dass er bereits wieder so fit war. Anscheinend hatte ihn die Aussicht beflügelt, mit Jürgen hinaus aufs Meer zu surfen. Die perfekte Welle gab es hier am Strand in der Nähe des Cabo de la Nao natürlich nicht, doch sie waren heute hoch genug, um Jürgen ab und an wieder schwerelos über die Wellen gleiten zu lassen.

Marlis musste unwillkürlich lachen, als sie daran dachte, was er ihr gesagt hatte, als er im Sand neben dem speziellen Surfbrett aus Mikes Surfschule gelegen hatte. »Ich sehe aus wie eine gestrandete Robbe.«

Und Robben lebten die meisten Zeit nun mal im Meer. Da er mit guter Brust- und Oberarmmuskulatur ausgestattet war, hatte ihm Leon nicht einmal auf das Surfbrett helfen müssen. Auch nicht, um gegen die sanfte Brandung anzupaddeln. Er juchzte bei jeder höheren Welle und schrie die neue Freiheit aufs Meer hinaus. Und das nun schon seit gut einer Stunde. Marlis genoss es, ihm dabei zuzusehen.

»Er will morgen kiten«, kündigte Jana an, die neben Marlis in einem Strandklappstuhl saß und sich dieses Schauspiel ebenso wenig entgehen hatte lassen wollen.

»Wie soll das denn funktionieren?«

»Ein Brett mit einer Art Stuhl drauf. Dieser Mike kennt jemanden, der so was hat«, erklärte Jana.

»Bis er sich wieder was bricht.« Marlis hoffte, dass Jürgen nicht übermütig wurde.

»Ich würde gerne noch ein paar Tage bleiben.« Jana seufzte verständlicherweise, denn morgen früh saß sie im Flieger, weil das neue Sommersemester begann und sie am Lehrstuhl gebraucht wurde. Freiburg im Dauerregen des launigen Aprils. Allerdings nicht allein, sondern mit Leon. Auch für ihn startete das neue Semester, jedoch ein paar Tage später, was den beiden Gelegenheit ließ, gemeinsam Zeit in Freiburg zu verbringen. Und eine sturmfreie Bude, denn Marlis hatte sich vorgenommen, so lange hierzubleiben, bis Jürgen und Sascha alle Formalitäten für den Übertrag des Hauses erledigt hatten.

Jürgen juchzte dermaßen laut, dass Marlis und Jana ihn wieder im Blick hatten.

»Dass er noch so fit ist, anscheinend in jeder Hinsicht«, sinnierte Jana. Sie grinste dabei auf ganz merkwürdige Art und Weise. Und wieso zwinkerte sie ihr zu?

Marlis sah sie dementsprechend verdattert an.

»Das Haus ist hellhörig, Oma.«

Marlis stockte der Atem.

»Es hat nicht nach einer Yogastunde geklungen und es scheint ja funktioniert zu haben mit der Massage. An Hals, Ohren und im Nacken.«

Jana prustete los. Das war ansteckend. Jana hatte also mitgekriegt, dass sie Jürgen gestern Nacht nahegekommen war.

»An den Ohren hat er einen Ein- und Ausschalter, vor allem, wenn man daran knabbert, und küssen kann er. Mein lieber Schwan«, gestand Marlis.

Jana kringelte sich.

»Schon verrückt, in meinem Alter noch mal neu anzufangen. Aber es fühlt sich gut an und Jürgen ist glücklicher hier«, frohlockte Marlis.

Eine glückliche Robbe, die die Brandung endlich zurück vom Meer spülte. Leon, den eine Welle ein Stück weiter hinausgetragen hatte, paddelte nun ebenfalls in Richtung Strand.

»Genug für heute. Ich bin fertig«, rief Jürgen ihr zu.

Marlis stand auf und ging zu ihm. Es war Zeit, wieder Kran spielen, denn bis zum Auto auf dem Parkplatz konnte sie ihn nicht robben lassen. Marlis stellte den Rollstuhl neben das Surfbrett. Sie half ihm dabei, sich aufzusetzen. Dann trat der Kran in Aktion: die Arme vor seiner Brust verschränkt, dabei in die Knie gehen und kräftig ziehen. Mit einem Ruck saß er in seinem Rollstuhl.

»Es war großartig. Ich fühl mich wie zwanzig. Das Meer. Die Wellen«, schwärmte er.

»Nur das Meer und die Wellen?« Dass er sich wieder wie zwanzig fühlte, hatte er ihr gestern bereits im Bett ins Ohr geflüstert.

Jürgen musste unwillkürlich lachen, doch dann sah er ihr mit ernstem Blick direkt in die Augen.

»Die perfekte Welle. Das bist du!« Er zog sie zu sich heran. Robbe küsst Welle. Für Marlis einer der glücklichsten Momente ihres Lebens.

Folge der Autorin auf Amazon

Wenn dir dieses Buch gefallen hat, folge Tessa Hennig auf Amazon. Dann erhältst du eine Benachrichtigung, wenn die Autorin ihr nächstes Buch veröffentlicht. Um der Autorin zu folgen, gehe bitte folgendermaßen vor:

Desktop:

1) Suche auf Amazon.de oder in der Amazon App nach dem Namen der Autorin.
2) Klicke auf den Namen der Autorin, um auf die Autorenseite zu gelangen.
3) Klicke auf den »Folgen«-Button.

Smartphone und Tablet:

1) Suche auf Amazon.de oder in der Amazon App nach dem Namen der Autorin.
2) Klicke auf einen Titel der Autorin.
3) Klicke auf den Namen der Autorin, um auf die Autorenseite zu gelangen.
4) Klicke auf den »Folgen«-Button.

Kindle eReader und Kindle App:

Wenn du dieses Buch auf einem Kindle eReader oder in der Kindle App liest, wird dir automatisch angeboten, der Autorin zu folgen, nachdem du die letzte Seite des Buches gelesen hast.

Zeitfracht Medien GmbH
Ferdinand-Jühlke-Straße 7
99095 Erfurt, Deutschland
produktsicherheit@kolibri360.de

Druck:
CPI Druckdienstleistungen GmbH
im Auftrag der
Zeitfracht Medien GmbH
Ein Unternehmen der Zeitfracht - Gruppe
Ferdinand-Jühlke-Str. 7
99095 Erfurt